키워드로 읽는
겐지 이야기

일본고전독회 편

제이앤씨
Publishing Company

　11세기 초에 성립된 무라사키시키부의 『겐지 이야기』는 최고 최장편의 소설이자 세계의 고전으로 알려져 있다. 일본에서는 이미 천 년이 넘는 세월 동안 향수와 주석의 연구사가 축적되어왔고, 근대 이후에는 세계 각국어로 번역되어 많은 독자들에게 읽히면서 세계의 고전문학으로 자리잡았다. 『겐지 이야기』가 이렇게 통시적·공시적으로 연구·감상된다는 것은 일본적인 문화와 미의식을 대표하는 작품이고 인간세계의 보편성을 그리고 있기 때문이라 생각된다.

　현재 한국에서의 『겐지 이야기』 번역과 연구는 세계 어느 나라보다 활발한 편이다. 이미 3종의 번역과 초역이 나와 있고, 관련 학회와 학술지에는 많은 논문이 발표되고 있다. 그런데 그간 국내의 독자들이 장편 『겐지 이야기』의 세계에 접근할 수 있는 입문서나 연구서가 없는 점이 아쉬웠다. 이 책은 일본 고전문학의 전문 연구자들이 『겐지 이야기』의 세계를 이해하기 쉽게 설명한 것이다. 『겐지 이야기』를 읽는 즐거움이 황후의 지위도 부럽지 않다고 했던 동시대의 독자나 『겐지 이야기』가 부처님의 가호로 창작된 것이라고 했던 중세의 독자도 있었다. 그러나 아무리 보편적인 미의식을 그린 『겐지 이야기』라 할지라도 현대인들이 천 년의 세월을 뛰어넘어 『겐지 이야기』의 세계를 이해하는 데는 어려움이 있다.

　이 책은 『겐지 이야기』의 작품 세계와 그 배경을 개관하고 있어 다음과 같이 활용할 수 있을 것이다. 『겐지 이야기』와 병행하여 읽어도 좋고, 이 책을 먼저 읽고 작품을 읽어도 좋다. 그러면 마치 지도를 들고 여행하는 것처럼 즐길 수 있을 것이다. 또 작품을 먼저 읽고 이 책을 읽으면 납득할 수 없었던 줄거리와 배경이 이해될 것으로 생각된다. 『겐지이야기』는 국내의 번역본도 있고 일본의 현대어역도 있으나 모두 원작과는 어느 정도 거리가 있다. 더욱이 외국어로의 번역이란 문화의 번역이기 때문에 불가능한 부분도 있고 역자에 따라 해석의 차이가 있을 수도 있다. 그러한 의미에서 이 책은 독자들이 『겐지 이야기』의 세계와 문학성을 이해할 수 있는 시대 배경과 기초 지식을 제공해줄 것으로 생각한다.

이 책은 5부로 구성하였다. 우선 **작품 해설**에서는 작품 전체의 줄거리와 배경을 알아보고, 작자의 일기와 가집에 나타난 무라사키시키부의 가계와 인생, 그리고 가나 문자를 이용하여 문예 살롱을 형성했던 동시대의 여류작가들과의 관계 등을 해설하였다.

신앙과 의례에서는 신이나 귀신, 원령들의 활약과 역할, 헤이안 시대 사람들의 출가 문제, 꿈이 이야기의 복선이 되거나 반드시 실현된다는 논리, 그리고 동시대를 살았던 사람들의 통과의례는 어떻게 치러졌으며 작품 안에서 어떤 의미를 갖는지를 알아보았다.

공간과 생활에서는 주인공 히카루겐지가 조영했던 저택인 로쿠조인이 상징하는 의미, 헤이안 시대에 선진 문화의 표상이었던 발해국과의 관계, 그리고 『겐지 이야기』 속에 795수나 수록되어 있는 와카의 역할, 오늘날 일본을 상징하는 꽃이 된 벚꽃을 키워드로 하는 남녀의 인간관계, 감각표현인 향기를 중심으로 남녀관계는 어떻게 묘사되어 있는가, 또한 웃음이 등장인물의 관계에 어떤 역할을 하고 있는가, 마지막으로 모노가타리 문학에서 남녀의 인물을 조형하는 데 왜 엿보기라는 수법이 동원되었는가 등을 살펴보았다.

여성과 삶에서는 『겐지 이야기』의 정편에서 히카루겐지가 가장 이상적인 여성으로 생각한 여주인공 무라사키노우에의 삶을 통해본 여성 이야기의 주제, 당시에 일부다처제라는 사회적 제도 하에서 고뇌하는 여성의 질투, 성실한 남자 유기리와 오치바노미야가 어떻게 사랑을 풀어 가는가, 『겐지 이야기』에 등장하는 여성을 과묵한 여자와 시끄러운 여자, 그리고 대화하는 여자로 나눈 인물론, 그리고 『겐지 이야기』의 마지막 여주인공으로 쪽배와 같이 정처 없이 떠가는 여성인 우키후네에 관해 조명해보았다.

비평과 수용에서는 가마쿠라 초기부터 이야기의 내용을 그림으로 형상화하여 눈으로 보고 귀로 들으며 감상했던 여성들과 그림첩의 체계, 근세의 국학자 모토오리 노리나가가 지적한 『겐지 이야기』의 문예 이념인 '모노노아와레'론, 『겐지 이야기』의 영향을 받은 후기 작품들과 그 주인공들의 인물 조형, 『겐지 이야기』를 콘텐츠로 하는 파생작품들의 세계, 한국과 세계에서의 『겐지 이야기』 수용과 번역, 연구사 등을 조망해보았다.

그리고 마지막 **부록**에는 『겐지 이야기』에 나오는 약 70년간 500명이 넘는 등장인물 중에서 주요 인물을 소개하고 그 계보를 정리해두었다.

이 책은 한국외국어대학교 일본학부의 일본고전독회에서 2001년부터 동교 연구산학협력단의 콜로키움 지원으로 매달 한 번씩 개최했던 연구 성과를 모아 엮은 것이다. 10년이라는 긴 세월 동안 일본고전독회에서는 한국의 일본고전문학 전공자 간의 상호교류는 물론 일본의 고전문학 연구자들과도 학제간의 교류를 이어왔다. 이번에 편찬하게 된 『키워드로 읽는 겐지 이야기』와 『공간으로 읽는 일본고전문학』, 『에로티시즘으로 읽는 일본문화』 세 권은 한국의 일반 독자들에게 일본고전문학의 세계를 알리고자 기획한 것이다. 이 기획도서가 일반 독자들이 일본고전문학의 세계를 이해하는 데 다소나마 도움이 되었으면 하는 바람이다.

이 책이 나오기까지 먼저 10여 년간 독회 모임을 지원해준 한국외국어대학교 연구산학협력단에 감사드린다. 그리고 일본고전문학 전공자는 물론 일반 독자들을 위해 깊이 있으면서도 이해하기 쉬운 책으로 완성시키고자 편집과 교정을 맡아준 이미숙 선생님, 김병숙 선생님의 노고에 진심으로 감사드린다. 끝으로 이 책의 출판을 쾌히 승낙해준 제이앤씨 출판사 윤석현 사장님과 편집부 여러분께도 감사의 말씀을 전한다.

한국외국어대학교 일본학부 김종덕

일러두기

1. 인명이나 지명 등의 표기는 일본어 발음을 따르는 것을 원칙으로 하여 국립국어원 외래어표기법에 따랐고, 처음 나올 때만 한자를 병기하였다.
2. 한자 병기일 경우 정자 표기를 원칙으로 하였으나, 현대 일본 인명과 서명 등은 현대일본어 표기 방식에 따라 약자로 표기하였다.
3. 제도나 관직, 한적 서명 등은 한자음 그대로 표기하였다.
4. 서명의 표기는 일본어 발음을 따르는 것을 원칙으로 하였으나, '日記' '物語'는 '일기' '이야기'로 표기하였다(『土佐日記』→『도사 일기』, 『竹取物語』→『다케토리 이야기』).
5. 시대나 연호는 괄호 안에 서기로 표기하였으며, 인물인 경우 생몰 연대를 표기하였다. 단, 천황의 경우 재위 기간을 표기하였다.
6. 헤이안 시대 귀족의 이름은 보통 성과 이름 사이에 '노の'를 넣어 읽었지만, 이 책에서는 생략하였다(후지와라노 미치나가 →후지와라 미치나가).

키워드로 읽는
겐지 이야기

작품 해설

▌무라사키시키부가 이시야마데라에서 달을 보며 『겐지
이야기』를 집필하는 모습〈紫式部石山寺觀月圖〉.
石山寺藏 ─『紫式部と石山寺』, 石山寺, 1992.

키워드로 읽는
겐지 이야기

천 년의 모노가타리, 『겐지 이야기』

■ 김 종 덕

1. 작자 무라사키시키부

『겐지 이야기源氏物語』의 작자 무라사키시키부紫式部는 헤이안 시대平安時代(794~1192) 중반의 여류작가로 973년경에 태어나 42세가 되는 1014년경에 사망했을 것으로 추정된다. 무라사키시키부의 본명은 알려져 있지 않으나, 후지와라 고시藤原香子라는 설, 아버지의 관직이 한때 식부승式部丞이었던 점으로 미루어 처음 궁중으로 입궐했을 때 도시키부藤式部로 불렸을 것이라는 설이 있다. 이후 『겐지 이야기』가 유명해지면서 여주인공 무라사키노우에紫の上에 연유하여 독자들이 통칭으로 부르게 된 이름이 무라사키시키부이다.

무라사키시키부의 아버지는 헤이안 시대의 중류 귀족인 후지와라 다메토키藤原爲時이고, 어머니는 역시 같은 후지와라 집안인 다메노부爲信의 딸이다. 동기로는 언니와 남동생 노부노리惟規, 그리고 배다른 동생들이 있었다. 무라사키시키부의 증조할아버지 가네스케兼輔는 종3위 중 납언中納言으로 『고킨와카슈古今和歌集』 시대의 36가선三十六歌仙 중 한 사람으로 유명한 가인이었다. 아버지 다메토키는 당대의 대표적인 한학자였으나 정치의 중심에서는 소외된 지방의 수령을 전전하는 중류 귀족이었다. 무라사키시키부가 일기나 가집에서 어머니에 대한 기록을 전혀 남기지 않은 점으로 미루어 어머니는 어린 시절 사망한 듯하다.

『무라사키시키부 일기紫式部日記』에 의하면, 작자가 아버지로부터 와카和歌와 한문의 교육을 받으며 자랐다는 것을 다음과 같이 기술하고 있다. 다메토키가 아들 노부노리에게 한학을 가르칠 때, 옆에서 듣고 있던 무라사키시키부가 먼저 해독했다고 한다. 그럴 때마다 아버지는 "안타깝구나, 이 애가 남자가 아닌 것은 정말 운이 없는 일이다"라고 입버릇처럼 한탄했다고 한다. 이 시대의 한문이란 오로지 남자의 입신출세를 위한 방편이었을 뿐 여자에게는 무용지물로 오히려 경원시했던 학문이었다. 이러한 무라사키시키부의 뛰어난 재능과 한문에 대한 지식은 훗날 『겐지 이야기』 창작에 필수불가결한 밑거름이 되었다.

무라사키시키부는 24세가 되는 996년, 아버지 다메토키가 현재의 후쿠이 현福井縣인 에치젠越前의 수령으로 임명되자 함께 내려간다. 도읍에서만 살았던 무라사키시키부가 미지의 풍토에서 생활한 체험 또한 이후의 창작 활동에 많은 영향을 주었을 것으로 추정된다. 그런데 999년 1월, 무라사키시키부는 그 동안 여러 차례 구혼을 받아왔던 후지와라 노부타카藤原宣孝와 결혼한다. 당시의 여성들이 대개 15세 전후에 결혼했던 것을 감안하면 27세의 무라사키시키부는 만혼이었다. 한편 47세의 노부타카에게는 이미 정처가 있고 무라사키시키부와 비슷한 나이의 아들도 있었다. 그러나 무라사키시키부가 딸 겐시賢子를 출산한 다음 해인 1001년, 남편 노부타카의 갑작스런 죽음으로 2년 남짓한 행복한 결혼 생활은 끝나고 과부 생활이 시작된다. 무라사키시키부는 홀로 어린 딸을 키우며 인생에 대해 더욱 관조하는 생활을 하며 이승에서 이루지 못한 이상적인 결혼 생활을 허구의 이야기, 즉 모노가타리物語 문학 속에서 실현하고자 『겐지 이야기』를 집필하지 않았을까 생각된다.

문필가로서 뛰어난 무라사키시키부의 재능은 당시 최고의 권세가인 후지와라 미치나가藤原道長에게도 알려졌을 것이다. 1004년경, 32세의 무라사키시키부는 미치나가의 딸이며 이치조 천황一條天皇(986~1011)의 중궁 쇼시彰子의 교육과 자문을 담당할 뇨보女房로 발탁되어, 1013년 가을까지 10년이나 쇼시를 보좌하게 된다. 헤이안 시대의 뇨보는 조선 시대의 궁녀와 비슷하지만, 무라사키시키부와 같은 뇨보는 궁중이나 귀족의 저택에서 문학을 창작하는 지식인 여성들이었다. 무라사키시키부는 지금까지 주부로서 영위해온 사가의 생활과 전혀 다른 화려한 궁중에서 천황을 비롯한 상류 귀족들과 교류하며 교양과 시야를 넓히게 되었다. 무라사키시키부는 이러한 체험과 기억을 바탕으로 방대한 『겐지 이야기』의 세계를 완성했고, 가집과 일기 등도 집필했을 것으로 추정된다.

1010년경에 『무라사키시키부 일기』를, 1013년경에는 가집 『무라사키시키부슈紫式部集』 등을 집필한다. 『무라사키시키부 일기』는 작자가 중궁 쇼시에게 출사하고 있을 무렵인 1008년 전후의 기록이 중심인데, 쇼시가 친정 쓰치미카도土御門 저택에서 후일 고이치조 천황後一條天皇(1016~1036)이 되는 황자 아쓰히라敦成를 출산하는 이야기, 갖가지 궁중행사와 과거에 대한 회상, 다른 뇨보들에 대한 비판 등을 기술하고 있다. 일기의 기조는 화려한 궁중 생활의 분위기에 편승하지 않고 내면을 관조하는 심경이나 『겐지 이야기』의 집필과정을 기술하고 있어 작자를 이해할 수 있는 귀중한 문헌이라 할 수 있다.

『무라사키시키부슈』는 작자의 소녀시절부터 읊은 와카 131수를 거의 연대순으로 배열한 가집이다. 수록된 와카는 주로 소녀시절 친구들과의 이별과 재회, 결혼 생활, 남편의 죽음, 궁중 생활 등을 소재로 읊은 것들이다. 와카를 제목별로 살펴보면 당시에 일반적으로 많이 읊었던 사계절이나 사랑 노래는 적은 편이고, 축하, 이별, 애상 등의 소재가 많은 것이 특징이다.

2. 성립과 구성

『겐지 이야기』는 11세기 초 무라사키시키부가 일본 교토京都를 주요 배경으로 남녀의 인간관계를 그린 허구의 소설이다. 『겐지 이야기』의 집필시기는 남편과 사별한 1001년부터 1005년까지 「와카무라사키若紫」권 등 상당 부분이 완성되었으나, 이후 궁중 생활을 하는 동안 집필을 계속했을 것으로 추정된다. 『무라사키시키부 일기』에서는 서명을 『겐지노모노가타리源氏の物語』라고 기술하고 있으나, 이후 『겐지源氏』, 『히카루겐지노모노노가타리光源氏の物語』, 『무라사키노모노노가타리紫の物語』, 『무라사키노유카리紫のゆかり』, 『겐고源語』, 『시분紫文』 등으로 불려오다가 근대 이후에 『겐지모노가타리源氏物語』로 정착된다.

『겐지 이야기』의 본문에는 작자가 누구라는 기술이 없지만 일기에 나오는 다음 세 독자의 기사를 통해 작자가 무라사키시키부라는 것을 확인할 수 있다. 작자의 일기 1008년 11월의 기사에는 당대 최고의 가인인 후지와라 긴토藤原公任가 무라사키시키부에게 『겐지 이야기』에 등장하는 주인공 와카무라사키若紫에 비유하여 "이 가까이에 와카무라사키가 있는가"라고 묻는 대목이 나온다. 이에 무라사키시키부는 속으로 히카루겐지光源氏에 비유할 만한 사람도 없는데 와카무라사키는 왜 찾는가라고 생각한다. 또한 이치조 천황이 뇨보에게 『겐지 이야기』를 읽게 하여 듣고는, 이 이야기의 작자는 『니혼쇼키日本書紀』도 읽었을 것이라고 했다는 것을 소개하고 있다. 그리고 후지와라 미치나가가 딸 쇼시 중궁전에 『겐지 이야기』의 서사본이 있는 것을 보고, 작자인 무라사키 시키부가 호색할 것이라는 뜻으로 와카를 읊는다. 이에 대해 무라사키 시키부는 강하게 부정하며 자신은 그런 적이 없다고 답가를 읊었다는 것이다.

현존하는 『겐지 이야기』의 저본底本은 수많은 종류가 전해지고 있지만, 크게 청표지본靑表紙本, 가우치 본河內本, 별본別本의 세 계통으로 나눌 수 있다. 이 중에서 가장 오래된 청표지본은 가마쿠라 시대鎌倉時代에 후지와라 데이카藤原定家가 필사한 것으로, 『源氏物語』1~6권(『新編日本古典文学全集』, 小学館, 1998)을 비롯한 현대의 활자본은 이 계통을 저본으로 출판한 것이 대부분이다. 가우치 본은 헤이안 시대 말에서 가마쿠라 초기에 걸쳐 지금의 오사카大阪 동부 가우치의 수령을 했던 미나모토 미쓰유키源光行와 지카유키親行 부자가 교정한 저본이며, 별본은 청표지본과 가우치 본 이외의 필사본을 총칭하는 저본이다.

현존하는 『겐지 이야기』는 저본에 따라 차이가 있지만, 전체 54권으로 200자 원고지 5000매가 넘는 세계 최고 최장편의 소설이다. 등장인물이 무려 500여 명이나 되며, 기리쓰보 천황桐壺天皇에서 스자쿠朱雀, 레이제이冷泉, 금상今上까지 70여 년간에 걸친 장대한 이야기이다. 『겐지 이야기』는 전기傳奇적인 화형話型과 일기문학, 795수의 와카, 한시문이 어우러진 긴장된 문체이며, 이야기꾼語り手이 독자들에게 들려주는 형식으로 기술되어 있다. 『겐지 이야기』는 치밀한 주제와 등장인물의 심리적 갈등, 사계절과 궁중의례, 미의식의 표현 등 모든 면에서 일본문학사상 최고의 걸작으로 평가된다.

『겐지 이야기』 54권의 본문을 3부 구성설에 따라 분류해 보면 다음과 같다(제1·2부 41권을 정편, 제3부 13권을 속편으로 보는 견해도 있다).

제1부 : 33권

제2부 : 8권

제3부 : 13권

『겐지 이야기』는 복잡한 성립과정을 거쳐왔기 때문에 본문의 유포

과정에 불분명한 점이 많다. 『겐지 이야기』의 성립과 관련하여 주인공의 등장 순서나 나이의 오류 등으로 일찍부터 현재의 순서대로 집필되지 않았을 것이라는 의문이 제기되어왔다. 고주석서인 『가카이쇼河海抄』에는 작자가 이시야마데라石山寺에서 비와 호琵琶湖에 비친 달을 보고 「스마須磨」, 「아카시明石」권을 쓰기 시작했다고 한다.

근대의 와쓰지 데쓰로和辻哲郎는 「하하키기」권부터 기필을 했을 것이라는 가설을 제기하였다. 이에 대해 아베 아키오阿部秋生, 다케다 무네토시武田宗俊 등은 작자가 제1부 33권 중에서 와카무라사키 그룹 17권을 먼저 쓰고, 하하키기 그룹 16권의 이야기는 나중에 기술하여 삽입했다고 추정하였다. 또한 「니오효부쿄」, 「고바이」, 「다케카와」권 등에 모순이 많은 점을 들어 별도의 작자를 제기하는 연구자도 있다. 이와 같이 성립과 관련한 수많은 가설이 있지만, 오늘날의 독자들이 현존하는 54권의 『겐지 이야기』를 텍스트로 감상하는 데 부족함은 없을 것으로 생각된다.

3. 등장인물과 줄거리

『겐지 이야기』의 서두는 '어느 천황의 치세 때였는지'라고 하는 독창적인 표현으로 시작되어, 가오루薫가 애인 우키후네浮舟의 행방을 애타게 찾는 대목에서 끝난다. 전체를 정편과 속편으로 나누기도 하지만, 주제나 창작방법에 따라 전체를 3부 구성으로 보는 것이 일반적이다. 제1부는 히카루겐지의 비현실적이라 할 만큼 이상적인 연애와 영화를, 제2부는 히카루겐지의 애정 파탄과 영화의 조락, 출가하고자 하는 소망, 자녀들의 연애를 그리고 있다. 제3부는 후손들인 가오루, 니오노미야匂宮 등과 우지宇治의 여성들이 겪는 남녀의 인간관계를 사실적으로 묘사하고 있다.

제1부는 「기리쓰보」권부터 「후지노우라바」권까지의 33권, 제2부는

「와카나 상」권부터 「마보로시」권까지의 8권, 제3부는 「니오효부쿄」권부터 「유메노우키하시」권까지의 13권이다. 각 권의 명칭과 등장인물의 이름은 작자가 붙인 것보다 대체로 후대의 독자들이 와카의 증답이나 관직명 등에서 비롯된 상징적인 표현을 따서 지은 이름이 대부분이다.

〈제1부〉

제1부는 기리쓰보 천황의 둘째 황자인 주인공 히카루겐지가 태어나서 39세까지 갖가지 난관을 극복하고 천황에 버금가는 권세와 영화를 누리게 된다는 이야기이다. 기리쓰보 갱의桐壺更衣는 낮은 신분인데도 불구하고 기리쓰보 천황의 총애를 받아 황자를 출산한다. 그러나 갱의는 첫째 황자의 어머니인 고키덴 여어弘徽殿女御를 비롯한 후궁들의 질투를 받아 둘째 황자가 세 살 때 병사한다. 둘째 황자는 뛰어난 재능과 미모로 궁중을 압도하지만, 기리쓰보 천황은 후견이 없는 둘째 황자의 장래를 우려하여, 발해국에서 파견된 사신의 예언에 따라 황자에서 신하의 신분으로 내려 미나모토源 성을 하사한다. 이리하여 히카루겐지는 초인적인 재능과 미모를 지닌 이야기의 주인공으로 등장한다.

히카루겐지는 12세 무렵 성인식과 동시에 좌대신의 딸 아오이노우에葵の上와 정략결혼을 하지만 소원한 관계를 유지한다. 그런데 히카루겐지는 계모 후지쓰보藤壺가 죽은 어머니와 닮았다고 하는 이야기를 듣고 자신의 이상형으로 동경하다가 결국 밀통의 관계를 맺는다. 이 외에도 그는 전 동궁의 부인 로쿠조미야스도코로六條御息所, 오보로즈키요朧月夜, 하나치루사토花散里를 비롯한 다양한 신분의 여성들과 남녀관계를 유지한다. 또한 「하하키기」권에서 비 오는 날 밤, 히카루겐지는 궁중에서 숙직을 하는 친구인 두중장頭中將, 좌마두左馬頭, 등식부승藤式部丞으로부터 중류 계층의 여성에 대한 품평을 듣고, 우쓰세미空蟬, 유가오夕顔, 스에쓰무하나末摘花 등의 여성들과 호색적인 남녀관계를 이어간다. 특히

히카루겐지는 후지쓰보를 자신의 이상형으로 생각하여 후지쓰보의 조카로 얼굴이 닮은 무라사키노우에와 온나산노미야女三の宮와도 결혼한다.

히카루겐지와 후지쓰보의 밀통으로 태어난 아들 레이제이冷泉는 표면적으로 기리쓰보 천황의 아들이라 스자쿠 천황朱雀天皇에 이어서 즉위한다. 소위 후지쓰보 사건이라고 하는 이 이야기는 밀통의 결과가 오히려 히카루겐지의 영화를 가져오는 제1부의 장편적 주제를 구성하고 있다. 한편 자의식과 질투심이 강한 로쿠조미야스도코로는 모노노케物の怪가 되어 히카루겐지의 정처 아오이노우에가 아들 유기리夕霧를 출산한 후에 죽게 만든다. 그리고 히카루겐지와 오보로즈키요와의 밀애는 우대신 집안의 후궁 정책을 좌절하게 만들고, 이에 대한 문책을 예상한 그는 스스로 스마須磨로 퇴거한다. 그러나 태풍으로 인해 스마에서 아카시明石로 옮긴 히카루겐지는 아카시노키미明石の君와 결혼하여 딸 아카시노히메기미明石の姫君를 얻는다.

스마・아카시에서 조정의 내대신으로 복귀한 히카루겐지는 레이제이 천황의 후궁으로 로쿠조미야스도코로의 딸 아키코노무秋好를 입궐시킨다. 그리고 도읍의 로쿠조六條에 사방이 240m나 되는 사방 사계四方四季의 거대한 저택인 로쿠조인六條院을 조영하여 각각의 계절에 어울리는 부인들을 거처하게 한다. 봄 저택에는 무라사키노우에, 가을 저택에는 아키코노무 중궁, 여름 저택에는 하나치루사토, 겨울 저택에는 아카시노키미가 살게 된다. 특히 무라사키노우에가 사는 봄 저택은 살아 있는 극락정토라고 불릴 정도로 이상적인 저택으로 꾸며진다. 히카루겐지는 유가오의 딸 다마카즈라玉鬘를 양녀로 맞이하여 구혼자들의 관심을 끌게 하거나, 각 계절에 따라 여성들을 방문하는 등 우아한 생활을 한다. 미모의 다마카즈라는 히카루겐지의 사랑을 받지만 결국 히게쿠로 대장鬚黒大將과 결혼하게 된다.

제1부의 마지막 「후지노우라바」권에서, 히카루겐지는 자신의 딸 아

카시노히메기미를 동궁비로 입궐시킨다. 그리고 후지쓰보와의 밀통으로 태어난 레이제이 천황은 히카루겐지가 진부인 것을 알고 예우하여 태상천황太上天皇에 준하는 지위를 내린다. 그리하여 히카루겐지는 로쿠조인을 찾은 스자쿠인朱雀院, 레이제이 천황과 함께 동렬에 앉게 됨으로써 섭정攝政·관백關白 이상의 권세와 영화를 실현하게 된다. 이러한 히카루겐지의 영화는 후지쓰보와 아카시노키미 등 다양한 남녀의 인간관계를 가진 결과로서 달성된다는 것을 확인할 수 있다.

〈제2부〉

제2부는 히카루겐지의 나이 40세에서 52세까지의 이야기로, 로쿠조인의 조락과 비극적인 결말을 그리고 있다. 「와카나 상」권에서 히카루겐지는 40세 축하연을 마치고 이복형 스자쿠인의 셋째 딸 온나산노미야女三の宮를 정처正妻로 맞이한다. 이로 인해 그간 히카루겐지의 절대적인 사랑과 신뢰로 살아온 무라사키노우에는 깊은 배신감을 느끼고 가혹한 자신의 운명을 절감한다. 한편 아카시노히메기미가 동궁의 아들을 출산하자 아카시 일족의 영화와 기쁨은 절정에 달한다. 그러나 로쿠조인의 영화도 히카루겐지의 정처 온나산노미야와 가시와기柏木의 밀통으로 상대화되고 서서히 허물어지기 시작한다.

무라사키노우에는 「와카무라사키」권 이래로 오직 히카루겐지의 사랑만을 의지하여 살아오다가, 그가 온나산노미야와 결혼하자 크게 실망하지만 이를 참고 견디며 만사를 현명하게 대처해나간다. 그러나 그녀의 이러한 인내와 고뇌는 점점 스트레스로 쌓여 발병하고, 이를 치유하기 위해 로쿠조인을 떠나 이전의 거처였던 니조인二條院으로 옮긴다. 그런데 히카루겐지가 무라사키노우에를 간호하느라 로쿠조인을 비운 사이에 히카루겐지의 처조카인 가시와기와 온나산노미야가 밀통한다. 이에 온나산노미야는 회임을 하고 우연히 이 사실을 알게 된 히카루겐

┃ 태어난 지 50일을 맞이한 가오루를 품에 안은 히카루겐지의 모습〈源氏物語繪卷〉. 德川美
　術館藏. -『源氏物語』, 平凡社, 1982.

지는 분노와 절망으로 고뇌하며, 자신이 후지쓰보와 밀통하여 아버지
기리쓰보 천황을 배신했던 죄과라 생각하며 모든 것을 인과응보로 받
아들인다. 그리고 히카루지는 온나산노미야가 낳은 가오루를 자신의
아들로 받아들일 수밖에 없는 기구한 운명을 통감한다.

　이후 온나산노미야는 다시 나타난 로쿠조미야스도코로의 모노노케
(사령)로 인해 출가하고, 가시와기는 히카루겐지에 대한 죄의식을 견
디다 못해 죽음을 맞이한다. 히카루겐지의 아들 유기리는 가시와기의
미망인 오치바노미야落葉の宮를 우여곡절 끝에 부인으로 맞이한다. 결국
온나산노미야의 밀통 사건은 로쿠조인의 붕괴를 가져오게 되는데, 무
라사키노우에는 출가의 소망도 이루지 못한 채 죽음을 맞이한다. 제2

부의 마지막 「마보로시」권에서 히카루겐지는 평생의 반려자였던 무라사키노우에를 잃은 슬픔을 날낼 길이 없었시만, 전생으로부터의 인연과 인과응보의 원리에 순응하며 사계절의 흐름에 따라 생활하면서 출가를 생각한다.

〈제3부〉

제3부는 가오루 14세부터 28세까지의 이야기로, 제2부와 8년간의 공백이 있다. 제3부 13권 중 「하시히메」권에서 마지막 「유메노우키하시」권까지의 10권은 교토의 남쪽 우지宇治를 배경으로 하고 있어 '우지10첩宇治十帖'이라고 한다. 온나산노미야와 가시와기의 밀통으로 태어난 가오루와 히카루겐지의 외손자 니오노미야匂宮가 우지의 여성들과 겪는 연애와 갈등을 그리고 있다.

제3부가 시작되는 「니오효부쿄」권에는 정편의 주인공 히카루겐지가 때를 놓치지 않고 출가하고 세상을 떠났다는 것을 밝히고 있다. 그리고 지금은 히카루겐지의 명성을 이을 만한 사람이 없지만 그 자손인 가오루와 니오노미야가 세상의 평판이 높다고 한다. 이때 우지에는 기리쓰보 천황의 여덟째 황자인 하치노미야八の宮가 옛날 고키덴 여어의 황위 계승 다툼에 이용당한 후, 부인이 죽고 도읍의 집이 불타자 불도 수행을 하면서 두 딸 오이기미大君와 나카노키미中の君를 양육하며 살고 있었다. 자신의 출생에 대해 회의를 품고 있던 가오루는 우지의 하치노미야를 찾아가 의지하였다.

이때 가오루는 하치노미야의 첫째 딸 오이기미을 보고 한눈에 반하여 거의 편집증에 가까울 정도로 깊은 연정을 품게 되어, 사랑과 불도수행의 도심道心 사이에서 방황한다. 한편 오이기미는 아버지 하치노미야가 죽자 독신으로 살아갈 결심을 굳히고 가오루의 구혼을 거절하며 대신에 동생 나카노키미와 결혼할 것을 권한다. 이에 가오루는 오이기미의 마음을 자신에게로 돌리기 위해 나카노키미를 니오노미야와 결혼시킨다. 그러나 오이기미는 아버지의 유언에 따라 가오루의 청혼을 거부하다가 갑자기 병을 얻어 세상을 떠난다.

가오루는 천황의 딸인 온나니노미야女二の宮를 정처로 맞이하지만 여전히 죽은 오이기미를 회상하며 니오노미야에게 양보한 나카노키미를 찾아간다. 이때 나카노키미는 오이기미를 잊지 못하는 가오루에게 오이기미와 닮은 배다른 자매 우키후네를 소개한다. 우키후네는 하치노미야가 주조노키미中將の君라는 여성과의 사이에서 낳은 딸이지만, 시녀였던 어머니의 신분이 낮아 딸로서 인정받지 못하고 있었다. 우키후네는 우여곡절 끝에 도읍으로 상경하지만, 불도 수행을 추구하는 가오루와 호색적인 니오노미야와 삼각관계가 되어 그 이름이 상징하는 것처럼 방황한다.

우키후네는 인간과 사랑에 대한 불신을 고뇌한 끝에 우지 강宇治川에 투신자살을 기도한다. 가오루는 우키후네가 죽은 것으로 생각하여 장례까지 치렀지만, 우키후네는 운명적으로 요카와 승도橫川の僧都에게 구출되었다. 우키후네는 승려 일족의 헌신적인 보살핌을 받지만 인생이 덧없다는 생각으로 출가한다. 우키후네가 살아 있다는 소문을 들은 가오루는 부하를 요카와로 보내 다시 만날 것을 기대하지만 우키후네는 만나주지 않는다. 그리고 이 대목에서 장편『겐지 이야기』는 대단원의 막을 내린다. 이러한 우키후네의 구도적인 자세는 작자 자신이『무라사키시키부 일기』에서 고백하고 있는 불도와 인생에 대해 관조하는 태도와 상통하는 점이라 할 수 있다.

4. 문학성과 후대의 영향

헤이안 시대의 여성들은 여가에 이야기책 읽는 것을 좋아했다고 한다. 당시의 설화집인『산보에三寶繪』에는 모노가타리가 "큰 숲 속의 초목 수만큼 번창하고 해변의 모래알만큼 많다"고 할 정도로 유행했다고 한다. 후대 가마쿠라 시대鎌倉時代 초기의 모노가타리 평론집인『부묘조시無名草子』에는 "『겐지 이야기』가 쓰여진 것은 부처님의 영험이며, 범부가 흉내낼 수 있는 일이 아니다"라고 평가하고 있다. 즉『겐지 이야기』는 모노가타리 문학에 대한 독자들의 요구와 무라사키시키부의 와카와 한시문에 대한 조예, 인생에 대한 깊은 성찰 등 복합적인 요인에 의해 성립될 수 있었다. 이에 다마가미 다쿠야玉上琢弥는『겐지 이야기』를 '여성에 대해, 여성에 의해, 여성을 위한' 이야기라고 하여 작자와 독자가 대부분 여성이었던 점을 지적하였다.

　『겐지 이야기』의 주제는 장대하고 다양한 내용을 포함하고 있어 한마디로 평가하기가 쉽지 않은 작품이다. 우선 일본 중세의 연구자들은 제1부와 제2부에서 각각 히카루겐지와 후지쓰보, 가시와기와 온나산노미야가 밀통한 사실을 들어 '인과응보'로 분석하였다. 그리고 근세의 국학자 모토오리 노리나가本居宣長는『겐지 이야기』를 '인과응보'로 분석하는 것은 지나치게 유교와 불교의 도덕률에 치우친 해석이라고 비판하면서 작품에 흐르는 주제를 '모노노아와레もののあはれ'로 설명하였다. '모노노아와레'는『겐지 이야기』에서 계절감이나 음악, 남녀의 애정 등에 대한 조화된 정취와 우아하고 섬세한 미적 감각을 나타내는 표현이다. 한편 근대의 오리쿠치 시노부折口信夫는 히카루겐지의 여성관계를 상대에 왕권을 획득한 영웅들에 비유하여 '이로고노미色好み'로 분석하였다. 이 세 가지 용어는 시대에 따라『겐지 이야기』의 미의식을 분석한 대표적인 문예이념으로 정착되었다.

　『겐지 이야기』의 세계는 장편의 주제를 이끄는 귀종유리담, 유언담, 계모학대담, 날개옷 전설, 구혼담, 재회담 등 다양한 화형話型이 투영되어 있다. 특히「기리쓰보」권의 예언과「와카무라사키」권의 해몽,「미오쓰쿠시」권의 천문역학적 예언 등은 장편적 주제를 이끄는 복선의 역

우키후네가 그림을 보면서 모노
가타리를 감상하는 장면
〈源氏物語繪卷〉, 德川美術館藏,
─『源氏物語』, 平凡社, 1982.

할을 하고 있다. 또한 『겐지 이야기』에는 수많은 와카가 대화의 수단으
로 활용되고, 로쿠조인의 사계절을 중심으로 우아한 정취를 그리고 있
다. 이에 『겐지 이야기』는 성립된 이래로 어떠한 시대의 문화적 배경을
갖고 감상하더라도, 그에 상응하는 새로운 감동을 독자에게 전달해주
는 작품이라 할 수 있다.

　『겐지 이야기』는 2008년 11월 교토에서 천황과 황후가 참석한 가운
데 성립 천 년이 되는 기념식을 거행할 정도로 긴 향수의 역사를 갖고
있다. 후대의 모노가타리 문학과 역사소설, 와카, 렌가連歌, 노能, 꽃꽂
이, 향, 염색, 바둑, 조가비 놀이, 쌍륙 등 문학과 문화에 미친 『겐지 이
야기』의 영향은 이루 헤아릴 수가 없을 정도이다. 헤이안 시대 후기의
수많은 모노가타리 문학과 역사 소설, 군담, 노의 대본인 요쿄쿠謠曲 등
의 산문문학뿐만이 아니라 와카와 같은 운문문학에 이르기까지 일본
문화의 규범으로 거의 절대적인 지위를 지켜왔다. 특히 중세의 요쿄쿠
「우쓰세미空蟬」, 「유가오夕顔」, 「아오이노우에葵上」, 「스미요시 참배住吉詣」,

『겐지 이야기』천 년 기념식 프로그램.
– 교토 국립교토국제회관, 2008.11.1.

「우키후네浮舟」등은 모두『겐지 이야기』를 소재로 한 내용이다. 또한 근세에는 이하라 사이카쿠井原西鶴의 고소설『고쇼쿠이치다이오토코好色 一代男』,『니세무라사키이나카겐지僞紫田舍源氏』등도『겐지 이야기』를 패 러디한 소설이다. 이에 소설가이자 평론가인 나카무라 신이치로中村眞一郎 가『겐지 이야기』성립 이전의 일본문학은 그 준비단계이고, 성립 이후 는 해체단계라고 설파했을 정도이다.

앞에서 지적한 것처럼 문헌에 기록된『겐지 이야기』의 동시대 독자 로는 후지와라 긴토와 이치조 천황, 후지와라 미치나가 등이 있었다. 이후 완결된 작품을 읽었을 것으로 추정되는 독자로는『사라시나 일기 更級日記』의 작자가 있는데,『겐지 이야기』54권을 혼자서 묵독했다는 것 을 자신의 일기에 기술하고 있다. 중세의 후지와라 슌제이藤原俊成는『롯 퍄쿠반우타아와세六百番歌合』에서 "겐지 이야기를 읽지 않은 가인은 유 한遺恨이다"라고 하였다. 또한 주석서『가초요조花鳥餘情』에는 "우리나라 의 보물로『겐지 이야기』보다 나은 것은 없다"라고 할 정도로 당대 지 식인들의 필독서였다. 당시 귀족의 여성 독자들은 이야기꾼이 읽는 원 문을 들으면서 동시에 그림첩인 에마키繪卷를 보면서 감상하였다. 현재 도쿠가와 미술관德川美術館과 고토 미술관五島美術館에는 가마쿠라 시대 초 기에 그려진〈겐지모노가타리에마키源氏物語繪卷〉가 소장되어 있다.

근대 이후 요사노 아키코与謝野晶子, 다니자키 준이치로谷崎潤一郎, 엔치 후미코円地文子, 다나베 세이코田辺聖子 등의 현대 일본어역이 있으며, 최근 다카하시 오사무高橋治, 세토우치 자쿠초瀬戸内寂聴의 번역이 세인의 관심을 끌었다. 『겐지 이야기』가 최초로 해외에 소개된 것은 1882년경이나, 서양에서 평가를 받게 된 것은 1933년 영국의 동양학자 아서 웨일리Arthur Waley의 영역 『The Tale of Genji』이다. 이후 웨일리의 영역이 구미 각국어로 중역이 되면서 널리 세상에 알려지게 되었다. 1976년에는 미국의 에드워드 사이덴스티커Edward Seidensticker, 2001년에는 오스트레일리아의 로열 타일러Royall Tyler가 다시 원문을 영어로 번역하였다. 한국어로는 1975년에 유정, 1999년에는 전용신, 2007년에는 김난주의 번역이 출판되었으나 모두 현대 일본어역을 번역한 것이다. 2008년에는 김종덕의 초역抄譯이 출판되었다.

이 외에 『겐지 이야기』의 원작에서 파생된 번안, 에세이, 만화, 애니메이션, 영화, 드라마, 연극, 가부키, 노, 조루리, 가극 등 다양한 작품들로 확대 재생산되고 있다. 이들 작품은 원작이 워낙 장대하고 난해하기 때문에 쉽게 접할 수 있게 원문의 일부를 편집한 경우가 많다. 그러나 일부 전문 연구자들을 제외한 현대인들에게는 난해한 원문보다 만화나 애니메이션, 영화와 같은 형태가 더욱 흥미를 유발하는 작품으로 받아들여지고 있다. 예를 들면 야마토 와키大和紀의 만화 『아사키유메미시あさきゆめみし』와 영화 〈천 년의 사랑 히카루겐지 이야기千年の恋 ひかる源氏物語〉, 〈겐지 이야기 천 년의 수수께끼源氏物語 千年の謎〉 등은 큰 반향을 불러일으켰다.

2000년 밀레니엄을 기념하여 새로 발행된 일본 화폐 이천 엔 권의 뒷면에는 〈겐지모노가타리에마키〉의 그림과 함께 여성으로서는 처음으로 작자의 초상이 게재되었다. 또한 2008년에는 『무라사키시키부 일기』의 기술을 근거로 『겐지 이야기』 성립 천 년이 되는 기념행사와 함께 대규모의 학술대회가 열렸다. 그리고 오늘날 일본 국내뿐만이 아니

라 세계 각국에서 새로운 『겐지 이야기』의 번역과 파생 작품의 번안이
시도되는 등 연구와 감상이 계속되고 있다.

참고문헌

김종덕, 『겐지 이야기』, 지만지, 2008.
유정, 『겐지 이야기』상하, 을유문화사, 1975.
日向一雅, 『源氏物語の世界』, 岩波新書, 2004.
阿部秋生 他 3人, 『源氏物語』1-6, 小学館, 1998.
秋山虔 編, 『新·源氏物語必携』, 学燈社, 1997.
鈴木日出男, 『はじめての源氏物語』, 講談社現代新書, 1991.
玉上琢弥, 『源氏物語研究』(「源氏物語評釈」別巻一, 角川書店, 1982)
中村真一郎, 『源氏物語の世界』, 新潮選書, 1968.

무라사키시키부의 삶과 『겐지 이야기』

송 귀 영

1. 와카무라사키

　일본문학사의 정점에 서 있는『겐지 이야기』를 쓴 작자는 무라사키
시키부紫式部이다. 안타깝게도 그녀의 본명은 알려져 있지 않다. 그러나
그녀가 남긴 『무라사키시키부 일기紫式部日記』에 당시의 대표적인 석학
인 후지와라 긴토藤原公任가 "와카무라사키는 여기 있는가"라고 이야기
했다는 기술이 있다. 이는『겐지 이야기』의 집필이 이때 이미 시작되었
음을 암시하며 동시에 '무라사키紫'라는 말이 작자를 일컫는 상징어로
사용되었음을 알려주는 것이기도 하다. '무라사키'는『겐지 이야기』에
등장하는 여인들 중에 주인공 하카루겐지가 평생을 두고 가장 사랑한
여인인 무라사키노우에紫の上와 관련된 것으로, 무라사키노우에가 어린
시절 와카무라사키若紫라고 불린 데서 유래하는 에피소드라 할 수 있다.

2. 이치조 천황

무라사키시키부가 이치조 천황一條天皇의 재위 시기(986~1011)에 궁
인으로 출사했던 것은 잘 알려진 사실이다. 이치조 천황은 980년에 태
어났다. 986년에 천황에 즉위하였으니 얼마나 어린 나이에 천황의 자
리에 오른 것인지 알 수 있다. 당연히 나이 어린 천황을 대신하여 정무
를 돌볼 사람이 필요하게 되자 천황의 외조부인 후지와라 가네이에藤原
兼家가 관백關白의 자리에 오르면서 정치적 세력을 키우게 된다. 또한 가
네이에의 큰아들인 후지와라 미치타카藤原道隆는 당시 내대신內大臣의 지
위에 있으면서 990년 정월 스무닷새에 20일 전에 막 성인식을 치른 자
신의 큰딸 데이시定子를 이치조 천황의 비로 입궐시킨다. 이는 헤이안
시대 귀족들이 집안의 권세를 유지하기 위해 취했던 대표적인 방편으
로, 딸자식을 잘 키워 입궐시켜 외척으로서의 권세를 오래도록 누리고
자 했던 단면을 보여주는 좋은 예라 할 수 있다.

한편, 나이 어린 이치조 천황이 즉위하게 된 이면에는 가잔 천황花山
天皇(984~986)의 불행이 있었다. 가잔 천황이 고키덴 여어弘徽殿女御의
죽음으로 상심에 젖어 있자 가네이에는 천황을 폐위시키고 자신의 손

자를 하루라도 빨리 천황에 즉위시키고자 계략을 꾸민다. 즉 평생 고키덴 여어를 추모하면서 살 수 있다며 가잔 천황에게 출가를 권하며, 다른 이들에게는 알리지 않고 천황을 산사로 꾀어내어 삭발을 하게 하여 출가시킨 것이다. 이를 직접 행동에 옮긴 사람은 가네이에의 셋째 아들인 후지와라 미치카네藤原道兼였다. 같이 출가하여 고키덴 여어를 추모하며 천황과 모든 것을 함께 하겠노라 다짐했던 미치카네가 실은 자신을 배신한 것을 안 가잔 천황은 이미 때가 늦었음을 한탄하며 남은 생을 살아야 하였다. 만약에 이와 같은 가잔 천황의 불행이 일어나지 않았더라면 가잔 천황의 학문의 스승이었던 무라사키시키부의 아버지 후지와라 다메토키藤原爲時의 운명은 달라졌을 것이며, 무라사키시키부의 운명도 달라졌을지 모른다.

그러나 가네이에와 그의 두 아들도 결코 순탄한 삶을 살지는 못하였다. 990년 5월 가네이에는 세상을 뜨며 관백의 자리를 큰아들 미치타카에게 물려준다. 이 조치에 큰 불만을 나타낸 이는 바로 셋째 아들 미치카네였다. 가잔 천황을 출가시킨 공을 세운 그는 내심 관백의 자리를 이어받을 수 있으리라 기대하고 있었기 때문이다. 『오카가미大鏡』의 미치카네 관련 기사를 보면 불만을 품은 미치카네가 아버지의 장례기간 내내 상복도 입지 않고 염불도 하지 않았을 뿐만 아니라, 사람들을 불러 모아 여흥을 즐겼다고 한다. 이 일화에서 알 수 있듯이 미치카네는 욕심 많고 모난 성격의 소유자였던 것으로 전해진다. 이런 상황 하에서 관백의 자리를 물려받은 큰아들 미치타카는 정치적 파트너였던 동생 미치카네를 경계하게 된다. 설상가상으로 동생 미치카네는 측실과의 사이에서 얻은 딸 손시尊子를 입궐시켜 1000년에는 이치조 천황의 여어 첩지를 받게 한다. 손시의 생모는 이치조 천황의 유모였던 이로 『마쿠라노소시枕草子』에도 소개가 될 정도로 여장부였던 것으로 전해진다.

이치조 천황과 미치타카 형제와의 얽힌 관계는 이에 그치지 않는다. 가네이에의 다섯째 아들인 후지와라 미치나가藤原道長도 자신의 딸을 이치조 천황의 비로 입궐시킨 것이다. 미치나가는 유력한 두 형들로 인해 처음에는 눈에 띄지 않는 존재였다. 그러나 『오카가미』에 실려 있는 후지와라 긴토와의 일화나 가잔 천황 재위시의 대극전大極殿 담력 테스트 일화를 통해서도 알 수 있듯이 미치나가의 성품과 담력은 호쾌하고 대범했던 것 같다.

미치나가는 형들보다는 조카인 후지와라 고레치카藤原伊周와 정치적으로 대립하게 된다. 미치타카는 자신의 아들인 고레치카를 정치적 후계자로 키우고자 힘을 다하였다. 고레치카는 스물한 살이 되었을 때 스물아홉 살의 숙부 미치나가보다 높은 지위인 내대신에 올라 있을 정도였다. 한번은 고레치카가 아버지 미치타카의 저택에서 활쏘기 시합을 벌였는데, 고레치카와 숙부 미치나가가 막판 승부를 겨루게 되었다. "미치나가의 집안에서 천황과 황후가 나올 것이면 화살이여 적중하라"는 미치나가의 외침과 함께 화살이 정확히 과녁을 뚫었다. 숙부의 기세에 눌린 고레치카의 화살은 그만 과녁에서 벗어나고 말았다. 미치나가는 또 "이 몸이 정녕 관백과 섭정攝政이 될 것이면 화살이여 적중하라"고 외치고 보라는 듯이 과녁을 적중시켰다. 좌중에는 미묘한 긴장감이 감돌았고 이를 감지한 미치타카가 억지로 승부를 중지시켰다고 한다. 이렇듯 권력을 향한 의지를 서슴없이 밝히는 미치나가는 조카인 고레치카와 대립할 수밖에 없었으며, 미치타카 사후 최고 권력을 둘러싼 첨예한 대립은 더욱 심해졌다.

3. 미치나가 시대의 개막

995년은 당시 세력가 중 많은 사람들이 세상을 뜬 해이다. 미치타카가 4월에 타계하자 동생 미치카네는 대망의 관백이 되었다. 그러나 그도 불과 며칠 후에 병사하였다. 이로 인해 미치카네는 '7일 관백'이라는 별칭을 얻었다. 유력한 두 형이 타계하고, 미치나가가 이치조 천황의 생모인 히가시산조 여원東三條女院의 후견에 힘입어 우대신右大臣이 된다. 고레치카는 당연히 이에 불복하여 여러 차례 미치나가와 정치적으로 충돌하게 된다. 그러나 결국 미치나가는 자신의 정치적 야심을 달성하기 위해 용의주도하게 타 세력을 제거하며, 가장 강력한 라이벌인 조카 고레치카에게 갖은 혐의를 씌워 멀리 규슈九州 대재부大宰府의 부사령관으로 좌천시켜 중앙 정치무대에서 쫓아낸다.

이로 인해 데이시 중궁이 받은 충격은 이루 말할 수 없는 것이었다. 『마쿠라노소시』에 데이시 중궁이 출산을 위해 신하 다이라 나리마사平生昌의 집에 가는 기술이 있다. 데이시 중궁의 본가가 원인 모를 화재를 입어 출산을 위해 머물 친정집을 잃었기 때문이다. 『마쿠라노소시』의 작자로 데이시 중궁을 모시던 세이쇼나곤清少納言은 그러한 슬픔을 내색하지 않은 채 오히려 중궁을 수행하는 궁녀들의 흐트러진 모습 등을 유머러스하게 그리고 있다. 이는 데이시 중궁과 세이쇼나곤의 마지막 자존심이라 할 수 있다. 데이시 중궁의 집안에 갑작스럽게 밀어닥친 일련의 불행으로 인해 데이시 중궁의 생모는 결국 정신을 놓게 된다. 관백의 딸로 세상에 부러울 것 없이 자라 이치조 천황의 중궁에까지 오른 데이시로서는 견디기 어려운 현실이 아닐 수 없었다. 그러나 데이시 중궁의 슬픔은 여기에서 끝나지 않는다. 숙부 미치나가는 권세와 영화를 지키기 위해 자신의 딸 쇼시彰子를 이치조 천황의 중궁으로 입궐시킨다. 미치타카의 딸 데이시, 미치카네의 딸 손시, 그리고 미치나가의 딸 쇼시, 사촌지간인 이 세 여성이 모두 이치조 천황의 여인이 된 것이다. 쇼시는 입궐 후 8년 만에 이치조 천황의 아들을 낳고, 미치나가의 권좌는 더욱 확고해진다. 이후 헤이안 귀족 사회는 전성기를 맞이한다.

4. 무라사키시키부와 미치나가

무라사키시키부는 미치나가의 장녀인 쇼시 중궁을 보필하는 '뇨보女房'였다. 그리고 쇼시 중궁보다 먼저 이치조 천황의 중궁이었던 데이시를 보필하던 궁인이 바로 세이쇼나곤이다. 이 두 사람 모두 총명함과 글재주로 잘 알려져 있었지만, 사이는 그리 좋지 않았던 것으로 보인다. 두 사람의 성격과 성향 차이 외에 쇼시와 데이시의 미묘한 관계도 그 이유로 꼽을 수 있을 것이다.

'뇨보'란 높은 신분의 주인을 보필하는 여성을 가리키는데, 지금으로 말하면 일종의 전문직 여성이라 할 수 있다. 귀인의 취사나 의복, 혹은 몸단장을 담당하는 경우가 일반적이지만, 무라사키시키부와 세이쇼나곤의 경우에는 학문과 교양을 담당했던 전문인 중의 전문인이었다.

무라사키시키부는 쇼시 중궁에게 역사서를 강의할 정도로 학문에 조예가 깊었는데, 이는 한학자인 아버지 후지와라 다메토키의 영향이 컸다. 993년 다메토키가 궁중연회에 문인의 자격으로 참가했을 때, 문장박사가 다메토키의 문장을 가장 높이 평가했다는 일화가 『쇼유키小右記』와 『고단쇼江談抄』에 전한다. 다메토키의 학문의 깊이는 그가 가잔 천황의 스승이었던 사실로도 짐작해볼 수 있다. 그러나 가잔 천황의 불행이 곧 다메토키의 신변에도 영향을 미쳐 그 후 10여 년이라는 짧지 않은 세월을 벼슬을 받지 않은 채 지내게 된다. 그러나 이 시절은 다메토키가 총명함을 타고난 딸 무라사키시키부의 교육에 열과 성을 다한 시기이기도 하다.

다메토키의 학문은 그의 조부인 후지와라 가네스케藤原兼輔로부터 이어받은 것이다. 가네스케는 와카和歌의 성인 36인 중의 한 명으로, 교토의 가모 강鴨川 부근에 대규모 저택을 소유하고 '쓰쓰미 중납언堤中納言'이라는 별칭으로 불리던 인물이다. 그는 기 쓰라유키紀貫之와 같은 『고킨와카슈古今和歌集』 시대의 문인들과 깊은 교류가 있었다. 가네스케는 사촌인 우대신 후지와라 사다카타藤原定方와 함께 다이고 천황醍醐天皇(897~930) 시절 꽃피었던 학문과 문단의 중심인물로 활동하였는데, 헤이안 시대의 학문과 문학 발전의 토대를 이루었다는 평가를 받을 정도이다.

무라사키시키부의 혈족 중에는 부계 쪽만이 아니라 모계 쪽에도 학문에 조예가 깊은 문화인이 다수 존재하였다. 외증조부인 후지와라 후미노리藤原文範는 종2위의 권중납언權中納言에서 참의參議, 좌대변左代弁, 민부경民部卿까지 두루 관직을 거친 인물이다. 62세까지 장수하여 무라사키시키부의 성장에 직간접적으로 영향을 미친 것으로 보인다. 후미노리의 셋째 아들 후지와라 다메마사藤原爲雅의 부인은 당대 3대 재원으로 꼽히는 여성인 『가게로 일기蜻蛉日記』의 작자와 자매간이다. 이렇듯 무라사키시키부의 혈통이나 성장 환경은 그녀가 재능과 학식은 물론 놀라운 문장력을 갖추기에 부족함이 없는 것이었다.

5. 무라사키시키부의 재능

헤이안 시대의 문학을 이야기할 때 빼놓을 수 없는 인물 중 하나는 『고킨와카슈』 편찬을 주도한 다이고 천황일 것이다. 그런데 무라사키시키부의 증조부인 가네스케의 딸 구와코桑子가 바로 이 다이고 천황의 갱의更衣였다. 그리고 다이고 천황의 생모인 다네코胤子는 앞서 언급한 사다카타의 여자형제였다. 『곤자쿠모노가타리슈今昔物語集』에 우다 천황宇多天皇(887~897)의 여어로 다이고 천황을 낳은 다네코에 관련된 이야기가 실려 있다. 우지宇治에 넓은 영지를 소유하고 지내던 자가 딸을 입궐시켜 크게 영화를 얻었다는 이야기이다. 무라사키시키부가 쓴 『겐지 이야기』가 궁 안의 세계를 그리고 있는 데는 친가와 외가를 통틀어 이와 같은 배경이 있었음을 간과할 수 없을 것이다. 특히 히카루겐지의 생모가 갱의의 신분이었으며, 그가 스마須磨로 유배를 갔을 때 우연히 아카시明石의 여인과 인연을 맺고 얻은 딸 아카시노히메기미明石の姫君를 입궐시키는 스토리 등은 고스란히 무라사키시키부 주변 친척들의 스토리에서 따온 것일 가능성이 높다. 여인들의 이야기뿐만이 아니다. 다이고 천황의 열째 아들 다카아키라高明가 미나모토源라는 성姓을 받고 신하의 신분이 된 일이 『오카가미』에 수록되어 있는데, 이는 히카루겐지의 인물상과 중첩된다.

하지만 주변에 아무리 소재가 많다고 해도 그것에 긴장과 흥미를 불어넣어 삶의 보양제가 될 수 있는 메시지를 이끌어내고 발전시킬 수 있었던 것은 그녀의 타고난 총명함과 재능이 있었기 때문일 것이다.

무라사키시키부의 아버지가 가잔 천황의 황태자 시절에 학문을 담당했다는 사실은 앞에서도 언급한 바 있다. 학문에 조예가 깊었던 아버지는 자식들의 교육에도 남다른 열의를 보인 것으로 전한다. 무라사키시키부가 어린 시절 집에서는 늘 아버지가 남동생(오빠라고도 함)에게 글을 가르치는 소리가 끊이지 않았는데, 그녀는 여자아이로 태어났다는 이유로 한문학을 배울 수가 없었다. 하는 수 없이 늘 방문 너머로 들리는 아버지의 훈육 내용을 귀담아 듣고 익히는 수밖에 없었는데, 오히려 남동생보다 빨리 익혔다고 한다. 『무라사키시키부 일기』에는 아버지가 늘 "이 아이가 아들이었다면 좋았을 것을……" 하면서 아쉬워했다는 내용이 있고, 또 이치조 천황이 그녀가 『니혼쇼키日本書紀』를 숙지하고 그 내용을 쇼시 중궁에게 가르치기도 했던 사실에 크게 감탄하고 칭찬했다고 하는 대목도 있다. 이러한 내용들로 무라사키시키부의 총명함은 물론, 왕성한 지식욕과 그에 따른 독서력의 정도를 짐작해볼 수 있다.

6. 결혼

무라사키시키부의 재능과 문장력은 그녀를 결혼으로 이끌어주기도 하였다. 아버지의 동료 학자로 가잔 천황 재위 시에는 궁중행사에도 함께 자주 참가했던 사람 중에 후지와라 노부타카藤原宣孝라고 하는 사람이 있었다. 같은 학자라고는 하나 아버지와는 성품이나 생활 습성 등이 전혀 달라서 상황에 맞지 않는 언행으로 주변에 폐가 되는 경우도 다수 있었던 것으로 전한다. 『쇼유키』에는 아버지 다메토키가 가모 마쓰리賀茂祭에서 있었던 노부타카의 실수에 불만을 토로하는 내용이 있으며, 세이쇼나곤도 노부타카가 산행 수도에 걸맞지 않게 지나치게 화려한 복장과 행색을 한 것을 꼬집는 내용을 적고 있다. 이와 같은 일련의 내용으로 볼 때 노부타카는 무라사키시키부의 아버지인 다메토키와 비슷한 연배의 학자였으나, 항상 점잖고 정도를 벗어나지 않는 아버지와는 다르게 화려하고 주변의 눈에 띄거나 주목받기를 좋아하고, 주변에는 정을 통하는 여인들도 여럿 있었던 사람으로 보인다.

그런데 무라사키시키부의 와카들을 모은 『무라사키시키부슈紫式部集』에 보면 무라사키시키부가 젊은 시절 노부타카가 그녀의 집으로 '가타타가에方違え'를 왔을 적에 읊은 와카가 있다. '가타타가에'란 당시 헤이안 귀족들 사이에서 널리 행해지던 생활 풍습이다. 하루의 일진에 따라 행동하기에 좋은 방향과 그렇지 않은 방향을 점쳐서 가고자 했던 곳의 방향이 좋지 않게 나올 경우 방향을 바꾸어 액이 없는 곳으로 전날 미리 가서 그날 밤을 넘긴 다음 다시 목적했던 곳으로 가는 풍습이다. 따라서 웬만한 귀족들 사이에서는 이를 이유로 하룻밤을 묵게 해달라는 청이 들어오면 거절하기 어려웠다. 이는 다른 한편으로는 귀족 남성들에게 새로운 장소에서의 새로운 만남에 대한 기대를 불러일으키는 낭만도 있었음을 부인할 수 없다.

이 날 노부타카는 동료인 다메토키의 집에서 하룻밤을 묵게 되었던 깃으로 보이는네, 노부타카가 늦은 시각 어두움을 틈타 무라사키시키부와 그녀의 언니를 몰래 들여다보는 일이 있었던 모양이다. 자신의 판단 기준으로 보아 잘못된 것을 그냥 넘기지 못하는 성격의 무라사키시키부는 다음날 날이 밝기가 무섭게 간밤의 일을 항의하는 글을 노부타카에게 보낸다. 하지만 중년의 나이로 이미 여러 여인들을 경험한 노부타카가 풋내기 어린 처자의 항의 서신에 눈 하나 깜짝할 리가 없다. 무슨 영문인지 모르겠다고 시치미를 떼는 내용과 함께, 이와 같은 '아침 소식 朝顔'을 전해온 이유는 직접 만나봐야 알 수 있을 듯하다는 식의 답신을 보낸다. '아침 소식'에는 정을 나눈 여인을 아침에 바라본 모습이라는 의미가 숨어 있다. 즉 노부타카가 이러한 어휘를 사용한 것은 이 편지의 내용이 다분히 남녀의 정을 배경에 두고 있음을 짐작게 하는 것이다. 경우에 따라서는 무라사키시키부가 먼저 마음이 있어서 남자에게 소식을 보낸 것으로도 해석할 수 있는 그런 애매한 상황이 된 것이다.

교양 있는 귀족 남성으로서 바람직하지 않은 행동을 한 사람을 꾸짖고 나무라겠다는 의도로 보낸 편지에 대해 노부타카의 이와 같은 답장은 무라사키시키부로서는 예견하지 못한 것으로 역으로 허를 찔린 셈이 된 것이다. 무라사키시키부로서는 무척 화가 나고 불쾌한 일이었을 것이다. 그런데 인연만큼 희한한 것은 없는 듯하다. 이 일이 있은 후, 어디로 보나 그녀보다 한 수 위인 노련한 노부타카에게 무라사키시키부는 마음이 끌리게 되는데, 여러 해가 지난 후 마침내 두 사람은 부부가 된다.

두 사람의 혼인에 대해 기존의 설은 학자 출신의 노부타카가 무라사키시키부의 문장력을 잘 이해해주어 재능을 인정받는 행복한 혼인이었을 것이며, 그래서 『겐지 이야기』와 같은 대작을 쓸 수 있었다고 설명하고 있다. 하지만 이에 대해서는 재고의 여지도 많다. 우선 아버지와 딸 정도로 연령 차가 있다는 것도 그렇거니와 노부타카에게는 이미 본부인이 있었는데 그 자식들이 무라사키시키부와 비슷한 연령대였으며, 노부타카에게는 그녀 외에도 정을 통하는 다른 여인들이 여럿 있었기 때문이다. 또한 노부타카의 화려하고 분방한 성품이 반드시 무라사키시키부를 만족스럽고 행복한 기분이 들게 했을 거라고는 여겨지지 않는 구석이 있다. 실제로 그녀의 와카 집에는 무라사키시키부의 사랑과 결혼이 순탄하지 않았음을 짐작케 하는 내용의 와카가 여러 수 담겨 있다. 무라사키시키부의 결혼 생활은 딸 하나를 남기고 3년 정도의 짧은 기간에 막을 내리게 된다. 당시 유행하던 병에 걸린 노부타카가 끝내 회복하지 못하고 세상을 뜨는데, 무라사키시키부는 노부타카의 임종을 지키지 못한 것으로 보인다. 남편의 죽음을 전후하여 읊은 울화와 시름과 절망의 와카는 그녀의 결혼에 관한 새로운 해석을 요하는 것으로 주목할 필요가 있다.

　무라사키시키부가 쇼시 중궁을 모시게 된 것은 남편과 사별하고 얼마 지나지 않아서의 일이다. 길지 않은 결혼 생활과 남편의 죽음, 누구보다도 학식과 문장력이 뛰어난 무라사키시키부의 인생에 새로운 막이 펼쳐진 것이다.

7. 궁중 생활과 『겐지 이야기』 집필

　무라사키시키부가 쇼시 중궁을 모시며 궁 생활을 하게 된 것은 쇼시 중궁의 생모인 린시倫子의 끈질긴 권유에 의한 것으로 보인다. 린시는 딸을 이치조 천황의 중궁 자리에 앉히고 최고의 권좌에 있던 후지와라 미치나가의 본부인이자 무라사키시키부와는 친척 자매간이다. 데이시 중궁이 이미 있는데도 자신의 딸을 새로 중궁의 자리에 앉히려면, 쇼시 중궁이 모든 면에서 최고의 수준을 갖출 필요가 있었다. 따라서 최고의

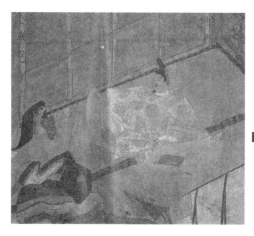

■ 쇼시 중궁이 낳은 황자의 50일
축하연 당일 밤 후지와라 미치
나가가 무라사키시키부에게 와
카를 청하는 장면〈紫式部日記
繪詞〉. 愛知縣森川家藏 –『日本
を創った人々 紫式部』, 平凡社,
1983.

센스와 능력을 갖춘 이들을 불러들이게 되었는데, 어려서부터 무라사키시키부의 총명함을 잘 알고 있던 린시는 무라사키시키부에게 쇼시 중궁의 학식과 교양을 담당케 했던 것으로 보인다. 무라사키시키부의 높은 교양과 학식에는 미치나가도 무척 감탄하며, 당시 구하기 어려운 종이며 먹, 벼루, 붓 등을 직접 구해주어 무라사키시키부가 좋은 문장을 쓸 수 있도록 후원하였다고 한다.

그런데 쇼시 중궁을 모시던 여인들, 그 중에서도 아름답고 교양 있으며 어느 정도 집안도 좋은 여인들은 최고권력 자리에 있는 미치나가를 향한 연심을 품고 있었을 것이다. 또한 친정 부모의 막강한 지원을 받으며 사랑과 권력을 모두 가진 쇼시 중궁에 대한 선망도 대단하였을 것이다. 마찬가지로 당시 일부다처가 드물지 않았던 현실을 감안하면 미치나가 역시 아름답고 센스 있는 이 여성들에 대해 관심이 없었을 리없다. 이 여인들은 대부분 결혼한 경험이 있으나 과부가 된 경우가 많았으며, 나름대로의 안목과 자존심으로 쉽게 재혼에 이르지 못한 경우가 대부분이었다. 또한 미치나가에게 발탁되었다는 사실이 그녀들로 하여금 작지 않은 만족감을 주었을 것이며, 미치나가의 가까이에 있을 수 있다는 사실이 그녀들을 행복하게 만들었을 것이다. 실제로 미치나가의 사랑을 받은 여인들이 여럿 있었던 것으로 전해지나 어느 누구 하나 공공연하게 미치나가의 여인으로 공표되지 않은 것은 본부인 린시의 당찬 성품과 강한 통제력 때문이었던 것으로 알려져 있다. 즉 집안의 번영을 위해 주변에 아름답고 능력 있는 여인들을 두었으나, 그것으로 인해 미치나가의 부인인 자신의 자리를 위협받을 일은 처음부터 만들지 않겠다고 하는 강한 통제력이다.

쇼시 중궁의 주위에 있던 여성들, 즉 미치나가의 측근에서 열과 성을 다한 여인들이 얼마나 화사하고 센스가 있었는가 하는 것은 무라사키시키부가 쇼시 중궁의 출산을 지켜보면서 기록했다고 하는 『무라사키시키부 일기』에도 잘 나와 있다.

그런데 무엇보다 중요한 것은 무라사키시키부가 미치나가를 사랑했다는 사실이다. 그녀의 타고난 순수함과 남다른 정열이 미치나가에 대한 사랑의 마음을 새롭게 열어준 것으로 보이는데, 그녀의 남다른 정신세계와 스케일이 미치나가의 그것과 걸맞은 부분이 있어 미치나가는 무라사키시키부를, 무라사키시키부는 미치나가를 남달리 생각하고 인정하기에 이르렀던 것이다. 하지만 이 사랑은 허락되지 않은 사랑으로 두 사람은 이루어질 수 없었다. 본부인 린시의 존재는 물론 당시의 신분제도 하에서는 결코 인정받을 수 없는 관계인 것이다. 정인情人이 될 수는 있으나 결코 대외적으로 공인받는 부인의 서열에 들 수는 없는 노릇이었던 것이다. 무라사키시키부는 사람보다 신분이 우선되었던 헤이안 귀족 사회의 현실을 자신의 삶에서 뼈저리게 실감하였다.

『겐지 이야기』 초기 집필로 여겨지는 「하하키기帚木」권, 「우쓰세미空蟬」권, 「유가오夕顔」권에는 중류 귀족 출신의 여인의 장점이 최대로 강조되어 현실적으로는 불가능해 보일 만큼 사랑받는 이야기들이 나온다. 이에 반해 동궁비의 신분에까지 올랐던 로쿠조미야스도코로六條御息所의 고독하고 많은 한을 남기는 이야기에는 당시 화려해 보이는 귀족 여인들의 사랑과 삶에서 오는 고독의 무게가 그대로 녹아 있다.

　이 글에서는 무라사키시키부의 혈연과 타고난 총명함과 재능, 그리고 그녀 자신의 사랑과 인생에 대해 알아보았다. 이 모든 것이 그녀의 문장에 그대로 반영되어 있는데, 무엇보다 간과할 수 없는 것은 헤이안 귀족 사회가 갖는 정치적 상황과 신분제도가 엮어내는 인생 드라마가 『겐지 이야기』의 중요한 소재로 등장하고 있다는 점이다. 삶의 절망과 아픔을 관찰하고 체험하고 이해한 천재 여류작가의 감성이 영원한 고전 『겐지 이야기』를 낳은 것이다.

참고문헌

山中裕,『源氏物語を読む』, 吉川弘文館, 1992.

駒尺喜美,『紫式部のメッセージ』, 朝日新聞社, 1991.

角田文衞,『紫式部の世界』, 法藏館, 1984.

稲賀敬二,『源氏の作者 紫式部』, 新典社, 1982.

藤川孝範,『紫式部』, 東京堂出版, 1980.

河内山清彦,『紫式部集·紫式部日記の研究』, 桜楓社, 1980.

清水好子,『紫式部』, 岩波新書, 1973.

中村真一郎,『源氏物語の世界』, 新潮選書, 1968.

今井源衞,『紫式部』, 吉川弘文館, 1966.

池田亀鑑,『平安朝の生活と文学』, 角川文庫, 1964.

헤이안 문예 살롱과 여성문학

정 순 분

1. 살롱의 개념과 헤이안 시대

'살롱salon'이라는 말은, 원래 이탈리아어 '살라sala'에서 비롯된 프랑스어로 '거실'을 뜻한다. 문예 용어로서는 유럽에서 17~18세기에 작가, 시인, 예술 애호가들이 모여 작품을 감상하거나 예술적인 대화를 나누던 장소를 가리킨다. 살롱은 문학과 예술의 토론을 위한 사교 공동체로서 폭넓은 취미를 두루 갖춘 프랑스풍의 이상적 인간 '사교인(오네톰)'의 산실이었으며 그들의 정념의 세계를 주제로 한 프랑스 고전문학의 모태였다.

여러 사람이 모여 대화와 토론을 이끌며 교류하는 공간인 살롱의 기원은 고대 아테네와 로마로 거슬러 올라간다. 플라톤의『향연Symposion』에는 많은 사람들이 모여 포도주를 마시며 특정 주제를 놓고 치열하게 토론을 벌이는 모습이 자주 등장한다. 1,000여 개가 넘는 폴리스로 구성된 도시 국가 그리스의 일반 사람들에게 정치란 멀리 떨어져 있는 화두가 아니었나. 그리스의 시민들은 아고라^{agora}라는 광장에서 정치적 집회와 제전, 상품 거래 등을 통해서 다양한 의견을 교환하며 대화를 통한 정치를 구현하였다. 이 아고라 정신은 로마 시대가 되면서 플라자^{plaza}와 포럼^{forum}으로 이어지게 된다.

그리고 기독교 중심의 중세 문화에서 탈피하여 인간 중심의 문예부흥이 강조되던 르네상스 시대에는 살로네^{salone}로 발전한다. 이 시기에 이탈리아에서는 법왕들이 문예를 융성시키고자 각지에서 예술가를 초빙해서 논쟁을 벌이도록 모임을 열었는데 그것이 살로네였다. 법왕은 이 살로네를 더욱 화려하고 풍성하게 하기 위하여 젊고 아름다운 여성을 불러들이고자 했으나, 당시 귀족이나 상류층 여인들은 집에서 조신하게 있어야 한다는 사고방식 때문에 자유롭게 외출할 수 없었다. 결국 살로네에는 서민의 딸 중에서 교양 있고 두뇌가 명석한 여성이 선발되어 법왕으로부터 경제적인 지원을 받으며 활동하였다. 이를 계기로 당시 이탈리아에는 예술가나 사업가들의 후원을 받는 재색을 겸비한 고급 창녀들이 늘어나기도 하였다.

그 살로네가 프랑스에 들어오면서 본격적인 살롱 문화가 시작되었다. 17세기 초 절대 왕정에 싫증을 느낀 랑부이에 후작부인은 이탈리아의 살로네를 본떠 유명한 문사들을 자신의 집으로 초대하였다. 초기의 살롱은 귀족들의 수집품이나 미술작품을 전시했던 공간으로서의 속성이 더 강했으나 점차 '재능의 집'이라고 불리면서 편지를 쓰거나 회상록을 읽기 좋아하는 작가들을 중심으로 대화와 사교의 공간으로 변모해갔다. 지식인뿐만 아니라 귀족과 시인, 예술가, 군인, 심지어는 건달까지도 자유롭게 드나들면서 다양한 사회적 주제에 대해 토론하고 대화하는 공간이 되었다. 18세기 후반에 접어들면서 800여 개로 증가한 살롱은 품위 있는 대중의 탄생과 사고 능력을 지닌 개인을 육성하고 문학이론에 대해 토론하는 장소로 인정받기에 이른다. 프랑스 혁명의 철학적 기반이었던 계몽주의도 결국 이 여성들의 천국이었던 살롱에서 시작된 것이라는 점에서 살롱은 서양의 문예와 사상의 발전에 매우 중요한 역할을 하였다고 볼 수 있다.

그러한 문예적인 살롱이 일찍이 일본에서도 등장하였다. 특히 헤이안 시대(794~1192)는 문예 살롱이 그 어느 때보다도 융성하여 뛰어난 재녀들에 의해 많은 문학작품들이 창작되었다. 이 시대에는 귀족들의 섭관정치攝關政治에 의해 사회적으로 안정되어 문화가 발달할 수 있었는데, 그 섭관정치 체제 하에서 유력한 귀족들은 자신의 딸 주변에 재능 있는 중류 귀족 계급의 여성들을 불러 모아 살롱을 형성하고자 하였다. 섭관정치는 딸을 천황에게 시집보내고 거기에서 태어난 황자를 천황으로 즉위시켜 외척 관계를 구축하고 권력을 잡는 방식이었으므로 자신의 딸의 문예를 높여 천황을 비롯한 남성 관료들의 관심을 끄는 것이 무엇보다도 급선무였던 것이다.

특히 이치조 천황一條天皇(986~1011) 때는 미치타카道隆·미치나가道長 형제에 의해 후지와라 씨藤原氏의 섭관정치가 최고조에 이르며 천황비인 중궁中宮을 중심으로 한 데이시定子 살롱과 쇼시彰子 살롱, 그리고 가모 신사賀茂神社의 제사장인 재원齋院을 중심으로 한 센시選子 살롱 등이 병립해서 교양 있는 여성들에 의한 재치 있는 대화나 와카和歌 증답, 풍아한 연회 등의 세련된 문화가 꽃피었다. 특히 데이시 살롱과 쇼시 살롱은 라이벌 관계를 이루며 살롱 문화의 정점을 이루었는데 미치타카의 딸인 데이시를 중심으로 한 살롱에는 재녀 세이쇼나곤淸少納言이 있어서 자연을 둘러싼 풍아한 세계, 위트 있는 와카와 설화의 세계, 그리고 천황과 중궁 데이시, 뇨보들의 지성이 만들어낸 화려한 세계를『마쿠라노소시枕草子』를 통해서 그려냈다. 그에 대적하듯이 미치나가의 딸인 쇼시를 중심으로 한 살롱에는 무라사키시키부紫式部, 이즈미시키부

和泉式部, 아카조메에몬赤染衛門, 이세伊勢와 같이 후세에 이름을 남기는 재녀들이 대거 출시해 당시의 문예를 주도하였으며 그 중에서도 대표적인 재원은 역시 『겐지 이야기源氏物語』를 쓴 무라사키시키부였다.

이 글에서는 세이쇼나곤과 무라사키시키부를 중심으로 하여 일본의 헤이안 시대, 후지와라 씨의 섭관정치와 문예 살롱, 그리고 그 속에서 개척된 일본 여성문학의 세계에 대해서 살펴보고자 한다.

2. 헤이안 섭관정치와 문예 살롱

헤이안 시대의 사회 근간을 이룬 섭관정치란, 섭정攝政과 관백關白에 의한 정치를 말한다. 섭정이란 천황이 나이가 어리거나 병에 걸려서 정치를 직접 하지 못할 때 대신하는 직책을 말하며, 관백이란 천황이 성인이 된 후에 천황 대신 정치를 하는 직책을 말한다. 특히 관백은 정치에 대한 단순한 조언자가 아니라 자신의 의지로 완전히 정무를 좌지우지하는 막강한 권력을 갖게 된다.

헤이안 시대 섭관정치가 시작된 것은 9세기 후반의 세이와 천황淸和天皇(858~876) 때의 일이다. 아버지 몬토쿠 천황文德天皇(850~858)의 갑작스런 사망으로 세이와 천황이 즉위하게 된 것은 9세 때의 일로, 천황 대신 정무를 보살필 사람이 필요하였다. 그 역할을 한 사람이 세이와 천황의 외조부이면서 태정대신으로 이미 실권을 쥐고 있던 후지와라 요시후사藤原義房였다. 요시후사처럼 천황의 외조부가 섭정이 되어 강력한 권력을 휘두르기 위해서는 우선 천황과 비슷한 연령대의 딸이 있어서 천황에게 출가시킬 수 있어야 했고, 그 딸이 아들을 낳아 그 아들을 차기 천황 자리에 앉혀야 했다. 이 조건을 동시에 만족시키는 것은 그리 쉬운 일이 아니었으므로 요시후사 이후 미치타카·미치나가의 아버지 가네이에兼家가 달성하기까지 120년간 외조부 섭정은 없었다.

중궁 데이시의 아버지 미치타카는 가네이에의 장남으로 990년 아버지의 뒤를 이어 섭정·관백이 됨으로써 권좌에 올랐다. 미치타카는 당시 15세였던 장녀 데이시를 이치조 천황의 중궁으로 밀어올리고 18세인 장남 고레치카伊周를 1년 사이에 종3위인 권중납언權中納言까지 끌어올려 자신의 권세를 안정시키고 화려한 융성기를 누렸다.

이때 미치타카의 딸 데이시를 중심으로 형성된 것이 데이시 살롱이었다. 데이시는 궁중 출사를 할 정도로 학문적인 소양을 갖춘 어머니 다카이시貴子와 외향적이고 쾌활한 성격의 소유자인 아버지 미치타카의 피를 받아서 밝은 성격에 총명함을 두루 갖춘 재녀였다. 데이시는 살롱의 리더로서 세이쇼나곤과 같은 뇨보들로 하여금 자신의 재능과 기량을 한껏 발휘할 수 있도록 분위기를 이끌어서 재치와 풍아를 중요시한 이치조 천황의 사랑을 독차지하였다.『마쿠라노소시』는 이 데이시를 중심으로 한 미치타카 집안의 최전성기를 생생하게 그려냄으로써 지적이고도 밝았던 데이시 후궁을 찬미하고자 한 것이다.

그런데 995년 4월, 미치타카가 당뇨병으로 43세의 나이에 세상을 떠나자 데이시 살롱에는 암운이 드리워진다. 미치타카의 후계자 자리가 미치타카의 장남이면서 데이시의 오빠인 고레치카에게 돌아가지 않은 것이다. 고레치카는 당시 내대신이었으나 이치조 천황의 생모 히가시산조 센시東三條詮子의 힘에 의해 관백의 자리는 미치타카의 동생 미치카네道兼에게 돌아갔고 그 후 얼마 되지 않아 미치카네가 전염병으로 사망하면서 다시 미치타카의 막내 동생인 미치나가에게로 이어졌다. 데이시 살롱의 시대가 끝나고 쇼시 살롱의 시대가 시작되는 것이다.

미치나가는 자신의 권력의 안정화를 꾀하고자 999년 12세가 된 장녀 쇼시를 이치조 천황에게 출사시키고 무라사키시키부를 비롯한 많은 재원들을 불러들여 데이시 살롱에 대적할 만한 문예 집단을 형성하도록 하였다. 하지만 출사할 당시 이치조 천황에게는 이미 데이시가 중궁으로 있었고 20세의 이치조 천황에게 12세의 쇼시는 그다지 매력적인 존재가 아니었던 듯하나. 데이시가 1000년에 둘째 황녀를 출산하다가 세상을 떠난 후에도 이치조 천황은 쇼시에게 별 관심을 보이지 않았다. 쇼시가 장남 아쓰히라敦成 황자를 출산하는 것은 1008년, 즉 출사한지 9년 후의 일이 된다. 쇼시의 아버지 미치나가는 학문과 교양을 추구하는 이치조 천황의 환심을 사고자 여러 종류의 서적과 공예품들을 쇼시 살롱에 들여놓고 무라사키시키부와 같은 뇨보들로 하여금 쇼시의 교육과 문예 활동에 힘쓰도록 총력을 기울였다.

이렇게 해서 헤이안 시대 특히 이치조 천황 때는 귀족들에 의한 섭관정치가 절정기에 이르면서 문예 살롱 또한 가장 번성하던 시기였다. 데이시 살롱의 세이쇼나곤이 쓴 『마쿠라노소시』와 쇼시 살롱의 무라사키시키부가 쓴 『겐지 이야기』, 『무라사키시키부 일기』는 그러한 헤이안 문예 살롱의 산물 중에서도 특히 일본문학사상 가장 뛰어난 문학작품으로 꼽히고 있다.

3. 문예 살롱 여성들의 조건

이와 같이 헤이안 문예 살롱은 일본문학사상 중요한 걸작들이 탄생하는 산실이 되었는데 문예 살롱을 형성한 여성들―중궁과 뇨보들―이 갖추고 있던 재능으로는 구체적으로 어떤 것들이 있었을까. 그 재능은 당시 문예적인 활동과 문학작품 창작에 필요한 기본 사항들이기도 하다.

당시 여성들은 702년 시행된 다이호 율령大寶律令에 의해서 대학료大學寮에 입학할 수 없었으며 그에 따라 관리가 되기 위한 정규교육을 받을 수도 없었다. 그러므로 헤이안 시대 귀족 여성들의 교육은 주로 가정에서 이루어졌다. 헤이안 시대 초기에는 여자들의 문자인 가나假名가 성립되어 여성들도 자신의 의사나 감정을 표현하는 수단을 가지게 되는

데 이는 헤이안 시대 여성들이 문화 형성에 대거 참여할 수 있었던 실질적인 배경이 된다. 귀족 여성이 갖추어야 할 기본적인 덕목은 우선 가나 문자를 잘 쓸 수 있는 서도書道가 있었고 다른 사람(특히 이성)과의 의사 소통을 위한 와카, 그리고 풍류 생활을 위한 음악 등이 있었다. 당시 여성들은 정치세계에는 참여할 수 없었기 때문에 공식문서 작성에 필요한 한자는 기본 덕목에서 제외되어 있었다.

그 중에서 와카는 특히 당시 여성의 대표적인 소양으로 꼽혔다. 서도와 음악은 수준이 어느 정도에만 도달하면 합격점이 되었지만, 와카는 장면에 맞추어 즉흥적으로 기지를 발휘해서 읊어야 했으므로 가장 어려운 항목이었다. 즉, 와카의 재능 여부에 따라 여성의 교양 정도가 정해졌다고 할 수 있는 것이다. 따라서 당시 여성들은 와카를 잘 읊기 위해서 많은 공부를 해야 하였다.

예를 들면 『마쿠라노소시』20단에는 데이시 중궁이 뇨보들에게 『고킨와카슈古今和歌集』20권에서 와카 윗구를 읊으면 바로 아랫구를 외워서 읊도록 하는 시험 장면이 나온다. 학식이 뛰어났던 데이시 중궁은 뇨보들이 어느 자리에서나 실수 없이 바로 와카를 읊을 수 있도록 평소에도 훈련을 시킨 것으로 보인다. 아울러 『무라사키시키부 일기』1008년 11월 18일자 기사에도 쇼시 중궁의 와카 소양 향상을 위해 미치나가가 특별히 유명한 가집들을 모아 선물로 보내는 장면이 나온다. 황자 출산 후 명실공히 이치조 천황의 비로 자리잡은 쇼시 중궁이 후궁 문예를 잘 이끌어 이치조 천황과 관계가 돈독해지도록 하고 나아가 자신의 권력을 안정시키기 위함이다.

그 외에도 남성인 천황과 귀족들의 응대를 해야 하는 천황비나 뇨보들에게는 한시문에 대한 소양도 암암리에 요구되었던 것으로 보인다. 스스로 적극적으로 사용하지는 않더라도 대화를 이해하고 참여하기 위해서였다. 『마쿠라노소시』에는 데이시 중궁이 한시문에 조예가 깊은 것으로 나오고 세이쇼나곤 역시 한시문을 매개로 하여 남성 귀족들과 재치 있는 대화를 펼치는 장면이 많이 그려져 있다. 당시 천황이나 귀족들은 한시회를 열고 화려한 시를 읊는 것에 열중했으므로 귀족과 교류를 하는 여성(천황비나 뇨보)도 한문 지식이 있으면 잘 응대하고 흥을 돋울 수 있었다.

『무라사키시키부 일기』에도 무라사키시키부가 소싯적에 남동생이 아버지에게 배우는 한문을 어깨너머로 배운 적이 있고, 출사한 후에는 쇼시 중궁이 한시문에 대해 관심을 표해서 『백씨문집白氏文集』을 진강했다는 서술이 나온다. 이치조 천황의 마음을 얻으려고 노력하는 쇼시 중궁이 한시문을 배워서 남편과의 대화를 좀 더 활발하게 하고자 하는 마음이 있었으므로 뇨보로서 도움을 주고자 했던 것이다. 그리고 무엇보다도 『겐지 이야기』에는 역사와 한문에 관한 풍부한 지식을 기반으로 한 표현이나 모티프가 많이 들어 있어 남녀를 막론하고 당시 궁중에서 널리 읽혔으며, 이치조 천황은 그러한 한시문과 역사에 대한 조예가 깊은 무라사키시키부를 칭찬한 사실이 보인다.

헤이안 시대는 남성 중심적인 사고가 지배하던 때로 역사와 사회를 움직이는 것은 남성들이었지만 섭관이라는 정치제도 아래에서 그 남성을 움직인 것은 여성들이었다고 할 수 있다. 즉 헤이안 시대는 천황과 유력 귀족의 여성이 혼인관계를 맺음으로써 그 여성에 의해 정치가 좌우되었던 시기로 어떻게 보면 일본 역사상 그 어느 때보다도 여성의 힘이 컸다고 할 수 있다.

4. 세이쇼나곤과 무라사키시키부의 출사와 활약

데이시 살롱과 쇼시 살롱의 대표적인 뇨보인 세이쇼나곤과 무라사키시키부는 앞에서 이야기한 것처럼 서도와 와카, 음악에 더해서 한시

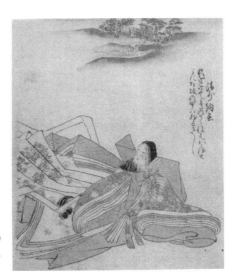

문에 대한 소양까지 골고루 갖추고 있었다고 할 수 있다. 그 두 사람은 어떻게 발탁되어 살롱에 출사할 수 있었던 것일까. 당시 귀족 여성들은 주로 집 안에서만 생활하고 결혼 후에도 아내와 어머니로서만 살아가는 삶이 일반적이었기 때문이다.

두 사람은 이미 궁중에서 활약하기 이전부터 귀족 사회에서 널리 이름이 알려져 있었던 것으로 보인다. 우선 세이쇼나곤이 데이시에게 출사한 것은 데이시가 입궐하고 나서 3년 후인 993년 겨울로 추정된다. 첫 출사에 대해서는 『마쿠라노소시』 179단에서 알 수 있듯이 궁중에서 당당하게 활보하는 그 후의 세이쇼나곤의 모습에서는 상상할 수 없을 정도로 조용하고 쭈뼛쭈뼛하는 모습으로 그려져 있다. 즉, 데이시에게 출사한 것이 처음인 것으로 보인다.

세이쇼나곤은 대대로 와카를 읊는 집안에 태어났지만 스스로도 와카를 잘 읊지 못했다고 하므로 가인으로 크게 인정받았다고 하기는 어렵다. 986년 6월의 일을 적은 32단에는 중납언中納言 후지와라 요시치카

藤原義懷를 상대로 하여 『법화경法華經』「방편품方便品」의 어구에 의한 기지
있는 대화를 주고받은 이야기가 보인다. 세이쇼나곤에게는 귀인들과
이런 식으로 재치 넘치는 대응을 하는 기회가 그 외에도 많이 있었으며
출사 전부터 이미 세상에 이름이 많이 알려져 있었을 것으로 보인다.
당시의 귀족 사회는 좁았기 때문에 소문은 바로 퍼져 나간다. 중궁 데
이시의 일가는 아버지 미치타카를 비롯하여 중궁과 고레치카 등 모두
세이쇼나곤이 가장 잘하는 이러한 세련되고 재치 있는 말의 증답을 좋
아하는 기풍이어서, 세이쇼나곤이 중궁에게 지목되고 뇨보로서 부름
을 받은 것으로 생각할 수 있다. 세이쇼나곤은 중궁에게 출사 당초부터
별격의 대우를 받았으며 중궁의 뇨보로서의 지위도 세 번째나 네 번째
정도의 서열이었다(263단). 그러한 중궁 일가의 애정 어린 후원이 세이
쇼나곤의 재능을 잘 발휘할 수 있도록 한 것으로 볼 수 있다.

　무라사키시키부의 경우에는 무엇보다도 『겐지 이야기』를 썼다는 것
으로 평판을 얻었고 그것을 읽은 미치나가나 쇼시 중궁에게 높이 평가
되어 뇨보로서 부름을 받은 것으로 생각된다. 무라사키시키부가 쇼시
중궁의 뇨보로 들어갔을 때 무라사키시키부에 대한 주변 뇨보들이나

중궁의 반응은 『무라사키시키부 일기』에 다음과 같이 쓰여 있다. 즉 중궁의 뇨보들이 실제로 접해보기까지의 무라사키시키부는 매우 잘난 척하고 상대방을 부끄럽게 만드는 사람이며 타인을 만나는 것도 싫어하고 마음을 터놓는 것이 어렵고 모노가타리 같은 것을 좋아하고 교양 있는 척하며 금방 와카를 읊으려고 들고 상대방을 인정하지 않고 기분에 거슬리는 태도로 사람을 내려다보는 사람으로 모두 생각했을 것이라고 한다. 그런데 동료로서 친하게 이야기를 해보니 이 사람이 그 모노가타리 작자인지 마치 다른 사람 같은 조용한 성품에 놀랐다고 사람들이 이야기했다는 것이다. 당시의 사람들이 무라사키시키부를 만나기 이전에 이런 무라사키시키부의 이미지를 떠올릴 수 있는 단서는 『겐지 이야기』 외에는 생각할 수 없으므로 사람들은 이미 『겐지 이야기』의 일부를 읽었다고 할 수 있다. 세이쇼나곤과는 달리 내성적이고 부끄러움이 많았던 무라사키시키부는 출사 초기에 궁중 분위기에 적응을 못 하고 집으로 돌아가버리는 일도 있었다(『무라사키시키부슈紫式部集』). 미치나가의 거듭된 권유로 다시 출사하여 『겐지 이야기』를 완성하고 쇼시 살롱의 문예 수준을 한층 높이는가 하면 미치나가 가문의 일대 사건인 쇼시 중궁의 황자 출산 과정을 『무라사키시키부 일기』에 생생하게 묘사하여 쇼시 살롱의 문예와 영화를 영원한 것으로 만들었다.

이와 같이 헤이안 시대 문예 살롱에 발탁된 뇨보들은 남성 중심 사회에서 자신의 의지에 의해 문예 살롱의 구성원이 된 것은 아니라는 점에서는 르네상스 시대 이탈리아 살로네에서 법왕이나 재력가에 의해 선발된 서민의 딸들과 유사한 점이 있다. 하지만 이탈리아의 살로네의 여성들이 장식적인 성격이 강하고 문예적인 활동이 극히 단편적이었던 것에 비해 헤이안 문예 살롱의 뇨보들은 자신들의 재능을 발휘하여 문학작품을 창작하고 그것으로 남성들의 정치적인 세계에도 적지 않은 영향을 주었다는 점에서 큰 차이를 보이고 있다고 할 수 있다.

5. 헤이안 문예 살롱과 여성문학

사실 세이쇼나곤과 무라사키시키부에게는 문예 활동을 하는 데 있어서 중궁의 뇨보라고 하는 신분으로 남성들의 세계 속에서 어떻게 자신의 존재를 확보해가느냐가 가장 절실한 문제였다. 그녀들은 자신들을 발탁하고 이끄는 남성들의 세계와 균형 - 그것은 때때로 타협이 되기도 하였다 - 을 이루고자 노력하였다.

흥미로운 일례가 정치에 대한 그녀들의 태도이다. 당시의 문예 살롱은 정치적인 필요에 의해서 형성된 집단임에도 불구하고 그 구성원인 그녀들은 정치 자체에 대해서는 철저하게 함구하는 자세를 취하였다. 이러한 당시의 현상은 서양의 일본학자들에게 자주 지적되는 부분으로 『겐지 이야기』를 영역한 아서 웨일리Arthur Waley는 "(헤이안 시대의) 책들에서 여성들이 남성적인 행위에 대해서는 매우 애매하게 반응한다는 사실이 매우 당혹스럽다"(『The Tale of Genji』해설 부분)고 하였다. 그들은 정치적인 권력을 잡고 있는 남성들로부터 부름을 받고 문예 활동이 허용되었지만, 남성의 고유한 영역에까지 자유롭게 넘나들 수 있는 상황은 아니었다. 결국 그녀들은 그들 자신의 삶을 향해 거울을 받쳐 들고 자신들을 위해 글을 쓸 수밖에 없었다. 문학을 통해 그들이 추구할 수 있었던 것은 남성들이 갈망하던 정치와 권력의 세계에서는 동떨어진 풍류를 기반으로 한 세계였다. 이를테면 거의 움직임이 없는 일상 속에서 계절에 따른 자연의 미세한 변화를 찾아낸다든지 남성과의 연애과정에서 심리적 갈등의 미묘한 추이를 감지해내는 식이었다. 그녀들은 그러한 작은 변화들을 놓치지 않고 재빨리 반응하는 지능과 예민한 감각을 공통적으로 갖추고 있었다.

그러한 사회적 분위기 속에서 세이쇼나곤은 『마쿠라노소시』에서 자연과 인간에 대한 인상적인 단면을 그다지 형식에 구애받지 않고 서술하고 있다. 발문에서 작자 스스로 "이 책은 할 일 없는 시골 생활 중에 눈에 보이고 마음속에 생각한 것을 설마 남이 보겠나 하고 써서 모은 것이다"라고 적고 있는 것처럼 작품 전체에서 거침없는 솔직함이 느껴진다. 그녀의 이야기를 곧이곧대로 믿을 수 있을지는 별개의 문제이지만 『마쿠라노소시』가 풍기는 매력의 상당 부분은 바로 그런 꾸밈없는 담박함에 기인한다고 할 수 있다.

그런 『마쿠라노소시』의 당당함은 남성 우위의 태도를 비난하고 있는 부분에서 일종의 통쾌함마저 느끼게 하는데 그 의식의 저변에는 여전히 왕권체제를 경모하는 의식이 깔려 있어 모순된 입장을 보이고 있다. 그러한 모순 속에서도 『마쿠라노소시』는 남성들로부터 강요된 여가에 나름대로의 가치를 부여하고 자신들의 한정된 삶을 남성들의 서사적 삶에 버금가는 문학적 수준으로 올려놓는다. 그러나 결국 그 한계성은 무라사키시키부에게 노출되고 만다. 무라사키시키부는 세이쇼나곤에 대해 "세이쇼나곤은 잘났다고 으스대며 자기가 제일이라고 뼈기는 사람입니다. 그렇게 잘난 척하며 여기저기에 써놓은 한문 글귀를 보면 제대로 되어 있지 않은 경우가 많습니다. ……항상 풍류 있는 척 행동하는 사람은 그것이 몸에 배어 외롭고 무료할 때도 무슨 큰 감동이나 받은 것처럼 과장해서 행동하고 흥취 있는 것 하나라도 놓치지 않으려고 부산을 떨게 됩니다. 그러니 남 보기엔 저절로 천박하고 억지스러운 행동을 하는 사람을 좋아할 사람은 아무도 없지 않겠습니까? 당연히 그런 사람은 끝이 좋을 수가 없지요"(『무라사키시키부 일기』)라고 신랄한 비판을 쏟아놓는다. 무라사키시키부는 여성들의 이야기를 좁고 한정된 그들만의 공간에만 가둘 것이 아니라 그것을 남성들의 서사적인 세계로 끌어내어 그 속에서 복잡하게 얽히는 과정을 통해 진정한 여성의 삶을 조명하고자 한 것으로 보인다.

당시 여성들이 남성의 세계와는 다른 세계에서 영위되는 생활을 별

고민 없이 받아들인 세이쇼나곤은 밝고 경쾌한 세계를 이루어냈고, 그러한 격차와 자신의 운명에 대해서 좀 더 심각하고 진지하게 받아들인 무라사키시키부는 보다 복잡하고 심오한 세계를 이루어냈다고 할 수 있다.

서양에서 문예 집단인 살롱에 여성이 등장하게 되는 것은 15세기 르네상스 시대부터지만, 그때조차도 헤이안 시대처럼 여성 스스로가 여성의 삶에 대해서 시시콜콜히 풀어내는 문학은 성립되기 어려웠다. 신 중심에서 인간 중심으로 변화되었다고는 하나 르네상스 시대는 여전히 남성 중심의 권위적인 사회였다. 이탈리아 살로네에서 활약한 여성들이 권력이나 재력을 가진 남성들의 첩이 되어 단발적인 문예 활동을 영위하는 데 그칠 수밖에 없었던 것은 어떻게 보면 당연한 귀결이기도 하다. 여성들이 형성한 문예 살롱이 진정한 의미에서 남성이나 정치적 세계에서 자유롭게 활동할 수 있게 되는 것은 17~18세기 프랑스 살롱 이후 근대에 들어서고 나서의 일이다. 그러한 세계문예사의 흐름 속에서 헤이안 문예 살롱은 10~11세기라는 이른 시기에 그것도 엄격한 남성들이 지배하는 체제 속에서 여성들 스스로가 자신의 삶에 거울을 비추며 은밀한 감정과 조심스러운 몸짓 하나하나를 글로 엮어냈다는 점에서 주목할 만하다.

참고문헌

정순분, 『무라사키시키부 일기』, 지식을 만드는 지식, 2011.
허원중 저/전왕록·전혜진 역, 『지도로 보는 세계 사상사(고대부터 현대에 이르기까지 동서양 인류사상의 변천사)』, 시그마북스, 2009.
서정복, 『살롱문화』, 살림, 2007.
박철화, 『문학적 지성』, 이룸, 2004.
정순분, 『마쿠라노소시』, 갑인공방, 2004.
하이덴-린쉬 저/김종대 역, 『유럽의 살롱들』, 민음사, 1999.
増田繁夫, 「紫式部と清少納言」(『国文学解釈と鑑賞』69-8, 至文堂, 2004)
Arthur Waley, 『The Tale of Genji』, Houghton Mifflin Company, 1935.

신앙과 의례

┃ 기리쓰보 천황이 참석한 선황의 수연에서 히카루겐지와 두중장이 세이가이하 춤을 추는
　모습〈源氏物語色紙貼付屛風〉. ─『豪華[源氏絵]の世界 源氏物語』, 学習研究社, 1988.

키워드로 읽는
겐지 이야기

모노가타리 속 신들의 활약

■한 정 미

1. 『겐지 이야기』와 신

『겐지 이야기』의 주인공 히카루겐지光源氏는 천황의 아들, 즉 혈통상으로 천황이 될 수 있고 왕권 획득의 가능성을 지닌 존재로 태어난다. 그러나 '겐지源氏'라는 성姓이 주어짐으로써 황위에 오를 가능성을 박탈당하게 된다. 이러한 히카루겐지가 왕권을 목표로 여러 고난을 극복하고 잃어버린 왕권을 회복해가는 것이『겐지 이야기』의 기본적인 골격이다.

그리고 히카루겐지의 왕권 획득 과정에는 아카시노키미明石の君, 무라사키노우에紫の上, 아사가오 재원朝顔齋院, 아키코노무 중궁秋好中宮, 다마카즈라玉鬘 등의 여주인공들도 깊이 관여하며 왕권 획득을 뒷받침하는 구도를 형성한다. 이 여성들의 특징은 신의 가호를 받는다는 점이다. 그녀들은 각각 스미요시住吉·가모賀茂·이세伊勢·하치만八幡·가스가春日 신의 가호를 받으며 히카루겐지의 영화를 달성하는 데 큰 역할을 한다.

이 글에서는 『겐지 이야기』에서 신들이 작품의 구조에 어떻게 도입되어 있는가를 살펴봄으로써 신들이 본질적인 곳에서 『겐지 이야기』와 어떻게 관련되어 있는가, 구체적으로는 주요 등장인물과 어떻게 결부되어 작품을 전개시켜나가는가를 밝혀 『겐지 이야기』의 기저에 있는 신들의 의의를 검토해보고자 한다.

2. 스미요시 신

『겐지 이야기』에서 스미요시 신은 히카루겐지의 영화와 밀접한 관련이 있다. 원래 스미요시 신은 이코마 산膽駒山에서 천손강림天孫降臨한 토지신이었으나 스미요시로 진좌鎭座하며 스스로 탁선託宣을 내리고 바닷길을 지키는 신의 성격을 드러낸다. 또한 항해를 관장하는 신인 스미요시 신은 진구 황후神功皇后의 수호신 역할을 함으로써 왕권의 수호신으로 변모해간다.

스마須磨에서 폭풍우를 만나 궁지에 몰렸을 때 히카루겐지는 스미요시 신에게 "스미요시 신이여, 당신은 이 근방 일대를 진압하고 보호하고 계십니다. 진실로 이 지역에 강림하신 신이라면 우리를 살려주십시오"라며 구원을 요청한다. 또한 히카루겐지의 꿈에 나타난 고 기리쓰보인桐壺院은 "스미요시 신이 인도하는 대로 빨리 배를 내어 이 포구를 빠져나가라"고 한다. 히카루겐지는 스미요시 신의 토지신, 해로의 안전을 지키는 신이라는 신위神威를 믿고 구원을 의뢰한 것이나, 기리쓰보인의 혼령은 왕권의 수호신으로서의 스미요시 신을 믿고 히카루겐지가 다시 왕권을 보필할 것을 염원하며, 스미요시 신의 인도대로 스마 항구를 떠나라고 한 것이다. 후에 히카루겐지는 스마에서 고난을 지켜준 스미요시 신에 대하여 깊은 감사의 마음을 나타낸다. 또한 준태상천황准太上天皇의 자리에 올라 딸인 아카시노히메기미明石の姫君가 천황의 여어女御가 되고, 그

▌ 스미요시 신사를 참배하는 히카루겐지 일행〈源氏物語澪標圖屛風〉. 靜嘉堂文庫美術館藏.
　－『すぐわかる源氏物語の絵画』. 東京美術. 2009.

소생인 황자가 동궁이 되어 영화가 절정에 달했을 때도 스미요시 신의 가호에 감사하며 두 번에 걸쳐 성대하게 스미요시 신사에 참배를 한다. 즉 히카루겐지는 영화를 구축해나감에 따라 왕권의 수호신으로서 스미요시 신의 신위를 알아가게 된다고 할 수 있다.

한편, 아카시 입도明石入道는 딸이 탄생하기 전에 그의 손녀가 황후가 되고 그 소생이 천황이 되는 것을 예지하는 영험한 꿈을 꾼다. 이에 딸 아카시노키미가 탄생하자 이 꿈이 딸의 운명을 이야기하는 것이라고 믿고 18년 동안 스미요시 신에게 기도하며 일 년에 두 번씩 스미요시 신사에 참배시킨다.

히카루겐지가 폭풍우를 만났을 때 아카시 입도는 꿈속에서 이상한 모습을 한 사람의 계시에 따라 배를 정돈하여 심부름꾼을 시켜 스마에 있는 히카루겐지를 맞이하러 나가고 히카루겐지 역시 스미요시 신의 인도에 따라 이에 응한다. 입도 또한 이것이 스미요시 신의 인도임을 깨닫고 아카시에 있는 집에 다다르자 가장 먼저 스미요시 신에 배례하며 그 영험에 감사한다. 즉, 궁지에 몰린 히카루겐지가 스미요시 신에게 기도하여 그 인도에 의해 아카시 항구로 옮겨지게 된다는 점에서,

또한 아카시 입도도 스미요시 신의 계시에 따라 히카루겐지를 아카시 항구로 맞이한다는 점에서 히카루겐지와 아카시 일족의 만남은 스미요시 신의 영험에 의한 것임을 알 수 있다.

스미요시 신의 인도에 의해 스마에서 아카시로 옮기게 된 히카루겐지는 아카시 입도의 딸 아카시노키미를 만나게 되고, 두 사람 사이에 딸 아카시노히메기미가 태어난다. 이 아카시노히메기미가 입궐하여 중궁이 됨으로써 아카시 일족은 황족의 반열에 들게 된다. 히카루겐지는 표면상으로는 후지쓰보藤壺와의 밀통으로 인해 태어난 아이, 즉 레이제이 천황冷泉天皇의 후견인으로 정치적 기반을 공고히 한다. 그러나 실제로 히카루겐지의 섭관가攝關家적인 정치수법에 의한 권력 획득은 아카시노히메기미의 입궐과 그 소생인 황자의 황태자 책립에 의한 것으로, 최고 권력자로서의 영화는 아카시노히메기미에 의하여 이루어진 것이라도 해도 과언이 아니다.

이와 같이 스미요시 신은 히카루겐지의 수호신이 될 뿐만 아니라 히카루겐지와 아카시 일족의 번영을 실현시키는 신이기도 하다. 즉, 히카루겐지를 비롯하여 기리쓰보인과 아카시 일족이 믿은 스미요시 신은 항해의 신으로서만이 아니라 왕권의 수호신으로서 히카루겐지와 아카시 일족이 번영하는 이야기를 전개시키는 방법으로 사용되고 있음을 알 수 있다.

3. 가모 신

가모 신은 원래 천손강림한 신으로 진무 천황神武天皇을 야마토大倭로 선도한 삼족오三足烏 야타가라스八咫烏와 동일시되기도 하였다. 이 야타가라스는 황조신皇祖神인 아마테라스오미카미天照大神의 대리자로 간주되어 황통을 지키는 신으로 천황 즉위나 황태자 책립과 같은 황위를 주관하는 신으로 존숭되었다.

『겐지 이야기』에서 가모 신앙은 히카루겐지의 영화에 관련된 가모 신의 역할과 작품 전개에 불가결한 요소로서의 가모 마쓰리賀茂祭를 통해 그려지고 있다.

스마로 가야 하는 상황에서 히카루겐지는 가모 신에게 억울한 죄를 풀어달라고 호소한다. 가모 신이 죄의 유무를 가려주는 신으로 숭배되었기 때문이다. 또한 가모 신은 왕권의 수호신으로서도 중요하다고 할 수 있다. 왜냐하면 히카루겐지는 가모 신을 참배한 후 고 기리쓰보인의 능묘에도 참배하는데, 왕권의 수호신인 가모 신과 선황의 혼령의 도움으로 히카루겐지가 스마에서 도읍으로 소환되고, 이후 레이제이 천황의 즉위와 아카시노히메기미의 입궐에 의해 히카루겐지의 영화가 구축되어가기 때문이다.

또한 히카루겐지가 가장 사랑한 여성 무라사키노우에의 이야기는 가모 신과 밀접한 관련이 있다. 두 사람의 첫 만남은 가모 신의 연고 지역인 기타야마北山에서 시작되었고, 가모 마쓰리 구경을 위해 히카루겐지와 같은 우차牛車에 동승한 것을 계기로 두 사람은 사실상 부부의 연을 맺게 된다. 이후 무라사키노우에는 히카루겐지의 정처와 다름없는 역할을 하며, 최종적으로는 양녀 아카시노히메기미의 입궐을 수행시키는데, 이러한 영화의 절정에서 가모 신사 참배가 이루어진다. 즉 무라사키노우에의 번영의 배경에 가모 신이 있는 것이다.

가모 신과 관련된 여주인공으로 아사가오 재원도 꼽을 수 있다. 그녀는 황족이라는 높은 신분과 교양을 갖춘 여성으로 등장하여 히카루겐지와 풍아한 교류를 이어간다. 특히 아카시노히메기미의 입궐을 앞두고 열린 향 경합에서 아사가오 재원이 보낸 향인 구로보黑方와 가나假名 문장은 그 전아함과 뛰어난 필적으로 높은 평가를 받는다. 이는 히카루겐지의 영화 이야기에서 가모 신을 모시는 재원인 아사가오의 중요성을 시

┃ 아오이노우에와 로쿠조미야스도코로의 수레 싸움〈車爭圖屛風〉. 東京國立博物館藏 –『すぐわ
かる源氏物語の絵画』. 東京美術. 2009.

사하는 것으로 볼 수 있다. 이와 같이 히카루겐지의 영화에 관련된 가모
신의 기능은 가모 신이 원래 천황 즉위와 황태자 책립 등 왕권에 관한
신으로 존숭되었던 것에서 그 필연성을 찾을 수 있다.

　헤이안 시대에 마쓰리라고 하면 '가모 마쓰리'를 가리킬 정도로 가모
마쓰리는 귀족과 인연이 깊다. 『겐지 이야기』에서는 작품을 전개시켜나
가는 필수 조건으로 가모 마쓰리가 이용되고 있다. 예를 들면, 로쿠조미
야스도코로六條御息所와 아오이노우에葵の上의 하인들이 수레를 세워둘 자
리를 놓고 벌인 싸움은 가모 마쓰리의 불제祓除 날에 일어난 사건이다.
이 사건을 계기로 로쿠조미야스도코로의 생령生靈이 히카루겐지의 정처
아오이노우에를 죽음에 이르게 하고, 이러한 자신의 무시무시한 모습을
알아차린 로쿠조미야스도코로가 이세伊勢로 내려가는 것으로 작품이 전
개된다. 그리고 이 일련의 일들은 결과적으로는 가모와 인연이 있는 무
라사키노우에가 히카루겐지의 실질적인 정처로 작품의 중심에 등장하
는 계기가 된다는 점에서, 가모 마쓰리는 무라사키노우에를 위해 기능
하고 있다고도 할 수 있다.

제2부에서는 가시와기柏木와 온나산노미야女三の宮의 밀통이 가모 마쓰리의 불제 전날에 일어나고, 그 결과 제3부의 주인공 가오루薫가 태어난다. 가오루의 탄생은 다마요리히메玉依日賣와 니누리야丹塗矢의 하룻밤 연으로 태어나 나중에 미지의 아버지를 찾는 가모와케이카즈치 신賀茂別雷神의 전승과 중첩된다. 왜냐하면, 온나산노미야의 곁을 찾아 관계를 맺는 가시와기, 그 하룻밤의 관계로 가오루가 탄생하고 그 결과 항상 자신의 출생에 의혹을 갖는 청년으로 조형되어 나중에 생부가 히카루겐지가 아니라 가시와기라는 사실을 알게 되는 흐름이 가모 신화와 비슷한 구조를 가지고 있기 때문이다. 더욱이 제3부에서 가오루와 우키후네浮舟의 만남과 가오루가 우키후네를 맞이하는 날이 가모 마쓰리를 배경으로 묘사되어 있는 점을 보면, 가모 마쓰리는 작품의 방향을 결정짓는 분기점이 되는 장면에 이용되어 작품의 전개 방향에 영향을 미치고 있다고 할 수 있다.

4. 이세 신

이세 신은 곧 아마테라스오미카미이다. 이 신은 원래 최고신, 태양의 여신, 천벌을 내리는 지벌의 신, 황조신 등 다양한 신격神格을 지닌 신이었으나 점점 황위나 그 계승에 깊은 관계가 있는 황조신으로서의 성격이 강해진다.

『겐지 이야기』에서 이세 신은 황조신 아마테라스오미카미를 모시는 재궁齋宮을 중심으로 그려져 있다. 역사상 전 재궁의 결혼 사례와 헤이안 시대 모노가타리에서 재궁과 관련된 부분을 보면, 재궁에게는 황조신을 모시는 무녀가 갖는 신앙적 위력이 있으며, 임무를 다하고 귀경한 전 재궁에게도 현 재궁과 똑같은 영력이 깃들어 있어 천황에게 종교적 힘을 주는 존재로 인식되었음을 알 수 있다.

『겐지 이야기』에서 이세 신은 지벌의 신으로서의 아마테라스오미카미의 모습을 띤 로쿠조미야스도코로와는 달리 황조신으로서 재궁이었던 아키코노무 중궁을 가호한다. 아키코노무 중궁은 어머니 로쿠조미야스도코로의 사망 후에 장래를 부탁받은 히카루겐지의 후견 하에 전 재궁으로서 레이제이 천황의 후궁으로 입궐한다. 전 재궁의 입궐은 레이제이 천황의 결손을 보완하기 위해 필요한 조치였지만, 역사상 많은 황자들이 아마테라스오미카미의 영력을 지니고 있는 재궁에 감화되려고 하는 것에서 엿볼 수 있듯이 레이제이 천황에게 종교적 위력뿐 아니라 혈통의 정당성을 보완한다는 점에서 꼭 필요한 존재였다. 또한 황조신을 모시는 자로서 성성聖性을 지니고 있는 존재인 전 재궁이 입궐한다는 의미에서 중요하다고 할 수 있다. 왜냐하면 전 재궁의 입궐에 의해 레이제이 천황의 정권이 확립되고 그것이 그대로 히카루겐지의 영화로 이어져 가기 때문이다. 이와 같이 아키코노무 중궁은 재궁으로서 황조신인 이세 신을 모시고, 나중에는 레이제이 천황의 후궁으로 입궐하여 중궁의 자리에까지 올라 히카루겐지의 영화를 확고하게 하는 역할을 하는 것이다. 아키코노무 중궁에게는 재궁 출신자만이 얻을 수 있는 황조신인 이세 신의 가호가 있었기에 그 존재 의의가 두드러지게 되었다고 할 수 있다.

5. 하치만 신 · 가스가 신

이와시미즈하치만 궁石清水八幡宮은 고레히토 친왕惟仁親王의 외척인 후지와라 요시후사藤原良房가 어린 황자, 즉 세이와 천황清和天皇(858~876)의 즉위를 기원하며 창건한 신사로 이후 황실에 의해 황위 계승을 수호하는 신으로 존숭된다. 한편 좌대신左大臣 후지와라 나가테藤原永手에 의해 일족의 번영과 현재의 나라奈良인 헤이조 경平城京의 수호를 목적으로 창건되었다고 전해져오는 것이 가스가 신사春日神社이다. 그것을 야마토大和 지방에서 교토에 가까운 오하라노大原野에 나누어 모신 것이 오하라노 신사大原野神社인데 후지와라 씨의 융성과 함께 크게 숭경을 받게 된다.

『겐지 이야기』에서 하치만 신과 가스가 신은 특히 다마카즈라의 인물 조형과 관련이 깊다. 다마카즈라는 두중장頭中將과 유가오夕顔 사이에서 태어나는데 아버지와는 생별生別, 어머니와는 사별하고 현재의 규슈九州인 쓰쿠시筑紫까지 유랑한 끝에 히카루겐지의 양녀가 되어 로쿠조인六條院의 꽃이 되는 여주인공이다.

다마카즈라가 쓰쿠시 지역으로 내려가는 것은 하치만과 관련하여 생각할 때 주목할 만하다. 하치만 전승은 아버지가 부재한 점, 하치만과 그의 어머니 오히루메大比留女가 규슈로 유랑하는 점, 또한 하치만 황자가 하치만 대보살이 되기까지의 성장이 보통 인간과는 달리 급속한 이상 성장異常成長을 보이는 점을 그 특징으로 꼽을 수 있다. 이는 모자母子의 형태는 아니지만 쓰쿠시로 유랑하고 빼어난 미모의 아가씨로 성장하기까지 급속하게 이야기가 전개되며 나중에 친부를 만난다고 하는 다마카즈라 이야기의 큰 골격과 중첩된다. 더욱이 다마카즈라는 쓰쿠시에서는 하코자키하치만 신箱崎八幡神·마쓰라노카가미노미야松浦鏡宮에게, 고난 끝에 상경을 하고 나서는 이와시미즈하치만 신에게 감사의 참배를 드리고 있어서, 그녀가 하치만의 가호에 깊은 감사의 마음을 가지고 있음을 알 수 있다. 그것은 교토에 돌아오기까지 다마카즈라 이야기가 하치만 신의 영험에 의하여 전개되는 것을 단적으로 나타낸다고 할 수 있다. 주목할 점은 다마카즈라가 하치만에 참배한 다음에 쓰바이치椿市에서 어머니의 시녀였던 우콘右近과 재회하는 것에 대하여 우콘은 자신이 빌어온 하세 관음長谷觀音의 영험에 의한 것으로 파악하고 있다는 점이다. 쓰바이치는 하쓰세初瀨는 아니지만 그 경계 영역에 해당되므로 다마카즈라에게는 하치만의 가호로, 우콘에게는 하세 관음의 영험으로 재회가 이루어졌다고 할 수 있다. 또한, 다마카즈라와 하치만 전승과의

관련성에서 중요한 것은 다마카즈라가 친부와의 대면 이후에도 친부
와 양부 어느 쪽으로부터도 책임 있는 처우를 받지 못한다는 점이다.
의지할 수 없는 부친, 이는 아버지가 없는 하치만 신의 전승에서 그 원
천을 구할 수 있다.

　다마카즈라는 후지와라 씨의 혈통을 잇는 아가씨로 가스가 신과 관
련성을 갖는 인물이기도 하다. 특히 레이제이 천황의 오하라노 행차의
장은 다마카즈라가 아버지 내대신內大臣을 비롯하여 구혼자들을 바라보
고 '남성 품평회'를 행하는 절호의 기회를 제공한다. 그것이 오하라노
행차에서 이루어진다고 하는 의미는 다마카즈라의 출신이 후지와라
씨이고 그 씨족신인 가스가 신과 관계가 깊은 여성이라는 점에서 이러
한 설정이 이루어지게 되었다고 볼 수 있다. 또한 양녀 다마카즈라를
상시尙侍로 출사시키면서 히카루겐지도 '가스가 신의 마음'을 배려하고
있는데, 이는 가스가 신이 후지와라 씨의 궁중 출사나 황후 책립 시 우
선적으로 염두에 두고 배려하지 않으면 안 되는 존재라는 것을 단적으
로 나타내고 있다고 할 수 있다.

　『겐지 이야기』의 주인공 히카루겐지는 황족으로 태어났지만 신하

로 내려감에 따라 황족에서 배제된 인물이다. 그러나 후지쓰보 중궁과의 밀통으로 태어난 아들이 천황에 오르게 되고, 출생의 비밀을 알게 된 아들 레이제이 천황에 의해 준태상천황에 제수되는데, '태상천황太上天皇'이란 황위를 양위한 천황에게 보내는 존호이다. 즉 히카루겐지는 천황은 아니었으나 천황에 준하는 지위를 얻게 되는 것이다. 신적臣籍으로 내려간 사람이 준태상천황이 된다고 하는 일본 역사상에서 그 유례를 찾아볼 수 없는 이러한 설정을 설득력 있게 전개시키기 위하여 모노가타리는 스미요시·가모·이세·이와시미즈·가스가 신 등을 도처에 배치하고 그 신위를 여주인공들에게 투영하고 작용시켜 각각의 신이 이야기의 전개나 등장인물과 밀접히 연결되어 있는 점이 이 작품의 큰 특징이라고 할 수 있다. 히카루겐지는 신도 신의 아들도 아니지만 이와 같은 신들의 신위를 등에 업고 등장하여 영력靈力을 갖고 있는 여주인공들의 보호를 받으며 초월적인 절대자로서 조형되는 것이다.

이와 같이 『겐지 이야기』 속 신들의 활약은 작품 전개에 활력을 불어넣는 효과적인 방법으로 기능하고 있으며, 모노가타리가 신화적인 상상력에 의거하는 바가 크다는 사실을 알려준다.

참고문헌

한정미, 「『源氏物語』と賀茂信仰」(『일본학보』73, 한국일본학회, 2007)

한정미, 「『源氏物語』における賀茂祭の役割−薫の誕生譚との関わりを中心に」(『일어일문학연구』59, 한국일어일문학회, 2006)

한정미, 「斎宮と『源氏物語』」(『日本研究』28, 한국외국어대학교 일본연구소, 2006)

한정미, 「『源氏物語』における賀茂祭の役割−六条御息所と葵上の車争い事件を中心に」(『일어일문학연구』56, 한국일어일문학회, 2006)

韓正美, 「玉鬘物語と八幡信仰について」(『超域文化科学紀要』11, 東京大学大学院, 2006)

小山利彦, 「源氏物語と神」(『国文学』40-3, 学燈社, 1995.2)

秋山虔·河添房江·松井健児·三角洋一, 「[共同討議]物語文学の人間造型—源氏物語と以前以後」(『国文学』38-11, 学燈社, 1993.10)

日向一雅, 「物語文学にみる信仰の諸相—『源氏物語』」(『国文学解釈と鑑賞』57-12, 至文堂, 1992.12)

小山利彦, 「神と源氏物語」(『源氏物語とは何か』, 源氏物語講座 第1巻, 勉誠社, 1991)

여자로서의 삶을 버리는 출가

유 주 희

1. 헤이안 시대의 여성과 출가

우리 주위에서 삭발을 하고 출가하는 여성들을 볼 수 있다. 시대와 사회적 배경은 다르나 헤이안 시대에도 머리카락을 자르고 출가하는 여성들이 있었다. 당시에 검고 긴 머리카락은 여성미의 상징이었다. 이러한 머리카락을 자르고 불문에 들어서는 것은 간단한 일은 아니었을 것이다. 그들에게 출가란 어떤 의미였으며 그 계기는 무엇이었을까.

일본에 불교가 전해진 것은 6세기 전반 백제로부터이다. 이후 불교는 정치, 문화, 사상 등 다방면에 걸쳐 일본 사회에 큰 영향을 끼쳤다. 이러한 과정에서 주목할 점은 여성들의 역할이다. 왜냐하면 최초의 출가자가 여성인데다, 최초의 불교식 사찰이 사쿠라이 도량櫻井道場이라는 여성 출가자들의 사찰이었다는 점에서 불교 수용과정에서 여성의 역할은 중요하기 때문이다.

『니혼쇼키日本書紀』에 의하면 584년에 도래인渡來人이었던 시바닷토司馬達等의 딸인 젠신 스님善信尼을 비롯한 여성 세 명이 정식으로 출가의 계戒를 받기 위해 백제로 건너가 유학했다고 한다. 당시 한반도에는 여성 출가자를 위한 시스템이 갖추어져 있었다. 이를 뒷받침하는 자료로『삼국유사三國遺事』에 신라 법흥왕의 왕비가 535년에 영흥사를 건립하여 출가하였다는 기록이 있다. 이로써 백제뿐만 아니라 한반도 전역에 여승과 여승 사찰이 존재하였다는 것을 알 수 있다. 요컨대, 일본 여승들의 한반도 유학은 불교를 매개로 하여 인적 교류의 네트워크가 형성되어 있었다는 것을 알려준다. 백제에서 정식 계를 받은 이들은 일본으로 돌아와 여승들의 지도자로 활약하였다. 이 시기에 여승들은 국가의 공적인 일에도 왕성하게 활약하였다. 이후에 국가적인 정책에 의해 남성 출가자가 생활하는 고쿠분지國分寺, 여성 출가자가 생활하는 고쿠분니國分尼로 정비된다. 이로써 불교는 국가 차원에서 체제를 정비해간다.

헤이안 시대에 이르러 불교는 귀족 사회 속에 깊이 자리잡게 된다. 출가자가 아니라도 일상 생활 속에서 불경을 외우거나 기도를 하였다. 특히 여성들도 어린 나이부터 불교 경전과 접하는 경우가 많았다. 스가와라 다카스에菅原孝標의 딸이 쓴『사라시나 일기更級日記』에는 그 당시 귀족 자녀들은 17~18세부터 불경을 읽고 수행을 하는데, 자신은『겐지 이야기』에만 빠져 있다고 쓰고 있다. 『겐지 이야기』「요모기우蓬生」권에 히카루겐지光源氏가 스에쓰무하나末摘花를 방문하는 장면에서 불교 경전에 음절을 붙여 읽는 것이 유행하였으나 스에쓰무하나는 부끄럽게 여겨 염주도 하지 않고 유행에 뒤처진 삶을 사는 것으로 나온다. 이처럼 이 시대에 불교는 종교이자 생활 문화로서 귀족 사회에 스며들어 있었다. 이러한 사회 분위기에서 특히 주목할 만한 현상은 귀족 여성의 출가가 증가했다는 사실이다. 이와 더불어 출가의 형태도 다양해졌다. 『겐지 이야기』에서도 여주인공들이 출가하는 모습을 자세히 묘사하고 있는데, 이것은 그 당시 사회 현상의 반영이라고 할 수 있다.

이 글에서는 시대와 사회상이 반영된 여성의 출가라는 주제가 『겐지 이야기』에 어떻게 투영되어 있는지에 대해 마지막 여주인공인 우키후 네浮舟의 출가 여정을 따라가면서 작자가 그려내고자 했던 여성 출가의 논리와 종교관을 살펴보고자 한다.

2. 인생의 전환점, 출가

남녀를 불문하고 출가에는 유년기부터 불문에 들어가 결혼을 하지 않은 상태에서 출가하는 경우와 세속의 결혼 생활을 경험하고 나서 발심發心이 생겨 출가를 하는 경우가 있다. 헤이안 시대에는 결혼을 경험한 기혼 여성이 출가하는 경우가 많았다. 불교와 여성에 관해 역사학적인 측면에서 연구한 가쓰우라 노리코勝浦令子는 헤이안 시대의 관승제도官僧制度의 붕괴와 9세기 이후에 여승들에 대한 수계受戒 통제가 느슨해진 점을 그 이유로 지적하고 있다. 기존에는 국가 관리체계로 이루어지던 수계가 수계자와 출가자의 개인적인 관계에서 이루어지는 경우가 빈번해졌다. 즉, 여성 출가는 국가 통제가 아닌 개인의 권한에 의해 누구라도 일정한 조건이 갖추어지면 수계를 받고 출가할 수 있게 되었다. 이에 비해 남성 출가자는 국가가 공인하는 자격을 필요로 하였다. 이러한 사회 현상은 『겐지 이야기』에도 그대로 반영되어 있다. 대부분의 여성 출가자들은 결혼과 출산을 경험한 후에 출가를 하고, 또한 개인적인 차원에서 수계가 이루어진다. 그러므로 어디에도 소속되지 않은 채 출가 생활을 하는 경우가 대부분이다. 이와 같이 여성들의 출가가 자유로운 형태를 취하면서 출가하는 이유도 다양해졌다고 할 수 있다.

출가를 결심하는 이유는 개인적인 차이는 있으나, 먼저 여성의 노후나 중병을 들 수 있다. 헤이안 시대는 죽기 전에 출가하여 극락왕생을

기원하는 것이 사회 관습으로 정착되어가고 있었다. 이것을 '임종 출가'라 한다. 『겐지 이야기』에도 종종 늙은 여승들이 등장한다. 이 이야기에서 최고령자 여승은 「데나라이手習」권에 등장하는 요카와 승도橫川の僧都의 어머니이다. 그녀가 몇 살에 어떠한 이유로 출가했는지는 알 수 없지만, 작품에서 설정된 나이는 80세 정도이다. 이 외에도 「유가오夕顔」권에서 히카루겐지의 유모가 중병으로 출가한 예가 있다. 그녀의 나이는 50세 전후로 병이 원인이 되어 출가했다고는 하나 시기적으로는 노년기의 출가에 해당한다. 중병을 이유로 출가하는 경우는 불교의 힘으로 연명을 바라거나, 죽음을 앞두고 현세에서의 속죄와 극락왕생을 바라는 면이 크게 작용한다고 볼 수 있다. 일정한 나이가 되면 미리 죽음을 준비해가는 과정이다. 출가는 더 이상 종교적인 깨달음을 구하는 과정이 아니라 결혼과 출산 그리고 출가라는 인생의 통과의례적인 측면을 가지고 있었다고 할 수 있다.

또한 출가를 결심하게 되는 이유로 부모나 남편이 사망하는 경우를 들 수 있다. 후지쓰보 중궁藤壺中宮의 출가가 여기에 해당된다. 「사카키賢木」권에서 후지쓰보 중궁은 남편이었던 기리쓰보인桐壺院의 일주기 기일을 마치고 그의 명복을 기리고자 출가하였다. 이와 비슷한 예로「세키야關屋」권에서 우쓰세미空蟬는 남편인 이요 지방 차관伊予介의 죽음을 계기로 출가를 한다.

그러나 이러한 과부의 출가와는 달리 남편이 생존해 있다 하더라도 출가하는 경우가 있었다. 여기에 해당되는 것이 온나산노미야女三の宮의 경우다. 온나산노미야는 가시와기柏木와의 밀통 사실을 남편인 히카루겐지가 알아차리자 괴로워하다가, 아버지인 스자쿠인朱雀院의 도움으로 출가를 한다. 당시 귀족들은 남편에게만 이혼권이 있었다. 아내가 이혼을 희망할 경우에는 출가를 함으로써 실질적으로 이혼이 되는 경우가 많았다. 이러한 경우에는 자연스럽게 남편과 아내의 성적 관계는 끝난

┃ 온나산노미야를 출가시키는 스자쿠인〈源氏物語繪卷〉. 복원 모사. −『よみがえる源氏物語絵
　卷』, NHK出版, 2006.

다고 할 수 있다. 그러나 남편이 출가하는 경우에는 아내와의 성적 관
계를 유지할 가능성이 있었다. 온나산노미야는 사실상 부부관계의 파
탄을 계기로 출가하였다.

　이와 비슷한 예로 우키후네의 예를 들 수 있다. 우키후네는 황족인
하치노미야八の宮의 혈통을 이어받지만, 어머니의 신분이 낮다는 이유
로 아버지 하치노미야로부터 인정받지 못하면서 그녀의 운명은 엇갈
리기 시작한다. 우키후네는 가오루薰와 인연을 맺어 우지宇治에 정착하
게 된다. 이러한 그녀에게 접근하여 애정을 고백하는 니오노미야匂宮가
등장한다. 결국 우키후네는 가오루를 가장한 니오노미야와 남녀관계
로 발전됨으로써 가오루와 니오노미야 사이에서 삼각관계에 놓이게
된다. 아무런 반항도 할 수 없었던 그녀에게는 더 이상의 선택권이 없
었다. 결국에는 우지 강宇治川에 몸을 던지게 된다. 그러나 자살 시도는
미수에 그치고, 근처를 지나던 요카와 승도 일행에게 발견되어 구사일
생으로 목숨을 건지게 된다. 그 후 우키후네는 이들과 함께 오노小野에
서 생활하게 된다. 그러나 요카와 승도의 여동생의 사위였던 중장中將

이 등장하여 우키후네에게 접근해옴으로써 그녀에게 또다시 남녀관계의 위기가 다가온다. 이미 가오루와 니오노미야의 사이에서 고민했던 경험이 있는 우키후네에게 중장의 등장은 과거의 기억을 떠올리는 계기가 되었다. 그녀는 출가 이외에 남녀관계에서 벗어날 길이 없다고 생각한다. 중장의 등장은 그녀의 출가 결심을 다지게 되는 계기가 되었다고 할 수 있다. 이러한 과정에서 그녀를 출가로 이끈 것은 무엇보다도 과거의 남녀관계를 반복하고 싶지 않다는 심정이었다.

이와 같이 『겐지 이야기』에서 그려낸 여성의 출가는 중병이나 노후라는 이유뿐만 아니라 남녀관계에서 비롯된 애정관계의 괴로움 속에서 속세를 벗어나고자 하는 이유가 크게 작용하고 있다고 보인다. 이것은 출가를 통해서 종교적 완성을 이룬다는 의미로 보기에는 의심스러운 면이 있다. 오히려 출가라는 행위를 통해 출가자의 모습으로 탈바꿈하는 것에 출가의 의미를 두고 있는 것처럼 보인다. 즉, 『겐지 이야기』에서 여성의 출가는 깊은 신앙심에 기인한 결과라기보다는 인생의 전환점에서 선택할 수 있는 또 다른 삶의 방편이었다. 아울러 출가하는 여성의 내면에 자유와 해방감을 안겨주는 역할을 하고 있다고 할 수 있다.

요컨대 『겐지 이야기』에서 온나산노미야와 우키후네로 이어지는 출가의 흐름에는 유사성이 보인다. 이들은 모두 밀통을 경험하고 괴로워한다. 그리고 죽음을 생각하다가 출가에 이르는 일정한 패턴을 가지고 있다. 당시 밀통이 발각되었다 해서 중죄로 다루어지지는 않았지만, 양심의 문제인 것만은 틀림없다. 섭관기에도 애증관계가 발단이 되어 머리카락을 자르고 출가하는 경우가 있었다. 『쇼유키小右記』에 의하면 이치조 천황一條天皇(986~1011)의 여어女御였던 겐시元子가 이치조 천황의 붕어 후에 미나모토 요리사다源賴定와 밀통하여 남녀관계로 발전한다. 이 사실을 알게 된 아버지인 후지와라 아키미쓰藤原顯光의 손에 의해 겐시는 강제로 출가하게 된다. 이 같은 시대상이 『겐지 이야기』에 직접적인 영향을 주었는지 알 수 없으나, 분명한 것은 이 이야기에서 여주인공들이 출가에 이르게 되는 중요한 이유의 하나로 남녀관계의 문제가 큰 비중을 차지하고 있다는 점이다.

3. 속세를 버리는 과정

헤이안 시대에 여성들이 본인의 결심과 의지만으로 출가를 할 수 있는 것은 아니었다. 출가할 때에는 먼저 남편이나 가족의 허락을 받아야 하였다. 이것은 남겨진 가족들이 출가자의 생활을 지원하는 후원자로서의 역할을 했기 때문이기도 하다. 여성 출가자들에게 가장 문제가 되는 것은 경제적 보장이었다. 출가가 극히 개인적인 차원에서 이루어짐으로써 출가 후에 드는 생활비 또한 개인이 부담해야 할 몫이 되었다. 그렇기 때문에 가족의 동의가 무엇보다도 중요하였다. 이렇다 보니 때로는 출가를 반대하는 가족들 때문에 출가하지 못하는 경우도 있었다. 『겐지 이야기』에서도 출가를 반대하는 가족들로 인해 속세를 버리지 못하는 상황이 전개되고 있다. 그 예로 무라사키노우에紫の上를 들 수 있다. 그녀는 죽음을 앞두고 출가하기를 바랐으나, 남편인 히카루겐지가 허락하지 않아 결국에는 출가하지 못한 채 죽음을 맞이한다. 이는 무라사키노우에를 끝까지 속세의 사람으로 곁에 두고자 한 히카루겐지의 애정 탓이다. 히카루겐지의 후견을 받을 수밖에 없는 무라사키노우에로서는 무엇보다도 히카루겐지의 동의가 중요했던 것이다. 또한 온나산노미야도 히카루겐지가 허락하지 않아 결국에는 아버지인 스자쿠인에게 도움을 요청하기에 이른다. 결국 온나산노미야는 아버지의 도움으로 히카루겐지의 동의를 얻어 출가하게 된다. 이처럼 여주인공들이 출가할 때, 남편이나 가족의 동의를 구하는 과정을 비중 있게 다루고 있다.

이와 같이 여성 출가자는 가족의 동의를 얻어 출가를 하게 되는데, 정식 출가자인 비구니가 되기까지는 몇 단계의 절차를 밟아야 한다. 먼저 여성 출가자는 출가 예비단계에서 재가 신자인 우바니가 된다. 그리고 출가한 단계에서 사미니, 식사마나니, 비구니로 나뉜다.

『겐지 이야기』에서 출가하는 모습을 자세히 묘사하고 있는 부분은 「데나라이」권에서 요카와 승도가 우키후네를 출가시키는 장면이다. 특히, 이 장면은 『청신사도인경淸信士度人經』의 삭발 의식을 근거로 하여 출가하는 모습을 생생하게 서술하고 있다. 『청신사도인경』에 나타난 삭발 의식을 보면 이렇다. "만약 삭발하려고 한다면 먼저 머리털이 떨어지는 자리에 향탕香湯을 뿌려 청소하고, 주위 7척의 네 귀퉁이에 깃발을 달고, 하나의 높은 자리를 만들어 출가자를 앉게 한다. 다음에는 두 개의 훌륭한 자리를 만들어 두 사람의 스승을 앉게 한다. 그리고 출가하려는 자는 본래 세속의 옷을 입고 부모와 존친들에게 절하고 하직한 다음에 게송을 외운다"라고 기술되어 있다. 요카와 승도는 우키후네가 출가 후 입을 승복을 준비하였다. 그리고 부모가 살고 있는 방향을 향해 절을 하도록 한다. 이는 속세에서의 인연을 끊는 의미도 있지만, 여태까지 받은 은혜에 대한 감사의 표시이기도 하다. 그리고 요카와 승도는 "삼계 가운데 떠돌며 은혜와 애정에서 벗어나지 못하다가 은혜 버리고 무위로 들어가니 진정으로 은혜를 갚는 자이다流轉三界中 恩愛不能斷 棄恩入無爲 眞實報恩者"라고 경문을 외우게 하였다. 그리고 우키후네의 머리를 자르고 가사를 입히는 삭발염의削髮染衣 의식을 거행하였다.

현대의 여성 출가자들은 거의 머리카락을 남기지 않는 삭발을 한다. 그러나 헤이안 시대 여성 출가자들의 머리카락의 형태는 크게 두 가지로 나뉜다. 머리카락을 남기지 않는 삭발과 아마소기尼剃라는 형태이다. 아마소기라는 스타일은 앞머리를 이마까지 자르고 뒷머리는 어깨까지 자르는 방식이다. 헤이안 시대에 기혼 여성이 출가할 때, 이 아마소기를 많이 하였다. 여성 출가자의 머리 스타일과 수계는 밀접한 관계가 있다. 요컨대 사미니와 식사마나니의 단계에서는 아마소기를, 비구니의 단계에서는 완전 삭발을 하였다. 우키후네를 비롯하여 『겐지 이야기』에 등장하는 여주인공들은 거의 아마소기의 형태이다. 우키후네 역시 이러한 과정을 거치면서 요카와 승도로부터 오계五戒를 받아 출가하게 된다. 이것은 완전한 출가가 아닌 임시단계인 사미니로 보아야 한다.

그러나 우키후네의 출가과정에서 드러난 문제는 가족의 동의 없이 우키후네의 의지만으로 출가를 결행하였다는 점이다. 이것은 「유메노 우키하시夢浮橋」권에서 가오루가 오노에 찾아왔을 때 우키후네와 요카와 승도에게 약점으로 작용한다.

4. 여성 출가자의 생활

헤이안 시대 여성 출가자의 생활은 어떠하였을까. 우선 종교적인 수행 생활의 측면에서 살펴보면, 출가자는 아침저녁으로 신성한 물과 꽃을 부처님께 공양하면서 여인 성불을 설한 『법화경法華經』을 독송하는 것이 하루일과였다. 금욕적인 생활을 하며 수행에 매진하는 것이 출가자의 삶이었다. 그러나 출가자라고 해서 매일 불경만 독송하고 기도만 하는 것은 아니었다. 당시 국가로부터 승려 인증을 받은 이들에게 적용되는 법규칙인 「승니령僧尼令」에는 승려들의 출가 생활에 예능 오락은 금지되어 있었지만, 바둑과 칠현금을 연주하는 것은 예외로 허용되어 있다. 『겐지 이야기』에서도 출가한 이들이 자주 음악을 즐기는 장면이 연출되기도 한다. 인상 깊은 장면은 「데나라이」권에서 요카와 승도의 어머니인 늙은 여승이 나이가 들어 귀도 어두운데 거문고를 즐기면서 연주하는 장면이다. 또한 「스즈무시鈴蟲」권에는 출가한 온나산노미야

■ 출가한 온나산노미야가 불전에서 불경을 암송하는 모습〈源氏物語繪卷〉. 복원 모사.
 ―『よみがえる源氏物語絵巻』, NHK出版, 2006.

가 히카루겐지와 와카를 주고받는 장면도 있다. 이처럼 출가하였다 하더라도 수행에만 매달리는 것이 아니라 나름대로의 문화 생활을 누릴 수 있는 자유가 있었다고 볼 수 있다.

그리고 생활적인 측면에서도 속세인과 다름없는 권한이 주어졌다. 헤이안 시대에 여성 출가자의 수행의 장이 될 만한 여승들의 사찰은 헤이안 경平安京 내에 존재하지 않았다. 여성 출가자는 세속의 집에 머물면서 남편이나 자식들의 후원을 받으며 수행 생활에 전념하는 경우가 대부분이었다. 조그마한 법당을 만들어 기도하면서 다른 가족들과는 분리된 공간에서 생활하는 방식이다. 즉 기존의 집에 머물면서 출가 수행을 하는 재가 출가의 형식을 말한다. 이러한 것은 출가 후에도 남편이나 가족의 경제적 지원과 보호 속에서 출가 생활을 해야 했던 이유에서이기도 하다. 『겐지 이야기』에서 예를 찾아본다면 온나산노미야가 여기에 해당된다. 온나산노미야는 출가를 하였지만, 히카루겐지와 같은 로쿠조인六條院에 머물며 출가 수행을 한다. 어느 정도 속세의 사람들과 접촉하면서 생활 공간을 분리시켰을 뿐이라고 볼 수 있다. 또한 귀족 여성은 출가 후에도 시중드는 이가 옆에 있어서 일상 생활에 도움을 받았다. 그렇다면 이 시중드는 역할은 누가 담당하였을까? 헤이안 시대 귀족 여성들은 혼자 출가하는 것이 아니라 곁에서 시중을 드는 시녀들도 같이 출가하는 경우가 있었다. 이들은 본인의 선택에 의해 모시던 주인과 함께 출가를 하였다. 「가시와기柏木」권에서 온나산노미야는 세속에서 같이 지내던 뇨보들과 같이 출가하였다. 이들은 더 이상 주종 관계는 아니었지만, 출가 후에도 곁에서 같이 수행하며 시중드는 역할을 하였다.

또한 출가를 하였다 하더라도 재산권을 가질 수도 있었다. 온나산노미야는 아버지 스자쿠인에게서 산조노미야三條宮를 상속받았다. 이 산조노미야는 히카루겐지가 관리했지만, 여기에서 나오는 소득, 즉 재산권은 온나산노미야에게 있었다. 이처럼 귀족 여성은 출가를 하더라도 머리 모양과 입는 의복이 달라졌을 뿐이지, 출가 전과 비슷한 생활 수준을 유지하였다고 할 수 있다.

이러한 재가 출가자의 모습과는 달리 산중 암자에 머물면서 출가 생활을 하는 승려도 있었다. 도시에서 벗어나 수행한다는 점은 다르나 이들 또한 가족의 후원을 받으며 생활하였다. 특히 출가한 자식이나 친족이 사는 절에 의지해 출가 생활을 하는 여성 출가자가 있었다. 그녀들은 사찰과 연계를 갖고 도움을 받으며 생활하였다. 『겐지 이야기』에서도 「와카무라사키若紫」권에서 무라사키노우에의 외조모가 그녀의 오빠가 출가해 있는 절 근처에서 도움을 받으며 생활하는 부분과 「데나라이」권에서 요카와 승도가 출가한 어머니와 여동생을 오노에 살게 하면서 자주 왕래하는 부분이 그 예이다.

5. 끝없는 애집과 환속의 위기

앞서 헤이안 시대의 여성 출가자들은 세속의 집에서 수행 생활을 하는 경우가 많았다는 것을 살펴보았다. 이렇게 재가 출가 생활을 하다 보면 세속의 삶과 같은 문제가 발생하는 일이 있었다. 출가했다 하더라도 남겨진 가족 사이의 인간관계가 그대로 유지되어 부부관계가 끝나지 않고 계속된다든지, 심지어는 환속하는 경우도 있었다. 이와 관련하여 헤이안 시대에 사회적 이슈가 된 것은 데이시 중궁定子中宮의 출가였다. 『니혼키랴쿠日本紀略』에 의하면 996년 데이시 중궁은 스스로 가위로 머리카락을 잘라 출가하였으나 이치조 천황의 회유로 환속하게 된다.

『겐지 이야기』에서도 출가한 여성에게 집착하는 남성의 모습을 찾아볼 수 있다. 「스즈무시」권에서 온나산노미야의 지불개안공양持佛開眼供養을 성대하게 치른 후, 히카루겐지는 그녀에게 집착하는 마음을 노골적으로 드러낸다. 그러나 온나산노미야는 평온하게 수행에 정진한다. 부부관계를 회복한다거나 환속의 위기는 그려지지 않고 있다. 그러나 『겐지 이야기』의 마지막 부분인 「유메노우키하시」권에서 집착하는 남자 가오루와 그에게서 벗어나고자 하는 우키후네가 등장함으로써 출가 후 환속 문제가 다시 제기되고 있다.

「유메노우키하시」권은 가오루가 우키후네의 생존 사실을 알고 찾아오는 것으로 시작된다. 먼저, 가오루는 요카와 승도에게 우키후네와 대면할 수 있도록 안내해줄 것을 간청한다. 요카와 승도의 입장으로서는 부모나 남편의 동의 없이 우키후네의 출가 의지만을 확인하고 출가시켰기 때문에 가오루의 등장은 당혹스럽기만 하였다. 요카와 승도는 가오루에게 우키후네를 출가시킨 경위를 설명한 후에, 편지를 써서 가오루와 동행한 우키후네의 남동생인 고기미小君를 시켜 우키후네에게 전하도록 한다. 이 편지의 내용을 둘러싸고 요카와 승도가 우키후네에게 환속을 권유하고 있다는 해석과 그렇지 않다는 해석으로 양분되어 있다. 편지의 내용 중 가장 문제가 되는 부분은 다음과 같다.

> 원래부터 가오루 대장과 맺어질 인연이 깨지지 않도록 하셔서, 가오루 대장의 애집愛執의 죄가 사라지도록 해주십시오. 단 하루라도 출가한 공덕은 무한한 것이므로, 지금처럼 부처님의 공덕을 믿으십시오. 자세한 것은 찾아뵙고 말씀드리겠습니다.

출가한 우키후네를 만나려는 가오루의 모습에서 요카와 승도는 가오루의 끝나지 않은 애집을 본 것이다. 불교는 집착을 버려야 극락왕생할 수 있다고 가르친다. 남녀관계의 사랑에 집착해서 생겨나는 애집 또한 예외는 아니다. 『무량수경無量壽經』에는 부처님이 미륵보살과 천인天사과 여러 대중을 향해 "애욕과 영화는 오래 갈 수 없는 것, 언젠가는 내게서 떠나가고 말 것들이다. 참으로 이 세상에서 즐길 만한 것은 아무것도 없다"고 설하였다. 또한 불교 수행자가 지녀야 할 덕목에 대한 경구로 이루어진 『법구경法句經』에는 폭력, 애욕 등을 멀리하고 삼보에 귀의하여 선한 행위로 덕을 쌓고 깨달음을 얻으라고 되어 있다. 이렇듯 불교에서는 애욕이 수행을 방해하는 요소였다. 이러한 가오루의 애집의 죄를 해결할 수 있는 사람은 우키후네뿐이다. 그러나 요카와 승도가 우키후네에게 가오루의 애집이 사라지도록 해주라는 것은 어떻게 하라는 것인지 구체적으로 명시되어 있지 않다. 미스미 요이치三角洋一는 『겐지 이야기』의 다른 여성 출가자처럼 속세의 집에 머무르면서 출가 생활을 하라는 것으로 해석하고 있다. 요컨대 온나산노미야나 우쓰세미가 히카루겐지의 보호 하에 출가 수행을 했던 것처럼, 우키후네도 가오루의 보호를 받으며 출가 생활을 유지하는 방법이다. 이것은 『겐지 이야기』의 작자가 다루어온 출가 형태의 유형으로 봐서 어느 정도 이해가 되는 논리라고 생각된다.

　이 이야기의 마지막 부분은 가오루와 만나기를 거부하며 침묵하는 우키후네와 누군가가 우키후네를 몰래 숨겨놓았을 것이라고 오해하는 가오루의 엇갈린 마음만이 공전하며 끝난다. 이유가 어찌됐든 우키후네로서는 가오루의 방문으로 인해 독단의 의지로 결행한 그녀의 출가가 새로운 국면을 맞이했다고 볼 수 있다. 출가는 불교적 구제救濟의 문제와 직결된다. 우키후네의 출가 생활은 가오루의 재등장으로 인해 위태로워 보인다. 더욱이 괴로워하며 침묵하는 우키후네의 모습에서 그녀의 출가가 그녀를 구제해줄 수 있을지 의심스럽다.

　『겐지 이야기』의 작자는 여성의 출가에 대해 나름의 견해를 가지고 있는 것으로 보인다. 그것은 「하하키기帚木」권에서 좌마두左馬頭의 말을 빌려 표현하고 있는데, 일시적인 가벼운 생각으로 출가를 해서 후회하는 젊은 여성을 비판하고 있다. 요컨대,『겐지 이야기』의 작자는 당시 헤이안 시대의 여성 출가자의 증가와 더불어 시대의 유행처럼 만연해진 여성 출가에 대한 근본적인 물음을 던지고 있다고 할 수 있다.

참고문헌

유주희, 「手習巻の浮舟」(『일어일문학연구』69, 한국일어일문학회, 2009)
増田繁夫,『源氏物語の人々の思想 倫理』, 和泉書院, 2010.
三角洋一, 「浮舟の出家と『過去現在因果経』」(『源氏物語へ源氏物語から』, 笠間書院, 2007)
藤本勝義 編,『王朝文学と仏教 神道 陰陽道』, 竹林舎, 2007.
小嶋菜温子 編,『王朝文学と通過儀礼』, 竹林舎, 2007.
勝浦令子,『古代·中世の女性と仏教』, 山川出版社, 2003.
鈴木日出男, 「愛執の罪」(『国文学』45-9, 学燈社, 2000.7)
小島恭子·塩見美奈子 編,『女性と宗教』, 吉川弘文館, 1998.
大隈和雄·西口順子 編,『尼と尼寺』, 平凡社, 1989.
丸山キヨ子,『源氏物語の仏教』, 創文社, 1985.

예언, 영험, 유리혼의 꿈

■ 무라마쓰 마사아키

1. 꿈이란?

예부터 동서고금을 막론하고 꿈을 하나의 실체로 믿어왔고, 꿈을 통해서 신이나 죽은 자와 커뮤니케이션을 할 수 있다고 생각하였다. 꿈을 통한 신탁이 그 대표적인 예이다. 꿈은 신의 뜻을 포함한 신성한 것이며, 사람들은 꿈을 통해 미래에 관해서 물어보기도 하였고, 자신의 고민에 대한 해결책을 얻으려고 하였다. 꿈은 이해하기 어려운 상징적인 내용이 많았기 때문에 해석하는 전문가도 존재하였다.

프랑스의 사회학자 루시앙 레비 브륄Lucien Levy Bruhl(1857~1939)의 조사에 의하면, 고대뿐만 아니라 고대의 요소를 그대로 계승해온 원시적인 현대 사회에서도, 꿈은 미래를 예견하거나 신이나 정령과 교류하는 수단으로 인식되며 전폭적으로 신뢰받는다고 한다.

근대 이후 꿈은 심리학이나 정신의학 그리고 뇌생리학 같은 분야에서 접근되기 시작하였다. 지그문트 프로이트Sigmund Freud(1856~1939)는 꿈은 낮의 잔류물과 오래된 소망으로 만들어지고, 각성시의 생활에서 억제된 불합리한 욕정을 충족시킨다고 주장하였다. 그리고 그의 제자인 알프레드 아들러Alfred Adler(1870~1937)는 꿈을 통해 욕망을 충족하는 배경에는 유아기의 성욕보다는 오히려 권력에 대한 열망이 존재한다고 주장하였다. 이런 주장들을 부정하면서 칼 구스타프 융Carl Gustav Jung(1875~1961)은 개인적인 무의식보다 더 깊은 곳에 집합적인 무의식이 존재하고, 꿈은 누구나 보편적으로 소유하고 있는 집합적인 무의식의 원형(archetype)인 아니머anima나 아니머스animus, 페르소나personae, 섀도우shadow 등의 상징적인 표현이라고 주장하였다.

20세기 후반부터는 뇌생리학이 발전함에 따라서 뇌의 메커니즘이 과학적으로 해명되었다. 그 중 최대의 공적은 REM(Rapid Eye Movement) 수면의 발견이다. 이것은 잠이 깊어진 단계에서 갑자기 각성시와 유사한 뇌파가 나타나며 안구가 급속히 움직이고 온몸의 근육이 이완된 상태의 수면이다. 이 REM 수면은 하룻밤에 다섯 번 정도 발생하는데, 꿈은 REM 수면이 발생하는 동안에 꾼다는 사실이 밝혀졌다. REM 수면은 뇌 기능을 정상적으로 유지하기 위해서 꼭 필요한 생리 현상이며, 꿈은 낮에 축적된 대량의 정보를 수면 중에 정리해주는 뇌의 활동이라는 것이 밝혀졌다.

일본에서는 예부터 꿈은 신불의 계시로 여겨져 신성시되었고, 꿈의 길흉을 점쳐왔다. 꿈에는 미래를 예견하는 기능이 있다고 생각하였고, 운수 좋은 새해 첫 꿈을 꾸기 위해서 보물선 그림을 베개 밑에 깔고 잠자는 풍습도 있었다. 그러나 꿈의 내용은 불가사의한 것이 많았기 때문에 해석을 필요로 하였다. 그래서 고대부터 해몽 전문가가 있었고, 근세에는 꿈을 해석하는 서적들이 잇따라 출판되었다. 또한 일본의 민속학에서는 꿈은 혼의 초자연적인 활동으로 꾸게 되는데, 수면 중에 몸에서 영혼이 빠져나가서 활동하는 '탈혼의 꿈'과 외부의 영적인 존재가 수면 중에 찾아오는 '빙의의 꿈', 이 두 가지 방식이 있다고 보고 있다.

이 글에서는 『겐지 이야기』의 꿈에 대하여 뇌생리학적 관점에서 접근해보고자 한다. 왜냐하면 헤이안 시대 사람들이나 현대인이나 뇌의 구조는 동일하고 꿈을 꾸는 메커니즘에도 차이가 전혀 없다고 할 수 있기 때문이다. 예를 들어 헤이안 귀족이 꾼 꿈은 종교적인 것, 특히 불교적인 내용이 많은데, 그것은 그들의 기억이나 체험, 지식 속에 불교적인 요소가 차지하는 비율이 대단히 많기 때문이다. 일상 생활의 일부가 된 법회나 사경 등의 불교 체험, 매일같이 보는 경전이나 불상 등의 기억들이 그들의 뇌에 대량으로 축적되어 꿈속에 자주 나타난 것이다. 즉 그들이 꾼 꿈은 고대인이 믿었던 것처럼 천상에서 신들이 보내준 메시지도 아니고, 프로이트나 융이 주장한 것처럼 잠재적인 욕망의 충족이나 집단적인 무의식의 원형으로 인한 꿈도 아니다. 단지 그들의 기억이나 경험, 지식을 REM 수면 중에 다시 체험하는 것에 불과하다고 볼 수 있다.

다만 사람이 어떠한 메커니즘으로 꿈을 꾸었는가라는 것과 꿈을 꾼 사람이 어떻게 느꼈고 사회가 어떻게 그것을 받아들였는가라는 것은 다른 문제이다. 따라서 헤이안 시대 사람들이 꿈에 대해서 어떻게 대응했는지는 과학적인 접근과는 별도로 생각해야 한다. 헤이안 시대의 주요 문학작품, 특히 꿈의 용례가 많은 『겐지 이야기』를 통해 당시 사람들이 꿈을 어떻게 이해하였고, 꿈을 꾼 후 어떻게 행동했는지를 살펴보자.

2. 헤이안 문학에 나타난 꿈

8세기 전반에 성립된 『고지키古事記』나 『니혼쇼키日本書紀』에 수록된 신화에 나타난 꿈은 대부분 신들의 신성한 메시지였고, 정치와 관련된 내용이 많았다. 고대인들은 꿈을 받기 위해 특별한 제단을 만들고, 거기에서 잠자면서 신이 꿈을 주기를 간절히 기원하였다. 예를 들어 『고지키』에서 다케미카즈치 신建御雷神으로부터 꿈속에서 지시를 받은 다카쿠라지高倉下는 진무 천황神武天皇에게 칼을 바쳤고, 스이닌 천황垂仁天皇은 꿈속에서 받은 이즈모노오카미出雲大神의 지시에 따라 벙어리인 아들의 병을 치료하기 위해 신전을 건설하였다.

8세기 후반에 엮인 가집 『만요슈萬葉集』에는 꿈을 읊은 노래가 98수 있으며 전체의 2.2%에 해당한다. 꿈은 영혼의 이탈 현상으로 파악되었고, 현실세계에서 만날 수 없는 연인들은 아무런 방해가 없는 꿈속에서 만나기를 원하였다. 그뿐만 아니라 꿈을 꾸기 위한 적극적 행동도 취하였다. 예를 들어 신에게 소원하는 '우케이'나 제물을 바치는 '다무케' 등의 종교적인 행위도 하였고, 소매를 뒤집은 채 자는 '소데가에시'나 옷의 끈을 풀어놓고 잠자는 '시타히모토쿠' 등의 주술적인 행위도 하였다.

신들이 주는 꿈이 많았던 상대와는 달리 헤이안 시대는 부처님 특히 관음보살로부터 꿈을 받았다. 당시 귀족들은 관음 사원으로 자주 참배하러 갔는데, 그 목적은 고대인이 특별히 마련한 제단에서 꿈을 기다렸던 것처럼 관음보살로부터 꿈을 받는 데 있었다. 대표적인 관음 사원으로는 하세데라長谷寺나 이시야마데라石山寺, 기요미즈데라淸水寺 등이 있다.

또한 승려들은 자신이 꾼 꿈을 기록으로 남기기도 하였다. 예를 들어 헤이안 시대에는 안넨安然, 가마쿠라 시대에는 호넨法然이나 묘에明惠 등이 꿈을 기록으로 남겼다. 특히 묘에는 현실과 꿈이 혼연일체가 된 삶을 살았다고 해도 과언이 아니다. 그는 꿈에 관한 경전을 연구하면서 그 가르침을 실천함으로써 자기가 원하는 내용의 꿈을 꾸기 위해 수행하였다. 그리고 꿈을 상세히 기록으로 남기고 제자들과 함께 공유하였다. 그는 꿈속에 진정한 세계가 존재한다고 믿었다. 꿈은 자신의 불도

성취를 알려주는 거울 같은 도구로, 때로는 번뇌의 거울이 되고 때로는 깨달음의 거울이 되었던 것이다.

꿈이 암시하는 바를 모를 때는 해몽을 하게 되는데, 당시 해몽 전문가가 상당히 있었던 것 같다. 『겐지 이야기』나 『가게로 일기蜻蛉日記』, 『사라시나 일기更級日記』 등에는 전문가를 불러서 해몽하는 장면이 간간이 나온다. 해몽은 『곤자쿠모노가타리슈今昔物語集』에서 음양사陰陽師인 유게 고레오弓削是雄가 해몽을 한 것처럼 주로 음양사가 담당하였다. 게다가 『우지슈이모노가타리宇治拾遺物語』에 보이는 남이 꾼 꿈을 돈으로 사는 이야기처럼, 당시에 꿈을 매매하는 풍속도 있었다.

장르별로 꿈에 관해 정리하면 다음과 같다 . 우선 운문문학 중에서 10세기 초에 완성된 첫 번째 칙찬집, 즉 천황의 명을 받고 지어진 가집인 『고킨와카슈古今和歌集』에는 꿈을 읊은 노래가 34수(3.1%) 보인다. 『만요슈』에서는 실제로 꾼 꿈이 읊어졌지만, 『고킨와카슈』에서는 관념적이고 정서적인 꿈이 읊어졌고, 특히 연인과의 만남을 비유한 꿈이 많다. 그 후 칙찬집에서 꿈의 사용 빈도가 서서히 감소되었지만, 12세기 후반에 완성된 『센자이와카슈千載和歌集』에서 40수(3.1%)가 뽑혀서 꿈이 부활하였다. 그것은 편찬자인 슌제이俊成가 실천한 '혼카도리本歌取り' 기법이 발달했기 때문이다. 혼카도리는 옛사람이 읊은 노래를 활용하면서 보다 복잡한 노래의 세계를 표현하는 기법이다. 꿈을 읊은 노래를 혼카도리하였기 때문에 꿈을 다시 읊게 된 것이다. 그 다음 칙찬집인 『신코킨와카슈新古今和歌集』에서는 더 많은 79수(4.0%)가 꿈을 읊었다. 단지 숫자가 많은 것이 아니라 춘하추동의 사계절에 호응하면서 섬세하게 묘사된 꿈은 환상적이면서 상징적인 단계로까지 승화되었다. 특히 '봄밤의 꿈'이라는 표현이 현실과 꿈이 교차하는 환상적 분위기 속에서 감미롭고 요염한 와카和歌의 세계를 만들어냈다.

설화문학을 보면 9세기 초에 성립된 불교설화집 『니혼료이키日本靈異記』

에는 꿈 이야기가 11화 실려 있다. 꿈은 전세를 알리거나 죽은 자의 환생을 알리는 수단으로 쓰이고 있다. 특히 축생도나 지옥에 떨어져서 고통을 받고 있는 사람을 위해 꿈을 꾼 사람이 독경을 해줌으로써 추선공양追善供養을 하고 있다. 꿈을 통해서 전세와 환생을 알림으로써 인과응보의 도리를 설명하고 있는데, 그것은 저자인 교카이景戒가 불교를 민중들에게 포교하기 위해 꿈 이야기를 저술한 것이기 때문이다. 그 후 12세기 초에 성립된『곤자쿠모노가타리슈』에는 무려 191화나 되는 설화 속에 꿈이 나온다. 예를 들어 임신이나 전세의 인연, 극락왕생을 꿈으로 알리거나 관음이 주신 꿈의 지시에 따라 재산을 쌓거나 재난을 피하거나 한다. 이렇듯 꿈은 전세의 인연과 극락왕생의 통지 혹은 관음의 영험을 나타내는 수단으로 이용되고 있다.

와카를 중심으로 한 단편소설집에는 10세기 초에 성립된『이세 이야기伊勢物語』에 8예, 10세기 중엽에 성립된『야마토 이야기大和物語』에 7예, 10세기 후반에 성립된『헤이추 이야기平中物語』에 3예, 도합 18예의 꿈이 보인다. 그중 13예가 와카 속에서 읊어진 것이어서 '꿈夢'이라는 말이 하나의 가어歌語라는 사실을 입증하고 있다.

장편 고소설 가운데 9세기에 성립된『다케토리 이야기竹取物語』에는 꿈은 전혀 보이지 않고, 10세기 후반에 성립된『오치쿠보 이야기落窪物語』에도 비유로 표현된 꿈이 하나만 보인다. 하지만 같은 시기에 성립된『우쓰호 이야기宇津保物語』에는 등장인물들이 세 번 꿈을 꿨는데, 그 중 노파가 꾼 바늘의 꿈은 스토리의 구상과도 깊은 관련이 있는 예언의 꿈이다. 해몽 전문가는 이 꿈에 관해서 세 가지 일의 발생을 예견했는데, 그 모두가 전 20권 중 첫째 권「도시카게俊蔭」권에서 일어나고 있어, 저자의 초기 구상은 장편이 아니라 단편이었음을 짐작해볼 수 있다. 그후 11세기 초에 성립된『겐지 이야기』에는 등장인물들이 61회나 꿈을 꾸고 있어서 타 작품보다 꿈의 사용 빈도가 훨씬 높다. 게다가『겐지 이야기』 이전의 문학작품들 속에 나타난 꿈의 요소들을 총망라하고 있고, 특히 히카루겐지光源氏가 천황의 아버지가 된다는 예언의 꿈, 돌아가신 기리쓰보인桐壺院이 꿈속에서 스자쿠 천황朱雀天皇을 노려보는 장면, 아카시 입도明石入道가 꾼 후손들의 부귀영화를 예언한 꿈 등 중요한 국면마다 꿈이 배치되면서 신비스러움을 느끼게 하고, 동시에 스토리의 전개에도 자연스러움을 느끼게 한다. 그리고 11세기 후반에 성립된 『하마마쓰추나곤 이야기浜松中納言物語』에는 33개의 꿈이 보이며, 중납언中納言의 아버지가 중국 당나라 왕의 셋째 아들로 환생했다는 꿈이나, 당나라 왕비가 중납언의 딸로 환생했다는 꿈 등 환생과 꿈을 중심축으로 이야기가 전개되고 있다. 특히 공간적 장벽을 넘어서 일본과 중국을 연결하는 수단으로 꿈이 이용된 점이 독특하다.

역사소설을 보면 11세기 말에 성립된 『에이가 이야기榮花物語』에는 꿈이 19예 보이는데, 주로 후지와라 미치나가藤原道長의 부귀영화 및 극락왕생에 관한 증거들이 꿈을 통해 묘사되어 있다. 그 후 12세기에 성립된 『오카가미大鏡』에는 꿈이 12예 보이는데, 무라카미 천황村上天皇(946~967)에서 고이치조 천황後一條天皇(1016~1036)으로 계승된 황실, 그리고 후지와라 모로스케藤原師輔에서 후지와라 요리미치藤原賴通로 이어진 섭정가, 그들의 정당성을 꿈을 통해 강조하고 있다. 즉 사람들이 꿈을 신뢰하는 마음을 역이용하여, 황위 및 섭정 계승의 당위성을 주장한 것이다.

마지막으로 여류 일기문학을 보면 11세기 초에 성립된 『이즈미시키부 일기和泉式部日記』나 『무라사키시키부 일기紫式部日記』에는 실제로 꾼 꿈은 전혀 기술되지 않았지만, 10세기 후반에 성립된 『가게로 일기』와 11세기 중반에 성립된 『사라시나 일기』에 수많은 꿈이 실려 있다. 『가게로 일기』에는 꿈이 12회 보이는데, 저자인 후지와라 미치쓰나의 어머니藤原道綱母는 처음에는 꿈에 대해 신뢰와 불신 사이에서 흔들렸지만,

┃ 후지와라 미치쓰나의 어머니가 오른쪽 무릎에 물을 따르는 법사의 꿈을 꾸는 장면〈石山寺緣起繪卷〉.
石山寺藏 ─『新潮古典文学アルバム6 蜻蛉日記・更級日記・和泉式部日記』, 新潮社, 2001.

네 개의 보조 기둥을 세운 문의 꿈이나 문이라는 한자의 꿈을 해몽시켰
을 때 하나같이 아들의 출세를 점치자 부모의 마음에서 내심 아들의 장
래에 큰 기대를 가졌다. 『사라시나 일기』에는 꿈이 11회 보이는데, 저자
의 신앙심이 깊어짐에 따라 꿈의 내용이 바뀌고, 동시에 저자의 꿈에 대
한 신뢰도 깊어져갔다. 결국 남편과 사별한 뒤 아미타불이 내영來迎해서
내세의 구원을 약속한 꿈만을 의지하면서 여생을 보냈다.

3. 예언의 꿈과 영험의 꿈

『겐지 이야기』에서는 실제로 꾼 꿈이 스토리의 전개에 크게 기여하
고 있는 반면, 비유 표현으로 사용된 꿈은 미묘한 인간 심리를 잘 묘사
하고 있다. 실제로 꾼 꿈은 미래를 암시하는 '예언의 꿈', 신불의 영험
을 나타내는 '영험의 꿈' 그리고 몸에서 이탈한 영혼이 꿈속에 나타나
는 '유리혼의 꿈'으로 나눌 수 있다. 예를 들어 '예언의 꿈'으로는 히카

루겐지가 후지쓰보藤壺와 밀통한 후에 꾼 꿈, 아카시 입도가 딸이 태어났을 때 꾼 꿈, 그리고 가시와기柏木가 온나산노미야女三の宮와 밀통한 후 꾼 꿈 등이 있다. '영험의 꿈'으로는 스미요시 신住吉神이 스마須磨로 떠난 히카루겐지를 구출하기 위해 준 꿈이나, 하세 관음이 다마카즈라玉鬘나 우키후네浮舟를 구원하기 위해 준 꿈 등이 있다. 그리고 '유리혼의 꿈'은 생령과 사령으로 나눌 수 있는데, 로쿠조미야스도코로六條御息所나 무라사키노우에紫の上, 우키후네 등의 생령, 기리쓰보인이나 로쿠조미야스도코로, 하치노미야八の宮 등의 사령이 꿈속에 나타났다.

'예언의 꿈'으로는 우선 밀통을 저지른 히카루겐지가 꾼 이상한 꿈이 있다. 후지쓰보가 몸조리를 위해 친정으로 갔을 때 그는 의붓어머니인 후지쓰보와 관계를 가져버렸다. 그 직후 꾼 꿈인데 구체적인 내용은 밝혀지지 않았다. 꿈이 암시하는 바가 궁금했던 히카루겐지는 전문가에게 해몽을 시켰는데 뜻밖의 내용을 들었다. 이것도 구체적인 내용은 알 수 없지만, 고주석서는 그가 천황의 아버지가 된다는 해몽이라고 해석하였다. 그는 원래 황족으로 태어났지만 이미 신하의 신분이 되었기 때문에 아들이 황위에 오르는 일은 절대 불가능한 일이다. 게다가 해몽가는 그 일이 실현되는 과정에서 동시에 시련도 겪게 된다고 경고하였다. 이 해몽이 소문으로 퍼지는 것을 우려한 그는 자신이 꾼 꿈이 아니라고 거짓말을 하고, 절대로 입 밖에 내서는 안 된다고 해몽가에게 함구령을 내렸다. 얼마 지나지 않아 후지쓰보의 임신 소식을 들은 그는 해몽의 내용으로 비춰볼 때 자신의 아이를 잉태했다고 판단하였다.

이처럼 천황의 아버지가 된다는 것과 그 과정에서 큰 시련이 있다는 자신의 운명을 알게 된 그는, 나중에 오보로즈키요朧月夜와의 밀통 사건으로 인해 관직을 박탈당했고 유배당할지도 모르는 위기상황에서, 선수를 쳐서 스스로 스마로 물러갔다. 이것은 해몽가가 경고한 시련을 의식해서 취한 행동이라고 볼 수 있다. 그래서 스마에서 외로운 나날을 보내

면서도 내심 장래에 대한 기대로 가슴이 부풀었을 것이다. 결국 그는 스마에서 귀경할 수 있었고, 그 다음 해 꿈꾼 지 10년 8개월 만에 밀통으로 태어난 아들이 천황으로 즉위함으로써 꿈의 예언이 실현되었다.

다음은 아카시 입도가 꾼 꿈이다. 꿈을 꾼 것은 딸이 출생했을 때이지만, 그 내용은 후에 손녀딸이 천황의 아들을 낳았을 때 딸 아카시노키미明石の君에게 보낸 편지에서 밝혀졌다. 그 내용은 그가 수미산須彌山을 오른손에 받치며, 수미산의 좌우로부터 햇빛과 달빛이 세상을 밝히고, 수미산 뒤쪽에 숨은 아카시 입도는 빛을 받지 못한 채 서쪽으로 작은 배를 저어 간다는 것이다. 달빛은 황후를, 햇빛은 천황을 상징하기 때문에 손녀딸이 황후가 되고, 그 아들이 황태자가 되며, 아카시 입도는 아미타불의 서방 극락정토에 왕생한다는 내용이라고 쉽게 해몽할 수 있다.

아카시 입도는 해몽가를 부르지 않고 스스로 해몽한 것 같다. 너무나 비현실적인 예언이기 때문에 그는 처음에 꿈의 실현을 믿지 않았으나, 꿈에 관한 불교 경전을 조사하면서 꿈의 신뢰성을 알게 되었고 점점 믿기 시작하였다. 그 후 아카시 입도는 하리마播磨 지방의 장관이 되었고,

임기가 끝난 후 귀경하지 않고 그곳에 정착하였다. 그리고 딸에게 일 년에 두 번씩 스미요시 신사住吉神社에 참배를 시키면서 예언의 실현을 기원하였다.

나중에 히카루겐지가 스마로 내려왔다는 소식을 들은 아카시 입도 는 그것이 딸과의 전세의 인연 때문이라고 믿고, 딸을 그와 결혼시키리 라 결심하였다. 그 후 폭풍우가 몰아친 밤에 꿈속에 나타난 스미요시 신이 내린 지시에 따라 히카루겐지를 자기 집으로 맞아들였다. 결국 딸 과 히카루겐지는 맺어졌고, 손녀딸을 출산하였다. 황태자에게 입궁한 손녀딸이 아들을 낳았을 때 아카시 입도가 가족들에게 편지를 보냈는 데, 가족들은 그 편지를 통해 꿈의 예언을 알게 되었다. 편지에는 예언 의 실현이 가까워졌기 때문에 이제야 말할 수 있다는 뜻의 와카가 읊어 져 있었다. 꿈꾼 지 32년간 아무에게도 알리지 않은 것은 길몽을 쉽게 말해서는 안 된다는 터부가 있었기 때문이라고 볼 수 있다.

아버지의 편지를 읽은 딸은 왜 아버지가 여태껏 비상식적으로 행동 했는지 그 깊은 뜻을 알게 되었고, 갓 태어난 남자아이의 장래에 기대 를 품게 되었다. 편지를 읽은 히카루겐지도 아카시 입도가 자신과 딸을 억지로 맺어주고자 한 까닭을 깨달았다.

둘째, '영험의 꿈'이다. 영험이란 신불이 나타내는 효험을 말하는데, 꿈을 통해서 영험을 나타낸 신불은 스미요시 신과 하세 관음이다. 스미 요시 신은 아카시 일족을 수호하는 신으로서 아카시 일족을 히카루겐 지와 연결해주었고, 하세 관음은 다마카즈라와 우콘右近을 재회시키고, 우키후네와 요카와 승도橫川の僧都를 만나게 하였다.

우선 사람들이 항해의 안전을 지키는 신으로 모신 오사카大阪의 스미 요시 신에 관해 살펴보도록 한다. 스마로 물러간 히카루겐지가 바닷가 에서 불제祓除를 하자 갑자기 폭풍우가 몰아쳤다. 그날 밤 스미요시 신 이 꿈속에 나타나 신전으로 가라고 지시하였다. 폭풍우는 며칠 동안 잠잠해지지 않았고, 스미요시 신이 계속 꿈속에 나타났다. 어느 날 돌아가신 아버지인 기리쓰보인도 꿈에 나타나 스미요시 신의 인도를 따르도록 명령하였다. 다음날 아침 아카시 입도가 느닷없이 찾아왔다. 꿈속에 나타난 스미요시 신이 배를 저어서 스마로 건너가도록 명령했기 때문이다. 아카시 입도가 자신이 꾼 꿈 이야기를 하자, 히카루겐지는 본인이 꾼 꿈과 대조하면서 스미요시 신의 가호로 아카시 입도가 마중 나온 것을 확신하고, 같이 아카시明石로 건너갔다. 아카시 입도는 스미요시 신의 계획으로 히카루겐지가 딸과 맺어지기 위해서 스마로 오게 되었다고 주장하면서 딸을 억지로 그에게 바쳤다. 그 후 히카루겐지를 소환하라는 명이 내려졌다. 그는 상경하는 도중 스미요시 신사에 감사의 뜻으로 사자를 보냈고, 이듬해 친히 참배하면서 스미요시 신의 영험에 감사하는 와카를 읊었다.

이처럼 히카루겐지는 스미요시 신이 꿈에서 내린 지시를 따라 거처를 스마에서 아카시로 옮겼고, 이를 분기점으로 모든 사태가 호전되기 시작하였다. 한편 아카시 일족도 스미요시 신이 준 꿈 덕분에 히카루겐지와 인연을 맺음으로써 부귀영화의 길이 열렸다. 이러한 영험의 꿈이 묘사됨으로써 스토리의 전개에 신비성이 가미되며 동시에 비일상적인 히카루겐지와 아카시 입도의 행동에 현실감이 부여되었다고 볼 수 있다.

다음으로 나라奈良에 있는 하세데라 관음보살이다. 『법화경法華經』 제25품인 「관세음보살보문품觀世音菩薩普門品」은 '관음경'으로 현세 이익을 주고 육도 윤회에서 벗어나게 해주는 관음보살의 영험을 설법하고 있다. 일본에서는 10세기 초에 관음 신앙이 급속히 퍼졌는데, 그 대표적인 사찰이 하세데라였고, 본존인 십일면관음의 영험은 중국 당나라에서도 평판이 높았다. 특히 불교설화집 『하세데라레이겐키長谷寺靈驗記』에 실린 대부분의 이야기는 기도에서 수면, 그리고 꿈으로 이어지는 패턴인데, 이러한 이야기를 통해서도 알 수 있듯이 당시 사람들이 하세데라로 참배하러 간 목적이 관음으로부터 꿈을 받기 위해서라는 것을 알 수 있다.

『겐지 이야기』에서는 다마카즈라와 우키후네가 하세 관음이 준 꿈을 통해 구원을 받았다. 다마카즈라는 어머니가 세상을 뜬 후 유모를 따라 오늘날 규슈 북부인 쓰쿠시筑紫로 내려가서 성장한다. 아름다운 여성이 된 다마카즈라에게는 구혼자가 쇄도하였으나, 유모는 모든 구혼을 거절하고 그녀를 데리고 귀경하였다. 일단 지인의 집에 머물렀지만 이렇다 할 계획도 없어서 어찌할 바를 몰랐다. 결국 신불에 의지하려고 이와시미즈하치만 궁石清水八幡宮을 참배했고, 다음에 하세데라를 참배하려고 출발하였다. 나흘째 되는 날 다마카즈라 일행이 저녁을 먹고 있을 때 어머니의 시녀였던 우콘과 우연히 재회하였다. 주인의 사후 18년 동안 다마카즈라와의 재회를 간절히 원했던 우콘은 하세데라를 가끔 참배하면서 꿈속에서라도 소재를 알려달라고 관음에게 기도를 해왔다. 재회 후 다마카즈라 일행과 우콘이 함께 하세데라를 참배하고 법사에게 이 사건을 알리자, 그는 자신의 기도의 효험을 강조하였다. 그 후 다마카즈라는 히카루겐지가 조영한 로쿠조인六條院에 들어가 그곳의 주역으로서 각광을 받게 되었다.

다음은 우키후네인데 그녀의 인생은 중요한 순간마다 하세 관음과 깊은 연관이 있다. 예를 들어 가오루薫는 하세데라 참배를 마치고 귀가하는 도중에 우키후네를 처음으로 보았고, 니오노미야匂宮가 접근해왔을 때 시녀는 하세 관음이 보호해준다며 우키후네를 안심시켰다. 니오노미야와 관계를 맺었을 때는 시녀는 비밀이 누설되지 않도록 하세데라에 기원하였다. 또한 우지 강宇治川에 투신한 우키후네를 구조한 요카와 승도는 하세데라에 참배하러 간 어머니가 병에 걸렸기 때문에 마침 우지에 와 있었고, 하세 관음으로부터 꿈속에서 계시를 받은 승도의 여동생은 관음이 죽은 딸을 대신해서 우키후네를 주었다고 믿으며 정성스럽게 간호하였다. 그리고 꿈 이야기를 승도에게 전하면서 우키후네를 위해서 열심히 기도해달라고 부탁하였다. 결국 우키후네는 건강을 회복하였고, 여동생은 감사의 뜻으로 하세데라를 참배하였다.

이처럼 다마카즈라와 우키후네는 하세 관음이 주신 '영험의 꿈'에 의해 구출되었는데, 재회나 만남 같은 우연한 사건을 이야기할 때 독자들이 부자연스러움을 느끼지 않도록 하기 위해서 관음의 영험을 도입하였다고 볼 수 있다.

4. 유리혼의 꿈

'유리혼의 꿈'은 생령으로서 로쿠조미야스도코로나 무라사키노우에, 우키후네 등이 있고, 사령으로서 기리쓰보인이나 로쿠조미야스도코로, 하치노미야 등이 있다. 우선 로쿠조미야스도코로를 보자. 로쿠조미야스도코로는 아오이 마쓰리葵祭 때 아오이노우에葵の上로부터 모욕을 당한 후 그녀에게 원한을 품게 되었고, 출산을 앞둔 아오이노우에는 늘 귀신으로부터 괴롭힘을 당했다. 이 귀신이 로쿠조미야스도코로라는 소문이 퍼졌는데, 그녀에게도 짚이는 바가 있었다. 왜냐하면 아오이노우에 곁에 가서 난동을 부리는 자신의 모습을 꿈속에서 보았기 때문이다. 영혼이 이탈하는 현상은 깊은 생각에 잠겼을 때나 수면 상태일 때 일어나는데, 로쿠조미야스도코로는 원래 자주 생각에 잠기는 성격이었다. 여기에 아오이 마쓰리 때의 모욕감, 게다가 히카루겐지의 아이를 임신한 것에 대한 질투심도 더해져서 수면 중에 몸을 이탈한 영혼이 아오이노우에한테 씌었던 것이다.

다음은 무라사키노우에인데, 온나산노미야를 정처로 맞이한 히카루겐지는 관례에 따라 온나산노미야와 사흘 밤을 보냈다. 무라사키노우에는 자기의 처소에서 혼자 지그시 참고 있었다. 사흘째 밤 히카루겐지의 꿈속에 무라사키노우에가 나타났다. 좀처럼 잠들지 못했던 무라사키노우에는 이불 속에서 꼼짝 않고 자신의 미래에 대해서 걱정을 하고 있었는데, 그때 몸을 떠난 영혼이 온나산노미야 곁에 누워 있던 히카루겐지의 꿈에 나타난 것이다. 이대로 방치하면 온나산노미야에게 썰지도 모른다고 우려한 그는 새벽닭이 울자마자 급히 무라사키노우에의 처소로 갔다. 어쩌면 무라사키노우에의 생령이 온나산노미야의 목숨까지 해칠 수도 있었기 때문에, 대단히 적절한 히카루겐지의 조치였다.

마지막으로 우키후네인데, 가오루가 니오노미야와의 관계를 알게 되자 그녀는 자살을 결심하였다. 그 무렵 그녀의 어머니 꿈속에 우키후네가 누차 불길한 모습으로 나타나자, 어머니는 여기저기에 독경을 시켰다. 당시 병자의 모습으로 꿈에 나타난 사람은 곧 죽는다는 속신이 있었음을 생각해보면, 우키후네가 병에 걸린 모습으로 꿈속에 나타났으리라 추측할 수 있다. 어머니가 보내온 편지로 꿈에 나타난 사실을 알게 된 우키후네는 사념에 잠겼을 때 영혼이 자신도 모르게 몸에서 **빠**져나갔다고 판단하였다.

유체이탈 현상은 고대로부터 있었지만 특히 헤이안 시대에 빈번히 일어났다. 그것도 『겐지 이야기』에서 볼 수 있듯이 이 현상은 남성보다 여성에게 자주 일어났다. 이는 당시의 혼인제도와 관련이 있다고 볼 수 있다. 일부다처제인 귀족 사회에서 늘 질투심에 시달린 여성의 영혼은 자신의 몸에 안주할 수가 없었고, 결국 몸에서 **빠**져나가버린 것이다.

사령 중에는 우선 기리쓰보인이 히카루겐지의 꿈에 나타났다. 그는 스마에서 고생하는 아들의 모습이 안쓰러워서 스미요시 신의 인도에 따라 스마 해변을 하루빨리 떠나도록 지시하였다. 뿐만 아니라 스자쿠 천황의 꿈속에 나타나 눈을 부릅뜨고 천황을 노려보면서 히카루겐지에 대한 처사를 질책하였다. 그 후 스자쿠 천황은 눈병을 앓았고, 그의 어머니인 고키덴 여어弘徽殿女御는 병상에 누웠고, 그의 외할아버지는 돌아가셨다. 이런 불길한 사건이 연이어 일어나자 스자쿠 천황은 히카루겐지를 소환하는 명을 내렸다. 이처럼 기리쓰보인의 사령은 꿈을 통해서 히카루겐지를 곤경에서 구출하고, 동시에 그와 대립해온 고키덴 여어 쪽에는 재앙을 내린 것이다.

다음은 로쿠조미야스도코로이다. 생전에 임신한 아오이노우에를 호되게 괴롭혔던 그녀는 사후에는 무라사키노우에와 온나산노미야에게 씌어서 복수를 하였다. 게다가 꿈의 단계를 넘어서 처음부터 원령이 되어서 씌었다. 그녀는 특별히 무라사키노우에를 미워한 것은 아니지만, 히카루겐지는 신불이 강하게 수호하고 있어서 접근할 수 없었기 때문에 그 대신 무라사키노우에에게 씌어서 괴롭힌 것이다. 로쿠조미야스도코로는 히카루겐지에 대한 애착, 그리고 딸과 함께 이세伊勢로 내려간 것이 불교적인 죄가 되어서 저승에 가지 못한 채 떠돌고 있으니 자신을 위해 추선공양을 해달라고 히카루겐지에게 신신당부하였다. 그러나 당부대로 추선공양을 했음에도 불구하고 그녀는 이어서 온나산노미야에게 씌어서 그녀를 출가시켜버렸다. 복수를 완수한 그녀는 만족한 듯 크게 웃으며 저승으로 사라졌고 다시는 나타나지 않았다.

마지막으로 하치노미야인데, 히카루겐지의 의붓동생인 그는 우지에 있는 산장에 틀어박혀서 살았다. 딸들의 양육과 근행에만 신경을 쓰면서 살다가, 가오루에게 후사를 부탁하면서 세상을 떠났다. 그리고는 둘째 딸 나카노키미中の君의 꿈속에 나타났다. 큰딸 오이기미大君는 평상시 세상을 뜬 아버지가 꿈에도 나타나지 않는다고 한탄했는데, 그러한 오이기미의 꿈에는 나타나지 않고 낮잠을 자는 나카노키미의 꿈에만 나타났다. 얼마 지나지 않아 오이기미는 죽었고, 나카노키미는 교토의 니조인二條院으로 들어가 남자아이까지 출산하였다. 세상 사람들은 그녀를 행운아라며 부러워하였다. 오이기미는 이미 때가 늦은 걸로 판단했는지, 하치노미야는 나카노키미의 꿈에 나타나 그녀를 구출한 것이다.

그 또한 로쿠조미야스도코로가 추선공양을 당부한 것처럼, 고승의 꿈 속에 나타나 딸들에 대한 미련 때문에 극락왕생을 못 하고 있으니 자신을 위해 추선공양을 해달라고 부탁하였다.

이상으로 『겐지 이야기』에 보이는 꿈을 '예언의 꿈', '영험의 꿈', '유리혼의 꿈'으로 나누어 고찰하였다. 작자는 신하가 천황의 아버지가 되는 일, 지방관의 가문에서 황후와 황태자가 태어나는 일 등 현실에서 있기 어려운 스토리의 전개에 필연성을 부여하기 위해서 '예언의 꿈'을 활용한 것으로 보인다. 그리고 '영험의 꿈'을 묘사한 것은 아카시 일족의 비현실적인 부귀영화와 만남이라는 우연한 사건에 부자연스러운 느낌을 제거하기 위한 것이라고 볼 수 있다. 또한 현세와 내세를 연결하는 매개로 꿈을 이용하면서 수호신처럼 위기에 처한 사람을 구출하고, 원령이 되어서 적에게 재앙을 내리고 있다. 꿈을 활용하면서 시공을 초월한 4차원적인 작품세계를 그린 『겐지 이야기』는 꿈을 하나의 현실로 인식하고 신뢰한 시대의 산물이라고 할 수 있다.

참고문헌

무라마쓰 마사아키, 『日本古典文学と夢』, 선문대학교출판부, 2009.
三田村雅子 外 編, 『夢と物の怪の源氏物語』, 翰林書房, 2010.
倉本一宏, 『平安貴族の夢分析』, 吉川弘文館, 2008.
酒井紀美, 『夢から探る中世』, 角川書店, 2005.
河東仁, 『日本人の夢信仰』, 玉川大学出版部, 2002.
酒井紀美, 『夢語り·夢解きの中世』, 朝日新聞社, 2001.
カリム·ハリール, 『日本中世における夢概念の系譜と継承』, 雄山閣, 1990.
佐藤泰正 編, 『文学における夢』, 笠間書院, 1988.
江口孝夫, 『日本古典文学 夢についての研究』, 風間書房, 1987.
西郷信綱, 『古代人と夢』, 平凡社, 1972.

키워드로 읽는
겐지 이야기

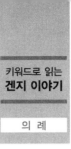
다른 차원으로 통과하는 문, 인생의례

신 미 진

1. 생로병사와 인생의례

　신화神話와 모노가타리物語의 가장 큰 차이점은 모노가타리의 주인공
은 초월성을 지니고 있지만 더 이상 신神은 아니라는 점에 있다. 이야기
속의 인물들은 더 이상 불로불사不老不死가 아닌 생로병사의 세계를 살게
되는 것이다. 그러므로 인간이 걸어야만 하는 정해진 단계, 즉 태어나
결혼을 하고, 나이가 들어 죽는다는 보편적인 단계를 거치게 된다.

　이와 같은 단계는 재산과 사회적 지위, 직업과 성별에 따라 달라지는
것이 아니라 인간 누구나 경험하는 만세불변의 인간사의 모습이다. 생
로병사의 단계에는 어떤 형태의 의식 혹은 의례가 수반된다. 이를 일반
적으로는 관혼상제라고 하고 학문적으로는 인생의례라든가 통과의례
라는 용어를 사용하여 말한다. 어느 상태에서 다른 상태로의 움직임,
다음 단계의 문을 여는 것과 같은 것이라고 할 수 있는 의례는 사회적

위치의 변화를 보이고 실제적인 공간적 통과, 즉 이동을 보이기도 한다.

헤이안 시대 중엽에는 자손에게 전하기 위해 그날그날의 예식을 기록한 일기가 쓰일 정도로 전례가 매우 중시되었다. 또한 궁궐 내 천황이 거처하며 정무를 보던 청량전淸涼殿 안 중신들이 대기하던 곳 입구에는 의식을 기록한 칸막이인 '연중행사어장지문年中行事御障子文'이 세워질 만큼 의식이 정무의 중심이었던 시대로, 의식에 정통하지 않은 사람은 어리석은 사람 취급을 받았다.

인간을 이해한다는 것은 어려운 이론을 필요로 하지 않는다. 인간 자신이 살아온 사실 즉 과거의 단계에서 무엇을 했는가 하는 사실을 알고, 그 사실의 의미가 무엇인가 하는 물음을 던지기 시작하면 된다. 이를 작품 안의 인물에 상정해 살펴보면 이야기의 전체 주제와 구조 또한 드러날 것이다. 예를 들면 작품 주인공인 히카루겐지光源氏의 탄생의례는 그가 갱의更衣라는 신분이 낮은 모친의 혈통이라는 점을 회피하기 위해 배제되고 있으나, 유년의례와 성인식은 동궁 못지않게 더 성대하게 치러지고 있다. 또한 노년의례는 히카루겐지가 참가자에서 당사자, 주최자로 이행되는 위상에 따라 의례의 서술이 축소, 윤색, 강조되고 있다. 그리고 이야기를 주도해가던 주인공 히카루겐지의 죽음의례는 히카루겐지를 중심으로 전개되던 이야기의 소멸로 인해 배제되고 있다.

『겐지 이야기』 안에서는 직접적인 연령 기술이 거의 없고 당시의 관습을 반영한 연령에 상응하는 규범화된 사회의례·통과의례가 많이 서술되고 있다. 이러한 의례의 상징성에 의해 작품의 전개가 더 구체화되고 연계성을 가지게 된다. 이 글에서는 각 의례의 몇몇 예를 들어 개인의 인생의례가 『겐지 이야기』라는 작품에 어떻게 나타나고 있고 어떠한 기능을 하고 있는지를 개괄적으로 살펴보고자 한다.

2. 탄생과 죽음의 의례

『겐지 이야기』의 주인공인 히카루겐지의 장남 유기리夕霧의 탄생은 그의 모친인 아오이노우에葵の上의 죽음과 함께 그려지고 있다. 출산과 죽음은 똑같이 부정不淨의 금기가 작용하는 행위로, 부정을 정화시키기 위해 성대한 의례를 치르게 된다.

탄생은 신생아에게는 미지의 새로운 세계로의 첫걸음이지만 동시에 산모에게는 커다란 위기이다. 탄생 축하의례인 '우부야시나이産養'는 신생아에 대한 형식적인 향응과, 모자母子의 나쁜 기운을 떨쳐내고 악귀를 퇴치시켜 건강하게 자라기를 기원하는 의미를 지니고 있다. 친척과 지인들로부터 의복·일용품·음식물 등의 축하 물품을 받고, 태어난 날로부터 홀수 일인 3일, 5일, 7일, 9일째 밤에는 축하연을 열어 와카和歌를 읊고 관현 연주를 하였다.

히카루겐지의 첫 번째 부인인 아오이노우에는 결혼 후 10년 만에 아들 유기리를 출산하게 되는데, 그 출산은 그리 순탄치 않았다. 회임 때부터 히카루겐지와 애인관계에 있던 로쿠조미야스도코로六條御息所의 생령生靈에 의해 괴롭힘을 당하며 생명을 위협받았다.

하지만 무사히 아오이노우에의 출산이 이루어지자, 그동안 산모의 안위에 마음 졸이던 주위 가족들과 시종, 시녀들도 모두 안심하게 된다.

> 많은 사람들이 며칠간 노심초사하며 걱정하던 모습도 좀 누그러져 "아무리 그래도 이젠 괜찮겠지……" 하고 생각한다. …… 당장에는 기쁜 일인데다 귀한 아이를 돌보는 데 마음을 빼앗겨 모두 방심한다. 기리쓰보인을 비롯해 친왕과 당상관들이 보내는 신기하고 멋진 수많은 탄생 축하 물품을 축하연이 벌어지는 밤마다 보며 감탄한다. 게다가 사내아이인지라 그 예법은 더 떠들썩하고 훌륭하였다.

그리고 산모와 아이를 위해 기리쓰보인桐壺院을 비롯해 친왕과 중신들이 수많은 축하 물품을 보내고 떠들썩하게 밤마다 축하연이 벌어졌다. 히카루겐지에게는 표면적으로 첫 번째 아이의 탄생인만큼 기리쓰보인과 좌대신 가에서 주최해 거행되는 탄생의례는 아주 화려하고 성대하였다. 이 떠들썩한 며칠간의 축하연을 계기로 모든 관심이 아이에게 집중되고, 좌대신 일가의 긴장된 분위기가 급속히 풀어지게 된다.

그리고 가을의 도성 관리 임면任免으로 아오이노우에의 부친인 좌대신과 그 자식들이 모두 입궐해 저택 안에 사람이 별로 없을 때 아오이노우에는 다시 나타난 로쿠조미야스도코로의 생령 때문에 괴로워하다 갑작스럽게 숨을 거둔다. 하지만 딸의 죽음을 인정하고 싶지 않은 부친 좌대신은 사후에는 베개를 북쪽으로 향하도록 하는 당시의 관습을 따르지 않고 이삼일간 그대로 두며 다시 소생하기를 바라지만 점점 죽은 자의 모습으로 변해가 단념하게 된다. 그럼에도 불구하고 사람들이 권하는 대로 여러 비법을 총동원하여 소생술을 시행하지만 유해는 점점 부패해가기만 한다. 끝내 더 이상 어쩔 수 없게 되자 교토京都의 히가시야마東山에 있는 도리베노鳥邊野의 화장터에서 장례의식을 거행한다.

아이의 탄생을 축하하는 의례가 모친의 안위에 집중됐던 관심을 아이에게 분산시켜, 결과적으로 모친 아오이노우에를 죽음에 이르게 했다고 볼 수 있다.

아오이노우에의 죽음 후 히카루겐지는 49재까지 좌대신 저택에서 근신하며 고인이 된 아내를 추도함으로써, 새로운 이야기의 주인공인 무라사키노우에紫の上는 아무런 비난도 받지 않고 등장한다. 히카루겐지의 정처 아오이노우에의 죽음은 히카루겐지의 평생의 반려자인 무라사키노우에를 이야기의 전면에 내세우는 계기를 마련해준 것이다.

이와 같이, 인생의 끝인 죽음이 큰 변화의 요인이 되어 새로운 이야기의 탄생을 이끌고 작품 안의 질서도 재편성되어나간다.

3. 성이 구별되는 의례

『겐지 이야기』에서 유년의례인 '하카마기袴着'에 관한 기술은 단 두 예뿐인데, 그 의례의 당사자들은 히카루겐지와 그의 딸 아카시노히메기미明石の姫君이다.

'하카마기'는 유아가 3세부터 7세 무렵 사이에 처음으로 겉옷 바지인 하카마袴를 입는 의식으로, 유년기에서 소년기로의 이동을 나타낸다. 이 의식을 계기로 남녀가 구별된다. 그때까지는 남녀 모두 같은 형태의 의복을 입었는데, 하카마와 함께 각기 다른 형태의 의복을 착용하게 되면서 성인의 외관을 보이기 시작하고 이후 남녀가 함께 수레에 타는 것도 금지된다.

고키덴 여어弘徽殿女御를 비롯한 여러 후궁이 있었음에도 기리쓰보 천황桐壺天皇은 기리쓰보 갱의桐壺更衣만을 특별히 총애한다. 이에 기리쓰보 갱의는 후궁 전체의 적이 되어 유형무형의 여러 가지 괴롭힘을 당하게 된다. 또한 그 당시에 동궁의 자리가 비어 있었기 때문에, 기리쓰보 갱의의 아들인 히카루겐지의 출현이 더 큰 파문을 일으키고 있다고 볼 수 있다. 이러한 상황에서 첫째 황자의 모친인 고키덴 여어와 그 일가인 우대신 측은 둘째 황자 히카루겐지가 황태자에 책립되지 않을까 우려할 수밖에 없었을 것이다. 히카루겐지는 고키덴 여어와 그 일가에게는 눈엣가시 같은 존재였다. 기리쓰보 갱의에 대한 비난과 괴롭힘이 이전보다 몇 배나 더 심해지는 상황에서 어린 황자 히카루겐지의 유년의례가 행해진다.

둘째 황자가 세 살이 되던 해, 하카마기 의례가 첫째 황자의 의례 못지않게, 황실의 일상 용품과 보물을 보관하고 조달하는 관청인 내장료內藏寮와 납전納殿에 수납해놓은 재물을 아낌없이 사용하여 성대하게 거행된다. 이에 대해서도 세상의 비난이 실로 많은데, 이 황자가 성장해감에 따라 용모와 성품이 갈수록 세상에 비할 바 없이 진기하게까지 보이니 누구도 끝까지 미워하지는 못한다.

이 의례가 끝나자마자 기다렸다는 듯이 그해 여름 기리쓰보 갱의는 죽음을 맞이한다. 히카루겐지의 이 유년의례는 천황의 권력과 맞설 만큼 강력한 첫째 황자의 후견인 고키덴 여어와 그녀의 친가인 우대신 세력에 대한 견제, 둘째 황자 히카루겐지의 장래를 위해 의도된 배려라고 할 수 있다. 이러한 성대한 유년의례는 너무나 사랑하는 황자이지만 동궁으로 세우는 것이 정치적·사회적으로 애초부터 불가능하기 때문에, 갱의 태생으로 마땅한 후견인도 의지할 데도 없는 둘째 황자의 장래가 걱정되어 후일을 도모해 마련한 장인 것이다. 그리고 기리쓰보 천황의 의도대로 8년 후 둘째 황자 히카루겐지는 성인식 바로 다음에 아오이노우에와 혼인함으로써, 최고 권세가인 좌대신이라는 강력한 후견인을 얻게 된다.

그 후 약 28년이라는 시간 차를 두고 히카루겐지의 딸 아카시노히메기미의 유년의례가 치러진다. 아카시노히메기미의 유년의례는 히카루겐지의 미래를 점성술로 점쳐본 뒤 그 점괘에 따라, 낮은 신분의 아카시노키미明石の君의 딸로서가 아니라 미래의 황후에 어울리도록 친왕의 딸이라는 높은 신분을 가진 무라사키노우에의 양녀로서 당당하게 치러지고 있다.

『겐지 이야기』에 그려진 두 유년의례는 의례의 당사자인 아이들의 장래를 위한 첫 번째 사회적 공인의례라는 점에서 공통된다. 이후 이 유년의례를 발판으로 의례의 당사자들은 권세를 가진 후견을 얻게 되거나 입궐을 통하여 잠재적인 천황의 외척 세력으로서의 힘을 가지게 된다. 이때 '생모의 낮은 신분'이라는 마이너스적인 부분을 불식시키는 장치가 유년의례의 전후에 놓여, 두 일가의 영화담이 전개되는 발판이 되고 있다.

4. 은밀한 혼인 이후의 성대한 성인식

헤이안 귀족 사회에서 공식적인 인정은 의식과 피로연을 통해서 이루어졌다고 할 수 있다. 성인이 된 후에도 관위관직을 얻지 못하는 여성의 경우, 그 존재 의의는 오로지 세상의 평판에 달려 있었다. 그 때문에 부모는 통과의례 때마다 자신의 아이가 얼마나 소중한 존재인지를 세상에 드러낼 필요가 있었다.

작품 속에 보이는 남녀의 성인식과 혼인의례 가운데, 정편의 여주인공이라고 할 수 있는 무라사키노우에의 경우는 혼인 이후에 성인식이 치러지고 있어 순서가 뒤바뀐 양상을 보인다.

'운이 좋은 여성'이라고 불리던 무라사키노우에의 혼인의례는 열두 살이라는 어린 나이에 비공식적으로, 여성의 부친에게 알리지도 않고 은밀히 행해진다. 실질적인 보호자였던 외조모 아마기미尼君가 죽자 무라사키노우에는 계모가 있는 친부 저택으로 들어가야 하는 처지가 되는데, 이때 히카루겐지가 약탈하듯이 자신의 저택인 니조인二條院에 데려다놓고 마치 양부養父처럼 후견인 역할을 한다. 시간이 흘러 무라사키노우에는 어린 소녀에서 매력적인 여성으로 성장한다. 히카루겐지의 정처 아오이노우에의 49재가 지난 후, 히카루겐지는 매력적인 여성으로 성장한 무라사키노우에를 그냥 두지 못하고 결혼 초야의 동침인 '니마쿠라新枕'의 관계를 갖게 된다. 그리고 사흘째 되는 날에 떡을 준비해 요란스럽지는 않지만 정성을 다한 둘만의 혼인의례를 치른다. 하지만 무라사키노우에는 양부와 같이 생각하던 히카루겐지와 생각지도 못한 관계가 되자, 그저 그동안 아무것도 모르고 히카루겐지를 따르며 지낸 자신을 한심하게 생각하며 히카루겐지를 멀리한다.

> 히카루겐지는 이제는 더 참을 수 없게 되어 애처롭게도 생각되지만, ……
> 히카루겐지는 아침 일찍 일어나시고 여자는 통 일어나지 않는 날이 있었다.
> …… 남자에게 동침할 마음이 있을 것이라고는 꿈에도 생각지 못한 일이었
> 기 때문에, 어떻게 이런 꺼림칙한 사람을 지금까지 마음속 깊이 의지하고 있
> 었을까 하며 여자는 너무 심한 처사라며 무정하게 생각한다. …… 그날 밤 이
> 노코모치亥子餠를 준비한다. …… 히카루겐지는 서쪽 별채의 남쪽으로 나와
> 고레미쓰를 불러 "이 떡을 이렇게 많이 야단스럽게 만들지 말고 적당히 알아
> 서 내일 저녁 이쪽으로 준비해드리도록." …… 고레미쓰는 그 일을 아무에게
> 도 말하지 않고 손수 자신의 집에서 준비하였다.

히카루겐지와 무라사키노우에의 혼인은 정식 절차를 밟은 혼례가 아
니라, 히카루겐지의 성적인 충동에 의해 맺어진 사실혼 관계로 시작되었
다. 히카루겐지와 무라사키노우에의 혼인은 완전히 사적인 관계의 혼인
으로, 사회적으로 어떠한 공인도 받지 않은 의례이다. 이러한 사실은 히
카루겐지의 아내로서 무라사키노우에가 처한 위상을 떨어뜨리는 것으로
이것은 히카루겐지의 위상까지 떨어뜨리는 것이 될 수 있다. 이러한 이유
로, 히카루겐지는 무라사키노우에가 친왕의 딸인 황족이라고 신분을 밝
히며, 둘의 관계를 떳떳이 사회적으로 공인받기 위해 마치 혼인의 피로연
과 같이 여성의 성인식을 혼인 전이 아니라 혼인 후에 행하고 있다.

> 이 아가씨를 지금까지 세상 사람들이 어떤 신분인지도 모르는 것도 어엿
> 한 성인이라는 느낌을 들지 않게 하니, 이번에 부친인 효부쿄노미야兵部卿宮
> 에게 알려야겠다고 생각하시어, 성인식을 그렇게 소란스럽게는 하지 않아
> 도, 평범하지 않게 훌륭하게 이것저것 준비하시고,……

여자가 성인이 되어 처음으로 허리 아래 뒤쪽에 두르던 장식 옷인 모裳를 입는 의식을 '모기裳著'라고 한다. 이 의례는 남자가 성인이 된 표시로 아무것도 쓰지 않았던 머리에 처음으로 관冠을 쓰는 의례인 '겐부쿠元服'에 상응하는 것으로, 연령은 일정하지 않지만 대개 12세부터 14세 사이에 치러졌다. 당시 여성의 성인식은 일반적으로 결혼 이전에 행해졌는데, 대부분 결혼 상대가 정해지거나 또는 그럴 가능성이 있을 때 치렀다.

히카루겐지는 성인식을 통해 무라사키노우에의 부친인 효부쿄노미야에게 딸의 존재를 인지시키며, 성인이 된 무라사키노우에와 자신의 관계를 세상에 알려, 양부와 같은 사위라는 자신의 애매한 입장을 정식 사위로 각인시키고자 하였다. 이러한 히카루겐지의 의도에 힘입어 사적으로 진행된 혼인이 공적인 성인식 의례로 피로되었다고 할 수 있다.

이와 같이, 무라사키노우에의 성인식은 친부인 효부쿄노미야가 아닌 남편 히카루겐지의 주최로 니조인 자택에서 사적인 사실혼 이후에 거행되었다. 이러한 성인식과 사적인 혼인이 뒤바뀐 일탈된 의례 양상은 무라사키노우에에게 평생 정신적 외상인 트라우마가 되어 히카루겐지와 신분이 높은 다른 고귀한 여성과의 구혼담이 전개될 때마다 심각한 고뇌로 표출된다.

5. 나이 마흔의 장수 기원

나이가 들면 액년을 무사히 넘기고 장수하기를 바라는 마음에 노년 의례인 '산가算賀'라는 수연壽宴이 치러진다. 이는 무탈함을 축하하면서 동시에 연명하기를 기원하는 의례이다.

『겐지 이야기』 속의 내용을 보면 노년의례가 한두 해 전부터 준비해야 할 만큼 성대하고 중요한 의례였다는 것을 알 수 있다. 『겐지 이야기』에서는 준태상천황 히카루겐지를 포함해 태상천황 세 명과 친왕 한 명

의 노년의례가 보인다. 이러한 노년의례는 귀족이면 다 할 수 있는 의례가 아니라 천황과 황태후, 상황 그리고 섭관대신攝關大臣 정도가 행할 수 있는 의례였던 것으로 보인다.

마흔 살의 나이에 히카루겐지는 장래가 유망한 젊은 귀족 가시와기柏木보다 더 높이 평가되며 여전히 젊고 멋지며 미래 또한 안정적이라는 이유로, 내친왕 온나산노미야女三の宮의 배우자로 확정된다. 그러한 초월적인 존재인 히카루겐지도 1년 후 열리는 40세 축하연을 통해 노년을 의식하게 된다. 탄생 해를 기준으로 한 경하의례인 수연은 노년의 경계로, 타자뿐만 아니라 스스로도 노령을 의식하는 전환점이 된다고 볼 수 있다.

히카루겐지의 40세 축하의례는 히카루겐지가 하지 말라고 했음에도 불구하고 주최자를 달리하며 네 번 개최된다. 1월에 양녀 다마카즈라玉鬘, 10월에 아내 무라사키노우에, 12월에 양녀 아키코노무 중궁秋好中宮, 12월 25일에 레이제이 천황冷泉天皇을 대신한 아들 유기리에 의해 히카루겐지의 수연이 성대하게 개최된다. 이 가운데 다마카즈라가 주최한 의례에서 특히 히카루겐지의 노년 의식이 서술되고 있다. 다마카즈라는 젊은 시절 히카루겐지의 애인이었던 유가오夕顔의 딸로, 어머니를 여읜 후 유모 손에 자라다가 히카루겐지의 양녀가 된 인물이다. 그녀가 두 아이의 어머니가 되어 남편 히게쿠로 좌대장驕黑左大將의 위엄에 힘입어 당당하게 히카루겐지의 40세 노년의례를 경하하고 있다. 이로써 긴 세월을 거쳐 다마카즈라의 모친인 유가오, 다마카즈라, 그리고 다마카즈라의 아이라는 삼대三代를 만나게 되는 히카루겐지는 나이가 든 것을 실감할 수밖에 없게 되는 것이다. 이와 같이 히카루겐지 자신의 자각이 아닌, 바깥으로부터의 자극 즉 사회적인 행사인 수연에 의해 처음으로 그의 노년이 그려지고 있다고 볼 수 있다.

수연 서술 부분 중 가장 많은 분량이 할애되어 있는 히카루겐지의 40세 축하의례는 본인, 주인공 히카루겐지가 축하를 받는 입장에 있는 관계로 그 예행연습인 시악試樂이 보이지 않는다. 하지만 그 외의 수연에서는 행사의 참여자, 주최자로서의 히카루겐지를 부각시키기 위해 수연의 당사자, 즉 다른 상황과 친왕이 주인공이 되는 수연행사가 아닌 주최자의 활약이 중심이 되는 시악이 중점적으로 서술되고 있다.

『겐지 이야기』의 장수를 축하하는 노년의례는 주인공 히카루겐지의 출세와 세력 과시를 위해 그려져 있다. 그러나 그 이면에는 흔들림 없을 것만 같던 권세가 노년에 접어들면서 서서히 무너져가는 것을 그리고 있다. 이후의 이야기 전개를 위한, 즉 히카루겐지에서 그의 자식 가오루薰로의 세대 교체를 암시하는 장치로 의례가 설정되어 있는 것이다.

이상으로 작품 내 주요 인물의 위상 설정 및 변모에 큰 기능을 하는 인생의례라는 프리즘을 통해 『겐지 이야기』의 주제가 얼마나 효과적으로 전개되고 있는지를 알 수 있다.

참고문헌

신미진, 「『源氏物語』에 나타난 성장의례 하카마기(袴着)고찰」(『일어일문학연구』
　　65, 한국일어일문학회, 2008)

A.반 게넵 저, 전경수 옮김, 『통과의례』, 을유문화사, 2000.

服藤早苗 編, 『女と子どもの王朝史—後宮 · 儀礼 · 縁』, 森話社, 2007.

小嶋菜温子, 『源氏物語の性と生誕 王朝文化史論』, 立教大学出版会, 2004.

増田繁夫 · 鈴木日出男 · 伊井春樹 編, 『源氏物語研究集成11 源氏物語の行事と風
　　俗』, 風間書房, 2002.

山口博, 『王朝貴族物語 古代エリートの日常生活』, 講談社, 1994.

山中裕 · 鈴木一雄 編, 『平安時代の儀礼と歳事』, 至文堂, 1994.

中村義雄, 『王朝の風俗と文学』, 塙書房, 1968.

공간과 생활

▌ 히카루겐지가 어린 무라사키노우에를 엿보는 장면〈源氏物語畵帖〉, 京都國立博物館藏.
─『豪華 [源氏繪]の世界 源氏物語』, 学習研究社, 1988.

키워드로 읽는
겐지 이야기

로쿠조인의 상징성

■ 이 미 령

1. 영화로운 공간

　　로쿠조인六條院은 『겐지 이야기』에 등장하는 가공의 건축물로, 주인
공 히카루겐지光源氏가 조성한 광대한 저택을 말한다. 『겐지 이야기』에
는 로쿠조인 이외에도 히카루겐지 소유의 저택으로 니조인二條院과 니
조토인二條東院이 등장한다. 하지만 이 두 저택은 모두 기존에 있던 부모
님의 저택을 증개축한 것으로, 히카루겐지 스스로 계획하고 자신의 이
상을 담아 조성한 로쿠조인과 비교할 때, 『겐지 이야기』 내에서 이 세
저택이 가지는 의미는 상당한 차이를 보인다. 다시 말해 로쿠조인은 그
규모나 공간이 가지고 있는 상징적인 의미로 볼 때, 이야기의 전개에서
중요한 역할을 수행하고 있다.

　　히카루겐지는 천황의 아들로 뛰어난 용모와 재능을 가지고 태어났
다. 하지만 어머니의 신분이 낮은 관계로 동궁이 될 수 없었기에 아버

지 기리쓰보 천황桐壺天皇은 정쟁政爭으로부터 아들을 보호하기 위해 '겐지源氏'라는 성을 주어 신하로 삼는다. 많은 여성들과 만남을 이어가는 등 화려한 나날을 보내던 히카루겐지는 아버지의 사후 정적들의 견제로 스마須磨 · 아카시明石로 낙향하여 불우한 시기를 보낸다. 2년여의 고난기를 극복하고 정치적 복권을 이루어낸 그가 영화의 정점에서 구상한 것이 바로 '로쿠조인'이라는 대저택이었던 것이다.

히카루겐지는 「우스구모薄雲」권에서 아키코노무 중궁秋好中宮과 봄과 가을의 경치 중 어느 쪽이 아름다운가에 대한 이야기를 나눈다. 이야기 도중에 히카루겐지는 봄가을의 정취를 즐길 수 있는 저택을 건립하고 싶다는 이상을 표명하는데, 이 이상이 현실화된 것이 바로 로쿠조인이다. 구체적으로 살펴보자면, 이 새로운 저택은 과거 자신의 애인이었던 로쿠조미야스도코로六條御息所의 딸인 아키코노무 중궁의 옛 저택을 기반으로 총 네 채의 저택을 사방 사계四方四季의 흐름에 따라 배치하고 있다. 저택의 봄으로 상징되는 남동쪽 공간에 무라사키노우에紫の上, 서남쪽 가을의 공간에는 아키코노무 중궁, 서북쪽 겨울의 공간에는 아카시노키미明石の君, 그리고 북동쪽 여름의 공간에는 하나치루사토花散里를 거주시켰다. 또한 각 저택의 뜰에는 연못과 초목을 배치하여 계절의 정취를 만끽할 수 있게 설계하였다. 이러한 로쿠조인에서 남성이 발을 구르며 노래하는 집단 무용인 남자답가男踏歌를 비롯하여 아키코노무 중궁이 주최한 계절 독경, 마장의 활쏘기 행사, 상황의 행차 등 히카루겐지의 명성에 걸맞은 행사와 의례가 연이어 열린다.

그렇다면 실제 로쿠조인은 어느 정도의 규모였을까. 『겐지 이야기』의 서술과 기타 관련 문헌, 고고학적 발굴 등을 토대로 복원한 로쿠조인을 보면 이야기 세계를 보다 입체적으로 이해하는 데 도움이 된다.

헤이안 시대에는 최상위 귀족인 공경公卿에게 통상적으로 평균 1정町

의 부지가 배정되었는데, 1정은 현재의 15,868㎡(약 4,800평)에 이르는 넓이이다. 실제 헤이안 시대 최고의 권력가였던 후지와라 미치나가藤原道長의 저택이 당시 귀족 평균 부지의 두 배인 2정 규모였다고 한다. 『겐지 이야기』에는 로쿠조인의 규모를 4정이라고 서술하고 있는데, 이는 이야기상이긴 하지만 평균적인 귀족 저택 넓이의 네 배에 달하는 63,471㎡(약 19,200평)에 이르는 광대한 크기이다. 이러한 로쿠조인의 규모는 히카루겐지의 정치적·사회적 지위를 가늠할 수 있는 설정으로, 영화의 최고조에 이른 그가 천황이 살고 있는 황거皇居, 즉 다이리內裏에 버금가는 자신만의 저택을 만든 것으로 생각할 수 있다.

한편 로쿠조인 복원도 작성의 대표적 학자인 다마가미 다쿠야玉上琢弥의 감수로 이루어진 복원작업에서, 로쿠조인은 현재 교토京都의 가모 강鴨川에 인접한 로쿠조六條 거리 북측에 조성되었을 것으로 추정하고 있다. 당시 많은 귀족들의 주거지가 황거와 인접한 니조二條나 산조三條 거리에 조성되었던 사실과 비교하면, 로쿠조인은 황거와 상당한 거리를 두고 조성된 것이다. 이는 천황과는 별개로 자신만의 다이리를 건립하려 했던 히카루겐지에게는 최상의 입지 조건이었을 것이다. 역사적으로 이곳은 헤이안 시대의 귀족 미나모토 도루源融(822~895)의 저택이 있었던 자리로 알려져 있다. 그는 사가 천황嵯峨天皇(786~842)의 황자로 태어나 '겐지' 성을 하사받아 이후 좌대신左大臣의 지위에 오르는 인물로, 일찍부터 히카루겐지의 역사적 준거 인물로 인식되었다. 실제 그의 저택인 가와라인河原院이 『겐지 이야기』의 로쿠조인처럼 4정 정도의 넓이에 장려한 모습을 자랑하였다고 하니, 미나모토 도루가 히카루겐지의 모델이 되었음을 부정할 수 없을 것이다.

이처럼 황궁과 거리를 두고 대규모의 대지에 아름답게 조성된 로쿠조인은 천황에 버금가는 권세를 누렸던 주인공의 영화를 상징하는 공간으로, 세속적 권력의 최고조에 이른 히카루겐지의 후반기 삶을 응축

시켜 상징화한 공간이라 할 것이다.

2. 불교적 이상향

14세기에 성립된 『겐지 이야기』의 주석서인 『가카이쇼河海抄』는 사방 사계의 공간에 조성된 로쿠조인이 『우쓰호 이야기宇津保物語』에 등장하는 저택에 그 발상의 원점을 두고 있다고 설명한다. 『우쓰호 이야기』는 주인공 도시카게俊蔭 일족의 4대에 걸친 칠현금七絃琴 전승과정을 장편화한 이야기인데, 도시카게의 손자가 자신의 딸에게 칠현금 연주 비법을 전수하는 장소가 바로 로쿠조인의 원형으로 지목받고 있다. 이 외에도 많은 학자들이 로쿠조인의 원형을 불국토佛國土나 용궁, 선경仙境 등과 연관시켜 설명한다.

이 글에서는 로쿠조인이 '불국토', 즉 불교적 이상향을 지향하여 조성된 공간이라는 점에 주목한다. 히카루겐지는 「오토메少女」권에서 1년여에 걸친 공사를 끝내고, 가을 무렵 처첩들과 자신이 후원하는 중궁과 함께 로쿠조인으로 주거지를 옮긴다. 앞서 살펴본 대로 사방 사계의 저택에는 각 계절을 상징하는 여성들과 그 계절에 맞춰 정원 수목, 부속 건물들을 배치하고 있다. 그리고 각 공간에서 계절의 흐름에 따라 여러 행사와 의례가 계속해서 이어진다. 그중에서 입주 후 새봄을 맞이한 로쿠조인의 풍경을 묘사하는 장면에 주목할 필요가 있는데, 여기서 작자는 매화 향기 가득한 로쿠조인의 모습을 '살아 있는 부처의 나라'라고 표현한다. 이는 '이 세상에 구현된 부처님의 정토세상'이라는 이상을 지향하는 것으로, 로쿠조인이라는 공간이 가지고 있는 본질적인 성격을 규정한 것이라 생각된다.

그렇다면 『겐지 이야기』에 그려진 로쿠조인의 불교적 성격을 살펴볼 때, 무엇보다 우선시해야 하는 것은 로쿠조인의 준거가 되는 불교 경전 내에 묘사된 불국토의 모습일 것이다. 불교 경전 중에서 불국토의 모습을 생생하게 밝히고 있는 것으로는 '정토삼부경淨土三部經'이라고 불리는 『무량수경無量壽經』, 『관무량수경觀無量壽經』, 『아미타경阿彌陀經』이 있다. 그중에서도 『무량수경』에는 불국토의 모습이 구체적으로 묘사되어 있다. 경전에 따르면 불국토는 금, 은, 유리, 산호, 호박, 자서, 마노 등의 칠보로 이루어진 땅이 넓게 펼쳐지며, 봄, 여름, 가을, 겨울의 구별이 없고, 춥지도 덥지도 않아 항상 온화하고 상쾌한 곳이다. 또한 칠보로 된 보배나무와 그 가지에 부는 바람이 만들어낸 신묘한 음악, 화려한 건물, 황금연못가 꽃나무의 향기를 비롯해 천만 가지 향기에 의하여 번뇌가 소멸되는 곳으로, 인간이 모든 감각을 동원하여 상상해낼 수 있는 극상의 공간이다. 이러한 상상의 산물인 불국토를 『겐지 이야기』의 작자인 무라사키시키부紫式部는 로쿠조인이라는 공간 속에 재현해내고 있는 것이다.

「고초胡蝶」권에 기술된 늦봄에 무라사키노우에가 관장하는 봄 저택에서 이루어진 뱃놀이행사를 살펴보면, 지상에 구현된 불국토의 모습이 어떠할지 상상할 수 있다. 그보다 앞서 가을이 한창일 때, 아키코노무 중궁은 가을 저택에 피어난 꽃과 단풍을 모아 편지와 함께 무라사키노우에에게 보낸 적이 있었다. 이에 대한 답례 형식으로 봄 저택에서 뱃놀이행사가 열린 것이다.

> 배를 섬의 후미진 바위 그늘로 저어 가서 주위를 둘러보니 평범한 바위까지도 마치 그림을 그려놓은 듯하다. 안개 속 흐릿하게 보이는 나뭇가지도 비단을 펼쳐놓은 듯하고, 뜰 앞쪽 멀리에는 초록이 진해진 버드나무가 가지를 드리우고 있다. 말로 표현할 수 없을 정도로 향기로운 꽃내음이 사방에 풍기고, 다른 곳이라면 이미 한창때를 지나버렸을 벚꽃도 이곳에서는 지금이 한창인 양 흐드러지게 피어 있다. 복도를 둘러싼 등나무도 짙은 보랏빛을 뽐내

로쿠조인 봄 저택에서 열린 뱃놀이 행사〈源氏物語胡蝶圖屛風〉. The Mary Griqqs Bruke Collection 소장. ―『週刊朝日百科 世界の文学 源氏物語』, 朝日新聞社, 1999.

고, 이에 질세라 황매화도 한창이다. 짝을 이룬 물새들이 둥지를 트려는 듯 가지를 물고 바쁘게 날아다니고, 연못에 내려앉은 원앙이 물 위에 물결을 만든다. 이 모든 것이 왠지 그림이라도 그려두고 싶을 만큼 잊을 수 없는 풍경이다.

아름다운 꽃이 흐드러지게 피어 신묘한 향기로 충만한 봄 저택의 연못 주변, 비단을 깔아놓은 듯 주변을 감싸고 있는 하얀 안개, 그 속에서 한가로이 놀고 있는 물새들의 모습, 한 폭의 그림을 연상시키는 바로 이곳이 불국토가 아니고 무엇이겠는가.

이어지는 계절 독경에서도 새와 나비로 분한 여자아이들은 부처님께 바치는 공양의 의미로 은꽃병에 벚꽃을, 황금꽃병에는 황매화를 꽂아 꽃그늘 속에서 아름답게 춤을 추며 등장한다. 그 뒤로 꾀꼬리의 울음소리와 무악의 연주가 가벼운 바람에 실려 사방으로 울려 퍼진다. 이외에도 로쿠조인에서 개최되는 많은 의례와 행사들을 살펴보면 피워놓은 향이 매화 향기와 어우러지고, 악기 연주소리는 온화한 바람에 섞여 울려 퍼진다. 자연의 아름다움과 그 아름다움을 극대화시키며 부가되는 인공적 요소들이 어우러져 로쿠조인은 지상에 구현된 불국토로 표현된다. 또한 여기서 간과해서는 안 되는 점은 로쿠조인의 모습을 단순히 경전상의 불국토를 표피적으로만 재현한 것이 아니라 그 공간에 살고 있는 여성 등장인물들의 섬세한 심리와 계절을 즐기는 모습들을 함께 서술함으로써 현세에 구현된 불국토의 모습을 작품 내에서 새롭게 창출해내고 있다는 점이다.

3. 로쿠조인의 위기

이처럼 『겐지 이야기』에 서술되어 있는 로쿠조인의 모습이 주인공 히카루겐지의 영화를 상징하는 공간이자 불국토의 재현이라는 차원에만 머물며 시종 밝고 화려한 면만을 그리고 있는 것은 아니다. 그 영화의 절정 이면에서는 온나산노미야女三の宮의 등장으로 촉발된 로쿠조인의 와해가 서서히 진행되고, 현세의 화려함이 계속되면 될수록 인물들의 무상감은 더욱 심화되어간다.

흔들리는 로쿠조인의 체제에 대하여, 다카하시 도루高橋亨를 비롯한 기존의 학자들 중에는 그 원인을 봄, 여름, 가을, 겨울로 이어지는 계절의 순환관계와 어긋나게 조성된 로쿠조인의 구조에서 찾는다. 즉 봄, 가을, 겨울, 여름으로 배치된 로쿠조인의 구조가 사계의 흐름에 어긋나게 조성되어 사방 사계의 공간에 불균형을 초래한 것이 로쿠조인 붕괴의 근본 원인이라는 지적이다. 그러나 이러한 논리에 대해 춘하추동이라는 순환을 지나치게 절대시하는 차원에 머문 의견이라는 지적 또한 존재한다. 불국토의 사계를 봄, 가을, 겨울, 여름 순으로 기술하고 있는 『무량수경』을 참고할 때 불교가 이념적 배경이었던 『겐지 이야기』에 오히려 불교 사상이 정확히 구현되고 있는 것이라 하여 도식적인 사계 순환설을 부정하기도 한다.

그러나 로쿠조인의 해체 위기는 구조상의 문제로 인식하기보다는 로쿠조인에 거주하고 있는 여성 등장인물의 위상과 각 공간의 변화를 잣대로 살펴볼 수 있다. 나시 말해 온나산노미야라는 여성의 등징으로 야기된 무라사키노우에의 지위 변화와 그와 맞물려 발생하는 각 공간의 형질 변화를 통해 로쿠조인의 와해 원인을 규명하려는 것이다.

온나산노미야는 히카루겐지의 배다른 형인 스자쿠인朱雀院이 총애하던 황녀이다. 출가를 앞두고 딸의 장래를 걱정하던 스자쿠인은 당대 최고 권력가인 히카루겐지에게 온나산노미야의 후견을 의뢰한다. 이로써 이미 40세의 중년이 된 히카루겐지와 이제 막 성인식을 치른 온나산노미야가 혼인하고, 그녀의 등장으로 그때까지 안정된 균형 상태를 유지하던 로쿠조인에 큰 변화가 일어난다. 이는 히카루겐지의 사실상의 정처正妻 역할을 해오던 무라사키노우에가 다른 처첩들 사이에서 상대적으로 우위를 차지하고 있던 이전의 지위에서 밀려난 것으로 해석할 수 있다. 확실한 후견인도 없이, 게다가 아이도 낳지 못한 무라사키노우에의 존재 가치는 오로지 히카루겐지의 변함없는 사랑에 의존하고 있었다. 따라서 황녀인 온나산노미야의 등장은 로쿠조인 내에서의 그녀의 존재 의미를 일순간에 무너트리는 엄청난 파급력을 지닌 것이었다.

이러한 무라사키노우에의 지위 변화는 온나산노미야의 등장 이후 그녀가 주최하는 행사들이 이전과는 달리 로쿠조인의 봄 저택이 아니라 사가노嵯峨野의 법당이나 니조인에서 개최되고 있는 사실을 통해서 확인할 수 있다. 그 원인을 『겐지 이야기』내에서는 많은 처첩들이 모여 포화 상태가 된 로쿠조인의 복잡한 상황 때문인 것으로 서술한다. 하지만 이 사실은 오히려 그때까지 봄 저택을 관장하던 무라사키노우에의 자리를 온나산노미야가 대체하는 상황, 즉 온나산노미야로 인해 위상이 달라진 무라사키노우에의 현실을 대변하는 것으로 볼 수 있다.

그런데 여기서 무라사키노우에가 로쿠조인에서 수행하고 있는 역할이 단지 봄 저택을 관장하는 것에만 머무는 것이 아니라는 점에 주목할 필요가 있다. 『겐지 이야기』에는 '불국토'와 관련한 용어로 '극락', '정토', '부처의 나라', '부처가 계신 곳' 등이 등장한다. 대부분 불교행사를 거행할 때, 그 행사의 장엄하고 엄숙한 진행이나 설치된 장식물의 화려함을 강조하면서 사용된다. 그런데 이중 절반 이상의 용례가 바로 무라사키노우에가 주최하는 불사佛事나 거주하는 장소를 묘사하는 장면에 집중되어 있다. 「와카나 상若菜上」권 사가노의 법당에서 개최된 약사불공양은 무라사키노우에의 주관 하에 이루어지는데 불상과 경전, 책갑 등으로 아름답게 장식되어 있는 모습이 극락에 비유된다. 또 무라사키노우에의 주도로 로쿠조인의 봄 저택에서 이루어진 신년축하 자리는 매화의 향기와 실내의 향내가 어우러져 '살아 있는 부처의 나라'로 생각되기도 한다. 이후 니조인에서 개최된 무라사키노우에의 법화경천부공양法華經千部供養은 또다시 부처님이 계신 곳에 비유되고 있다. 이처럼 부처님의 이상향과 관련된 용어가 로쿠조인이라는 공간에만 한정된 것이 아니라 무라사키노우에와 관련한 장면에 집중되는 것을 살펴볼 때, 무라사키노우에의 존재 자체가 공간의 불국토적인 성격을 규정짓는 핵심적 요소로 작용한 것으로 보인다.

이는 「스즈무시鈴蟲」권에서 온나산노미야가 주관하여 로쿠조인의 봄 저택에서 거행된 지불개안공양持佛開眼供養의 묘사를 살펴보면 더욱 확실해진다. 여름 무렵, 연꽃이 한창일 때 온나산노미야는 자신의 거처에 만다라를 걸고 부처를 공양하는 단을 만든다. 단의 주변에는 향과 꿀을 조합하여 신묘한 향기가 감돌게 하였으며 형형색색의 연꽃을 준비하여 그 정취를 더하였다. 그러나 이렇게 정성스럽고 성대하게 거행되는 행사 어디에도 불국토와 관련된 용어는 사용되지 않는다. 다시 말해 온나산노미야가 관장하는 로쿠조인은 아무리 그 겉모습이 불국토와 진배없다 할지라도 그 내면을 살펴보면 이미 진정한 불국토일 수는 없는 것이다. 황녀라는 높은 신분을 배경으로 히카루겐지의 정처가 된 온나산노미야는 영화의 상징이자 현세의 불국토인 로쿠조인에서 그 지위에 걸맞은 핵심적인 역할을 해야 함에도 불구하고 이후 가시와기柏木와의 밀통으로 스스로 그 지위를 포기하는 결과를 초래한다. 화려함을 자랑하던 봄 저택은 무라사키노우에가 니조인으로 거처를 옮긴 것과 자격이 부족한 온나산노미야 때문에 주인 없는 빈 공간으로 전락하게 되는 것이다.

결국 로쿠조인은 표면적으로는 히카루겐지의 영화를 상징하는 공간이자 불교의 이상향으로 묘사되고 있지만, 무라사키노우에라는 불교적 성향을 띤 여성의 존재가 강력한 자장을 형성함으로써 유지되는 공간임을 알 수 있다.

한편 무라사키노우에의 위상 변화와 더불어 로쿠조인의 위기를 초래하는 또 하나의 요인으로 겨울 저택을 관장하던 아카시노키미의 거취 변화에 주목하지 않을 수 없다. 「와카나 상」권 이전의 아카시노키미에 대한 묘사는 그녀의 겨울 저택을 방문한 히카루겐지가 풍치 있게 조성된 정원과 그녀의 차분하고 아름다운 모습에 감동하는 것에 국한되어 있다. 그러나 자신의 친딸인 아카시노히메기미明石の姫君의 입궁과 함께 공식적인 활동을 시작하게 된 그녀는 겨울 저택에서 황궁으로 들어간다. 이후 여어女御가 된 아카시노히메기미의 출산을 위해 잠시 겨울 저택에 복귀하고, 출산 후의 행사로 봄 저택으로 이동하였다가 아카시 여어의 입궁을 기점으로 다시 황궁으로 들어가 생활한다. 여기서 주의해야 할 점은 온나산노미야의 경우와는 달리, 아카시노키미의 지위 변동과 잠시 동안이었지만 봄 저택으로의 진입이 무라사키노우에를 로쿠조인으로부터 이탈시키는 또 다른 요인으로 보기는 어렵다는 것이다. 왜냐하면 무라사키노우에와 아카시노키미는 아카시 여어를 사이

에 둔 대립적 관계가 아니라 동반자적 관계로, 자식이 없는 무라사키노우에와 신분적 한계를 지니고 있던 아카시노키미는 서로의 부족한 부분을 매워주는 상호 보완적인 관계를 형성하고 있기 때문이다. 오히려 아카시노키미의 겨울 저택 이탈이 가져온 진공 상태가 로쿠조인의 균형을 무너뜨린 하나의 요인으로 작용한 것이다.

로쿠조인은 사방 사계의 공간이 각기 독립적이면서도 유기적으로 결합되어 균형과 조화를 이루도록 계획된 이상적 공간이었다. 이러한 로쿠조인에 온나산노미야의 등장으로 촉발된 붕괴의 조짐은 불국토를 이루는 중요한 요소인 무라사키노우에의 로쿠조인 이탈을 초래하였고, 그때까지 안정적 균형을 이루고 있던 로쿠조인의 와해를 가속화하였다.

4. 로쿠조인의 재편

정월 로쿠조인에서 개최된 히카루겐지와 여성들의 화려한 연주회가 끝난 뒤 무라사키노우에는 발병하여 니조인으로 거처를 옮기고, 히카루겐지는 병간호를 위해 니조인에서 생활하는 날이 많아진다. 오래전부터 온나산노미야에게 연심을 품어오던 가시와기가 히카루겐지가 없는 틈을 타 온나산노미야에게 접근하고, 결국 그녀는 불의의 자식인 가오루薰를 낳는다. 평생의 동반자 무라사키노우에의 발병과 뒤늦게 얻은 정처 온나산노미야의 밀통으로 인해 히카루겐지는 비운에 찬 고독하고 쓸쓸한 여생을 보내게 된다. 이와 더불어 각 저택에도 변화가 생기는데 겨울 저택에는 이미 아카시노키미가 살지 않으며, 아키코노무 중궁도 「스즈무시」권 이후로는 남편 레이제이 천황冷泉天皇의 양위와 함께 로쿠조인을 떠나 생활하고 있다. 이처럼 가을과 겨울 저택은 관장하던 주인을 잃고 이후 죽은 무라사키노우에를 그리워하는 히카루겐지의 모습이 봄, 여름, 가을, 겨울의 순으로 로쿠조인의 풍광과 더

불어 묘사된 뒤 히카루겐지의 일생을 담은 『겐지 이야기』 전반부는
끝을 맺는다.

이어지는 『겐지 이야기』 후반부는 히카루겐지가 죽은 뒤 그의 처첩
과 후손들의 동향을 알리는 것으로 시작되는데, 여기서 다시 로쿠조인
의 정경이 언급된다.

> 가는 길에 눈이 내려 풍치도 훌륭한 황혼 무렵이었다. 정취 가득한 피리의
> 음색은 아름답게 들리고 그 소리와 함께 봄 저택으로 들어가니, 실제로 이
> 세계가 아니고서 어떤 부처의 나라가 있어, 이렇게 마음을 즐겁게 해줄 수
> 있을까 생각되었다.

황궁에서 열린 활쏘기 행사를 마치고, 연회를 위해 로쿠조인으로 향한
사람들의 눈에 하얀 눈과 석양의 노을빛이 어우러진 봄 저택의 풍경이 현
세가 아닌 불국토로 비친다. 여기서 주목할 점이 바로 『겐지 이야기』 후
반부의 시작인 「니오효부쿄匂兵部卿」권에서 로쿠조인의 봄 저택을 다시
'부처의 나라'로 묘사하고 있는 점이다. 『겐지 이야기』에는 '부처의 나
라'라는 용어가 단 두 차례 나오는데, 첫 번째는 이미 살펴본 대로 로쿠
조인이 건립된 이듬해 신춘을 맞은 로쿠조인의 봄 저택을 묘사하는 장
면에서 언급되었다. 두 번째가 바로 이 장면으로 히카루겐지가 세상을
떠난 뒤 그의 후손들에 의해 재편된 로쿠조인의 변화가 마무리된 시점
에서 '부처의 나라'라는 용어가 다시 등장하는 것이다. 다시 말해 『겐지
이야기』 내의 로쿠조인 관련 서술의 처음과 마지막에 해당하는 장면에
'부처의 나라'라는 용어를 사용함으로써 현세의 영화를 상징하는 공간
이자 불교적 이상향이라는 로쿠조인의 근원적인 성격을 강조한 것이다.

그렇다면 히카루겐지가 세상을 뜨고 난 다음의 로쿠조인 내부의 변
화를 구체적으로 살펴보기로 하자. 로쿠조인의 봄 저택에 살고 있던 온

나산노미야와 가오루는 히카루겐지의 사후, 스자쿠인이 온나산노미야에게 물려준 산조노미야三條宮로 옮아가고, 봄 저택은 히카루겐지의 딸인 아카시 중궁의 사저私邸가 되어 그녀와 그녀의 자녀들이 거주한다. 또한 여름 저택은 하나치루사토가 니조토인으로 옮긴 이후, 히카루겐지와 아오이노우에 사이에서 태어난 유기리夕霧와 그의 처 오치바노미야落葉の宮가 들어와 거주한다. 이로써 로쿠조인은 온나산노미야와 가오루를 배제한 채 히카루겐지의 직계 혈통만으로 재편성된 것을 알 수 있다.

그런데 이러한 로쿠조인의 일련의 재편성과정 속에서 한 가지 의문이 발생한다. 즉 외부적으로는 히카루겐지의 친자식으로 인정받고 있던 가오루가 유기리나 아카시 중궁과는 달리 그만이 로쿠조인과 유리되어 있다는 점이다. 물론 당시 헤이안 시대상을 반영한다면 가오루가 어머니 온나산노미야의 거처인 산조노미야에서 살게 되는 것은 어쩌면 당연한 일인지도 모른다. 하지만 히카루겐지가 죽기 전에 가오루의 장래를 레이제이인에게 위탁하고, 가을 저택을 사저로 삼고 있던 아키코노무가 가오루의 후견을 맡게 되는 일련의 상황을 이해할 필요가 있다. 아키코노무와 가오루의 관계를 고려하면, 레이제이인과의 사이에 후사가 없었던 아키코노무의 가을 저택을 가오루가 승계하는 것이 어쩌면 당연한 수순은 아니었을까. 더구나 로쿠조인은 아키코노무의 옛 저택을 기반으로 건립된 저택이므로 로쿠조인에 대한 그녀의 영향력은 간단히 무시할 수 없었을 것이다. 그럼에도 불구하고 가오루는 로쿠조인에 거주하지 않으며, 이후 로쿠조인으로의 진입을 스스로 차단한다. 다시 말해 유기리가 로쿠조인 여름 저택의 새로운 안주인인 오치바노미야의 후견을 받고 있던 자신의 딸 로쿠노키미六の君의 결혼 상대자로 그를 원했음에도 가오루는 거부하는 것이다. 유기리가 오치바노미야를 여름 저택으로 이주시켜 자신의 근거지를 확실히 한 것처럼, 가오

루도 로쿠조인의 가을 저택에 배우자를 두는 방법을 택할 수도 있었을 것이다. 그러나 후에 우지宇治의 오이기미大君를 도읍으로 데려오려 계획하였을 때도 가오루는 로쿠조인이 아닌 산조노미야를 선택하고, 우키후네浮舟의 경우에는 오히려 도읍과 멀리 떨어진 우지를 선택한다. 이렇듯 가오루가 거부한 로쿠조인 내부로의 진입은 무라사키노우에의 니조인을 승계받은 니오노미야匂宮가 로쿠노키미와의 결혼을 통해 대신한다. 이로써 로쿠조인은 히카루겐지 말년의 삶에 고뇌와 우수를 몰고 왔던 온나산노미야와 가오루 두 모자를 배제한 채 아카시 중궁과 유기리의 일족으로 재편성되는 것이다.

히카루겐지의 영화를 상징하는 공간이자 불교적 이상향인 로쿠조인은 주인공 히카루겐지의 노쇠와 더불어 쇠락의 길로 들어선 듯 보이지만, 그의 후손들에 의해 다시 한 번 과거의 영광을 되찾고 영원한 불교적 이상향이라는 이미지를 간직한 채 『겐지 이야기』에서 모습을 감춘다.

참고문헌

이미령, 「『源氏物語』의 佛國土 六条院」(『일어일문학연구』69, 한국일어일문학회, 2009)

김영심, 「四方分散型의 六条院과 紫上의 自己表出」(『일어일문학연구』33, 한국일어일문학회, 1998)

浅尾広良, 「『源氏物語』の邸宅と六条院復元の論争点」(『王朝文学と建築・庭園』, 竹林舎, 2007)

藤井由紀子, 「『源氏物語』鈴虫巻の六条院」(『中古文学』66, 中古文学会, 2000)

田中隆昭, 「仙境としての六条院」(『国語と国文学』75-11, 東京大学国語国文学会, 1998)

三田村雅子, 『源氏物語―物語空間を読む』, ちくま新書, 1997.

渡辺仁史, 「『源氏物語』の六条院について」(『中古文学』53, 中古文学会, 1994)

玉上琢弥, 「「六条院復原図」覆考」(『源氏物語講座』1, 勉誠社, 1991)

池浩三, 「光源氏のすまい」(『源氏物語講座』5, 勉誠社, 1991)

大林組プロジェクトチーム, 「光源氏 六条院の考証復元」(『季刊大林』No.34, 大林組, 1991)

野村精一, 「六条院の四季の町」(『講座 源氏物語の世界』5, 有斐閣, 1981)

三谷栄一, 「源氏物語と民間信仰」(『物語史の研究』, 有精堂, 1967)

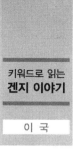

선진 문화의 아이콘, 발해

김 효 숙

1. 『겐지 이야기』와 국제 교류

서기 천 년경에 성립된 『겐지 이야기』는 일본 고전문학 작품의 정수라는 찬사를 받으며 현대 사회에서도 많은 독자를 확보하고 있다. 그러나 이 작품은 하나의 문학작품으로서 평가받는 것에 그치지 않고, 문화사적인 차원에서도 일본 전통 문화의 상징으로 자리매김하고 있다. 이러한 평가를 받는 이유 중의 하나는 이 작품이 한자가 아니라 일본 고유 문자인 가나假名로 쓰여 있기 때문인데, 이러한 가치 부여는 자칫하면 문학작품 자체에 대해 그릇된 인식을 심어주기도 한다. 일본 고유 문화의 상징이라는 것이 외국 문화의 영향을 전혀 받지 않고 일본 사회 안에서 독자적으로 성립된 작품으로 인식되기 때문이다.

그러나 이미 이 작품이 성립된 시대에는 현대인들이 상상하는 것 이상으로 국제 교류가 활발했으며, 그러한 당시의 국제 교류 양상이 『겐지 이야기』안에 생생히 그려져 있다. 서기 천 년이라고 하면 한반도는 고려 초기에 해당되는데, 당시 일본은 한반도를 비롯하여 중국의 송나라 등과 많은 교류를 하고 있었다. 고대 일본과 외국의 교류라고 하면 가장 먼저 지목되는 것이 일본에서 당나라로 파견된 사절단, 즉 견당사遣唐使이다. 견당사는 630년을 시작으로 하여 열 번 이상 파견되었으나, 894년 스가와라 미치자네菅原道眞가 중지할 것을 건의한 후 견당사 파견은 더 이상 진행되지 않았다. 이를 두고 지금까지 일본 문화사 특히 일본 문학사에서는 큰 획을 긋는 사건으로 해석돼왔다. 즉 견당사의 파견 중지를 계기로 당나라와의 교류가 단절되었고, 그로 인해 일본은 문화적으로 더 이상 외국의 영향을 받지 않게 되었으며, 그 결과 일본 고유의 문화가 싹트기 시작해 꽃을 피웠다는 것이다. 『겐지 이야기』와 같이 한자를 사용하지 않고 순수한 일본 문자인 가나로 쓰인 문학작품이 나오게 된 것도 견당사의 중지로 인해 외국으로부터의 영향이 차단되었기 때문이라는 것이다.

그러나 견당사의 중지를 결단할 수 있었던 것은 실은 국가적인 차원에서 공식적인 교류를 하지 않아도 이미 양적·질적으로 민간 차원에서의 교류가 활발히 이루어지고 있었기 때문이었다. 그렇기 때문에 견당사 파견 중지로 인해 결코 외국 문화의 유입이 중단된 것이 아니었으며, 따라서 가나문학을 비롯한 일본 고유 문화가 외국 문화의 영향을 전혀 받지 않으며 탄생한 '순일본 문화'라는 것은 환상에 불과하다. 바꾸어 말하면, 순수한 일본문학, 일본 문화의 정통이라고 불리는 『겐지 이야기』 또한 활발한 국제 교류의 현장에서 타문화와의 교류를 통해 일구어진 작품이라는 것이다.

『겐지 이야기』에는 그러한 시대상이 적극적으로 반영되어 외국과 관련된 표현이 많다. 우선 작품 안에 발해, 당나라, 신라, 백제, 천축 등 이국異國을 가리키는 다양한 명칭이 등장한다. 그중에서도 발해는 이 작품 안에서 대단히 중요한 역할을 하는 나라라고 할 수 있다. 예를 들면 발해에서 온 점술가가 주인공의 이름을 명명하고, 또한 그의 파란만장한 일생을 예언하는 것이다. 그렇다면 『겐지 이야기』에 이국은 어떠한 모습으로 표현되고 있는지, 이 글에서는 특히 작품 전체에서 큰 역할을 하는 발해를 중심으로 살펴보고자 한다.

2. 발해와 일본의 교류

『겐지 이야기』에는 발해라는 단어가 총 20회 나온다. 보다 자세히 살펴보면 '발해인', '발해의 종이', '발해의 비단', '발해의 음악' 등과 같이 사용되고 있다. 당나라もろこし가 18회 나온다는 점을 감안한다면 단순히 그 등장 횟수만을 비교하더라도 대단히 높은 존재감을 가지고 있다고 할 수 있다. 많은 이국 중에서도 발해가 이렇게 비중 있게 그려지게 된 이유는 무엇일까. 작품세계로 들어가기 전에 잠시 발해와 일본의 역사적인 교류 상황을 살펴보기로 하자.

698년 대조영이 건국한 발해는 727년 일본에 처음으로 사절단을 파견하였다. 이후 926년에 발해가 멸망할 때까지 양국 간의 교류는 계속되었다. 이 기간 동안 발해에서 일본으로 파견된 사절단은 일본 역사서에 공식적인 기록이 남아 있는 것만으로도 34회에 이른다. 그 파견은 처음에는 신라를 견제하기 위한 군사적인 목적에서 시작되었으나 차츰 문화적 상업적으로도 당시의 일본 사회에서 중요한 역할을 차지하게 되었다. 이들 발해 사신의 모습이 현재 일본의 역사서에 기록되어 있으며, 그들이 남긴 한시가 칙찬 한시집인 『분카슈레이슈文華秀麗集』와 스가와라 미치자네의 한시집인 『간케분소菅家文草』 등에 다수 수록되어 있다.

한편 일본이 발해에서 수입한 것은 주로 모피류였으며 발해로 수출한 것은 비단류였던 것이 여러 기록에서 확인된다. 여기에서는 발해의 가장 유명한 특산물이라 할 수 있는 노피류가 일본에 유입되어 어떻게 받아들여졌는지를 잠시 짚어보고자 한다. 727년에 일본을 방문한 발해 사절단은 그 이듬해에 일본 궁중에서 열린 행사에 참가했는데 그때 전달한 것이 담비가죽이다. 또 739년에는 호랑이가죽, 곰가죽, 표범가죽과 인삼, 벌꿀을 전달했다는 것이 일본 역사서『쇼쿠니혼기續日本紀』에 기록되어 있다. 그리고 마찬가지로 역사서『니혼산다이지쓰로쿠日本三代實錄』에서는 872년에 호랑이가죽, 표범가죽, 곰가죽, 벌꿀을 가지고 왔다는 것이 확인된다. 발해로부터 어떠한 것들이 유입되었는지 역사서에서 찾아볼 수 있는 기록은 이 세 군데뿐이다. 그러나 그것은 발해라고 하면 무엇보다도 모피가 가장 유명했기에 발해 사신이 방문할 때마다 일일이 기록할 필요성이 없었기 때문일 것으로 추측된다. 발해에 모피의 이미지가 강했던 것은 위에서 제시한 역사서상의 기록 이외에도 다음에 예시하는 많은 문헌에서 찾아볼 수 있기 때문이다.

예를 들면 헤이안 시대에 편찬된 궁중의례서『다이리시키內裏式』에는 발해 사신이 참가할 때는 자리에 곰가죽을 깔게 하라는 조항이 있다. 이는 발해의 특산품인 모피를 준비함으로써 발해 사신에 대한 예우를 갖추려는 것으로 해석된다. 또 헤이안 시대에 편찬된 의례서『고케시다이江家次第』에는 다음과 같은 일화가 전한다. 시게아키라重明라는 황자가 발해 사신이 궁중으로 들어가는 의식을 보러 가는데, 그때 흑담비모피를 여덟 겹이나 껴입고 갔다. 그러나 막상 발해에서 온 사신은 모피옷을 한 벌밖에 가지고 있지 않아 시게아키라 황자를 보고 매우 부끄러워했다는 것이다. 시게아키라 황자가 발해 사신들 앞에 흑담비모피를 여러 겹 착용하고 간 것은 물론 자신의 부와 명예를 피력하기 위해서지만, 그 부와 명예의 상징으로 흑담비모피가 사용된 것은 그 상대가 모피의 원산국에서 온 사람들이기 때문이다. 또 그를 본 발해 사신들 역시 원산국에서 온 사람들인 만큼 많이 지니고 있어야 마땅한 것을 겨우한 벌밖에 가지고 있지 않아 부끄러워한 것이다. 이러한 일화를 보더라도 발해라고 하면 무엇보다도 모피가 유명했다는 것을 알 수 있다.

이와 같이 발해와 일본은 약 200년간에 걸쳐 교류를 지속했으며 그 발자취는 일본의 역사서를 비롯하여 한시집과 가나 문학작품에서도 찾아볼 수 있다. 그렇다면 발해라는 나라가 『겐지 이야기』에서 어떻게 표현되고 또 어떠한 기능을 하고 있는지 구체적으로 살펴보자.

3. 발해의 모피가 상징하는 고귀성

위에서 살펴본 바와 같이 모피는 발해의 대표적인 특산물이었다. 발해인들이 가지고 온 모피류는 일본의 황족과 귀족들에게 동경의 대상이 되었으며, 그 결과 사적인 교역도 매우 성행했던 것으로 보인다. 헤이안 시대에 만들어진 법령집 『루이주산다이캬쿠類聚三代格』에는 발해인들이 가지고 온 모피류를 두고 귀족들이 서로 앞다투어 사려고 하는 과열 경쟁을 경고하며, 이러한 풍토는 바람직하지 않으므로 사적인 교역을 금지한다는 조항까지 있다. 이렇게 귀족들에게 금지령이 내려질 정도로 발해의 모피는 인기가 있었다. 이것은 당시 일본의 귀족들에게 있어서 발해의 모피가 대단히 진귀한 것이었으며, 대륙 문화를 상징하는 가치 높은 것이었기 때문이다. 앞서 소개한 흑담비모피를 여덟 겹이나 껴입고 나온 황자의 이야기도 그것이 발해로부터 들어온 수입품이었으며, 또한 단순히 의복으로서의 가치뿐만 아니라 거기에는 대륙 문화의 아이콘이라는 기능이 수반되어 있었기 때문일 것이다.

이렇게 각종 문헌들을 통해서 발해인이 전래한 모피류에 일본 귀족들이 얼마나 관심을 집중시키고 있었는지를 알 수 있는데, 발해의 모피는 『겐지 이야기』에도 나온다. 주인공의 애인 중의 한 명으로 등장하는 스에쓰무하나未摘花는 몰락한 황자 집안의 딸로 등장하는데, 그녀는 결코 아름답지는 않지만 고집스럽게 가풍을 지켜내는 여성으로 그려져 있다. 집안을 이끌던 아버지가 돌아가시자 경제적으로 궁핍해져 황족의 기본적인 품위조차 유지하기 어려워지지만, 힘겨운 상황에서도 스에쓰무하나는 가문에 내려오는 법도를 고집한다. 이러한 현실을 직시하지 못하는 성품 때문에 그녀는 귀족 사회의 웃음거리로 전락하고 만다. 그러한 그녀의 이미지를 상징하는 것 중 하나가 바로 모피이다. 히카루겐지가 스에쓰무하나의 모습을 처음으로 똑똑히 보게 된 날 그녀는 흑담비모피를 걸치고 있었는데, 이에 대해서 그는 유서 있는 의복이기는 하지만 역시 젊은 여성이 입기에는 어울리지 않는다고 생각한다. 즉 흑담비모피는 옛 시절에는 권세 있는 가문에서만 소유할 수 있는 명품이었지만, 결코 현대적인 것은 아니라는 것이다. 발해가 936년에 이미 멸망하였고, 『겐지 이야기』가 만들어진 것이 서기 약 천 년경이라는 점을 감안한다면 발해의 모피류는 이미 구세대의 유물이라 하지 않을 수 없다. 그러한 시대적 배경이 반영되어 『겐지 이야기』 안에서도 흑담비모피가 현대적이지도 세련되지도 못한 스에쓰무하나를 묘사하기 위한 소재로 쓰인 것이다.

그러나 여기에서 중요한 점은 흑담비모피의 기능이 단순히 시대착오적인 의복으로 묘사되어 있는 것만은 아니라는 점이다. 흑담비모피의 또 하나의 기능은 현재 영락의 길을 걷고 있다 할지라도, 한때는 최고의 권세를 누리던 황자 집안이 아니면 소유할 수 없는 진귀한 것이라는 점이다. 이것은 앞서 소개한 흑담비모피를 여덟 겹이나 착용하고 나타난 시게아키라 황자의 일화나, 모피를 두고 귀족들 사이에서 불붙은 과열 경쟁을 금지한 기록으로부터도 충분히 미루어 짐작할 수 있다. 다시 말하면 스에쓰무하나가 착용한 의복이 흑담비모피였다는 것은 한때는 최고의 권세를 누리던 집안의 딸이라는 점을 강조하는 기능을 하고 있는 것이다. 이는『겐지 이야기』에서 '유서 깊은' 옷이라고 표현하고 있는 것으로부터도 알 수 있다. 결국 흑담비모피는 새로운 시대에 발맞추지 못한 스에쓰무하나의 진부함을 표현함과 동시에, 실은 한 시대를 풍미했던 고귀한 집안의 딸이라는 사실을 표상하는 것이다.

4. 발해인이 명명한 주인공의 이름

『겐지 이야기』는 일본의 한 천황과 그리 고귀한 신분은 아니지만 천황의 총애를 한 몸에 받는 아름다운 여성의 이야기로부터 시작된다. 그리고 이 여인은 빛이 날 만큼 아름다운 남자아이를 낳게 되는데 그가 바로 이 이야기의 주인공이다. 『겐지 이야기』의 세계는 매우 넓고 깊지만 만약 그 내용을 한마디로 요약한다면 아름다운 주인공의 영화로운 삶이라 할 수 있다. 그리고 그 이상적인 주인공과 그의 삶은 바로 그의 이름에 축약되어 있다. 주인공은 '히카루기미光君' 또는 '히카루겐지光源氏'라고 불린다. 이 두 명칭에는 공통적으로 '히카루光'가 들어가 있고, 그리고 그 뒤에 각각 '기미君'와 '겐지源氏'가 붙어 있다. '기미'란 신분이 높은 사람에게 붙이는 경칭으로 말하자면 '님'이라는 뜻이다. 한편 '겐지'는 '원씨源氏'를 일본어로 발음한 것인데, 그 뜻은 '원源'이라는 '씨氏' 즉 성姓을 가진 사람이라는 것이다. 일본의 천황가에는 성이 없기 때문에 천황가 계보에서 적을 뺄 때 일반 귀족이 될 때에는 성을 하사받는다. 이 작품의 주인공은 천황의 둘째 아들로 태어나 아버지인 천황의 결단에 의해 일반 귀족이 된다. 그때 '원'이라는 '씨'를 하사받았기에 주인공의 이름이 '겐지源氏'가 된 것이다.

주인공의 이름이 주목받는 이유는 무엇보다도 그 이름에 '히카루'라는 표현이 사용되고 있기 때문이다. '히카루'는 '빛나다'라는 형용사로, 말로 표현할 수 없이 아름다운 외모와 모든 면에 비범한 능력을 발휘하

는 주인공을 상징적으로 표현하는 말이라 할 수 있다. 특히 이 '히카루'
는 단순히 주인공의 미적 요소를 형용하는 데 그치지 않고, 천황가의
정통성과 불교나 유교 경전에서 '히카루光'가 성인을 나타내는 특별한
표현으로 사용되기에 더욱 의미가 있다. 이 작품의 주인공의 이름은 그
러한 문학 표현의 역사를 배경으로 성립된 것이라 할 수 있다.

　그런데 여기에서 주목할 만한 것은 아름다운 주인공과 그 삶을 상징
하는 이름 '히카루기미光君'를 명명한 것이 바로 발해인이었다는 점이
다. 『겐지 이야기』에서 주인공의 이름은 "히카루기미라는 이름은 비할
데 없이 아름다운 이분을 칭송하여 발해인이 붙여드린 것이라고 합니
다"라고 소개되어 있다. 그렇다면 주인공의 이름을 발해인이 명명했다
는 것은 무엇을 의미하는 것일까. '히카루'라는 이름은 더할 나위 없이
아름다운 외모와 모든 분야에 있어서 비견할 자가 없는 뛰어난 능력을
지닌 인물, 그리고 유례없는 부귀영화를 누리는 주인공에게 붙여졌다.
이 '히카루'라는 단어는 단순한 미적 요소에 대한 찬미가 아니라 천황
가의 정통성과 함께 성스러운 뉘앙스가 존재한다. 그러한 주인공의 존
재를 총괄하는 이름을 이국인이 명명함으로써 주인공의 이름에 한층
더 권위가 부여되었다고 할 수 있다. 그리고 많은 이국 중에서도 발해
가 채택된 것은 발해가 대륙의 선진적인 문화를 표상하기 때문이다. 발
해와 일본은 약 200년간에 걸쳐 활발하게 교류하였고, 그 결과 발해의
문화는 귀족 사회에서 선진 문화의 아이콘으로 인식되게 되었다. 모피
에 대한 예에서도 보았듯이 당시 귀족들에게 발해의 문화는 동경의 대
상이었다. 이와 같은 선진 문화를 상징하는 발해인이 주인공에게 이름
을 지어줌으로써 주인공의 정통성은 물론이거니와 『겐지 이야기』라는
작품세계의 권위도 함께 보장받게 된다.

5. 주인공의 미래를 예언하는 발해인

『겐지 이야기』의 주인공인 히카루겐지는 아름다운 자태는 물론이거니와 학문·예술 등 모든 분야에서 뛰어난 귀공자로 모든 이의 흠모와 추앙을 받는 이상적인 인물이다. 그런 히카루겐지는 당대 천황의 둘째 황자로 태어나는데, 첫째 황자와는 어머니가 다른 그의 존재는 궁중 사회에 있어서 그리 편안한 것은 아니었다. 첫째 황자가 이미 동궁으로 책봉되어 있었음에도 불구하고 천황의 총애가 주인공에게 쏠리자 첫째 황자 주변에서는 히카루겐지를 시기하며 의심스러운 눈초리를 보냈기 때문이다. 모든 면에 탁월하여 천황의 총애를 한 몸에 받는 둘째 황자는 첫째 황자의 강력한 경계 대상이 되지 않을 수 없다. 이는 히카루겐지의 장래가 어떠한 정치적 음모에 휩싸일 수도 있다는 것을 암시하는 것이기도 하다. 그러던 중 어느 날 천황은 발해에서 온 사절단에 점술가가 있다는 것을 듣고 그에게 히카루겐지를 보낸다.

황자는 꼭 필요한 학문 분야에서 비범한 능력을 보이는 것은 물론이거니와 그가 연주한 악기의 음색은 천상의 구름까지 다다를 정도로 아름답게 울려 퍼진다. 이러한 것들을 일일이 다 말하자면 그 끝이 안 보일 만큼 특별한 분인 것이다. 그 무렵 발해에서 사절단이 왔는데 그중에 점술가가 있다는 이야기를 들으신 천황은 점술가를 궁중으로 부르고자 하셨다. 그러나 이국인을 궁으로 부르는 것은 이미 우다 천황宇多天皇이 금하신 일이었기에 궁 안으로 불러들이지는 못하셨다. 그 대신 이 황자를 발해 사절단이 머물고 있는 홍로관鴻臚館으로 극비리에 보내셨다. 황자는 그를 보필하는 역할을 하는 우대변右大弁의 자식인 것처럼 꾸며서 갔는데 점술가가 황자를 보자 묘하다는 듯이 고개를 갸웃거린다. 그리고 "한 나라의 아버지가 되어 세상에서 가장 높은 제왕 자리에 오를 상이나, 그리 되면 나라에 우환이 있을 것이오. 그렇

발해인의 히카루겐지 명명과 운명 예언〈源氏物語畵帖〉. 京都國立博物館藏. -『豪華[源氏絵]の世界 源氏物語』, 学習研究社. 1988.

다고 해서 또 조정의 대신이 되어 천하를 보필할 상도 아니오"라고 하는 것이다.

히카루겐지는 황자라는 신분을 숨기고 신하의 아들인 것처럼 꾸며서 점술가를 만나는데, 그 점술가가 이상하다는 듯이 고개를 갸우뚱거리며 그의 운명을 점친다. 그의 얼굴에 나타난 상은 제왕 자리에 오를 상이나 그리 되면 우환이 있을 것이며, 그렇다고 해서 일개 신하로 일생을 보낼 상도 아니라는 것이다. 이 말은 어찌 보면 매우 모순된 말로, 그것도 평범한 귀족의 아들인 것처럼 꾸며서 간 히카루겐지에게서 이러한 묘한 점괘가 나오자 점술가 스스로 놀라며 의아해하는 것이었다.

이 점술가의 점괘를 전해 들은 천황은 히카루겐지를 황족의 족보에서 빼고 일반 귀족으로 내려보낼 결심을 굳히게 된다. 만약 히카루겐지가 황위에 오른다면 나라에 재앙이 닥칠 것이라는 점술가의 말이 현실로 되어서는 안 되기 때문이다. 그리고 또 한편으로는 히카루겐지 개인적으로도 정치적인 보필을 받을 수 있는 외가가 있는 것도 아니고 황족으로 남아 있을 경우 역모를 의심받아 오히려 더 고된 일생을 보낼 수도 있다고 판단했기 때문이다. 이런 이유에서 천황은 황자였던 히카루겐지를 일반 귀족으로 강등하였고, 결과적으로 점술가의 예언은 그의 운명에 크나큰 영향을 미쳤다.

그런데 발해에서 온 점술가의 점괘가 『겐지 이야기』에서 중요한 의미를 갖는 이유는 단지 히카루겐지가 황족에서 일반 귀족이 되었다는 사실만으로 끝나지 않는다. 제왕이 될 상이나 그리 되면 나라에 큰 우환이 있을 것이고, 그렇다고 해서 일개 신하로 나라님을 보필할 상도 아니라는 일견 모순처럼 들리는 이 점술가의 말은 일반 귀족이 된 히카루겐지의 삶을 예고하는 것이었기 때문이다. 후에 그는 의붓어머니와 사랑에 빠지고 두 사람 사이에서는 아들이 하나 태어나게 된다. 그 아들이 천황에 즉위하게 되는데, 히카루겐지가 자신의 친아버지라는 것을 알게 되자 천황 자리를 양위하려고 한다. 히카루겐지가 이 제의를 강력히 고사하자 결국 천황은 그에게 준태상천황准太上天皇을 제수한다. 준태상천황이라는 것은 태상천황太上天皇에 준하는 지위라는 뜻인데, 원래 태상천황은 천황을 지내고 그 자리를 후계자에게 물려준 자에게 주어지는 칭호이다. 따라서 천황 자리에 오른 적이 없는 히카루겐지는 태상천황이 될 수 없기에 그것에 준하는 자리, '준태상천황'이라는 대우를 받게 하는 것이다. 실제로 일본역사상 '준태상천황'이라는 명칭은 존재하지 않는다. 단지 1027년에 아쓰아키라 친왕敦明親王(994~1051)이 태자의 지위에서 물러나는 조건으로, 천황의 자리를 양위한 사람만이 받을 수 있는 칭호인 '원호院號'를 받은 기록이 남아 있을 뿐이다.

어찌되었건 천황 경험자도 아닐뿐더러 이미 황족도 아닌 히카루겐지가 태상천황에 준하는 대우를 받게 되었다는 것은 실제 역사에서는 찾아볼 수 없는 유일부이한 사건이라고 할 수 있다. 그만큼 이례적인 것이라 할 수 있는데 여기에서 중요한 것은 이러한 히카루겐지의 삶이 발해에서 온 점술가가 풀어낸 관상과 일치한다는 것이다. 즉 제왕이 될 상이 있으나 그리 되면 나라에 재앙이 덮칠 것이요, 그렇다고 해서 일개 조정 대신이 되어 나라님을 보필할 상도 아니라는 묘한 말은, 히카루겐지의 아들이 천황이 되고 히카루겐지가 준태상천황이 될 것을 예고한 것이었다. 그 스스로 천황이 되지는 않았으나, 천황의 아버지이자 준태상천황인 히카루겐지는 일개 신하로 천황을 보필하는 존재도 아닌 것이다. 이렇게 보면 어린 히카루겐지를 보고 내린 발해 점술가의 점괘는 앞으로 펼쳐질 작품세계를 일찍이 예고한 것이라 할 수 있으며, 그러한 의미에서 점술가의 등장은 짧지만 대단히 중대한 역할을 지니고 있다고 할 수 있다.

6. 발해와 학문

발해에서 온 점술가는 주인공 히카루겐지의 이름을 명명하고 또한 그의 미래를 예언하는 등 『겐지 이야기』에서 대단히 큰 역할을 지니고 있다. 히카루겐지가 점술가를 만나는 장면은 그가 학문적으로 얼마나 탁월한지를 서술하고 난 바로 직후이다. 그러면 여기에서 그 장면을 다시 한 번 되짚어보도록 하자. 『겐지 이야기』에서는 '황자는 꼭 필요한 학문 분야에서 비범한 능력을 보이는 것은 물론이거니와'라고 히카루겐지의 학문적 우수성을 화제로 꺼낸 뒤 '그 무렵에 발해에서 사절단이 왔는데'라고 이어진다. 어려서부터 학문 능력이 남다른 히카루겐지를 지켜보던 천황이 때마침 일본을 방문한 발해인을 만나게 한다는 연결 구조에서, 발해인의 학식이 뛰어나다는 것이 기본적으로 전제되어 있다는 것을 알 수 있다. 또한 이렇게 이루어진 히카루겐지와 점술가와의 만남은 다음의 인용문으로 이어진다.

> 황자와 함께 간 우대변도 학식이 깊은 학자였기에 그와 점술가가 주고받은 한시는 실로 뛰어난 것들이었다. 이렇게 한시를 주고받고 나서 황자가 오늘이나 내일 궁으로 돌아가려 하자, 점술가는 이렇게 훌륭한 황자를 만나게 된 기쁨은 물론이거니와 또 동시에 헤어져야만 하는 슬픔을 담은 한시를 지었다. 이 한시를 본 황자가 거기에 아름다운 한시로 화답하자 점술가는 최고의 칭송과 함께 극진한 선물을 헌상하는 것이었다.

위 인용문에서는 황자와 함께 간 우대변도 학식이 깊은 학자였기에 그와 점술가가 주고받은 한시가 실로 뛰어난 것이라고 한다. 이도 역시 발해에서 온 이들이 학문적으로 우수하다는 것을 기본 전제로 하고 있다. 그리고 마지막 부분에서 히카루겐지가 지은 한시에 대해 발해인이 아낌없는 칭찬을 함으로써 히카루겐지의 학문 능력이 극대화되는 것이다. 이렇게 『겐지 이야기』에서는 학문적인 면에서 발해인에게 강력한 권위를 부여함으로써 히카루겐지의 탁월함을 보장하고 있는데, 실은 이 부분은 『겐지 이야기』보다 먼저 쓰인 작품 『우쓰호 이야기宇津保物語』의 영향을 받은 것이다.

『우쓰호 이야기』의 주인공인 도시카게俊蔭는 일곱 살이 되던 해 그의 아버지와 발해인이 서로 한시로 응대하는 것을 보고는, 자신도 발해인과 한시를 주고받는다. 주인공의 비범한 학문 능력이 발해인과의 대등한 한시 응수를 통해 제시되어 있다. 특히 『우쓰호 이야기』에는 발해 사신이 일본을 방문하는 것에 대한 언급이 있어 더더욱 흥미롭다. 도시카게의 손자 나카타다仲忠는 천황과 이야기를 하다가 요즘 할아버지가 남긴 책을 발견하여 그것을 읽느라 여념이 없다고 보고한다. 그러자 그 이야기를 들은 천황은 "매우 기쁜 일이로구나. 학문에 힘을 쏟는 것은 나라를 위해서도 대단히 믿음직스러운 일이나. 발해인도 내년에는 올 터인데"라는 말을 한다. 이것은 내년에 발해인들이 오는데 그들을 맞이하기 위해서는 수준 높은 학자가 필요하다는 뜻으로, 발해인들이 학문적으로 얼마나 우수한지를 보여주는 표현이라 할 수 있다. 여기에서도 발해인들이 학문의 권위자로 자리매김되고 있다는 것을 알 수 있다.

이와 같이 『겐지 이야기』를 비롯하여 『우쓰호 이야기』 등에서는 발해에서 온 이들을 등장시켜 주인공과 한시로 화답하는 장면을 그려넣음으로써 주인공의 학문적인 능력이 얼마나 탁월한 것인지를 표현하고 있다. 이는 당시에 발해라는 나라가 학문 분야에서 최고의 권위라는 인식이 존재했다는 것을 보여주는 일례라 할 수 있다.

7. 선진 문화의 상징, 발해

이상에서 본 바와 같이 『겐지 이야기』에서 발해는 대단히 큰 비중을 차지하는 나라로 설정되어 있다. 물론 한자 문화권에서 가장 커다란 파급력을 지녔던 것은 당나라로 『겐지 이야기』에서도 여러 번 언급되며 이상향의 하나로 표현되어 있다. 그런데 당나라는 발해와 함께 언급되는 경우가 많다. 예를 들면 연회가 얼마나 화려했는지를 표현하는 데 "당나라와 발해의 갖가지 춤을 선보였다"라거나, 호화로운 실내 장식에 대해서 '광채가 나는 듯한 발해와 당나라의 비단'을 사용했다는 표현을 쓰는 것이다. 이것은 『겐지 이야기』에서 발해와 당나라는 일종의 이상향으로 그곳에서 유입된 것들은 누구나가 손쉽게 소유할 수 없는 진귀한 것이었음을 뜻한다. 따라서 어떠한 등장인물이 발해와 당나라의 물품을 소유하고 있다는 것은 바로 그 등장인물이 상당한 권위를 지니고 있다는 것을 의미한다.

그러나 중요한 것은 고대 동아시아 문화의 종주국이라고까지 일컬어지는 당나라와 나란히 언급되면서, 작품의 주제와 깊이 관련 있는 결정적인 부분에서는 발해가 등장하고 있다는 점이다. 이는 역시 『겐지 이야기』에서 발해가 선진문화의 상징으로 자리매김되어 있고, 그러한 문학작품이 성립되게 된 배경에는 역사적으로 발해의 문화에 대한 절대적인 신뢰감이 형성되어 있었기 때문이라고 할 수 있다.

참고문헌

陣野英則, 「渤海使と平安朝文学-「うつほ物語」の「高麗人」と「おほやけ」-」(『国文学解釈と鑑賞』76-8, 2011)

金孝淑, 『源氏物語の言葉と異国』早稲田大学学術叢書 8, 早稲田大学出版部, 2010.

田中隆昭, 『交流する平安朝文学』, 勉誠出版, 2004.

金鍾德, 「高麗人の予言と作意-観相説話との関わりから-」(『ことばが拓く古代文学史』, 笠間書院, 1999)

河添房江, 『源氏物語時空論』, 東京大学出版会, 2005.

河添房江, 『源氏物語の喩と王権』, 有精堂, 1992.

蔵中しのぶ, 「"日の皇子"から"光の君"へ-漢文天子伝の仏教的変貌と『源氏物語』-」(『美夫君志』42, 美夫君志会, 1991.3)

키워드로 읽는
겐지 이야기

산문 속의 서정, 와카

■신 선 향

1. 『겐지 이야기』에는 어떤 와카가 있을까?

『겐지 이야기』는 작품의 줄거리를 와카和歌에 의해 전개해나가는 고유의 방법을 취한다. 예를 들어 제1부와 제2부는 밀접하게 관련되어 주인공 히카루겐지光源氏의 영화와 사랑, 이별 등을 그리고 있는데, 각 권 하나하나가 단편적인 체제를 지니는 구조 속에서 특히 히카루겐지의 사랑의 대상이 되는 여주인공들의 와카 대부분은 그 인물이 체험했던 삶을 부각시킨다.

총 795수를 헤아리는 『겐지 이야기』의 와카는 표현 형식에 따라서 '독영가獨詠歌', '증답가贈答歌', '창화가唱和歌' 등으로 분류할 수 있다. 한 명의 등장인물이 독백처럼 읊은 와카를 독영가, 두 명의 등장인물이 주고받은 와카를 증답가, 세 명 이상의 등장인물이 함께 나누는 와카들을 창화가라고 풀이할 수 있다. 작자의 면밀한 구상에 따라 등장인물 상호 관계를 성립시키는 증답가는 구두에 의한 대화 형식이나 기술에 의한 편지글 형식을 취하여 읊는 사람 자신의 의지나 감성을 상대방에게 전하고 호소한다. 독영가 역시 소리내어 읊는다는 기본적인 방식 외에 '심심풀이로 써보거나' '습자手習' 등의 형식으로 기술되기도 하는 특징을 보인다.

2. 산문 속의 운문, 와카

등장인물들이 여러 형식에 의해 읊은 작중 와카는 고조된 정감을 표현하는 세련되고 예절 바른 회화로 다양한 상황 속에 삽입되어 다양한 내용을 보인다. 단 대인관계에 필요한 인사치레 기능뿐만 아니라 읊는 이의 진정을 전달하거나 내면의 고백까지 담고 있다. 『겐지 이야기』의 등장인물들은 한결같이 복잡한 내적 갈등 등이 얽힌 고유한 인간관계 속에서 위기 의식과 같은 것을 지니고 있었다. 이러한 대인관계에서 발생하는 개인의 심정적 동요가 바로 이야기를 전개해가는 주요 모티프가 되어, 사건의 서술 이면에 내재하는 필연성을 추구하고 인물 내면의 심리를 묘사한다. 이 경우 타인과 증답하고 창화하는 와카는 등장인물들이 생활 가운데 경험하는 상념이나 사고, 감정을 표현하고 상대방과 대화하는 교류 수단이 되어 그 자신의 심정을 효과적으로 전달한다. 요컨대 와카는 산문의 서술과 더불어 읊는 이의 성격이나 독특한 인물상 등을 표현하거나 담화 대용으로서 기능하고, 스토리 전개과정에 삽입되어 다시 이야기가 변화한 이후의 상황을 유효하게 이끌어가는 역할을 맡는다. 또한 와카 속의 가어歌語, 즉 '우타코토바歌詞' 등의 언어적 도움 장치를 통해 작품의 구상을 표현하고 작품의 주제와 불가분의 관계를 유지하는 것이다.

제1부에서 여주인공들은 와카를 매개로 해서 히카루겐지와 교류하

고 있다. 와카를 서로 주고받는 행위가 상대방의 인격을 평가하고 애정을 싹트게 해서 발전시키며, 와카의 규정에 따라서 자기 심정을 표출하는 행위가 애정을 지속시키는 유일한 수단이 되기도 한다. 무라사키노우에紫の上를 비롯한 여러 여주인공들이 히카루겐지와 만나게 되는 과정을 전하는 대목 등에서도 위와 같은 방법이 유효하게 사용된다. 이에 비해 등장인물의 심적 동요를 준엄하게 좇는 제2부 이후에서는 산문의 분석적 기능에 의해 다양한 인간관계가 서술되고, 개개의 등장인물들의 존재 양식이 부각되는 경향이 두드러진다. 따라서 제2부에서는 증답가가 비교적 적고 독영가가 많아지지만, 와카는 여전히 그 통달성에 의해 고립되어가는 인간관계를 유지시키는 역할을 담당한다. 그 가운데 특히 여주인공들이 먼저 와카를 읊어보내는 경우가 많은 점은 주목할 만하다. 이는 그들이 현재 생활하고 있는 히카루겐지 중심의 로쿠조인六條院 세계로부터 정신적으로 독립하여 홀로서기를 원한다는 사실을 의미하는 것으로 볼 수 있다.

『겐지 이야기』에서는 후지쓰보藤壺, 로쿠조미야스도코로六條御息所, 무라사키노우에와 같은 주요 여주인공들의 내면세계를 표현한 와카에서 볼 수 있듯이, 전통적인 유형에 구애받지 않고 산문에 가까운 듯한 표현 내용을 지닌 와카가 작품 전개 상황이나 장면에 상응하여 읊어진다. 그렇기 때문에 작중 와카가 오히려 설명적이고 산만한 것이 되어서 운문으로서의 서정성이나 주제 등이 통일되어 있지 않은 경우도 적지 않다. 이러한 점은 특히 히카루겐지와의 관계가 부정적인 상황으로 진전될 때 여주인공들이 읊은 와카 속에 공통적으로 드러난다. 그들은 히카루겐지와 대립되는 지점에서 그의 심정과 사고에 조화하는 듯이 보이지만, 실은 자기 존재에 대해 심각하게 고민하고 번뇌를 계속하고 있다. 작품 속의 와카는 그들이 유일하게 내면의 짐을 내려놓을 수 있는 언어로서의 의의를 지니는 것이다. 이리하여 와카는 인간을 둘러싼 외부세계를 묘사하는 산문에 비해 인간의 내면세계와 인간과 자연의 교류를 표현하면서 산문 서술과 긴장관계를 유지한다. 작자가 등장인물의 내면 깊은 곳에서 울려나오는 절규나 숨겨진 진실을 산문뿐만 아니라 와카의 기능에 의해 전달할 수 있는 것도 그 때문이다.

등장인물을 둘러싼 외부세계를 충실히 전하는 것이 산문의 대화나 지문, 소시지草子地 등인 데 비해, 인물이 읊은 와카는 그들의 내면세계를 가장 유효하게 형상화하는 것이다. 여기에서 산문으로는 모두 서술해낼 수 없는 서정의 세계를 와카의 상징성에 의탁해서 작자가 끊임없이 관심을 쏟았던 '여자로서 산다는 것'이라는 또 하나의 주제를 인물 조형에 도입하는『겐지 이야기』의 중요한 방법도 아울러 확인할 수 있다. 이 글에서는 세 명의 여주인공들의 이야기를 중심으로 와카가 어떻게 작중 인물 조형과 관련되고 작품의 주제를 전달하고 있는지 살펴보기로 한다.

3. 금기의 사랑과 모노가타리, 후지쓰보의 와카

히카루겐지와 후지쓰보가 밀회하는 장면은 항상 와카를 중심으로 설정되어 있다는 특징을 보인다.『겐지 이야기』의 작자는 후지쓰보라는 인물을 묘사할 때 지문이나 회화 등의 산문으로도 그 내면세계를 표현하지만, 후지쓰보가 와카를 읊는 장면에서는 더 미세한 내적 동요를 표출시킨다.

후지쓰보의 와카는 모두 12수인데, 히카루겐지에 대한 답가 8수, 후지쓰보 자신이 먼저 보낸 와카 2수, 독영가 1수, 나머지 1수는 그녀가「에아와세繪合」권의 그림 겨루기 장면에서『이세 이야기伊勢物語』를 지지할 때 읊은 와카로 나뉜다.「와카무라사키若紫」권에서「에아와세」권에 걸친 12수의 와카들은 후지쓰보라는 인물을 조형하는 데 꼭 필요하며,

금지된 사랑을 넘어서 고귀한 숙세宿世와 삶을 실현하는 이야기의 주제를 작품 전면에 드러내준다. 후지쓰보가 불의의 사랑 속에서 겪어야 했던 고뇌를 표출한 와카와 그에 대응하는 히카루겐지의 와카는 상호 유기적 관계를 갖는다. 즉 사랑의 과정에서 읊은 10수의 증답가에는 기구한 운명을 공유하는 자들이 영혼 깊은 곳에서 함께 나누는 감동이 교차하기도 한다. 또한 가혹한 운명을 견디며 고뇌한 끝에 변해가는 후지쓰보의 변모는 와카로 표출되는데, 이것들은 와카의 회화성을 훨씬 뛰어넘은 언어로서 산문으로는 미처 전달할 수 없는 작품세계를 서정적으로 형성한다.

후지쓰보와 히카루겐지가 만나는 과정은 거의 6년의 세월을 사이에 두고 일어난 두 사건을 설정하여 서술되고 있다. 「기리쓰보桐壺」권을 읽어보면 어린 히카루겐지는 부친 기리쓰보 천황桐壺天皇의 총애를 받으면서 어려서부터 자유로이 후궁에 출입할 수 있었다. 그런 가운데 계모인 후지쓰보의 처소에 접근하게 되고, 그녀의 모습이 죽은 어머니와 닮았다는 사실 때문에 막연한 동경을 품게 된다. 그리고 동경은 어느새 이성에 대한 사랑으로 바뀌기 시작한다. 청년이 된 뒤에도 수많은 여성들과 만나면서 후지쓰보를 대신할 수 있는 존재를 구하려 애쓰면서, 히카루겐지의 전 생애의 여성관계는 후지쓰보에 대한 사모의 정과 분리시켜 생각할 수 없게 된다. 제2부 이후에 히카루겐지의 영화를 붕괴시킨 장본인인 온나산노미야女三の宮를 정처로 맞아들인 것도 무엇보다 그녀가 후지쓰보의 질녀라는 이유 때문이었다.

「와카무라사키」권에는 히카루겐지가 18세 되던 해에 후지쓰보의 사저인 산조노미야三條宮에서 밀회하는 장면이 있다. 몸이 불편하여 천황의 윤허를 받고 잠시 산조노미야에 나가 있는 후지쓰보를 쫓아가서 무리하게 사랑을 성사시켰을 때 두 사람이 읊은 노래에는 이후의 자기 존재 의식이 상징되어 있다.

오늘은 이처럼 만나뵐 수 있어도 또다시 뵙기 어려울 터, 차라리 이 몸은 꿈속에서 그대로 사라져버리고 싶습니다

　이 일이 세상 사람 입에 올라 후대에까지 전해지지 않을는지요? 그 누구보다도 괴로운 내 신세를 다시 깨어나지 않을 꿈속의 일이라고 생각해도

　위의 증답가에서는 '꿈'이라는 표현을 매개로 하여 히카루겐지와 후지쓰보가 각각 다른 감동과 회한을 표출하며, 그 내재하는 의미는 산문 서술과 호응하고 있다. 꿈결 같은 밀회가 실현되었다는 기쁨도 잠시, 깊은 죄의식이 밀려오면서 히카루겐지는 현실 도피를 원한다. 이에 대해 후지쓰보는 뜻하지 않은 사건에 휘말리게 된 자신의 괴로움이 더 크다고 한탄하며, 히카루겐지의 사랑을 그대로 받아들일 수 없는 무서운 운명을 자각하게 된다. 히카루겐지의 와카 속의 '꿈'이라는 인식을 함께 하면서도 밀회가 알려지는 사실에 대한 고민과 두려움, 그리고 그에 따른 세상의 이목을 의식해 읊는다. 기리쓰보 천황의 총애를 받아왔던 후지쓰보로서는 의붓아들인 히카루겐지와 불의의 관계를 맺었다는 죄의식에서 벗어날 길이 없게 되는 것이다.

　밀통죄를 자각하고 죄의식에서 고뇌와 공포에 떨며 살았던 히카루겐지와 후지쓰보에게 와카만이 소통할 수 있는 유일한 길이었다. 직접적인 의사 소통은 증답가에 의해 가능했고, 히카루겐지에 대한 심정 표현은 산문 서술보다 와카에 더 절실하게 표출되어 있다. 여기에서 천황의 여인을 범한다는 금기의 사랑이라는 설정과, 증답가에 공통으로 등장하는 '꿈' 등의 가어를 고리로 해서 두 사람은 운명적인 사랑의 고뇌를 함께 짊어지지 않으면 안 되는 인물로 연결된다.

　그런데 후지쓰보가 자신의 처지를 빗댄 '괴로운 내 신세'라는 가어는 기구한 운명 자체에 대한 깊은 고뇌를 대변하는 동시에 밀회의 비밀이 외부에 누설되고 그 여파를 염려하는 심상 표현이라고 할 수 있다.

이처럼 자신의 내면세계와 외부세계를 동시에 의식하는 이중성은 이후의 후지쓰보 이야기 전체를 지배하게 되고, 다시 로쿠조미야스도코로·무라사키노우에·아카시노키미明石の君 등의 다른 여주인공의 이야기에서도 공통적으로 드러나는 점에 주목할 만하다.

「사카키賢木」권에서는 기리쓰보 천황이 별세하고 후지쓰보는 산조노미야로 물러난다. 히카루겐지는 또다시 후지쓰보를 찾아가 만나주기를 강요하지만 거절당한다. 이 사건은 결국 후지쓰보가 출가하는 계기가 되어 새로운 방향으로 이후의 스토리를 이끌어간다. 후지쓰보는 히카루겐지와의 사이에서 태어난 동궁이 무사히 등극할 수 있도록 출가를 결심하지만, "속세의 모든 일들이 괴로워져서 출가했으나, 언제나 되어야 속세를 깨끗이 잊고 자식으로 인한 미망에서 벗어날 수 있을지요"라는 와카를 통해 아들로 인해 속세에 대한 집착을 완전히 버릴 수 없는 모성애를 애절하게 토로하고 있다. 가혹한 운명에 휘둘리면서 고통과 인내 끝에 변화되어가는 후지쓰보는 때마다의 심경과 상념을 와카로 표출하고, 그 와카들은 각각의 장면에서 산문 가운데에 삽입되어 후지쓰보라는 인물을 시적으로 상징한다. 그리고 그녀가 읊은 한수 한수의 와카들은 회화성을 저 멀리 넘어버린 언어로서, 산문으로는 모두 표현할 수 없는 모노가타리 세계를 서정적으로 완성하는 중요한 방법이 되었다.

4. 열정과 집념의 분출, 로쿠조미야스도코로의 와카

로쿠조미야스도코로는 일상 생활이나 와카 등을 통해 우아한 재질을 발휘하면서도 격정적인 질투로 인해서 생령生靈이나 사령死靈이 되기에 이른다. 이같이 생령이나 사령이라는 모노노케物の怪가 되어 주술적 와카를 읊는 독특한 캐릭터의 로쿠조미야스도코로는 유가오夕顔와 아오이노우에葵の上, 무라사키노우에, 온나산노미야 등에게 빙의하여 혐오의 대상이 되기도 한다. 왜 그녀는 왕조의 우미함을 지닌 최고 신분의 여성이면서도 생령이나 사령이 되는 식의 이중적인 존재로 나타나는 것일까. 그것은 다름 아닌 히카루겐지에 대한 애절한 집착이 초래한 결과였다.

로쿠조미야스도코로는 내면의 갈등과 혼란에 휩싸일 때 자신이 먼저 히카루겐지에게 와카를 읊어 보내는데, 이렇게 와카를 읊는 행위가 다시 상대방에 대한 집착을 증폭시키는 기제가 된다. 이 경우 와카는 그 내재하는 힘에 의해 인간의 불가사의함을 추구하는 작품의 주제를 드러내는 수단으로 작용하며 히카루겐지와 로쿠조미야스도코로의 고유한 관계를 제시해준다. 특히 「아오이葵」권에 등장한 로쿠조미야스도코로의 생령이 읊은 와카는 일상의 사교적 언사에 머무는 히카루겐지의 와카에 대해 극도의 절망감을 나타내고 있다. 또한 그녀의 독영가는 모두 히카루겐지와의 사랑으로 인해 깊이 상처받은 심정을 스스로 위로하듯이, 더 이상 히카루겐지가 관여하지 않는 세계에서 자신만을 향해 영탄하는 것이다.

『겐지 이야기』의 인물들은 와카의 정감적인 언어를 매개로 해서 상대방에게 자기 심정을 전한다. 이러한 와카 증답에서 상호 이해가 가능하기 위해서는 먼저 증가贈歌의 발상이나 표현에 답가가 어떻게 대응하느냐는 점을 파악해야 한다. 「사카키」권에서의 이별 장면은 그 좋은 예다. 여기에서는 히카루겐지와 로쿠조미야스도코로가 서로 일치하는 가어를 구사함으로써 이별을 바로 앞둔 상황에서 이전의 연인들이 일시적으로 교감하는 정경을 서술하고 있다.

로쿠조미야스도코로는 생령 사건 이후, 모든 미련을 떨치고 재궁齋宮이 된 딸과 함께 이세伊勢로 내려갈 것을 결심한다. 히카루겐지는 아오이노우에의 임종 자리에서 모노노케를 목격한 뒤로 로쿠조미야스도코로에 대한 애정이 식어버리지만, 그녀가 교토를 떠난다는 소식을 전해

■ 노노미야에서 로쿠조미야스도코로와 마주
한 히카루겐지(源氏物語畫帖). Harvard
University Art Museums 소장 – 『すぐ
わかる源氏物語の絵画』, 東京美術, 2009.

듣고 가을날의 노노미야野の宮로 찾아간다.

히카루겐지는 자신이 이전의 애정관계를 회복하려 한다는 점을 로쿠조미야스도코로에게 알리기 위해 "이곳이 오랫동안 흠모해온 분이 사는 곳이라고 생각하니, 비쭈기나무 향기가 그립게 느껴져서 찾아와 꺾은 것입니다"라는 노래를 읊어 보낸다. 오랜만의 만남에서 처음에는 조금 어색하기도 했으나, 로쿠조미야스도코로는 히카루겐지가 오랫동안 발길을 끊었던 사실을 비난하며 상대방을 거부함과 동시에 "신성한 담에는 사람을 부르는 표시의 삼목도 없는데, 어찌 잘못 아시고 이 비쭈기나무를 꺾으신 겁니까"라는 도발적인 와카를 읊는다. 이처럼 상대방의 와카에 담긴 발상이나 표현을 수용하면서도 한편으로는 거부하는 포즈로 대응함으로써 오히려 상대방을 끌어당긴다는 전통적인 사랑의 장면을 연출하면서 어느새 차가워졌던 두 사람의 심정도 부드러워지지만, 이별은 피할 수 없는 현실로 다가온다.

새벽녘 헤어짐은 언제나 눈물에 젖었지만, 오늘 아침은 지금껏 알지 못했
던 만큼 구슬픈 가을 하늘이군요
　　가을철의 이별만으로도 가슴 아픈데 게다가 구슬픈 울음소리를 더하지
말아다오, 들녘의 방울벌레야

　　위의 증답가에서 히카루겐지와 로쿠조미야스도코로는 헤어져야 하
는 순간의 복잡한 심정을 교환하고 있다. 두 사람은 사랑의 언어를 구
사하여 와카를 읊음으로써 시시각각 앞으로 나아가는 심미적인 시공
에서 현실 사회의 지위나 입장 따위의 일상적인 것을 내버리고 남녀 간
의 감정을 솔직하게 나누고 있다. 이별의 슬픔이 가을 하늘과 함께 아
직 감미로운 정감으로 표현된 히카루겐지의 와카에 대해, 로쿠조미야
스도코로는 이별의 괴로움을 먼저 토로한다. 먼저 윗구절에서 이별의
비감을 노래한 후 아랫구절에서 아픈 가슴을 자연 풍물에 빗대고 있는
데, 이별의 정감 자체에 흥취를 보이는 히카루겐지와 이별의 괴로움을
직시하는 로쿠조미야스도코로는 그 발상 대상이 어긋나는 각자의 와
카를 통해 이미 멀어져가는 관계를 상징하고 있는 듯하다. 그럼에도 불
구하고 와카가 지니는 고유한 서정성에 의해 솔가지 바람소리나 벌레소
리 등의 경물이 그녀의 서글픈 심상 풍경을 대변하고 비감적인 장면을
연출하고 있다. 이처럼 히카루겐지와 로쿠조미야스도코로의 밀회와 이
별 장면에서 읊어진 와카들은 자연 풍경을 매개로 하여 식어버린 그들
의 관계를 주제적으로 전환시키고 일상성을 떠난 서정의 세계를 형성하
면서, 히카루겐지에게 치닫는 열정으로 인해 생령과 사령 사이를 오가지
않을 수 없었던 그녀의 고뇌를 달래는 일종의 진혼가가 되는 것이다.
　　밀회 이전까지 갈등이나 원망 등으로 번민했던 로쿠조미야스도코로
의 내심은 와카의 증답에 의해 어느 정도 안정을 얻게 되지만, 이후에
도 여전히 히카루겐지에 대한 애집을 떨치지 못하고 마음의 동요를 거

듭한다. 이렇게 현세에서 끝내 위안받지 못한 로쿠조미야스도코로의 영혼은 사후에도 모노노케가 되어 히카루겐지의 주변을 떠돌게 된다. 따라서 그 와카는 기다림을 견디지 못하는 넋이 외부로 출분하는 자의 존재 양식을 상징하고, 와카를 읊지 않을 수 없는 공간적, 심리적 배경과 함께 작품의 주제를 탐색하기 위한 하나의 단서가 된다.

5. 상념과 고뇌를 넘어서서, 무라사키노우에의 와카

히카루겐지의 일생에 걸친 반려자였던 무라사키노우에에게 와카란 타자와의 관계에 있어서 심정적 연대감을 얻을 수 있는 중요한 수단이었다. 그래서 히카루겐지와의 애정이 위기 상황에 처했을 때 먼저 와카를 읊어 보내어 양자의 관계를 확인하려고도 한다. 그러나 제1부에 삽입된 와카는 무라사키노우에에 자신의 심상을 표현한다기보다는 형식적인 증답가가 중심이 되고, 히카루겐지와의 관계가 무너지기 시작하는 제2부의 「와카나 상若菜上」권 이후로 남녀 간의 사랑이나 인간세계의 무상함을 절감하는 것으로 바뀌어간다. 『겐지 이야기』의 작자는 와카 속에 그것을 읊는 인물의 개성이나 성격, 주제 등이 전달될 수 있도록 고안하였다. 예를 들어 무라사키노우에가 등장하는 대목에서 그녀가 읊은 와카에 어린 그녀의 내면적 성장과정을 형상하고 그것을 추적해가는 방법을 취하는 것이다.

무라사키노우에는 히카루겐지가 사모하는 후지쓰보를 대신하는 존재로 처음 모노가타리에 등장한다. 「와카무라사키」권에는 히카루겐지가 학질에 걸려서 치유 기도를 받으러 기타야마北山에 올라갔다가 그곳에서 우연히 어린 소녀 와카무라사키를 발견하게 되는 장면이 보인다. 후지쓰보의 질녀에 해당하는 와카무라사키가 외조모와 사별하게 되자 히카루겐지는 그녀를 무리하게 자택인 니조인二條院으로 데려와서 자신

┃ 히카루겐지가 어린 무라사키노우에의 머리를 잘라주는 장면〈源氏物語圖屛風〉, 出光美術館
藏. ―『豪華 [源氏絵]の世界 源氏物語』, 学習研究社, 1988.

의 이상형으로 양육하고, 드디어 부부의 인연을 맺는다. 이때, 이상적
인 여성으로 양육하기 위한 최초의 교육이 다름 아닌 와카 작법에 관한
것이었다.

후지쓰보를 방불케 하는 어린 무라사키노우에에게 히카루겐지가 무
사시노武藏野를 소재로 한 옛 와카를 인용하여 "아직 잠자리를 함께 하
지는 않았지만, 무척 사랑스럽소. 무사시노의 이슬 맞으며 지쳐버리듯
이 만나기 어려운 지치 빛깔 고운 그대여"라는 와카를 들려준다. 히카
루겐지는 후지쓰보로 인한 안타까움이나 괴로움, 그 '인척ゆかり'이 되
는 어린 무라사키노우에에 대한 관심을 표명하고 삼자 간의 연관성을
은근히 암시하지만, 어린 소녀는 그 의미를 미처 이해하지 못한다. 그
러나 소박하고 올곧게 "지치풀 때문이라고 왜 말씀하시지 않으면 안
되는지 영문을 몰라 걱정됩니다. 제가 어떤 풀과 관계가 있는 것일까

요”라며 만나본 적도 없는 후지쓰보와 자신이 어떠한 연으로 맺어졌는지 알고 싶다고 답한다. 이 와카를 “아주 어리지만, 장차 재주 있게 될 조짐이 보인다”고 평하는 서술에서 알 수 있듯이, 여기에서 작자는 여주인공인 어린 무라사키노우에를 헤이안 시대 귀족들의 일상적인 교양을 가늠하는 와카 기준에 따라 묘사하고 있는 것이다.

「아사가오朝顔」권에 보면, 히카루겐지는 후지쓰보 사후의 비통함을 달래기 위해 작고한 기리쓰보 천황의 질녀로 가모 재원賀茂齋院을 지낸 고귀한 신분의 아사가오朝顔에게 접근하려 한다. 지금까지 많은 여성들과 일으킨 연애 사건 때와는 달리, 이번 사태에 관해 직접 히카루겐지로부터 아무런 해명을 듣지 못한 무라사키노우에는 현재와 미래의 자신의 입장에 관해 근본적으로 깊이 생각해보지 않을 수 없게 된다. 아사가오 측의 완강한 거부로 이 사건이 일단락된 후 어느 눈 내리는 밤에, 히카루겐지가 무라사키노우에에게 자신이 알고 지내온 여성들을 화제로 언급하는 장면에서 다시 한 번 두 사람은 와카를 주고받는다.

먼저 무라사키노우에는 자신을 바위 틈으로 흐르는 물에, 히카루겐지를 달빛에 비유하여 “얼음이 앞을 막아 돌 틈 사이 흐르는 물은 흘러가지 못하건만, 맑은 밤하늘의 무심한 달빛은 서쪽으로 흘러가네”라고 읊고 있다. 앞길이 막힌 듯한 자신의 처지와 달리, 아무렇지 않은 모습의 히카루겐지를 비난하는 듯한 이 와카는 목전의 아름다운 달밤 풍경 자체만 소재로 하는 것이 아니라, 무라사키노우에의 고독한 심경까지 나타내고 있다. 그녀의 감정, 요구, 의지에 무언가 평소와는 다른 긴장감이나 미묘함을 유지함으로써 특별한 표현 효과를 더하고 있다. 그런데 이에 답하여 히카루겐지가 읊은 “여러 가지가 함께 하여 옛날이 그리운 눈이 하염없이 내릴 때에, 정감을 더하는 원앙의 슬픈 울음소리인가”라는 와카 사이에는 공통된 어구가 보이지 않는다. 이같이 살펴본다면, 이 장면의 두 수는 증답가라기보다 독영가가 나란히 병행해서 읊어진 것이라고 말할 수 있다. 즉 각각 다른 쪽을 향해 자신의 입장을 호소하는 두 사람의 심정 토로가 그들의 변해가는 관계를 대변하고 있는 셈이다.

「미오쓰쿠시澪標」권 이후, 히카루겐지가 영화의 정점을 향해가자 이에 따라 무라사키노우에도 자연히 안정된 여주인공으로 자리잡는 듯이 보인다. 그러나 이미 그녀는 상념과 번뇌의 인물로 변모하기 시작하고, 제2부로 들어서면 남녀 간의 애정의 무상함과 인간의 본원적 고독감에 맞서 필사적으로 자제하면서 내면적으로 변화되어간다. 히카루겐지는 온나산노미야를 정부인으로 맞이한 이후 한층 무라사키노우에에게 애착을 보이지만, 그녀 자신은 불신과 우수의 세계에 젖어들게 되는 것이다. 「와카나 상」권에서 「미노리御法」권에 걸쳐 보이는 무라사키노우에의 와카 8수야말로 그러한 고뇌와 체념의 산물이라고 하겠다. 여기에서 무라사키노우에는 증가 5수, 답가 1수, 창화가 2수를 읊고 있는데, 히카루겐지 이외의 인물들과 상대적으로 많은 와카를 주고받고, 그 죽음에 이르기까지 히카루겐지와는 일반적인 형식의 증답가를 주고받지 않는다.

히카루겐지는 무라사키노우에를 지금까지 로쿠조인의 여주인처럼 대우해왔으나, 천황의 부친인 자신의 최고 신분에 걸맞는 정처로 인정하기는 어려워서 결국 스자쿠인朱雀院의 막내딸 온나산노미야를 맞아들인다. 히카루겐지와 온나산노미야의 청천벽력 같은 결혼 앞에서, 무라사키노우에는 고아나 다름없었던 어린 시절에 히카루겐지에게 반강제적으로 이끌려서 아내가 되어 살아온, 뚜렷한 후견인 없는 불안정한 자신의 신세를 뼈아프게 의식한다. 히카루겐지로부터 멀리 떨어진 곳에서 내면 깊숙한 감정과 사유를 영탄하는 무라사키노우에가 소일삼아 읊은 와카에는 상대방의 변심에 대한 절망감 같은 것이 선명하게 드러나 있다.

눈앞에서 변해가는 당신과의 사이였건만, 그것을 길이길이 의지하겠다고 믿어왔다니

사람 목숨이란 끊어질 때 끊어지겠지요. 그러나 무상한 인간 세상과는 다른 우리 사이 인연이라오

무라사키노우에의 와카 가운데에는 소일삼아 읊은 독영가가 그대로 증답가가 되기도 한다. 위에 인용한 증답가도 그 하나인데, 여기에서는 온나산노미야와 결혼한 히카루겐지가 신혼 처소를 향해 나서는 모습을 옆눈으로 흘겨보다가 불쑥 입에서 튀어나온 듯이 소일삼아 와카를 짓고 있다. 히카루겐지는 그 와카를 놓치지 않고 자기들의 인연이 특별한 것이라고 강조하는 와카를 읊고는, 무라사키노우에의 신뢰를 회복하고 어느 정도 그녀의 마음을 풀어주었다고 생각했는지 그대로 발걸음을 재촉해 나가버린다. 양자 사이의 심정적 거리를 보다 선명하게 나타내는 듯한 독영가의 술회성과 회화적 증답가 표현에 의해 모노가타리가 전개되어가는 방법을 확인할 수 있다. 두 사람의 심정적 간격을 메워줄 수 있는 것이 변형된 와카의 증답이었다.

무라사키노우에는 무의식적으로 옛 와카들을 소일삼아 써내려간다. 상대방의 애정이 식은 사실을 가을에 싸리나무 잎 색깔이 변하는 것에 비유하여, 그러한 히카루겐지의 사랑에 의지해 살아온 자신을 한탄하고 깊은 고뇌와 불안감을 "이제는 내게 싫증이 나신 것일까? 어느새 푸른 잎 단풍 지듯이 그분은 싸늘해지고 마셨네"라고 독영가에 담는다. 혼자 감당해야 하는 고독감과 고통을 자각하고 반발심을 표출한 이 와카는 전통적 와카의 표현 발상에 따라 자기 내면을 응시하고 있다. 가을에 푸른 잎이 단풍으로 바뀌어가는 사실과 히카루겐지의 마음이 변해가는 사실을 중복 표현한 무라사키노우에의 와카를 발견하고 히카루겐지는 "가을이 다가와도 여전히 푸른 물새의 날개빛처럼 내 마음은

변함없는데, 그대야말로 여느 때와 다르구려"라고 응수한다. 그러나 무라사키노우에가 와카를 벼루 아래에 감춰버리는 태도에서 심정적 교류를 완강하게 거부하고 있음을 알 수 있다. 불안감, 불신, 절망감 등이 교차하는 내면의 갈등을 절감하고 있는 지금 더 이상 남녀 사이의 애정에 대한 미련은 없고, 대화나 와카에서도 히카루겐지에 대한 원망이 느껴지지 않는다. 이 시점에 이르러 드디어 무라사키노우에는 무상관을 자각하고 히카루겐지에게 전적으로 의지하며 살아온 자신을 돌아보고 양자 사이에 심정적 간격이 생긴 사실을 절감하게 된다. 여기에서 와카의 가어가 각각 고립된 인간관계를 상징하는 최선의 방법이 되었다.

무상한 이승에서의 사랑과 죽음을 애절하게 토로한 위의 와카를 남기고 다음날 새벽에 무라사키노우에는 숨을 거둔다. 그 죽음은 '그야말로 사라져가는 이슬과 같은 느낌'이 든다며, 허망하게 꺼져가는 이슬의 이미지에 비유되고 있다. 이와 같이 마지막까지 아름답고 기품 있게 삶을 마무리짓는 무라사키노우에의 이야기에서 와카의 언어 표현이 산문의 세계를 넘어 독자적인 인물조형과 주제를 유효하게 전달하고 있음을 볼 수 있다.

참고문헌

針本正行, 『平安女流文学の表現』, おうふう, 2001.
森一郎 他, 『源氏物語作中人物論-付・源氏物語作中人物論・主要論文目録』, 勉誠社, 1993.
今井卓爾 他, 『源氏物語講座2 物語を織りなす人々』, 勉誠社, 1991.
鈴木日出男, 『古代和歌史論』, 東京大学出版会, 1990.
小町谷照彦, 『源氏物語の歌ことば』, 東京大学出版会, 1984.
今井源衛, 『紫林照径-源氏物語の新研究』, 角川書店, 1974.

이상을 좇는 남성들

김 정 희

1. 벚꽃의 이중적 이미지

일본인들이 가장 아끼는 꽃이라고 하면 단연 벚꽃을 들 수 있을 것이다. 벚꽃은 과연 언제부터 일본인들의 애착의 대상이 되었을까. 또한 벚꽃이 고대인에게는 어떤 인상을 주었으며 문학작품에는 어떻게 그려지고 있었을까. 이러한 궁금증을 『겐지 이야기』를 통해서 풀어보고자 한다. 먼저 『겐지 이야기』 이전의 벚꽃 이미지에 대해서 개괄해보자.

일본의 고대 문헌에서는 일찍이 벚꽃에 대한 많은 용례를 찾아볼 수 있다. 그중 가장 일반적인 예는 봄의 경물로 벚꽃을 찬양하는 것이다. 그러나 벚꽃에는 그러한 한정된 이미지만 있는 것은 아니다. 『니혼쇼키日本書紀』에는 벚꽃과 관련한 다음과 같은 이야기가 전해진다. 후지와라 경藤原京에 간 인교 천황允恭天皇은 그곳에서 소토시노이라쓰메衣通郎姫라는 여성을 몰래 만난다. 천황은 이 여성을 우물가에 피어 있는 벚꽃에 비유하여 "벚꽃은 참으로 아름답구나. 어차피 당신을 사랑하게 될 거였다면 좀 더 낭신을 일찍 만나고 싶었소"라고 노래 부른다. 이 이야기를 전해들은 황후는 강한 질투심을 느끼게 되는데, 사실 천황이 사랑하게 된 여성은 황후의 동생이었다. 이 이야기 속의 벚꽃은 아름다운 여성을 비유한 최초의 예라고 할 수 있다.

일본의 가장 오래된 가집인 『만요슈萬葉集』에도 활짝 핀 벚꽃은 아름다운 여성이나 소녀의 비유 표현으로 사용되었다. 그러나 이 가집 속의 예는 앞에서 본 『니혼쇼키』와는 다른 양상의 것도 있다는 점에 주목하고 싶다.

옛날에 한 소녀가 살고 있었는데 그 소녀의 이름은 사쿠라코桜児(사쿠라는 벚꽃이라는 의미)였다. 어느 날 이 소녀에게 두 명의 젊은 청년이 사랑을 고백한다. 두 청년은 사쿠라코를 사이에 두고 죽음도 불사한 채 서로가 심한 경쟁을 벌인다. 그 모습을 지켜본 사쿠라코는 "옛날이야기 속에서도 한 여자가 두 남자에게 시집을 간다는 것은 본 적도 들은 적도 없습니다. 지금 두 분은 싸움을 그만둘 것 같지도 않으니 제가 죽어서 이 싸움을 말리겠습니다"라며 울면서 숲으로 들어가 나무에 목을 맨다. 남겨진 두 청년은 너무나 슬픈 나머지 피눈물을 쏟으며 "봄이 되면 머리장식으로 쓰려 했던 벚꽃은 져버리고 말았구나"라는 노래를 부르며 여성의 죽음을 깊이 탄식한다. 주인공 소녀의 이름은 벚꽃에서 따온 것이며, 소녀는 청년의 노래 속에서 벚꽃으로 비유되고 있다. 이 경우의 벚꽃도 아름다운 소녀의 모습을 나타내고 있지만, 그 외에도 벚꽃의 한때 활짝 피어 허무하게 져버리는 속성을 이용하여 아름다운 소녀가 허무하게 죽어간 것을 표현하고 있다. 이처럼 벚꽃은 아름다움과 죽음, 허무함이라는 상반된 이미지를 가지고 있다는 것을 확인해볼 수 있다.

헤이안 시대에 편찬된 가집인 『고킨와카슈古今和歌集』에는 벚꽃과 관련된 와카和歌가 이전보다도 훨씬 많이 등장한다. 특히 이 가집에서는 지는 벚꽃에 대한 다양한 와카를 살펴볼 수 있는데, 다음 세 수에 주목해보자.

> 세상에 벚꽃이라는 것이 없다면 봄을 보내는 사람의 마음은 편안할 텐데
> 벚꽃 색깔로 옷을 물들이자. 이미 져버린 꽃의 유품으로 삼도록
> 봄 안개는 왜 벚꽃을 숨기고 있는 걸까. 지는 동안만이라도 바라보고 싶은데

첫 번째 와카는 아름답기는 하지만 금세 져버리고 마는 벚꽃 때문에 마음이 편치 않다는 심정을 드러내고 있다. 두 번째 와카는 꽃이 져버린 것이 아쉬워 벚꽃 색으로 물들인 옷을 보며 그 꽃을 떠올리겠다는 의미를 지니고 있다. 첫 번째, 두 번째 와카가 이전의 벚꽃의 특징을 계승한 것이라고 한다면, 세 번째 예는 『고킨와카슈』에서 볼 수 있는 특징적인 와카이다. 안개와 벚꽃이 결합되어 있기 때문이다. 작자는 안개에 가려 뚜렷이 보이지 않는 벚꽃을 아쉬워한다. 게다가 이제 곧 져버릴 꽃임을 알기에 그 아쉬움과 집착은 더욱 강하다. 이처럼 벚꽃은 아름다움과 허무함이라는 이중적인 성격 때문에 사람의 마음을 뒤흔들며, 바로 그 때문에 져버린 후에도 집착을 버릴 수 없는 매력적인 꽃으로 그려지고 있는 것이다.

2. 내면과 외모의 이상성

그렇다면 『겐지 이야기』에서는 벚꽃이 어떻게 그려지고 있을까. 이 작품에서도 역시 다양한 장면에서 벚꽃의 예를 확인할 수 있다. 예를 들어 벚꽃은 연회 장면의 배경으로 설정되거나 또는 무라사키노우에紫の上의 애착의 대상이 되기도 하고, 여성들의 소유권을 둘러싼 내기 바둑의

대상이 되기도 한다. 그러나 무엇보다도 눈에 띄는 것은 등장인물을 상징하는 표현으로 벚꽃이 사용되고 있다는 점이다.

이 작품에서도 벚꽃이 여성을 상징하는 경우를 볼 수 있는데, 작품 전체를 통해서 일관되게 벚꽃으로 표현되고 있는 여성은 히카루겐지光源氏의 총애를 받고 있는 무라사키노우에뿐이다. 이 두 사람의 만남은 히카루겐지가 학질에 걸려 찾아간 기타야마北山에서 이루어진다. 그가 들어간 기타야마는 안개 속에서 희미하게 벚꽃이 떠오르는 공간이었다. 그곳에서 엿본 여성이 다름 아닌 소녀시절의 무라사키노우에로, 그녀의 생기 있는 모습을 잊지 못한 히카루겐지는 소녀의 모습을 기타야마에 핀 벚꽃으로 표현하며 자신이 그녀를 거두고 싶다는 내용의 편지를 그녀의 외할머니에게 보낸다. 이렇게 첫 장면에서부터 벚꽃을 배경으로 등장한 무라사키노우에는 히카루겐지에 의해 벚꽃으로 표현될 정도로 히카루겐지의 마음을 매료시킨다. 결국 그녀는 히카루겐지에게 가장 사랑받는 여인이 된다. 무라사키노우에는 스스로가 사계절 중 봄을 가장 좋아하며, 히카루겐지가 조성한 저택인 로쿠조인六條院에서도 봄의 취향을 살린 봄 저택에 기거한다. 뿐만 아니라 봄과 가을 중 어느 계절이 훌륭한지를 겨루는 춘추 우열 경쟁에서는 봄이 가을보다 빼어나다는 점을 강조하여 승리를 거두기도 한다.

그러나 무엇보다도 무라사키노우에의 아름다움을 벚꽃을 통해서 각인시키고 있는 것은 「노와키野分」권의 장면일 것이다. 히카루겐지의 아들 유기리夕霧는 평소 아버지가 무라사키노우에의 모습을 자신에게 철저히 감추고 있다는 사실을 잘 알고 있었고, 따라서 그는 계모에 대한 호기심을 마음속 깊이 품고 있었다. 그러던 어느 날, 태풍으로 인한 거센 바람 때문에 정원이 손상되는 것을 우려한 무라사키노우에는 문 가까이로 나와 정원을 바라보고 있었다. 때마침 안부를 물으려고 방문한 유기리는 여닫이문을 통해서 처음으로 그녀의 모습을 엿보게 된다. 그

순간 유기리는 8월인데도 봄의 새벽녘에 안개 낀 사이로 흐드러지게 피어 있는 벚꽃을 떠올린다. 순식간에 마음을 빼앗긴 유기리는 그제서야 아버지가 자신에게 그녀의 모습을 철저히 감추고 있었던 이유를 깨닫게 된다.

이처럼 무라사키노우에의 아름다움은 히카루겐지와 그의 아들 유기리의 눈을 통해서 증명되고 있다. 그러나 이처럼 가까이에 있는 남성들뿐만 아니라 세상 사람들도 그녀를 벚꽃에 비유한다. 온나산노미야女三の宮와 히카루겐지의 혼인 후, 홀로 괴로워하던 무라사키노우에는 로쿠조미야스도코로六條御息所의 원령에 의해 일시적으로 가사 상태에 빠진다. 이 소문이 퍼지게 되자 그녀가 죽었다고 생각한 세상 사람들은 내면과 외면의 아름다움을 모두 갖춘 무라사키노우에가 아름다운 동시에 허무하게 져버리는 벚꽃처럼 단명해버렸다며 안타까워한다.

이 작품 속에서 이처럼 시종일관 벚꽃으로 표현되고 있는 유일한 여성인 무라사키노우에는 특히 안개와 더불어 표현되어 남성의 마음을 흔드는 이상적인 여성으로 그려져 있다. 그녀의 아름다움은 외면적인 것뿐만 아니라 내면까지도 포함하고 있다는 점에서 특징적이다. 이처럼 무라사키노우에는 여러 인물들의 다양한 시각을 통해서 공통적으로 벚꽃으로 표현됨으로써 가장 이상적인 여성이라는 위치를 획득하고 있음을 알 수 있다.

3. 광기의 사랑과 죽음에 대한 예감

이 작품 속에는 무라사키노우에 이외의 여성들도 벚꽃으로 비유된 예를 찾아볼 수 있다. 이에 해당되는 여성들은 온나산노미야, 오치바노미야落葉の宮, 다마카즈라玉鬘의 딸 오이기미大君, 우지宇治의 오이기미大君와 나카노키미中の君이다. 이중 온나산노미야와 오치바노미야, 다마카

즈라의 딸 오이기미에 대해서 다루어보도록 하겠다.

이들 여성에게 사용된 벚꽃 표현은 무라사키노우에의 경우처럼 주위 사람들이 공통적으로 인식하는 것이 아니라 특정 남성들의 눈을 통해서 그녀들이 벚꽃으로 그려지고 있다는 점이 특징이다. 먼저 이 여성들 중 온나산노미야의 예와 다마카즈라의 딸 오이기미의 이야기에 대해서 살펴보고자 한다.

온나산노미야의 앞날을 걱정하던 아버지 스자쿠인朱雀院은 출가를 앞두고 미숙한 자신의 딸을 돌봐줄 수 있는 후견인을 찾고 있었다. 든든한 후견인과의 결혼을 통해 딸의 안녕을 꾀하고자 한 것이다. 결국 그 주인공이 된 인물은 히카루겐지로, 그는 무라사키노우에라는 이상적인 부인을 두고도 천황의 딸인 온나산노미야와 혼인을 한다. 이로 인해 무라사키노우에의 고뇌는 심화되어간다. 그러나 정작 온나산노미야와 결혼한 히카루겐지는 그녀의 유치함과 미숙함을 깨닫고 오히려 무라사키노우에에 대한 각별한 애정을 보인다.

이러한 스자쿠인의 사위 찾기에 적극적인 의사를 보인 귀공자 중에 가시와기柏木라는 청년이 있었다. 그는 좌대신左大臣의 자제이자 히카루겐지도 자질을 인정하는 최고의 신랑감이었다. 그러나 결국 온나산노미야와 혼인하지 못한 가시와기는 그녀에 대한 마음을 단념하지 못한 채 남몰래 사랑하고 있었다. 그러던 어느 날 가시와기의 마음을 하늘이 알아주기라도 하는 듯한 사건이 일어난다. 그것은 로쿠조인에서 귀족 청년들이 공차기 놀이를 할 때 우연히 온나산노미야의 모습을 엿보게 된 일이었다.

늦은 봄 맑게 갠 어느 날, 로쿠조인에 모인 청년들은 공차기 놀이에 열중하고 있었다. 저녁놀을 받으며 벚꽃나무 그늘에서 공을 차고 있는 청년들의 모습은 한 폭의 그림처럼 아름다웠다. 또한 그 벚꽃나무는 짙은 안개 속에 휩싸여 환상적인 분위기를 연출하고 있었다. 공차기에 열

중한 청년들 위로 벚꽃이 눈송이처럼 흩날리는 모습을 올려다보며 계단 쪽에 앉은 유기리를 따라 가시와기도 그의 곁에 앉는다. 그때 작은 고양이가 큰 고양이를 뒤쫓아 나오면서 목에 매단 줄이 늘어뜨려 놓은 발렴에 걸려 온나산노미야의 거처 내부가 전부 보이게 된다. 때마침 그곳에 서 있던 여성의 모습을 본 가시와기는 그 여성이 바로 자신이 그토록 그리던 온나산노미야라는 사실을 직감한다. 그녀의 모습을 본 가시와기는 동요를 감추지 못하고, 옆에서 이를 지켜보던 유기리는 그가 온나산노미야의 모습을 본 것을 확신하며 친구의 반응에 불안감을 느낀다.

　이후 그녀에 대한 연정에 멍하니 벚꽃만을 주시하는 가시와기를 바라보며 유기리는 온나산노미야의 경솔함이 무라사키노우에와 대조적이라고 생각하고, 황녀라는 높은 신분에도 불구하고 아버지 히카루겐지가 온나산노미야를 그다지 소중하게 여기지 않는 이유를 이해하게 된다. 그러나 히카루겐지의 모습을 보고 있을 때조차도 가시와기는 온나산노미야에 대한 사모의 마음 때문에, 그처럼 멋진 남성과 함께 있는 여성이 자신을 바라봐줄 것인가에만 신경을 쓴다. 그리고는 유기리에게 히카루겐지가 온나산노미야보다 무라사키노우에를 귀하게 여기는 것에 대해 불만을 토로한다. 유기리는 이를 부정하지만, 가시와기는 "꽃에서 꽃으로 옮겨 다니는 휘파람새는 어째서 벚꽃을 특별하게 생각하지 않을까요"라는 와카를 읊는 것으로 자신의 마음을 표현한다. 이 와카에서 벚꽃은 온나산노미야를, 휘파람새는 히카루겐지를 뜻한다. 가시와기는 히카루겐지가 부인들 중에서도 황녀인 온나산노미야를 소홀히 여기는 이유를 이해하지 못하고 있는 것이다.

여기에서 주목하고 싶은 것은 온나산노미야에 대한 엇갈리는 평가이다. 그녀의 남편인 히카루겐지와 유기리는 온나산노미야가 스자쿠인의 특별한 사랑을 받는 고귀한 신분의 여성이지만 귀여운 외모와는 달리 유치하고 경솔한 성품이라는 것을 무라사키노우에와의 비교 등을 통해 인정하고 있다. 그러나 온나산노미야를 벚꽃에 비유할 만큼 이상적인 여성으로 착각하고 있는 가시와기는 그녀의 내실을 제대로 파악하지 못하고 있다. 그녀가 히카루겐지의 부인이라는 사실은 그의 환상을 부채질하는 데 한몫을 한다. 가시와기는 로쿠조인을 조영하여 영화의 정점에 있는 히카루겐지를 두려워하면서도 그렇기 때문에 더욱 사모의 마음은 불타올라 결국은 온나산노미야와 밀통을 저지르고 만다. 그 후 가시와기는 밀통 사실을 안 히카루겐지를 두려워한 나머지 자멸해간다. 온나산노미야에게 자신의 몸에서 빠져나간 혼이 당신에게 머물고 있는지 마음은 더욱 혼란스럽다며 죽음을 암시하고는 마지막까지 자신을 가엾게 여긴다는 한마디만 해달라고 애원하지만, 끝내 그는 온나산노미야에게 그 한마디 말조차 듣지 못한다.

이렇게 가시와기를 불행으로 이끈 결정적인 계기가 된 것은 바로 공차기 날 안개 낀 풍경 속에서 흩날리는 벚꽃과 함께 온나산노미야를 본 사건이다. 이 장면은 관능적이기까지 하다. 또한 앞서 와카의 예에서도 알 수 있듯이 지는 벚꽃, 그리고 안개 속에 가려진 벚꽃은 그것이 손에 닿지 않는 것이기 때문에 보는 이를 더욱 안타깝게 하고, 따라서 그것을 손에 넣고자 하는 갈망을 더욱 부추긴다. 그런 의미에서 가시와기 이야기에 나타난 벚꽃은 이전 와카의 전통을 계승한 것이라고 할 수 있으며, 아름다운 여성을 벚꽃에 비유하는 것은 『니혼쇼키』와 『만요슈』의 사쿠라코 일화를 바탕으로 하고 있다고 볼 수 있다. 그러나 이 이야기의 독자성으로 지적할 수 있는 것은 그 이상성이 한 남자의 시점에서 취해져 그의 광기어린 사랑을 예고하고 있다는 점이다. 그렇기 때문에 독자들은 가시와기의 모습에서 이 사랑의 결말에 대한 불안감, 즉 파멸의 기운을 느끼게 되는 것이다. 사쿠라코의 일화에서 두 청년 사이에서 고민하던 그녀가 스스로 목숨을 끊은 것이 벚꽃의 아름다움과 죽음, 허무함을 통해서 상징되었다면, 이 작품에서는 벚꽃을 배경으로 한 남녀의 모습에서 이상적인 여성에게 마음을 빼앗긴 남성의 광기와 죽음을 예감할 수 있다.

다음으로 다마카즈라의 딸 오이기미의 예를 살펴보기로 하자. 히게쿠로髭黒와 다마카즈라 사이에서 태어난 딸 오이기미는 여러 남성들로부터 구혼을 받고 있었다. 그러나 남편이 죽고 나서 가세가 기울자 다마카즈라는 딸의 혼처를 정하지 못한 채 고민하고 있었다. 구혼자 중에는 천황과 레이제이인冷泉院, 유기리의 아들인 장인 소장蔵人少将이 포함되어 있었는데, 사실 다마카즈라는 가오루薫를 사위로 삼고 싶어하였다.

3월 어느 날, 오이기미와 동생 나카노키미는 정원에 피어 있는 벚꽃의 소유권을 걸고 내기 바둑을 두고 있었다. 해가 저물자 안이 어두워져 바깥쪽으로 나와서 바둑을 두고 있었는데, 그때 마침 장인 소장이 방문하여 우연히 이 광경을 목격한다. 저녁 어둑할 무렵 안개 사이로

┃ 벚꽃의 소유권을 걸고 내기 바둑을 두고 있는 오이기미와 그 모습을 엿보는 장인 소장
〈源氏物語繪卷〉, 德川美術館藏 -『源氏物語』, 平凡社, 1982.

오이기미의 모습을 본 장인 소장은 앞에서 예로 든 "벚꽃 색깔로 옷
을 물들이자 이미 져버린 꽃의 유품으로 삼도록"이라는『고킨와카슈』
의 와카를 떠올리며, 이 모습을 언제까지나 바라보고 싶다고 간절히
원한다.

이렇게 장인 소장의 마음을 빼앗아버린 오이기미는 그러나 레이제
이인과 결혼하게 된다. 이 소식을 들은 장인 소장은 비탄에 잠겨 멍하
니 벚꽃만을 바라보며 자포자기 상태가 된다. 몸에서 혼이 빠져나간 듯
한 모습으로 자신의 죽음을 언급하는 장인 소장은 가시와기와 마찬가
지로 오이기미가 시집가는 날, 나를 가엾게 여긴다는 말 한마디만 해달
라는 편지를 보낸다. 이후 장인 소장은 좌대신의 딸을 아내로 맞이하지
만 전혀 관심을 보이지 않고 남자아이까지 낳은 오이기미에 대해서 여
전히 홀로 연정을 불태운다.

장인 소장의 경우에도 오이기미를 잊지 못하고 한결같은 사랑을 마
음에 품게 된 계기는 안개 낀 저녁 무렵에 그녀의 모습을 엿본 사건 때
문이었다. 이는 가시와기가 온나산노미야와 밀통까지 이르게 된 계기
와 같으며, 그 때문에 자신의 죽음을 언급하는 것과도 유사하다. 이처

럼 눈에 보이지 않고 이루어질 수 없는 사랑에 매달리는 것은 여성의 이상화와 관련이 깊다고 할 수 있다. 또한 가시와기와 장인 소장 둘 다 사랑의 대상이 되는 여성이 히카루겐지라는 절대자와 상황의 부인이기 때문에 그러한 여성들은 이루어질 수 없는 사랑의 대상이라고 할 수 있다. 즉, 『겐지 이야기』에서 벚꽃 장면은 남성의 여성에 대한 이상화와 이룰 수 없는 사랑, 그리고 그 사랑에 몰입해버린 남성의 파멸을 예감하게 한다.

4. 엇갈리는 관계

앞에서 유기리가 계모인 무라사키노우에에게 연정을 품고 있으며, 친구인 가시와기가 온나산노미야의 용모에 반해 밀통을 저지르고 자멸해간 것을 인식하고 있다는 점을 지적하였다. 이 유기리라는 인물은 매우 성실한 남성이다. 그러나 지나치게 성실한 나머지 오히려 융통성이 없고 답답한 인물로 그려지기도 한다. 어려서 어머니를 여의고 히카루겐지의 부인인 하나치루사토花散里의 손에서 양육된 유기리는 로쿠조인에 기거하는 아버지의 부인들을 보면서 여성의 외모와 내면에 대한 나름대로의 생각을 고집하고 있었다. 예를 들어 자신을 보살펴준 하나치루사토의 경우, 외모가 그다지 아름답다고는 할 수 없지만 히카루겐지는 그녀의 온화한 성격을 높이 평가하였다. 따라서 유기리는 마음이 온화한 여성을 사랑의 대상으로 삼아야 한다는 생각을 가지고 있었는데, 태풍이 부는 날 우연히 엿보게 된 무라사키노우에의 용모에 마음을 빼앗긴 것도 사실이었다. 그러나 무라사키노우에는 세상 사람들로부터 그 성품을 칭송받는 여성이었기에 그의 여성관과 크게 어긋나는 것은 아니었다. 가시와기가 온나산노미야의 모습에 넋이 빠져버린 것을 냉정한 눈으로 관찰하던 그는 가시와기가 죽은 후, 가시와기의 아내인 오치바노미야에게 관심을 가지게 된다. 오치바노미야는 가시와기가 온나산노미야와의 결혼이 이루어지시 않사 이후 사신의 반려사로 선택한 여성이다. 그러나 가시와기의 마음은 온나산노미야에게만 쏠려 있어 오치바노미야는 남편의 관심을 전혀 받지 못하였다.

사실 이 여성은 온나산노미야와는 이복 자매였다. 그러나 온나산노미야와는 달리 아버지 스자쿠인의 사랑을 받지 못하였다. 남편인 가시와기의 와카에 연유하는 오치바(낙엽이라는 의미)라는 이름에서 그녀의 처지를 짐작할 수 있다. 가시와기는 자신의 죽음을 예감하고 유기리에게 홀로 남겨질 오치바노미야를 부탁한다는 유언을 남긴다. 이후 유기리는 친구의 유언을 받들어 오치바노미야의 집을 방문하게 되는데, 그녀의 어머니인 이치조미야스도코로—條御息所가 그를 맞이한다. 서로 친구와 사위를 잃은 슬픔을 달래는 동안 유기리는 오치바노미야를 동정하게 된다.

어느 날 이치조미야스도코로의 저택을 방문한 유기리는 오치바노미야와 마주하면서 고인을 그리워한다. 그 후 자리를 뜨려 하던 그는 정원에 피어 있는 벚꽃을 바라보며 다음과 같은 와카를 읊는다.

　　　그 시절이 돌아오면 벚꽃은 예나 마찬가지로 아름다운 색깔을 뽐내겠지.
　　한쪽 가지가 말라버린 벚꽃조차도

이 와카에서 한쪽 가지가 말라버렸다는 것은 가시와기의 죽음을 상징하고, 벚꽃은 오치바노미야를 상징하고 있다. 때가 되면 벚꽃이 아름답게 필 것이라는 것은 남편의 죽음을 언젠가는 극복할 것을 의미하기도 하지만, 다음 이야기의 전개를 암시하고 있다고도 할 수 있다. 이 와카를 읊은 시점에서 유기리가 오치바노미야에게 애정을 가지고 있었다고 단정하기는 어렵지만, 바로 다음 방문에서 그가 구혼자로 변신해 있기 때문이다. 그리고 그는 오치바노미야의 용모가 그다지 아름답지 않아 가시와기가 그녀를 기피했다고 생각하면서, 그녀의 성품은 몇 번의 방문을 통해서 접해보니 듣던 것과는 달리 훌륭하다는 확신을 가진다. 이것은 용모보다 심성이 중요하다는 유기리의 여성관과 일치하는 것으로, 오치바노미야가 벚꽃으로 표현된 것은 그녀가 유기리의 이상적인 여성으로 평가될 것을 예고하는 것이라고 할 수 있다.

유기리의 성실성은 이후 여러 가지 문제를 일으킨다. 실제로 둘 사이에 남녀관계는 성립되지 않았으나 오치바노미야와 하룻밤을 보내고 돌아가는 그의 모습을 스님이 우연히 목격하게 된다. 그리고 스님은 이 사실을 이치조미야스도코로에게 알린다. 사실의 진위 여부를 떠나 상을 당한 황녀가 남자와 하룻밤을 보냈다는 사실이 세상에 알려지는 것은 오치바노미야에게 큰 상처가 되는 일이었다. 게다가 이후에 유기리가 바로 그녀를 찾아오지 않자, 어머니는 그에게 내 딸을 어떻게 할 것인지 재촉하는 편지를 보낸다. 이 편지를 받은 유기리는 그 심정을 헤아리지 못하고 오늘이 길일이 아니기 때문에 방문할 수 없다고 생각한 후, 둘이 같이 밤을 보내긴 했지만 실제로 아무 일도 없었는데 대체 무슨 말씀을 하시는 거냐는 무신경한 내용의 편지를 보낸다. 오치바노미야에 대한 유기리의 애정이 식은 것은 결코 아니었지만, 황녀로서의 체면을 전혀 고려하지 않은 그의 융통성이 결여된 성격은 결국 이치조미야스도코로의 죽음이라는 불행한 결과를 초래하고 만다.

딸에 대한 걱정으로 병에 걸린 이치조미야스도코로는 죽음을 맞이하고, 홀로 남겨진 오치바노미야는 유기리와 결혼하게 된다. 결과적으로 볼 때 적당한 후견인이 없는 오치바노미야가 유기리와 결혼하게 된 것은 경제적인 안정과 황녀로서의 품위를 지킬 수 있는 것이었지만, 유일한 버팀목인 어머니를 잃는 큰 대가를 치러야만 하였다. 또한 이 두 사람의 결혼과정에서 드러난 것은 오치바노미야가 유기리가 생각했던 것만큼 성숙하지 못한 여성이라는 점이다. 유기리와의 관계에서 어린 아이 같이 제대로 대처하지 못하는 오치바노미야를 어머니는 가슴 아파하면서도 가엾게 여기며 죽어간다. 이처럼 여성의 성품을 중시하는 유기리의 여성관은 외모에 반해서 파멸의 길을 걸은 친구 가시와기를 지켜본 결과 더욱 확고해진 것으로 볼 수 있다. 그러나 아이러니하게도 정작 여성의 인성을 중시하던 유기리조차도 역시 이상적으로 생각하고 있었던 여성의 품성을 오인하고 있었다는 점을 알 수 있다. 이전에 히카루겐지가 온나산노미야의 믿음직스럽지 못한 점을 들어 그녀를 '푸른 버드나무'에 비유한 데 반해 그런 그녀를 가시와기는 '벚꽃'으로, 그리고 가시와기가 '낙엽'에 비유한 오치바노미야를 유기리는 '벚꽃'에 비유하고 있는 데서, 여성에 대한 오해와 그로 인해 엇갈리는 인간관계를 확인해볼 수 있다.

5. 상실과 고독

무라사키노우에가 임종을 맞은 뒤 홀로 남겨진 히카루겐지는 봄이 되어 신년 인사를 하러 찾아온 사람들과 만나려 하지 않는다. 이후 1년 간의 은둔 상태가 계속되는데, 그는 그동안 생전의 아내를 떠올리며 자신을 반성하고 일생을 회고한다.

무라사키노우에가 남긴 저택인 니조인二條院에도 봄이 찾아와 그녀가 심어놓았던 꽃들이 피기 시작한다. 무라사키노우에가 아끼던 손자 니오노미야匂宮는 할머니가 남겨놓은 매화와 벚꽃을 소중히 여기는데, 특히 벚꽃을 자신의 꽃으로 여기며 이 꽃이 져버리지는 않을까 노심초사한다. 이렇게 벚꽃을 애지중지하는 손자의 모습을 지켜보면서 히카루겐지는 무라사키노우에를 그리워한다. 평생 함께한 가장 사랑하는 여성을 잃고 홀로 남겨진 히카루겐지는 고독을 느끼며 자신이 늙어버렸다는 것을 자각하고 여생이 얼마 남지 않았음을 예감한다. 히카루겐지는 자신의 일생이 무라사키노우에라는 이상적인 여성에 의해 지탱되었다는 것을 지는 벚꽃처럼 사라진 그녀의 사후에 더욱 실감하고 있는 것이다. 벚꽃을 통해 그녀의 모습을 회상하면서.

참고문헌

김정희, 「「帝の御妻をも過つたぐひ」という観念を照らし出すもの─柏木物語を中心に─」(『일본학연구』27, 단국대학교 일본연구소, 2009)

高田祐彦 校注, 『古今和歌集』, 角川ソフィア文庫, 2009.

金静熙, 「夕霧と落葉の宮の結婚」(『国語と国文学』83-4, 東京大学国語国文学会, 2006.4)

原岡文子, 『源氏物語の人物と表現』, 翰林書房, 2003.

中西進 校注, 『万葉集』①-④, 講談社文庫, 2002.

河添房江, 『源氏物語表現史』, 翰林書房, 1998.

小島憲之, 直木孝次郎 他 校注, 『日本書紀』②(新編日本古典文学全集, 小学館, 1996)

키워드로 읽는
겐지 이야기

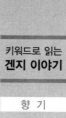
향기가 들려주는 이야기

김 병 숙

1. 헤이안 귀족의 생활과 향

우리의 일상 생활은 후각을 자극하는 수많은 향기에 노출되어 있다. 시대가 바뀌고 생활 양식이 변함에 따라 우리를 둘러싼 향기도 변화해 왔다. 그렇다면 헤이안 시대의 향기는 어떠한 것이었을까.

세이쇼나곤清少納言이 쓴 수필 『마쿠라노소시枕草子』에 5월 산길을 가는 즐거움에 관해 쓴 대목이 있다. 그중 우차 바퀴에 짓이겨진 쑥이 바퀴에 묻어 바퀴가 돌아 위로 올라올 때 풍기는 쑥 향기가 무척이나 정취를 자아낸다는 구절이 있다. 계절을 향기로 받아들이고 즐기는 것은 예나 지금이나 변하지 않은 듯하다.

헤이안 귀족들은 자연의 향기만이 아니라 향료를 조합하여 즐기기도 하였다. 인도에서 당과 신라를 거쳐 일본으로 전래된 이국적인 향료 문화는 헤이안 시대가 되면 귀족 사회를 배경으로 여러 가지 향을 조합하여 새로운 향을 만들어내고 이를 즐기는 고도의 섬세한 문화로 발전한다. 귀족들은 자연의 향기에 민감하였을 뿐 아니라 저택 내에서도 향목을 태우며 집 안에 좋은 향내가 감돌게 하였다. 그 배경에 관해 교라쿠 마호코京樂真帆子는 마치 프랑스의 파리에서 향수가 발전한 배경에 도시의 악취가 있었듯이 오늘날 교토인 헤이안 경平安京에 감도는 악취에서 벗어나고자 하는 것에서 비롯되었다고 설명하고 있다. 즉 헤이안 경이라는 공간을 후각적으로 분별하면 악취가 풍기는 거리와 향기가 감도는 귀족의 저택으로 구별할 수 있다는 것이다.

또한 정토교의 영향으로 헤이안 귀족들은 더욱더 향기를 추구하지 않을 수 없었다. 극락정토는 '천만 가지 온아한 덕의 향기로 가득 찬 공간流布萬種溫雅德香'이라는 인식은 이상적인 공간을 현실에서 구현하고자 한 귀족들로 하여금 현실세계의 악취를 멀리하고 제거하도록 하였다. 이러한 귀족들의 인식은 『겐지 이야기』에서 주인공 히카루겐지光源氏의 저택인 로쿠조인六條院을 '매화 향기가 늘어뜨린 발 안에서 피운 향과 섞여 바람에 실려 흩날리니 살아 있는 부처의 나라라고 생각될 정도'라고 묘사하고 있는 데서도 알 수 있다.

이와 더불어 헤이안 귀족들이 향기를 추구한 배경에는 '어두움'도 작용하였다. 빛이 부족한 실내에서 시각적인 감각을 보완하고자 후각은 더욱 예민해졌고, '향기'는 생활의 중요한 신호로 작용하였다. 헤이안 귀족세계는 철저한 미디어 사회였다. 의복이나 주거, 심지어 옷이 스치는 소리와 향, 연주하는 악기에 이르기까지 오감으로 받아들이는 것들이 그 사람이 어느 계층에 속한 사람인지를 다른 사람에게 알려주는 미디어로 작용하였다. 즉 향기는 공간에 감도는 현상이나 개인적 감각의 차원을 넘어서는 문화적인 기호이기도 하였다.

『겐지 이야기』의 작자인 무라사키시키부紫式部는 향에 대한 세련된 감각을 지니고 있었다고 평가된다. 또한 당대의 독자들은 작품에 묘사된 향을 일상적인 감각으로 받아들이며 즐겼을 것이다. 『겐지 이야기』에는 초목을 비롯한 자연의 향기뿐만 아니라 다채로운 향에서 피어나는 향기, 각각의 향기가 조화를 이루는 장면들이 다수 등장한다. 나아가 속편에서는 신체에서 향기를 발산하는 가오루薫라는, 향기와 관련된 이름을 갖는 귀공자가 등장하여 작품을 이끌어나간다.

이 글에서는 '향기'를 매개로 하여 헤이안 귀족의 미의식이 『겐지 이야기』에 어떻게 형상화되어 있는지 살펴보고, 가오루 이야기를 통해 향기가 인물 조형에 이용될 경우 어떠한 문학적 성과를 보이는지를 검토해보고자 한다.

2. 권력과 문화의 상징체

일본에 향이 처음 전래된 것은 스이코 천황推古天皇(592~628) 때로, 불단에서 피우기 위한 것으로 이용되었다. 그러나 중국과 한반도를 통해 들여온 향목과 향의 제조 기법을 익힌 귀족들은 차츰 자신의 저택에서도 향을 피우게 되었고, 헤이안 시대의 향은 유희적 성격을 강하게 갖게 되었다. 『겐지 이야기』의 「우메가에梅枝」권은 이러한 헤이안 귀족의 생활을 잘 보여준다.

아끼는 딸 아카시노히메기미明石の姬君를 입궁시키기 위한 준비로 히카루겐지는 향료를 조합하여 새로운 향을 만들고자 당시 교역의 중심지였던 대재부大宰府의 관리로부터 새로 들여온 향료를 헌상받는다. 그러나 이를 살펴본 히카루겐지는 새것이 옛것보다 떨어진다고 여기고, 니조인二條院의 창고에 보관해두었던 옛 향목을 로쿠조인으로 가져온다. 그리고 로쿠조인의 여성들과 아사가오朝顔에게 향료 두 종류씩을 조합하여 새로운 향을 만들도록 요청한다.

니조인에 보관되어 있던 향료는 30여 년 전 히카루겐지가 일곱 살이 되던 해에 그의 관상을 보고 앞날을 예언해준 발해의 관상가가 바친 것이었나. 한 세대가 흘렀음에노 그 가치는 뇌색되지 않았다. 히카루겐지는 로쿠조인을 최고의 문화적 공간으로 만들고자 하였다. 옛것과 새것이 상징하는 '유서 있는 아름다움'과 '현대풍의 아름다움'이 서로 대치하면서도 조화를 이루는 세계, 최상의 아름다움을 추구하는 자세가 향을 통해 구현되고 있다.

　헤이안 시대의 향료는 고가의 수입품이었다. 외국에서 들여오는 향목 등의 귀중한 원료는 귀족이라고 할지라도 쉽게 손에 넣을 수 없는 것이었다. 『미도칸파쿠키御堂關白記』의 기사에 따르면 이치조 천황一條天皇(986~1011)을 추도하는 법화팔강회法華八講會에 쇼시 중궁彰子中宮이 바친 물품 중에 금, 다목과 함께 정향과 침향이 있었는데, 이는 천황의 유품이었다고 한다. 향은 귀중품이므로 천황이나 일부의 상층 귀족만이 독점적으로 소유할 수 있었다. 즉 향을 소유하고 이를 나누며 독창적으로 향을 조합하고 즐기는 것은 권력과 재력을 겸비한 극소수에게만 허락된 행위였던 것이다. 이러한 향을 사저의 창고에 보관하고 있고 헌상을 받는 히카루겐지의 모습은 그가 시대의 권력자임을 나타낸다.

　히카루겐지의 의뢰를 받은 여성들은 자신의 기량을 발휘하여 새 향을 조합한다. 아카시노히메기미를 입궁시키면서 문화적으로도 최상의 것을 창출해내고자 하는 히카루겐지의 염원에 의해 열리는 향 경합이다. 그런 만큼 이에 참가하는 여성들도 『겐지 이야기』의 여주인공들 중 가장 격조 높고 풍부한 교양을 갖춘 여성들이었다. 판정은 히카루겐지의 동생인 호타루노미야螢宮가 맡았다.

　음력 2월 10일, 정원에 핀 홍매화가 향기를 발하고 조용히 내리는 비가 운치를 더할 때, 아사가오가 조합한 향이 처음 도착하고 경합이 시작된다. 아사가오가 만든 향은 그윽하고 전아한 향기가 각별한 '구로보

아사가오가 만든 향이 도착하는
장면〈源氏物語畵帖〉, 德川美術館
藏 ─『すぐわかる源氏物語の絵画』,
東京美術, 2009.

黑方'였다. 히카루겐지는 우미하고 부드러운 향기가 나는 '지주侍從'를,
무라사키노우에紫の上는 다른 사람과 달리 세 종류를 혼합하여 화려한
현대적인 향으로 강한 향이 나도록 궁리하여 매우 진귀한 향기가 감도
는 '매화향'을 만들어냈다. 반면 하나치루사토花散里는 한 종류만을 사
용하여 색다른 풍취로 마음을 진정시키는 '연꽃향'을, 아카시노키미明
石の君는 다른 이들과는 달리 의복에 향기를 입히는 향인 '구노에薰衣香'
를 만들어 더할 나위 없이 우아한 향을 고안한 것이 뛰어나다는 평가를
받는다.

아사가오와 히카루겐지가 조향한 것은 가장 전형적인 향으로 각각
겨울과 가을을 상징한다. 비전인 당나라 전래의 옛 방식에 따른 향의
조합은 아사가오와 히카루겐지가 황족 출신임을 상기시킨다. 무라사
키노우에는 로쿠조인의 봄 저택에 거처하며 『겐지 이야기』에서 봄을
표상하는 여성이다. 경합이 치러지는 계절과 부합하는 매화향을 만들
어낸 무라사키노우에는 가장 호평을 받는다. 하나치루사토는 경합에

서 한발 물러난 자세를 보이지만, 로쿠조인의 여름 저택에 거처하는 인물로 청량감이 느껴지는 여름 향인 연꽃향을 만들었다.

각각의 향은 사계절의 계절감을 띠고 있다. 그러나 『겐지 이야기』 이전의 문학작품에서 향과 계절의 상관관계는 찾아볼 수 없다. 이는 로쿠조인이라는 공간이 사계절로 나뉘어 순환하면서 조화를 지향하는 공간으로 조성된 것과 관련이 있다. 의도적 조화인 것이다. 이처럼 「우메가에」권은 향을 통해 아름다움을 추구하는 헤이안 귀족의 모습을 생생하게 그리고 있으며, 아울러 향에 계절감을 부여함으로써 새로운 감각의 지평을 제시하고 있다.

다만 아카시노키미는 다른 여성들이 각 계절과 어울리는 것을 만들 것이라 예상하고, 계절적인 성격을 갖지 않는 향을 만들었다. 로쿠조인의 네 저택이 갖는 계절성과 향을 대응시키지 않음으로써 오히려 그 참신함으로 인해 최고의 평가를 받는다. 그녀는 그리 신분이 높지 않음에도 불구하고 타고난 성품과 교양으로 히카루겐지의 영원한 반려자인 무라사키노우에에 필적하는 여성으로 그려진다. 아카시노키미의 뛰어난 교양과 이성이 향으로 형상화된 것이다.

이와 같이 『겐지 이야기』의 향은 후각적 현상에 그치지 않고 인물의 개성과 출신, 교양을 자연스럽게 제시하는 기호로 작용하고 있다.

3. 내면화되지 못한 향기

『겐지 이야기』에서 향기에 대한 묘사는 「우쓰세미空蟬」권, 「유가오夕顔」권 등에도 나오지만, 구체적인 등장은 「스에쓰무하나末摘花」권에 이르러서이다. 스에쓰무하나末摘花는 『겐지 이야기』에 등장하는 여성 중에서 가장 이채로우며 인상 깊은 에피소드를 남기고 있는 인물이다. 아름다움을 추구하는 『겐지 이야기』의 세계에서 못생긴 여성으로, 게다가 세련되지 못한 그녀의 패션 감각과 와카和歌는 작품 안에서도 웃음거리가 되고 비판의 대상이 된다. 그러나 스에쓰무하나와 히카루겐지와의 관계를 '향기'를 매개로 하여 살펴보면 흥미로운 점이 보인다.

히카루겐지는 황족 가문의 아가씨가 아버지를 여의고 쓸쓸하게 살고 있다는 소문을 듣게 된다. 옛이야기의 가련한 여주인공처럼 고귀하고 아름다운 아가씨가 애처롭게 살고 있을 것이라는 환상을 품은 히카루겐지는 스에쓰무하나를 찾아간다. 얼굴을 마주하기 전 '향낭에서 풍겨나는 아련한 향기'는 히카루겐지의 환상을 더욱 부채질하였다.

그러나 막상 스에쓰무하나의 모습을 보게 된 순간, 히카루겐지의 놀라움은 이루 말할 수 없을 정도였다. 말라깽이에 앉은키가 크고 창백한 얼굴을 한, 게다가 코끼리 코처럼 긴 코 하며 행동거지까지 어느 것 하나 고귀하고 아름다운 아가씨의 모습이라고 하기 어려웠기 때문이다. 히카루겐지는 스에쓰무하나와의 만남을 후회하지 않을 수 없었다.

이후 히카루겐지의 스마須磨 퇴거 등으로 인해 스에쓰무하나는 차츰 히카루겐지에게서 잊혀져갔다. 그러던 어느 날 스마에서 귀경을 한 히카루겐지가 우연히 스에쓰무하나의 저택 앞을 지나가게 된다. 때마침 바람에 실려온 '등꽃의 향기'가 히카루겐지의 후각을 자극하고, 그는 10년 전의 기억을 되살려 스에쓰무하나를 다시 찾게 된다.

다시 찾아온 히카루겐지를 맞이하는 스에쓰무하나는 입고 있던 옷이 너무 누추해 이모가 주고 간 옷으로 갈아입는다. 곤궁한 생활에서 벗어나려면 황족 가문이라는 의식은 던져버리고 지방관의 후처가 되는 것이 어떻겠냐는 제의를 하던 이모가 준 옷으로 평소에는 거들떠보지도 않았던 것이었다. 그 옷을 시중드는 이가 향을 넣는 궤에 넣어두었는데, '옷에 스며든 향기'에 히카루겐지는 아련함을 느끼고 스에쓰무하나가 여성으로서 아름다워졌다는 평가를 내린다. 의도하지 않았지만 '향기'는 히카루겐지에게 스에쓰무하나를 매력 있는 여성으로 느끼게 하는 기능을 하고 있다.

　스에쓰무하나가 소유한 향은 그녀 아버지의 유품이다. 스에쓰무하나의 아버지인 히타치노미야常陸宮는 생전에 많은 고가의 수입품을 모으고 있었던 것으로 보인다. 스에쓰무하나의 저택에는 담비가죽옷을 비롯해 수입한 옷감과 종이 등 옛 시절에는 아무나 가질 수 없었던 많은 물품들이 있었다. 다른 물품들은 시대에 뒤처진 구닥다리 물건으로 그 아름다움과 가치가 퇴색해버려 이를 고집하는 스에쓰무하나를 세련되지 못한 인물로 희화한다. 그러나 향만은 예전과 변함없이 그 가치를 인정받고 있다. 또한 향은 히카루겐지와 스에쓰무하나를 연애관계로 발전시키는 장면에서 그 향기를 발하고 있다.

　본래『겐지 이야기』에서 향은「우메가에」권의 향 경합에서처럼 인물의 개성과 교양을 나타내는 경향이 있다. 그러나 스에쓰무하나 이야기에서 '향'은 다른 여성들처럼 교양과 인품을 형상화하는 것이 아니라 우연의 산물이다. 스에쓰무하나와 관련된 향은 그녀의 내면과는 무관하다는 점에서 특징을 보인다.

　이와 같이 작자는 본래 향이 갖는 미적인 면을 담보하며 마치 사랑의 이정표와 같은 기능을 부여하고 있다. 그러나 한편으로는 이에 이반되는 인물을 배치함으로써 헤이안 시대 귀족들이 향을 소유하는 것에 대한 관념을 비틀고 전복시키기도 한다.

4. 히어로 가오루의 향기

　『겐지 이야기』에서 향기와 가장 직접적인 관련을 갖는 인물은 가오루이다. 히카루겐지라는 탁월한 인물이『겐지 이야기』의 세계에서 사라진 후, 새로운 주인공으로 등장하는 가오루는 그 신체에서 발산되는 독특한 향기 때문에 가오루라는 이름이 붙게 되었다.

가오루의 체향에 관해 모토오리 노리나가本居宣長는『겐지모노가타리 타마노오구시源氏物語玉の小櫛』에서 "이 이야기는 아주 의심스럽다. 그 이유는 대저 사람의 몸에서 저절로 좋은 향기가 난다는 것은 현실에서 없는 일이므로, 이 이야기는 만들어낸 것 같다"라고 신체에서 발향하는 것을 부정하고 있다. 그러나 청나라 건륭제乾隆帝의 비가 된 위구르족 여인 향비香妃는 어려서부터 몸에서 향내가 나 향비라는 이름을 얻었다고 하는 이야기가 전해지고 있다. 또한 고대 중국의 의학서『천금방千金方』이나 일본의 의학서『이신보醫心方』에 향을 환으로 복용하여 체취를 향기롭게 하는 처방이 있다는 것을 보면 불가능한 일만은 아닌 듯하다.

가오루는 세간에는 히카루겐지의 아들로 알려져 있다. 그러나 사실은 히카루겐지가 마흔 살 때 맞이한 정처 온나산노미야女三の宮가 가시와기柏木와 밀통하여 낳은 아이였다. 태생적으로 죄를 안고 있는 가오루다.

그러나 태생적 죄를 찾는 것은 밀통 사실을 아는 히카루겐지와 유기리夕霧로, 정작 어린 가오루는 순수한 아이 그 자체이다. 버드나무 가지를 깎아놓은 듯이 희고 매끈한 모습, 유기리에게 낯가림 없이 안기는 모습, 죽순을 물고 있는 천진한 모습 등의 묘사는 다른 주인공에서는 찾아보기 어렵다. 이러한 어린 가오루의 천진난만한 모습은 히카루겐지로 하여금 후지쓰보 중궁藤壺中宮과의 밀통을 떠올리게 하는 등 고뇌에 찬 히카루겐지와 온나산노미야의 모습을 두드러지게 보여주는 기능을 하기도 한다.

어린 시절의 가오루에게서 향기가 난다는 기술은 없다. 그러나 '시각적 향'은 찾아볼 수 있다. 헤이안 시대에 '향기나다薰る'라는 동사는 후각뿐만 아니라 시각적인 아름다움을 나타낼 때에도 사용되었는데, 천진한 모습과 함께 묘사되는 것이 향기가 나듯 아름다운 가오루의 눈매이다. 가오루의 아름답고 그윽한 눈매는 이를 바라보는 히카루겐지

와 유기리로 하여금 가오루의 생부인 가시와기를 떠올리게 한다. 어린 가오루는 몸에서 나는 향기에 의해서가 아니라 생부와 닮은 눈매가 부각되어 그려지고 있다.

가오루의 향기는 그가 성인식을 치른 후, 본격적으로 주인공으로 작품세계에 등장하면서부터 이야기된다. 빛光으로 상징되는 히카루겐지의 사후 그의 뒤를 이어 작품을 이끌어나가는 주인공이 어두움 속에서 더욱 그 존재를 강하게 인상지우는 향기薰로 상징되는 점은 의미심장하다.

시대의 총아인 가오루는 용모에서 인품에 이르기까지 세간의 찬미의 대상이다. 더욱이 그 몸에서 풍겨나는 향기는 말할 나위 없다.

> 향기롭기로는 이 세상의 향기가 아닌 것 같아 불가사의하다고밖에 여겨지지 않으며, 계시는 곳에서부터 멀리까지 바람결에 실려 오는 향기는 정말이지 백 보 떨어진 곳에서도 향내가 나는 듯하다.

작품 속 화자는 가오루의 향기를 이와 같이 찬미하고 있다. 이 세상의 향기가 아닌 것 같은 가오루의 체향은 '부처가 잠시 현화한 모습'이라고 여겨지는 불교적인 향기이다. 정토교가 헤이안 시대 사람들에게 많은 영향을 미쳤음은 앞서 언급한 바 있다. 극락정토에서 부처가 내영來迎할 때에는 천상에서 음악이 들리며 꽃잎이 날리고 향기가 가득 찬다고 생각하고 있었다는 것을 고려하면, 가오루의 향기가 부처를 연상시키는 것은 부정할 수 없다.

이와 더불어 가오루의 향기가 지닌 한 가지 특징은 '백 보 밖에서도 향기가 나는 점'이다. 이는 '백보향百步香'에서 연유한 표현이다. 『겐지 이야기』에서 이와 유사한 표현이 보이는 곳은 「우메가에」권의 향 경합 장면 외에 스자쿠인朱雀院과 온나산노미야와 관련된 장면이다.

스자쿠인은 전 재궁齋宮이 레이제이 천황冷泉天皇의 비로 입궁하게 되자 자신의 연모의 정을 누르고 '백 보 밖까지 향기가 퍼지는 향'을 조합하여 선물로 보낸다. 전 재궁을 향한 스자쿠인의 연모는 히카루겐지와 후지쓰보 중궁의 정치적 목적에 의해 이루어지지 못한다. 자신의 사랑을 이루지 못한 스자쿠인은 전 재궁에게 향을 보내며 자신의 마음을 표현하고 있다. 즉 '백 보 밖까지 향기가 퍼지는 향'이란 스자쿠인의 전 재궁을 향한 사랑의 미련으로, 그 향기가 강하면 강할수록 스자쿠인의 미련도 강한 것이다.

온나산노미야가 출가한 후 열린 지불개안공양持佛開眼供養에서 히카루겐지는 '백보향'을 피운다. 이 향은 온나산노미야가 준비한 향과 함께 불전을 향기롭게 만든다. 그러나 출가한 온나산노미야를 향해 끊임없이 부부의 연을 이야기하는 히카루겐지의 태도와 밀통의 죄로 인해 괴로워하는 온나산노미야의 모습은 청정한 불전의 향과는 너무나도 괴리되어 있다. 이와 같이 '백보향'은 '사랑에 대한 미련'을 상징하는 향기로 그 의미를 읽을 수 있다.

가오루의 몸에서 나는 향기에는 이율배반적인 두 요소가 혼재되어 있다. 부처의 현화로서의 향기, 즉 불교적 깨달음을 구하는 '도심道心'과 사랑을 갈망하는 '연심戀心'이다. 가오루는 양면성이 한 몸에 구현된 인물로 조형되어 있다.

그러나 등장 초기의 가오루는 불도 수행을 위해 여성과의 연애에는 관심을 보이지 않는다. 레이제이인冷泉院의 딸 온나이치노미야女一の宮를 동경하면서도 불도를 향한 마음을 달성하기 위해 연모하는 마음을 단념하기도 한다. 가오루의 향기에는 '도심'과 '연심'이 내재되어 있으나 표면적으로는 '도심'의 향기만이 감돌 뿐이었다.

5. 연심을 폭로하는 향기

가오루를 향한 세상의 신망은 두텁다. 그러나 정작 그 자신은 어렴풋이 자신의 출생의 비밀을 알아차리고 누구에게도 말하지 못하는 고뇌를 안고 살아가고 있다. 존재에 대한 회의를 품고 있는 가오루는 세상의 총애를 받는 귀공자에게는 어울리지 않게 불가에 귀의함으로써 근원적인 고뇌를 해소하고자 한다. 그러던 차에 우지宇治의 재가 수행자인 하치노미야八の宮에 관한 소문을 듣고 가오루는 우지로 향한다.

하치노미야를 찾아 법문을 구한 지 3년째 되던 해 가을, 가오루는 우지를 다시 찾아간다.

> 사립문을 가르며 여기저기 물길을 밟는 말발굽소리도 사람들에게 들리지 않도록 조심하며 가시는데, 역시 숨길 수 없는 향기가 바람을 타고 퍼지니 "누구의 향기일까"라며 놀라서 잠에서 깨는 이들이 있었다.

가오루의 몸에서 나는 향기가 놀라운 것은 아니지만, 우지를 찾아가는 가오루의 체향은 너무 강하여 산촌 사람들의 잠을 깨울 정도이다. 일상을 벗어나 비일상의 공간인 우지로 가는 길에서 풍겨나는 가오루의 향기는 일상의 범주를 벗어나 과잉되게 발산되고 있다. 이러한 가오루의 과잉된 향기는 하치노미야의 두 딸을 보는 장면에서도 마찬가지이다. 아버지 하치노미야가 부재 중인데 외간 남성에게 모습을 보이는 것은 귀족 여성으로서는 바람직하지 않은 사태이다. 오이기미大君와 나카노키미中の君는 예기치 못한 가오루의 방문에 놀라 평소와는 달리 이상하리만치 향기로운 기운이 감돌았는데도 이를 알아차리지 못한 것을 부끄러워한다.

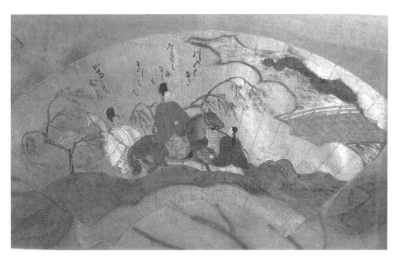

안개 낀 산길을 헤치며 우지의 하치노미야를 찾아가는 가오루〈源氏物語圖扇面散屛風〉.
淨土寺藏 ―『すぐわかる源氏物語の絵画』, 東京美術, 2009.

　이후 가오루는 오이기미에게 관심을 드러낸다. 불도를 구하는 공간
인 우지가 아이러니하게도 가오루의 '연심'이 드러나는 공간이 된 것
이다. 가오루의 체향은 평소보다 더 과잉 발산되며 여성을 구하는 남성
으로서의 가오루의 존재감을 부각시킨다. 가오루는 자신은 다른 남성
과는 달리 불도에 정진하며 살겠다고 하며 오이기미에게 구애한다. 실
상과 모순된 가오루의 자기 인식은 '연심'을 억제하지 못한다.

　'도심'과 '연심'의 불안한 균형은 하치노미야의 죽음을 계기로 붕괴
되기 시작한다. 하치노미야의 첫 기일을 맞이해 우지에 온 가오루는 오
이기미에 대한 연정을 숨김없이 드러내고 오이기미에게 다가가나 아
무 일도 없이 두 사람은 아침을 맞이한다. 그러나 오이기미에게서 가오
루의 잔향을 맡은 나카노키미는 두 사람 사이를 의심한다. 이처럼 가오
루의 향기는 타자에 의해 인식되지만 가오루 자신은 거의 인식하지 못
한다. 그로 인해 자신의 향기가 갖는 의미에 관해 알아차리지 못하는

현상이 발생하는 것도 가오루의 체향이 갖는 특징이다.

가오루의 '도심'을 지지해주던 하치노미야의 죽음에 이어, 이 세상의 무상함을 이해하고 이야기 나눌 수 있는 상대로서 반려자로 삼고자 했던 오이기미의 죽음은 가오루의 '도심'을 지탱해주던 지지자가 사라진 것을 의미한다. 이후의 가오루에게서 '도심'의 향기를 찾아보기는 어렵다. 오이기미를 대신할 여성으로 그녀의 여동생인 나카노키미에게 구애하며 가오루는 오이기미를 만난 후 자신은 '도심'을 잃어버렸다고 이야기한다. 자신을 '구도자'로 규정해왔던 가오루가 스스로 이를 부정하는 것이다.

오이기미 사후 가오루의 '연심'은 더욱 노골적으로 표출된다. 이미 니오노미야匂宮의 아내가 된 나카노키미가 거처하는 방에 들어간 가오루는 그 곁으로 다가가나 나카노키미가 임신 중임을 알고 물러나온다. 그러나 그 다음날, 니오노미야가 귀가하여 나카노키미에게서 가오루의 진한 체향을 느끼고, 두 사람 사이에 불상사가 일어난 것은 아닌지 의심한다. 가오루의 체향은 그의 말이나 행동보다도 더욱 강하게 가오루의 '연심'을 표상하고 있는 것이다.

우키후네浮舟와의 관계에서도 가오루의 강렬한 체향은 우키후네의 주변에 있던 사람들을 놀라게 한다. 나카노키미를 모시던 여인은 우키후네의 어머니인 주조노키미中將の君에게 가오루의 체향을 전세의 공덕을 쌓아야 얻을 수 있는 인도의 우두산에서 자라는 단향목인 우두전단牛頭栴檀에 비유하며 칭송한다. 향기가 진하고 오랫동안 없어지지 않아 불상을 만드는 데 사용되는 우두전단에 비유되지만 주조노키미에게 가오루는 '도심'을 찾는 인간이 아니라 자신의 사윗감으로 인식될 뿐이다. 노골적인 불경의 인용조차 더 이상 가오루의 '도심'을 나타내는 것이 아니라 여성을 구하는 한 남성으로서의 위치만을 나타내고 있다.

인간은 외부와 접할 때 오감을 이용하여 외부세계의 실체를 파악한다. 이중 후각은 단순한 현상으로서가 아니라 감각으로 파악하는 경우 가장 언어화하기 어려운 것으로 여겨진다. 그로 인해 후각, 즉 향기는 문학 텍스트 안에서 가장 주관적이고 내면적인 감각으로 표상되기도 한다. 가오루의 체향은 인물의 교양과 개성에 상응하는 향의 범주를 초월하여 그 자신도 인식하지 못하는 내면을 폭로하는 것으로, 향기가 다다를 수 있는 궁극적인 기능과 의미를 제시하고 있다.

참고문헌

김병숙, 「末摘花物語における香り－内面と関係しない香り－」(『일본연구』28, 중앙대학교 일본연구소, 2010)

김병숙, 「分裂する「かをり」－薫の内面の矛盾－」(『일어일문학연구』63, 한국일어일문학회, 2007)

三田村雅子・河添房江 編, 『薫りの源氏物語』, 翰林書房, 2008.

安田政彦, 『平安京のニオイ』, 吉川弘文館, 2007.

松井健児, 「よい匂いのする情景－『源氏物語』の花の庭・樹木の香」」(『文学』5-5, 岩波書店, 2004.9-10)

河添房江, 「梅枝巻と唐物－メディアとしての薫物と手本」(『源氏物語の解釈と基礎知識』No.31, 至文堂, 2003)

三田村雅子, 『源氏物語 感覚の論理』, 有精堂, 1996.

尾崎左永子, 『源氏の薫り』, 朝日新聞社, 1992.

藤田加代, 『「にほふ」と「かをる」』, 風間書房, 1980.

本居宣長, 『源氏物語玉の小櫛』(『本居宣長全集』第4巻, 筑摩書房, 1969)

키워드로 읽는
겐지 이야기

또 다른 웃음의 세계

■문 인 숙

1. 웃음의 다양성

　헤이안 시대의 이야기에 등장하는 웃음은 귀족 사회의 우아하고 정취 있는 생활에서 벗어난 인물이나 그들의 어리석은 행동에 초점을 맞추는 경우가 많다.『겐지 이야기』에서도 귀족의 생활과 품위와는 관계가 먼 몇몇의 귀족 여인들과 지방 호족을 등장시켜 귀족 사회의 웃음거리로 삼는다. 이들을 '오코をこ'적 인물이라고 한다. '오카시をかし'가 주로 인간의 어리석고 우스운 행위에 대한 야유나 비난하는 의미로 사용된다면, '오코'는 이보다 더 어리석은 행위를 힐난하는 의미로 사용된다고 볼 수 있다. 이러한 웃음의 요소를 갖춘 작품이나 인물은 일본 고전문학에서 하나의 계보를 이루며 '오코 물'로 자리잡고 있다.『겐지 이야기』에서 오코 물의 대표적 인물로는 스에쓰무하나末摘花, 겐노나이시노스케源典侍, 오미노키미近江の君 등을 들 수 있다.

그러나 웃음이란 '골계'와 '오코'라는 풍자적인 성격만이 아니라, 우발적, 돌발적, 순간적이라는 특징과 함께 의도적 성격까지 보이는 복잡하고 다양한 정신 활동의 산물이다. 그러므로 웃음은 웃고 있는 사람의 심리나 감정을 표현함과 동시에 웃음의 대상이 된 사람의 심리와 감정을 함께 포착할 수 있는 폭넓은 개념이다. 따라서 이 글에서는 웃음의 성격과 함께 웃음을 나타내는 표현을 도입하여 『겐지 이야기』속 인간관계를 파악하는 틀로 삼고자 한다.

'웃음'이라고 한마디로 말해도 이를 표현하는 어휘는 다양하다. 고대 일본어 가운데 웃음을 나타내는 대표적 어휘인 '와라우笑ふ'와 '에무笑む'만 하더라도 차이가 있다. '와라우'는 아마도 '와루割る'라는 말에서 갈라져 나온 말로, 똑같이 입을 벌려도 크게 벌리고 부드러운 마음을 동반하지 않고, 결과가 어떻게 되든지 생각지 않는다든가 오히려 나쁜 결과를 예지하고 있다고도 생각할 수 있다. 따라서 웃음의 대상이 되는 상대방에게 어떤 경우는 불쾌한 기분을 주게 되어 있다. '에무'에는 어떠한 경우라도 그런 일이 없다. 그보다도 한층 확실한 것은 '와라이笑ひ'에는 반드시 소리가 있고, '에미笑み'에는 조금도 소리가 나지 않는다. 따라서 '에미'는 보는 웃음이며, '와라이'는 벽 하나를 두고 옆에서도 들을 수 있는 웃음이다.

이와 같이 고어에서 '와라우'와 '에무'라는 웃음의 표현은 그 의미가 다르게 받아들여지고 있다. '와라우'는 『만요슈萬葉集』권16의 권두어나 주를 통해 구체적으로 알 수 있다. 오늘날 기후 현岐阜縣인 히다飛驒의 오구로의 검은 얼굴을 볼 때마다 얼굴 검기로 유명한 고세의 오구로가 저절로 떠오른다는 얼굴 검은 사람, 당시 성인 남자라면 다 있는 수염이 없는 승려, 너무 말라서 몸에 좋다는 장어를 잡아먹으려다 오히려 강물에 휩쓸려 죽겠다며 그냥 비쩍 마른 채로 살라는 둥, 어리석은 행동을 하거나 신체적으로 보통 사람들과 다른 특징을 보이는 사람들을 조롱하고 비웃는 경우에 '와라우'가 쓰이고 있다. 또한 한자 표기가 현대 일본어에서 웃음을 뜻하는 '소笑'가 아닌 비웃다, 냉소하다의 의미를 가진 '치嗤'가 '소笑'와 같이 쓰이거나 단독으로 쓰이는 점을 보더라도 '와라우'는 타인의 관점에서 그 사람의 어리석음을 꼬집어 조소와 냉소를 가하고 있는 경우에 사용되고 있음을 알 수 있다.

그렇기 때문에 '와라우'는 웃음의 대상이 되는 당사자에게는 불쾌감과 부끄러움 등의 감정을 느끼게 하는 부정적이고 마이너스적인 웃음이라고 할 수 있다. 즉 상대보다 우월하다는 인식 하에서 웃는 행위가 이루어지고, 웃음의 대상이 되는 사람은 감추고 싶은 자신의 치부와 결점, 단점 등이 사람들의 웃음거리가 되어 불쾌감을 느끼는 도식이 성립된다. 여기에서 '히토와라에ㅅ笑ㅅ'라는 표현이 나왔다. '히토와라에'는 세상의 웃음거리가 되는 것을 의미한다. 헤이안 시대는 표면적으로는 태평하고 영화를 누리는 것처럼 보이지만, 궁정 생활에 너무 신경 쓴 나머지 모순과 몰락의 위기감에 고뇌하는 가장 심각한 '아와레ぁはれ'가 바로 '히토와라에'라는 주장도 있다. '히토와라에'는 『겐지 이야기』에 58예가 쓰이고 있다. 이는 사회적 모순 속에서 살아가는 왕조 궁정인이 좁은 교토京都에서 관습화되어가는 번잡한 생활사에 병적으로 신경이 예민해져 있는데다, 다른 사람의 시선과 소문으로 인해 웃음거리가 되어 사회 질서와 제도에서 일탈하는 것이 그들에게는 자신을 되돌아보게 할 만큼 극도의 스트레스로 작용한다는 사실을 반영한다. 그러나 이 표현은 현대어에서는 단순하게 '세상의 웃음거리'로 해석됨에 따라 '히토와라에'가 지니고 있는 불쾌감이나 위기감 등의 전반적인 사회성이 무시되는 경향이 있어, 이러한 의미의 명확성에 입각해 작품의 인간관계를 고찰하고자 한다.

2. 모노노케를 촉발하는 히토와라에

명문가에서 태어나 자존심이 강한 아오이노우에葵の上와 로쿠조미야스도코로六條御息所는 히카루겐지를 사이에 두고 강한 질투심을 표출하는 '우차 소동'을 벌였다.

결혼 9년 만에 아오이노우에가 첫 임신을 하자 히카루겐지는 감격하며 비로소 그녀에게 애정을 느끼는 한편, 출산을 두려워하는 아오이노우에가 무탈하게 아이를 낳을 수 있도록 기도를 드리는 데 몰두하였다. 그러자 이전에도 히카루겐지의 발길이 뜸한 것을 원망하던 로쿠조미야스도코로는 아오이노우에의 임신으로 크게 상심하게 되었다.

로쿠조미야스도코로는 가모 신사賀茂神社의 재원齋院이 아오이 마쓰리葵祭를 앞두고 목욕재계하는 날, 심란한 마음을 달래기 위해 신분을 감추고 몰래 나왔다가, 뒤늦게 도착한 아오이노우에의 수레가 그녀의 수레를 뒤로 밀쳐내며 횡포를 부린 탓에 수레 다리가 부러지는 봉변을 당하였다. 그러나 로쿠조미야스도코로는 이런 봉변을 당하면서도 자신의 불쾌감보다 많은 사람들 앞에 자신의 존재가 드러나고 히카루겐지의 정처에게 심한 모욕을 당하는 모습을 여과 없이 세상 사람들에게 보여주었다는 사실에 더 괴로워하는 모습을 보인다.

이러한 아오이노우에 일행의 횡포는 그동안 제대로 사랑을 받지 못하고 한낱 감춰진 애인의 존재로 머물러 있던 로쿠조미야스도코로에게는 자신의 처지를 뼈저리게 느끼게 하는 계기가 되었고, 한편 자신이 비로소 세상 사람들의 웃음거리인 '히토와라에'가 되었다는 것을 깨닫게 된다.

로쿠조미야스도코로는 우차 소동에서 받은 모욕과 충격에서 벗어나지 못하고 번민하는 일이 많아져 히카루겐지와의 인연을 끊고 이세伊勢로 내려가려 하지만, 이 역시 세상의 웃음거리가 되겠지라며 갈팡질팡

하는 모습을 보인다. 이렇게 자나 깨나 번민을 한 탓에 그녀는 마음이 공중에 붕 떠 있는 것 같이 느끼면서 차츰 병들다시피 되고 말았다. 또 갈피를 못 잡는 마음이라도 위안받을까 싶어 나섰다가 아오이노우에 일행에게 험한 꼴을 당하자 점점 만사가 귀찮은 기분이 들게 되었다고 술회하고 있다. 우차 소동에서 받은 모욕과 또 그 수치스러운 일들이 세간에 공공연하게 알려져 세상의 웃음거리인 '히토와라에'가 된 것이 그녀가 모노노케物の怪로 변모하게 된 주된 원인임을 알 수 있다.

따라서 그녀가 천성적으로 지나치게 번민하는 성향이라는 점은 모노노케로 변모하는 하나의 요인이 될 수 있지만, 그것은 표면상의 문제일 뿐 이러한 번민을 제공한 우차 소동에서 당한 '히토와라에'에서 그 심각성을 찾아야 한다고 본다.

또한 그녀는 이세로 내려가기에는 히카루겐지에 대한 사랑이 깊고, 그대로 교토에 머물자니 더할 수 없는 경멸을 당할 수밖에 없으리라는 딜레마에 빠지게 된다. 즉 그녀의 마음속에는 히카루겐지에 대한 사랑의 비중과 세상의 이목을 중시하는 정도가 같은 수준으로 존재하며, 본능은 히카루겐지의 애정을 간절히 원하면서도 현실에서는 세상의 소문을 두려워하는 이중적 태도를 드러내고 있다.

'히토와라에'가 된다는 것은 헤이안 시대라는 폐쇄적인 사회에서는 개인의 사회적 생명을 좌우할 정도의 심각한 문제로 세상의 웃음거리는 되지 말아야겠다는 생각이 그들의 윤리적 척도가 되었다. 그러므로 '히토와라에'는 헤이안 시대 귀족들이 사회 제도와 질서에서 벗어나지 않으려는 강박 관념에서 생긴 말이라고 해도 좋을 것이다. '히토와라에'는 헤이안 시대 남녀 귀족이나 수험도修驗道를 닦는 수험자 등 다양한 계층에서 쓰이고 있지만, 『겐지 이야기』에서는 귀족 남성들보다 여성들이 많이 의식한다는 점에서 여성들이 느끼는 사회적 두려움의 정도가 훨씬 컸다고 볼 수 있다.

모노노케가 끈질기게 아오이노우에를 괴롭히는 원인은 로쿠조미야스도코로의 생령설과 쇠대신 가와 로쿠조미야스도코로 사이에 얽혀 있는 폐태자 사건이라는 깊은 원한관계 때문이라는 소문이 떠돌았다. 하지만 하찮은 자리 다툼을 둘러싼 '우차 소동'으로 인해 치명적인 불명예를 당한 로쿠조미야스도코로의 마음이 걷잡을 수 없는 공포로 변했다는 사실을 간과해서는 안 된다. 한 남자의 사랑을 얻기 위해 벌였던 처첩 간의 대결은 당시 일부다처제가 안고 있는 고질적인 문제로, 이 사건을 일부다처제 하에서 여성의 고뇌가 사회적 문제라고 할 만한 원령을 창출했다고 바라보는 시각도 전혀 배제할 수만은 없다. 그러나 작자는 거창한 시대적 상황에서 원인을 찾기보다는 "시시한 우차 소동이 있었을 때 아오이노우에가 로쿠조미야스도코로에게 모욕을 줬던 가모 목욕재계 날 이후, 마음이 쉽게 진정되지 않은 탓인지, 꿈에서 아오이노우에가 계신 곳에 가서 여기저기 못살게 굴며 사납고 무시무시한 외곬의 마음이 솟아나서 난폭하게 날뛰는 것을 보시게 되는 일이 여러 차례였다"며 개인적인 차원에 국한해서 기술하고 있다.

자신이 모노노케로 변화하는 것을 깨달은 로쿠조미야스도코로가 염려한 것은 자신에 대한 혐오감보다는 이 사실이 세상에 알려지면 사람들이 뭐라 말하고 뭐라 생각할까라는 세간의 반응이었다. 즉 그녀가 세상의 이목에 상당히 신경을 쓰는 인물이라는 것을 알 수 있다.

헤이안 시대 사람들은 '히토와라에'가 되는 것을 두려워하며 스스로 새로운 삶과 상황으로 운명을 타개해가는 적극적인 모습을 보이는 것이 일반적이다. 그렇지만 로쿠조미야스도코로는 우발적인 '우차 소동'이라는 사건으로 '히토와라에'가 됨으로써 생령과 사령이라는 '모노노케'로 변질되어가는 어두운 이미지를 낳고 있다. 로쿠조미야스도코로에게 '우차 소동'은 온 세상에 그녀의 존재를 드러내며 세상 사람들이 지켜보는 가운데 망신을 톡톡히 당해 '히토와라에'가 되도록 한 불명예스러운 사건인 것이다. 그러므로 그녀의 모노노케로의 변모는 자신의 떨어진 명예를 도저히 회복할 수 없다는 자괴감에서 나온 감정의 이상 표출이라고 볼 수 있을 것이다.

3. 히카루겐지의 히토와라에에 대한 인식

그렇다면 로쿠조미야스도코로가 자신의 신분과 히카루겐지의 숨겨진 애인이란 사실이 알려지고, 게다가 아오이노우에에게 심한 모욕을 당하며 '히토와라에'가 된 중대한 사건을 히카루겐지는 어떻게 받아들이고 있었을까.

히카루겐지는 정처인 아오이노우에가 자신의 처첩들과 원만하게 지내기를 바라지만, 정감이 부족하고 지나치게 무뚝뚝한 아오이노우에의 하인이 일을 이렇게 만들었다고 하며 그 원인을 정처 아오이노우에의 성격에서 찾고 있다. 한편 로쿠조미야스도코로에 대해서는 "그녀의 성격은 상대가 부끄러울 정도로 고상하신데 얼마나 불쾌하게 느끼셨을까" 정도의 연민의 정에 그치고 있다. 이 우차 소동 건으로 그가 로쿠조미야스도코로를 찾아가도 그녀는 딸을 핑계로 만나주지 않는다. 히카루겐지는 되돌아오는 길에 "이렇게 서로 모나지 않게 지내시면 좋을 텐데"라는 말을 통해 두 사람의 성격 탓이라는 회한 섞인 말을 할 뿐, 로쿠조미야스도코로의 손상된 체면을 위로하기 위한 어떠한 대화나 교섭을 시도하지 않았다. 또한 우차 소동에서 세상의 웃음거리가 된 로쿠조미야스도코로가 딸을 핑계로 이세伊勢로 내려가겠다는 말에도 별상관이 없다는 듯이 만류하지 않는 무관심한 태도에서 그녀의 절박한 고뇌를 이해하지 못하고 있다는 것을 알 수 있다.

그녀는 세상 사람들 모두가 자신을 비웃어도 사랑하는 애인 히카루겐지에게는 자신이 입은 모욕에 대해 좀 더 따뜻한 위로를 받고 싶었지

만, 자신의 마음을 조금도 헤아리지 못하는 그의 무관심에 또 한 번 마음의 상처를 받았다. 이후에도 히카루겐지는 로쿠조미야스도코로의 상처받은 명예와 자존심을 위로해주는 어떠한 행동도 보이지 않는다. 다만 「후지노우라바藤裏葉」권에서 무라사키노우에紫の上를 상대로 이 우차 소동에 관한 후일담을 이야기할 때 아오이노우에의 성격에 대해 좀 더 비판적 입장을 보일 뿐이다.

그렇다면 로쿠조미야스도코로의 '히토와라에'에 대해 무관심을 고수하는 히카루겐지는 자신이 세상의 웃음거리가 되는 '히토와라에'에 대해서는 어떻게 대처하고 있는지 살펴보자.

먼저 스마須磨로 물러나 있을 때, 비바람이 그치지 않고 뇌성이 멎지 않던 어느 날, 그는 교토로 돌아가는 것을 생각하지만 용서를 받지 않았기 때문에 '히토와라에'가 될 것을 두려워하며 단념한다. 또 좀 더 깊은 산속으로 들어가려 해도, 풍랑이 무서워 저 모양이라는 세상 사람들의 소문이 후세에까지 경솔한 이름으로 전해질 것을 두려워해서 포기하는 신중한 모습을 보인다.

실제로 '히토와라에'가 되어 불명예스러운 이름을 얻지 않기 위해서 그는 유리 생활을 지속한다. 사면되지 않은 상태에서 귀경하는 것은 자신의 죄목 때문이 아니라, 당시의 시대 정신을 외면한 무례하고 경솔한 행동으로, 그로 인해 불명예를 당할 것을 그는 잘 알고 있었기 때문이라고 본다. '히토와라에'가 되지 않기 위해 유리 생활을 계속한 히카루겐지는 그곳에서 아카시明石 일족과 운명적으로 만나게 되고, 이야기는 새로운 방향으로 전개해나가는 전환점을 맞이한다.

두 번째는 세상이 떠내려갈 듯 풍랑이 심했던 날 밤, 히카루겐지의 꿈속에 세상을 떠난 기리쓰보인桐壺院이 나타나 "스미요시 신住吉神이 인도하시는 대로, 빨리 배를 내어 이 포구를 떠나거라"라고 말하고는 사라졌다. 이튿날 아카시 입도明石入道 역시 신탁을 받고 히카루겐지를 맞이하기 위해 스마에 도착해 그 경위를 설명한다. 아카시 입도의 말을 전해 들은 히카루겐지는 꿈과 현실이 뒤숭숭한 것이 의미하는 바가 많다고 생각하고, 세상 사람들의 소문과 후세의 비난을 두려워하여 신탁을 거스른다면 더 큰 '히토와라에'가 될 것이라고 생각하며 아카시행을 결정한다. 스미요시 신의 신탁이라는 당위성을 부여받은 그는 이제까지 그를 억누르고 있던 세상 사람들의 소문과 '히토와라에'가 되는 부담감에서 벗어나 마음 편히 아카시로 떠날 수 있게 된다.

히카루겐지의 세 번째 '히토와라에'는 결혼을 거부했던 아사가오^{朝顔}와의 사이에서 나타난다. 그는 한마디라도 좋으니 목소리를 들려달라고 애원하지만, 아사가오는 이를 매정하게 거절한다. 히카루겐지는 괴로워하다가 거듭되는 거절을 원망하며 "이런 것은 '히토와라에'의 예가 될 터이니 절대로 발설하면 안 돼요"라고 그녀를 모시는 시녀들에게 신신당부를 한다.

중년의 나이에 새삼스레 연애를 시도하는 히카루겐지는 세상의 비난을 염려하면서도, 이대로 허무하게 끝나는 것은 더욱 심한 '히토와라에'가 될 것이라고 한다. 연애를 하려는 그의 바람기 자체가 '히토와라에'가 아니라, 아사가오의 결혼 승낙을 받아내지 못한 행동이 오히려 '히토와라에'의 대상이 된다는 언설이 흥미롭다. 그러므로 자신의 연애 실패담이 '히토와라에'가 되지 않기 위해 발설하지 말라고 당부함으로써 그는 당대 최고의 '이로고노미^{色好み}'로서의 명예를 지켜낸다.

이와 같이 '히토와라에'는 합리적인 기준에 따른 평가가 아니라, 그 시대인들의 정서와 사고의 틀 안에서 만들어진 다양한 잣대 속에서 사회의 근간을 유지하는 역할을 하고 있다. 『겐지 이야기』 속에서 그는 천황의 여인과도 관계를 맺는 초인적인 인물로 그려지고 있음에도 불구하고, '히토와라에'가 되면 사회적으로 치명상을 입는다는 시대 정서를 이해하고 민첩하게 대처하는 모습을 보여주고 있다. 그러므로 스스로 새로운 삶과 상황으로 운명을 타개해가는 적극적인 모습을 보이는 당시 귀족의 일반적인 모습과 별반 다르지 않다는 것을 알 수 있다.

그러나 자신이 '히토와라에'가 되는 것에는 이처럼 민감하게 반응하며 대처하는 모습을 보였지만, 정작 자신으로 인해 '히토와라에'가 된 로쿠조미야스도코로의 상처받은 마음에 대해서는 무관심했기 때문에 그녀가 모노노케로 변모해가는 것을 막지 못하였다.

4. 모노노케의 웃음

히카루겐지는 「와카나 하若菜下」권에서 과거의 여인관계를 회상하며 평을 할 때도 로쿠조미야스도코로에 대해서는 빼어나게 아름다운 분이었지만 만나면 마음이 편치 않아서 거북스러웠다며, 그래서 그녀가 나를 원망하는 것은 당연하다고 생각하면서도 정말 괴로운 일이었다고 술회한다. 그는 또 전 동궁비였던 사람이 나에게 버림을 받아서 신세를 망쳤다는 소문에 괴로워하는 로쿠조미야스도코로에 대한 죄책감 때문에 세상의 비난을 무릅쓰고 그녀의 딸인 아키코노무 중궁秋好中宮을 보살피고 있노라고 말한다.

그러나 실제로 로쿠조미야스도코로가 고통을 받으며 괴로워했던 순간에 그는 아무런 위로가 되지 못하였다. 히카루겐지는 아버지 기리쓰보 천황으로부터 애정 문제로 고귀한 로쿠조미야스도코로를 박대하여 자존심에 상처를 입히지 말라는 충고를 들었음에도 '우차 소동' 이후에도 그녀에 대한 냉대는 계속되었고, 그녀는 이런 그의 매정함을 원망하였다. 즉 로쿠조미야스도코로는 자신이 '히토와라에'가 되어 모노노케로 변해가는 고통을 겪을 때 히카루겐지는 외면에 가까운 무관심을 보였다고 생각하였다. 반면 히카루겐지는 로쿠조미야스도코로에 대한 속죄의 의미로 그녀의 딸을 양녀로 맞이해 중궁의 지위에 오르게 함으로써 자신의 도리는 다했다고 생각하고 있어, 두 사람의 인식의 차이를 엿볼 수 있다.

무라사키노우에紫の上에게 붙은 모노노케의 실체를 확인하려는 히카루겐지는 모노노케를 향해 이름을 분명히 말하고, 둘만이 알 만한 이야기를 하라고 한다. 그러자 모노노케가 되어 나타난 로쿠조미야스도코로는 눈물을 뚝뚝 흘리며 "내 육신은 완전히 변해버렸지만, 옛 모습 그대로 시치미를 떼는 당신은 변함이 없군요. 정말로 원망스럽고 원망스럽다"며 소리를 내며 울었다.

그렇다면 로쿠조미야스도코로가 자신의 딸을 중궁의 지위에 오르게 해준 히카루겐지를 아직도 원망하며 모노노케로 또다시 나타나는 강한 집념을 드러내는 이유는 무엇일까. 당시 모노노케라는 것은 정치적인 패자가 승자의 집에 들러붙는 것이 보통으로 연애관계에서는 거의 없었다고 한다. 즉 로쿠조미야스도코로가 모노노케로 변모한 원인은 아오이노우에에 대한 질투심보다는 '우차 소동'에서 받은 사회적인 모멸감에 기인했다고 보는 것이 타당하며, 그녀의 추락한 명예와 자존심을 유일하게 위로해줄 수 있는 히카루겐지마저 무관심한 태도를 보이며 냉대했던 것이 그녀가 원망을 품고 무라사키노우에에게 나타나는 빌미를 제공했다고 본다. 따라서 그녀는 히카루겐지에게 "옛 모습 그대로 자신에게 시치미를 떼고 있다"고 말함으로써 아직도 원망하는 마음이 강하게 남아 있음을 표출하고 있다. 이러한 로쿠조미야스도코로의 강한 원망이 남아 있었기 때문에 그녀의 원혼은 진혼되지 않고 또다시 히카루겐지 앞에 모습을 드러낸 것이다. 그렇다면 이렇게 뿌리 깊은 로쿠조미야스도코로의 원혼은 어떻게 진혼되었을까?

자정이 지나 가지기도를 드리자, 모노노케가 나타나서 "그것 봐요. 무라사키노우에는 정말 잘 회복했다고 생각하셨겠지요. 그것이 너무나 얄미웠기에 온나산노미야에게 와서 며칠 동안 붙어 있었던 것입니다. 이제 돌아가겠습니다"라며 웃는다.

무라사키노우에가 발병을 해서 니조인二條院으로 옮겨 요양을 하게 되자, 히카루겐지도 간병을 위해 로쿠조인六條院을 비우게 되었다. 또한 히카루겐지가 없는 로쿠조인은 가모 목욕재계 날을 하루 앞두고 시녀들이 구경 준비에 바빴다. 이 허술한 틈을 타서 가시와기柏木는 온나산노미야女三の宮와 밀통을 하게 된다. 그런데 갑자기 나타난 로쿠조미야스도코로의 모노노케는 히카루겐지를 향해 이 모든 일이 자신의 소행이라며 큰 소리로 웃는 것이다.

웃음이란 인간만이 영위할 수 있는 감정 표현법으로 생활 속에서 경험적으로 배운 것이 아니라 자연스럽게 갖춰진 본능이 작용한 표상으로 본능적 행동이라고 볼 수 있다. 그러나 이러한 웃음의 특징 중 하나가 타인에 대해 우월성을 갖는다는 것이다. 즉 어떤 일에 있어서 우월한 사람이 열등한 사람을 향해 보이는 웃음은 그 자체로 하나의 공격이 된다는 점에서 웃음의 대상이 되는 사람은 불쾌감을 느끼게 된다는 말과 맥을 같이한다고 볼 수 있다. '모노노케'의 모습으로 히카루겐지 앞에 선 로쿠조미야스도코로는 자신이 만든 결과에 만족이라도 하듯 그를 향해 '와라우'의 웃음을 보였다.

이러한 일련의 사건들이 모두 자신의 소행이라고 말하고 웃는다는 점에서 로쿠조미야스도코로는 히카루겐지에 대해 우월한 감정을 느끼며 큰 만족을 표시하고 있음을 알 수 있다. 즉 그녀는 웃음이라는 감정을 통해 히카루겐지를 공격했다고 볼 수 있고, 그 공격이 멋지게 완결되었다는 의미로 '와라우'라는 웃음을 보였다고 생각한다. '에무'가 보

는 웃음이라면 '와라우'는 들을 수 있는 웃음, 즉 벽 하나를 사이에 두고서도 들을 수 있는 웃음으로 그녀가 얼마나 크고 장쾌하게 웃었는지를 추측할 수 있다. 이것은 로쿠조미야스도코로가 지금까지 품어왔던 질투, 집착, 미련, 증오, 복수와 같은 모든 원한이 일시에 해소된 해방감을 느끼게 해주는 호쾌한 웃음소리로 카타르시스를 느끼게 해주는 웃음이다. 세상 사람들의 웃음거리가 되는 '히토와라에'에 의해 '모노노케'로 변질되었듯이, 이번에는 히카루겐지를 웃음거리로 만들어 그녀 자신이 직접 '웃음'이라는 공격적인 행위를 표출함으로써 스스로를 진혼한 것이다.

물론 이 장면에서 히카루겐지에게 세상의 웃음거리가 되는 '히토와라에'라는 표현이 직접적으로 사용되고 있지는 않다. 그러나 로쿠조미야스도코로의 원혼이 히카루겐지를 향해 크게 웃음으로써 히카루겐지는 '웃음거리의 대상'에 놓이게 되었다. 또한 자신의 정처 온나산노미야가 가시와기와 밀통하여 아들 가오루薰를 출산했다는 것은 이상적인 이로고노미인 그에게는 분명 치명적인 '히토와라에'임에 틀림없을 것이다. 게다가 온나산노미야가 출가를 단행하는 상황도 세상의 이목을 두려워하는 히카루겐지에게는 체면을 구기는 일로 그에게 더 이상의 '히토와라에'는 없다고 생각된다.

따라서 로쿠조미야스도코로는 아주 큰 소리로 웃음으로써 자신 안에 맺혀 있던 마음의 상처나 억압된 감정의 응어리, 원망 등을 발산시켜 카타르시스를 느꼈고, 웃음이라는 감정의 해방감을 통해 진혼이 이루어졌다고 본다. 이 웃음을 보인 이후 『겐지 이야기』에 로쿠조미야스도코로의 모노노케가 더 이상 등장하지 않는다는 점에서 진정한 진혼이 이루어졌음을 짐작할 수 있다.

참고문헌

문인숙, 「단절된 관계 : 源氏와 葵上·六条御息所」, (『한림일본학』16, 한림대학교 일본학연구소, 2010)
김종덕, 「もののけ와 조소표현에 나타난 그로테스크」, (『그로테스크로 읽는 일본문화』, 책세상, 2008)
中島あや子, 『源氏物語の構想と人物造型』, 笠間書院, 2004.
林田孝和 外, 『源氏物語事典』, 大和書房, 2002.
鈴木日出男, 『源氏物語の文章表現』, 至文堂, 1997.
藤本勝義, 「六条御息所の死霊」(『源氏物語の<物の怪>文学と記録の狭間』, 笠間書院, 1995)
甘利忠彦, 「物の怪·夢—見えないメディア·物語裏面史序論—」(『物語とメディア』, 有精堂, 1993)
原岡文子, 「浮舟物語と「人笑へ」」(『国文学』38-11, 学燈社, 1993. 10)
藤本勝義, 「"憑く女" 六条御息所の創造」, (『国文学』38-11, 学燈社, 1993. 10)
秋山虔, 『源氏物語を読む』, 筑摩書房, 1982.
柳田国男, 『不幸なる芸術』, 岩波書店, 1980.

엿보기 장면의 표현과 방법

■ 김 유 천

1. 『겐지 이야기』와 엿보기 장면

문학작품이란 수많은 장면들의 유기적인 집합체이며 각각의 장면들
은 서로 고유의 상호 관련성을 맺으면서 작품세계에 갖가지 의미들을
생성하고 있다고 할 수 있다.

스즈키 히데오鈴木日出男에 따르면『겐지 이야기』의 장면이란 작품세
계의 인간관계가 구체적으로 형상화되는 고유의 시공時空이다. 그것은
하나의 시공으로서의 독립성과 작품을 전개시키는 연속성을 가지고
있으며 작품의 문맥이 장면으로 영상화됨으로써 작중인물들의 내면세
계와 존재성이 보다 선명해진다고 한다.

『겐지 이야기』에는 다양한 성격의 장면들이 복잡하게 얽혀 있다. 그
중에서도 시각적으로 선명한 인상을 가지고 독자들의 호기심을 유발
하는 것이 '엿보기垣間見' 장면이다. 엿보기란 말 그대로 어떤 틈 사이로

상대를 몰래 훔쳐보는 것인데,『겐지 이야기』를 비롯한 모노가타리物語 작품에서는 특히 남자가 여자를 엿보는 장면이 사랑 이야기를 전개시 키는 매우 중요하고 전형적인 수법으로 종종 등장한다. 엿보기 장면에 서는 '상대를 보는 행위=상대를 소유하는 것'이라는 신화적인 발상을 내재화하며, 엿보는 남자와 엿봄을 당하는 여자의 시선視線의 관계를 통하여 각각의 인물들의 내면과 상호간의 관계성이 보다 깊게 파헤쳐 지고 있다고 할 수 있다.

특히『겐지 이야기』의 엿보기 장면 중「와카무라사키若紫」권에서 히 카루겐지光源氏가 어린 무라사키노우에紫の上를 발견하는 장면,「와카나 상若菜上」권에서 가시와기柏木가 온나산노미야女三の宮를 엿보는 장면,「하 시히메橋姬」권에서 가오루薰가 우지宇治의 오이기미大君와 나카노키미中の君 를 엿보는 장면 등은 작품 전개의 근간이 되는 중요한 사건의 계기를 제공하고 있다. 그 외에도「우쓰세미空蟬」권에서 히카루겐지가 우쓰세 미와 노키바노오기軒端荻의 모습을 엿보는 장면,「노와키野分」권에서 유 기리夕霧가 무라사키노우에를 엿보는 장면,「우키후네浮舟」권에서 니오 노미야匂宮가 우키후네를 엿보는 장면 등도 잘 알려져 있는 장면들이다. 이들 엿보기 장면들은 남자 주인공들의 연심과 정념을 자극하는 필연 적인 요인으로 기능하며, 운명적인 사랑이나 밀통 등 극적인 남녀 간의 이야기를 전개시키는 원동력이 된다.

이러한 엿보기 장면 가운데 이채롭고 극적인 인상을 주는 것으로 「호타루螢」권의 엿보기 장면을 들 수 있다. 그것은 대부분의 엿보기 장 면들이 작품 전개 차원의 우발적인 상황 설정인 데 비해「호타루」권에 서는 작중인물인 주인공 히카루겐지에 의해 치밀하게 짜인 몽환적인 엿보기 장면이 연출되고 있기 때문이다. 그리고 그 속에서 히카루겐지 등 등장인물들의 내면의 문제와 그들 상호간의 관계의 본질이 유감없 이 그려지고 있기 때문이다.

「호타루」권의 엿보기 장면이란 히카루겐지가 양녀 다마카즈라玉鬘와 자신의 동생 호타루노미야螢宮의 극적인 만남의 자리를 만들기 위해 어둠 속에 반딧불이를 풀어놓고 그 빛으로 다마카즈라의 모습을 호타루노미야에게 엿보게 하는 장면이다. '호타루'는 반딧불이라는 뜻으로, 이 장면에서 바로 「호타루」권의 명칭과 호타루노미야라는 호칭이 유래되었다. 이 장면의 포인트는 히카루겐지가 어둠 속의 다마카즈라와 호타루노미야의 행동을 시종일관 살피면서 이에 관여하고 있다는 설정이다. 또한 호타루노미야의 마음을 사로잡기 위해 엿보기 장면을 연출한 장본인이지만 환상적으로 비추어진 다마카즈라의 모습을 바라보는 그의 시선에도 다마카즈라에 대한 굴절된 정념이 짙게 깔려 있다는 점이 중요하다.

다마카즈라의 어머니는 히카루겐지의 젊은 날의 애인으로 그와 뜨거운 사랑에 빠지지만 얼마 안 되어 안타깝게도 횡사하고 만 유가오夕顔라는 여인이다. 또 다마카즈라의 아버지는 히카루겐지의 친구이자 처남인 두중장頭中將인데 유가오의 정체와 다마카즈라의 존재는 유가오의 사후에야 알려지게 된다. 어린 나이에 어머니와 헤어져 행방을 알 수 없었던 다마카즈라는 방랑 끝에 아름다운 여인이 되어 히카루겐지 앞에 나타나고 유가오를 잊지 못한 그는 그녀를 양녀로 삼게 된 것이다. 히카루겐지는 다마카즈라를 그의 영화를 상징하는 대저택 로쿠조인六條院의 히로인으로 하여 그에 걸맞은 최고의 구혼자를 구하려 하지만, 한편으로는 세상을 뜬 유가오에 대한 그리움으로 인해 다마카즈라에게 굴절된 정념을 품게 된다. 다마카즈라 또한 나날이 노골화되는 히카루겐지의 태도에 곤혹함과 고뇌가 쌓여가기만 한다. 이 장면은 그러한 두 사람의 관계를 배경으로 그려지고 있는 것이다.

이 글에서는 이 엿보기 장면이 그러한 히카루겐지와 다마카즈라 그리고 호타루노미야 각각의 존재성과 관계성을 어떻게 구체적으로 형상화하고 있는가에 대해 다루어보고자 한다. 특히 이 장면의 고유성을 살펴보는 방법의 하나로 여기에 등장하는 여름 경물景物인 '반딧불이'와 '두견새'라는 표현과 히카루겐지와 호타루노미야의 인물 조형과의 관련성에 주목하고 그것이 이 장면에서 갖는 의미를 생각해보기로 한다.

2. 「호타루」권의 엿보기 장면의 구성

다마카즈라의 결혼 상대를 둘러싼 이야기는 「고초胡蝶」권에서 시작되어 「호타루」권 이후 본격적으로 전개된다. 다마카즈라를 양녀로 삼아 로쿠조인에 걸맞은 이상적인 구혼자들을 그러모으려는 의도대로 호타루노미야, 히게쿠로黑黑, 가시와기 등이 구애자로 등장한다. 그러나 히카루겐지 또한 양부의 입장과 그녀에 대한 연정에 갈등하게 되는데, 「고초」권에서 히카루겐지의 그러한 정념이 노골적으로 드러나게된다.

초여름의 어느 저녁 무렵, 다마카즈라의 방에 들른 히카루겐지는 그녀의 아름다운 모습에 그만 유가오를 떠올리고는 다마카즈라가 그녀 어머니와 다른 사람으로는 느껴지지 않는다면서 손을 잡는다. 당혹해하는 다마카즈라는 타계한 어머니와 같아 보인다면 자신도 역시 허망하게 죽는 것은 아닌지라는 불길한 와카和歌를 읊어 히카루겐지를 따돌리려 한다. 그러나 다마카즈라를 바라보는 히카루겐지의 시선은 그녀의 여자로서의 매력에 매료되어 있다. 히카루겐지는 마침내 자신의 마음을 고백하고는 그녀 곁에 나란히 눕는 노골적인 행위에 이르게 된다.

「호타루」권은 「고초」권에 이어서 히카루겐지의 연정에 고뇌하는 다마카즈라의 모습을 그리면서 시작된다. 그리고 곧이어 호타루노미야를 등장시켜 히카루겐지가 반딧불이로 그녀의 모습을 비추어 호타루노미야의 마음을 뒤흔들어놓는 장면이 설정된다. 이 장면의 구성은 다음과 같이 [A][B][C][D] 네 장면으로 나누어 생각해볼 수 있다.

[A]에서는 음력 5월 장마철의 어느 날 밤, 호타루노미야가 로쿠조인으로 다마카즈라를 찾아오고 두 사람이 최고의 만남을 가질 수 있도록 분주한 히카루겐지의 모습이 그려진다. 히카루겐지는 호타루노미야를 다마카즈라가 있는 방에 들여보내는데 어두컴컴한 방 안의 두 사람 사이에는 휘장이 쳐진 칸막이 하나만이 놓여 있을 뿐이다. 히카루겐지는 향을 그윽하게 피워놓고 다마카즈라에게 이것저것 세심하게 조언을 한다. 최고의 달콤한 분위기가 만들어진 가운데 호타루노미야는 연애의 달인답게 다마카즈라에게 세련된 말솜씨로 사랑을 고백한다. 히카루겐지는 그러한 호타루노미야의 기척을 살피며 그의 말을 엿듣고 있다. 호타루노미야는 히카루겐지의 의도대로 다마카즈라의 구혼자답게 행동하고 히카루겐지는 그러한 그의 모습을 만족스럽게 확인하고 있는 것이다.

[B]에서는 다마카즈라가 호타루노미야와의 만남을 난처해하며 방 안쪽으로 들어가버리자 히카루겐지는 그런 그녀를 답답해하면서 좀 더 그에게 친근하게 대하라고 재촉한다. 당장이라도 방에 들어올 기세인 히카루겐지를 피해 그녀가 내실과의 사이에 놓여 있는 칸막이 뒤로 자리를 옮겼을 때 히카루겐지가 슬쩍 다가가 그녀를 가리고 있던 칸막이의 휘장을 들어올리며 동시에 엷은 천에 싸두었던 많은 반딧불이를 일제히 풀어놓는다. 다마카즈라는 놀라 부채로 얼굴을 가렸지만 어둠 속에서 반딧불이로 비추어진 옆얼굴은 참으로 아름다웠다. 히카루겐지는 이 극적인 연출에 의해서 연애의 달인인 호타루노미야의 마음을 완전히 사로잡으려 계획했던 것이다. 호타루노미야에게 다마카즈라의 환상적인 미모를 보여준다는 목적을 달성한 히카루겐지는 그 자리를 슬쩍 빠져나간다.

■ 다마카즈라와 호타루노미야를 엿보
는 히카루겐지의 모습〈源氏物語繪
色紙帖〉. 京都國立博物館藏. ―『ビ
ジュアル版 日本の古典に親しむ①
源氏物語』. 世界文化社, 2005.

[C]는 [B]의 장면을 호타루노미야의 시선에 따라 다시 기술한 것이
다. 호타루노미야는 어둠 속에서 다마카즈라가 있는 쪽을 칸막이 틈 사
이로 들여다보고 있었는데 그쪽에 놓인 또 다른 칸막이의 휘장이 올라
가더니 갑자기 반딧불이의 은은한 빛이 그녀의 모습이 비추어내는 것
이었다. 그는 어둠 속에 드러난 다마카즈라의 아름다움에 마음을 빼앗
기고 만다. 히카루겐지가 의도한 대로 다마카즈라에게 완전히 매료되
고 만 것이다.

[D]는 호타루노미야가 다마카즈라의 아름다운 모습을 비추어준 '반
딧불이'를 소재로 그녀에게 와카를 읊고 다마카즈라가 이에 답하는 장
면이다. 호타루노미야는 이 와카를 통해 그녀에 대한 사랑의 열정을 호
소하지만 다마카즈라는 이를 외면하고 안쪽으로 들어가버리고 만다.
그러자 호타루노미야는 그녀의 태도에 실망하고는 날이 밝기도 전에
돌아간다. 이러한 호타루노미야의 모습이 와카의 인용 표현을 통해 효
과적으로 그려져 있는 점이 주목되는데 이에 대해서는 뒤에서 자세히

살펴보기로 한다.

　이상의 장면을 보면 [A]에서는 히카루겐지의 시선이 지배하는 가운데 어둠 속에서 잔뜩 기대에 부풀어 다마카즈라의 기척을 살피는 호타루노미야의 모습이 그려지고, [B]에서는 반딧불이에 의해 다마카즈라의 모습이 히카루겐지의 눈에 비친다. [C]에서는 다시 호타루노미야의 시선에 입각하여 다마카즈라의 모습이 그려지게 된다. 말하자면 다마카즈라는 히카루겐지와 호타루노미야 두 사람의 시선에 이중으로 노출되는 존재인 것이다. [A]에서 [C]까지는 보는 이의 마음의 움직임이 장면을 주도해나가는 서술이고, [D]에서는 와카의 증답과 와카의 인용에 의해서 장면이 형성되고 있다. 또한 이 장면의 특징으로는 곳곳에 이야기의 화자語者가 얼굴을 내밀어 양부답지 못한 히카루겐지를 비판하는 말을 한다. 이를 통해 복잡하게 갈등하는 그의 심리를 입체적으로 그려내고 있다.

　이와 같이 이 장면은 히카루겐지가 호타루노미야와 다마카즈라 두 사람을 엿보고 있는 듯한 시점 설정과 서술 형식 속에서 호타루노미야의 다마카즈라 엿보기가 그려져 있다는 점이 큰 특징이다. 그리고 그것이 와카의 증답과 인용이 형성하는 서술을 유기적으로 이끌어내면서 전체적으로 매우 인상적인 하나의 장면을 형성하고 있다.

　여기서 특히 주목할 점은 '반딧불이'가 히카루겐지의 엿보기 장면 연출의 중요한 장치로 그것이 호타루노미야와 다마카즈라가 와카를 증답하는 장을 성립시키고 있다는 것, 그리고 다마카즈라 구혼담에서 히카루겐지의 인물 조형과도 관련되는 상징적인 의미를 지니고 있다는 사실이다. 그러한 의미에서 이 장면에 나타난 '반딧불이'의 표현과 히카루겐지의 인물 조형이 어떻게 관련되어 있는지에 대해 살펴보기로 한다.

3. 반딧불이와 히카루겐지

헤이안 시대를 대표하는 수필 『마쿠라노소시枕草子』에서는 한여름 밤에 반딧불이가 은은한 빛을 내며 환상적으로 난무하는 광경에 대해 여름 최고의 정취라며 찬사를 보내고 있다. 이렇듯 반딧불이는 헤이안 시대에도 여름의 대표적인 경물로 여겨졌다.

"깊은 시름에 잠기니 개울을 나는 반딧불이도 이내 몸에서 빠져나온 나의 혼이라 여겨지네"(『고슈이와카슈後拾遺和歌集』, 이즈미시키부和泉式部). 이 와카에서는 명멸하는 반딧불이를 사랑의 고뇌 때문에 몸에서 빠져나와 떠도는 자신의 영혼이라고 비유하고 있다. 이렇듯 반딧불이는 사랑의 정념이나 집착의 상징으로 헤이안 시대의 와카나 여러 이야기 작품에 등장한다.

『겐지 이야기』에서도 반딧불이는 은은한 사랑의 정취를 암시하거나 격렬한 사랑의 정념이나 고뇌를 상징하고, 혹은 사랑하는 사람을 잃은 애상哀傷의 장면을 형성하는 등 남녀관계의 여러 양상과 연결되어 있다. 히카루겐지와 관련된 예를 들자면 다음과 같은 장면들이 있다.

「유가오夕顔」권에서 히카루겐지가 유가오의 모습을 엿본 뒤 그녀에게 관심을 갖게 되는 장면에서는 유가오의 허름한 집에서 새어나온 불빛이 반딧불이보다 은은하여 더할 나위 없이 마음이 끌린다고 표현되고 있다. 이 표현은 "밤이 되니 나의 그리움은 반딧불이보다 더 타오르지만 사람의 마음은 그 불빛처럼 눈에 보이는 것이 아니니 그 사람은 내 마음을 알지 못하네"(『고킨와카슈古今和歌集』, 기 도모노리紀友則)라는 와카를 상기시킴으로써 유가오에 대한 히카루겐지의 호기심을 상징적으로 나타낸다.

또 「우스구모薄雲」권에는 아카시노키미明石の君와 재회한 히카루겐지가 오이 강大堰川의 가마우지 고기잡이배의 횃불을 보고 그 불빛이 마치

반딧불이처럼 보인다며 감회에 젖어 있는 장면이 있다. 여기에서 오이
강의 흔들거리는 횃불은 히카루겐지로 하여금 아카시노키미를 만나
사랑을 나누었던 아카시明石 바닷가의 고기잡이배의 횃불을 연상시킨
다. 그것이 반딧불이로 비유되고 있는 점에 아카시노키미에 대한 사랑
의 정취가 매우 서정적으로 상징되어 있는 것이다.

애상의 장면으로는 「마보로시幻」권에서 평생의 반려자 무라사키노
우에와 사별한 히카루겐지가 어느 날 저녁 반딧불이를 보고는 '저녁 궁
궐에 반딧불이 날고'라며 백거이의 「장한가長恨歌」의 한 구절을 읊조리
는 장면을 들 수 있다. "夕殿螢飛思悄然 孤燈挑盡未成眠"(저녁 궁궐에
반딧불이 날고 마음이 처량하여 외로운 등불 심지 다 타도록 잠을 못
이루네)이라는 구절이다. 양귀비를 잃은 현종 황제의 깊은 슬픔을 떠올
리지 않을 수 없는 것이다. 이어 히카루겐지는 "밤임을 아는 반딧불이
를 보고 슬프게만 느껴지는 것은 세상을 뜬 그 사람에 대한 그리움이
밤낮으로 불타고 있기 때문이었네"라는 와카를 애절하게 읊는다. 이
장면에서 반딧불이는 무라사키노우에에 대한 강한 집착의 표상이다.

이와 같이 반딧불이는 그것을 바라보는 히카루겐지의 심상心象에 밀
착하여 사랑의 은은한 감정부터 상실의 절망까지를 표상하고 서정적
인 와카를 수반한다고 할 수 있다.

한편 앞서 살펴본 「호타루」권의 반딧불이는 등불이나 횃불과의 연
상관계에서 대상을 비추어내는 하나의 조명 장치로 설정되어 있다. 반
딧불이로 여성이나 물건을 비추어낸다는 발상은 『겐지 이야기』에는
이 「호타루」권 외에 다른 예가 없지만 『이세 이야기伊勢物語』39단과 『우
쓰호 이야기宇津保物語』 「하쓰아키初秋」권에서 그 선례를 찾아볼 수 있다.

『이세 이야기』39단의 이야기는 이렇다. 타계한 다카코 내친왕崇子內
親王의 장례가 거행되는 날 밤 공주의 이웃에 살던 남자가 그 장례식을
보려고 어떤 여자와 함께 우차牛車에 타고 있었다. 그런데 '천하의 연애

의 달인'라고 불리던 미나모토 이타루源至가 그 여자의 얼굴을 보려고 우차 안에 반딧불이를 풀어놓자 동승한 남자가 그 불빛을 없애려고 와카를 읊었다는 일화이다.

『우쓰호 이야기』「하쓰아키」권의 이야기는 천황이 한 미모의 여관女官의 모습을 보려고 『진서晉書』차윤전車胤傳의 '형설螢雪'의 고사에 착안하여 옷소매에 감춰둔 반딧불이의 은은한 빛으로 그녀의 모습을 비추어 그 아름다움에 감동했다는 내용이다.

앞서 언급한 것처럼 반딧불이는 종종 그것을 보거나 혹은 상기하는 인물의 사랑의 감정이나 정념을 표상하며, 매우 상징적인 심상 표현으로 기능하고 있다. 한편 반딧불이로 상대 여성을 비추어낸다는 것은 『이세 이야기』나 『우쓰호 이야기』처럼 정념을 내포한 행위 자체를 의미하며, 그것이 필연적으로 반딧불이의 상징적인 이미지와 공명함으로써 주체의 정념이 보다 입체적이고 선명하게 표현된다고 할 수 있다.

「호타루」권에 그려진 히카루겐지의 반딧불이의 연출은 호타루노미야의 연심을 더욱 자극하기 위한 것이었지만 동시에 호타루노미야가 구애하는 데 절호의 소재가 되었다. 반딧불이는 호타루노미야에게 엿보기의 조명과 더불어 두 사람이 대화할 수 있는 계기를 제공하고 있는 것이다.

호타루노미야는 반딧불이를 소재로 와카를 건네고 두 사람은 다음과 같이 와카를 주고받게 된다. 호타루노미야는 "울음소리도 들을 수 없는 반딧불이, 그 불빛조차 끄려 해도 끌 수 있는 것은 아닌데 어찌 나의 불타오르는 사랑의 불꽃을 끌 수 있으랴"라고 정열적인 사랑을 호소한다. 그러나 다마카즈라는 "소리도 없이 자기 몸만을 불태우고 있는 반딧불이가 그대처럼 목소리를 내어 말하는 것보다도 훨씬 더 깊은 마음이리라"며 냉정하게 응한다. 호타루노미야는 능숙한 말솜씨로 반덧불이보다 더 뜨거운 자신의 열정을 역설하지만 다마카즈라는 오히려 말의 능숙함보다는 과묵함의 성실성을 강조하며 반딧불이를 옹호하면서 그에게 반발하고 있는 것이다. 그녀에게 있어서 '소리도 없이 자기 몸만을 태우고 있는 반딧불이'란 아무에게도 말 못 할 히카루겐지와의 관계를 가슴에 담은 채 고뇌하는 자기 자신이기도 한 것이다. 소리 내 우는 벌레와 울지 않는 반딧불이와의 대비를 통해서 반딧불이의 깊은 마음을 읊는 것은 당시의 전형적인 발상이라 할 수 있다. 그렇지만 그것이 호타루노미야에 대한 거부의 표현임과 동시에 호타루노미야가 인지할 수 없는 차원에서 다마카즈라 스스로의 자기 인식을 담고 있었다는 점에 이 와카의 이중의 의미가 있다.

이리하여 다마카즈라의 냉담한 태도에 실망하며 물러나는 호타루노미야는 히카루겐지가 연출하는 연애극에서 주체적인 사랑의 주인공이 되지 못하고 수동적인 모습으로밖에 그려지지 않는다. 엿보기는 종종 엿보는 남자 측의 복잡한 심리나 감동을 그리면서 사랑 이야기를 전개하는 데 중요한 계기를 제공하지만 다마카즈라를 엿본 호타루노미야의 감흥은 극히 간결하고 설명적이다. 이는 바로 그에게는 다마카즈라와의 사이에 사랑이 진전될 가능성이 없음을 보여주는 것이다.

이러한 구혼자 호타루노미야의 등장은 그 자체의 인물상보다는 히카루겐지의 다마카즈라에 대한 정념을 대신하는 분신으로서 보다 더 의미를 갖게 된다. 다마카즈라에게 매료되는 히카루겐지는 억누를 수 없는 감정을 드러내기도 하고 때로는 위태로운 행동을 노골적으로 보이기도 하지만 어떻게든 이를 이성적으로 자제하려고 한다. 곳곳에 보이는 그러한 히카루겐지의 갈등하는 모습과 엿보기의 장면이 유기적으로 공명하면서 반딧불이로 다마카즈라를 비추어내는 히카루겐지의 행위에 그 자신의 정념이 내재되어 있음을 인상적으로 보여주고 있는 것이다.

다마카즈라와 히카루겐지가 나란히 누워 있는 모습〈源氏物語繪色紙帖〉. 京都國立博物館藏 – 『ビジュアル版 日本の古典に親しむ① 源氏物語』, 世界文化社, 2005.

이 반딧불이의 장면과 통하는 것이 뒤의 「가가리비篝火」권이다. 초가을의 어느 날 참지 못해 다마카즈라를 찾은 히카루겐지는 거문고를 가르치다 저녁이 되자 거문고를 베개삼아 그녀와 나란히 누워 그녀에 대한 마음을 달랜다. 더 이상의 행동은 있을 수 없기에 히카루겐지는 탄식을 금할 수 없다. 밤이 깊어지자 남의 눈이 꺼려져 돌아가려고 뜰의 횃불을 밝게 켜게 하였다.

밝게 타오르는 횃불에 다마카즈라의 아름다운 용모가 비치고 히카루겐지는 그 횃불에 연정을 담아 와카를 읊는다. "저 횃불과 함께 피어오르는 사랑의 연기야말로 항상 꺼지지 않고 불타고 있는 나의 마음의 불길이니"라고. 다마카즈라를 아름답게 비추어내는 횃불의 불길이 히카루겐지의 마음속 정념의 선명한 표상이 되고 있는 것이다. 다마카즈라를 비추어낸 반딧불이는 호타루노미야를 개재시킨 정교한 장면을 구사함으로써 히카루겐지의 복잡한 정념을 보다 상징적으로 그려내고 있다고 할 수 있다.

4. 두견새와 호타루노미야

반딧불이에는 바로 히카루겐지의 정념이 상징되어 있었다고 할 수 있다. 한편 호타루노미야의 인물 조형에 있어서도 이 장면 특유의 상징적인 표현 방식을 찾아볼 수가 있다. 와카의 증답이나 와카의 인용에 의해서 장면이 형성되는 [D]의 부분에서 호타루노미야의 인물 조형의 특징과 그 의의를 살펴보기로 한다.

다마카즈라의 냉정한 대응에 실망하여 돌아가는 호타루노미야에 대해 "처마에서 떨어지는 빗방울처럼 눈물이 멈추지 않고 괴로운 마음으로 비에 흠뻑 젖어 깊은 밤중에 댁으로 돌아갔다. 분명 두견새라도 소리 내어 울었을 것이다"라고 언급되어 있다. 이는 "하루 종일 수심에 잠겨 있으니 처마에서 떨어지는 빗방울처럼 눈물이 멈추질 않는구나" (『신코킨와카슈新古今和歌集』, 도모히라 친왕具平親王)라는 와카와, "오월 장맛비에 수심에 잠겨 있으니 깊은 밤 두견새 울음소리가 들리는구나 어디로 날아가는 것일까"(『고킨와카슈』, 기 도모노리紀友則)라는 와카의 인용에 의한 표현이다. 이를 통해 호타루노미야는 사랑을 이루지 못하고 그 자리를 떠나는 남자로서 '두견새'의 이미지와 밀착되어 있다. 그는 '반딧불이'를 다마카즈라와 주고받는 와카의 소재로 삼으면서도 오히려 사랑의 괴로움을 표상하는 '두견새'로 이미지화되어 있다.

여름의 대표적인 경물인 두견새는 음력 4월에 산촌에서 울기 시작해 5월에는 마을의 귤나무나 댕강목꽃을 찾아 날아와 울고 6월이 되면 다시 산속으로 돌아간다고 한다. 두견새를 읊는 와카는 대부분 그 울음소리를 소재로 하고 있다. 특히 음력 5월의 장마철 깊은 밤에 우는 울음소리는 수심에 잠겨 있는 이들이 듣는 것, 괴로운 마음이나 애타는 연정을 더욱 자극하는 것으로 읊어졌다.

호타루노미야는 이 엿보기 장면에서 사랑에 애태우는 남자의 탄식을 상징하는 '울음소리'와 눈물의 비유인 '5월 장맛비'의 속성에 의해 두견새의 이미지로 조형되어 있다. '5월 장마철'의 어느 날 밤 다마카 즈라의 방 안쪽에서 풍겨오는 향내로 그녀의 기척을 살피며 마음을 빼 앗기고 있는 그는 마치 귤나무꽃을 좇아 날아온 두견새와 같다. 특히 그 '우는' 속성은 능숙한 말솜씨로 자신의 연정을 한없이 늘어놓는 호 타루노미야의 다변이나 다마카즈라와 증답한 와카에서 반딧불이보다 '울음소리'로 호소하는 자신의 우월함을 강조하고 있었던 점에서도 지 적할 수 있다.

호타루노미야의 인물 조형은 다마카즈라가 읊은 "소리도 없이 자기 몸만을 불태우고 있는 반딧불이가 그대처럼 목소리를 내어 말하는 것 보다도 훨씬 더 깊은 마음이리라"라는 와카에서 말하는 '자기 몸만을 불태우고 있는 반딧불이'와 '우는' 벌레라는 관계의 연장선에 있다고 할 수 있을 것이다. 여기에 등장하는 '몸을 불태우는 반딧불이'와 '우는 두견새'라는 여름의 경물에 대해 상징적인 우열관계가 부여됨으로써 호타루노미야는 반딧불이로 표상되는 히카루겐지의 정념을 보다 선명 하게 드러내게 하는 인물로서 의의를 갖게 된다.

그런데 헤이안 시대의 문학세계에 있어서 두견새란 한편으로는 '회 고懷古'의 정을 불러일으키는 존재이기도 하였다. 예를 들면 「하나치루 사토花散里」권에 등장하는 두견새가 그렇다.

히카루겐지는 선친인 기리쓰보인桐壺院의 후궁이었던 레이케이덴 여 어麗景殿女御를 찾아가는 도중 옛날에 한번 만난 적이 있는 어떤 여자의 집 앞을 지나게 되는데 마침 두견새가 울며 날아갔다. 그 울음소리를 들은 그는 자신을 두견새에 비유하며 옛 시절로 돌아가 그리움을 참지 못하고 이 집에 돌아와 울고 있다는 와카를 읊는다. 이어 레이케이덴 여어의 저택에서는 그녀에게 "옛날을 생각나게 하는 귤나무꽃 향기가 그리워 두견새는 귤나무꽃이 지는 이곳을 찾아온 것입니다"라며 기리쓰보인이 생존했던 옛 시절에 대한 그리움을 읊고 있다. 여기에서 두견새는 바로 과거를 추억하게 하는 상징으로 쓰이고 있는 것이다.

물론 「호타루」권의 두견새에는 그러한 '회고'의 이미지는 없어 보인다. 사랑에 빠져 어찌할 줄 모르고 실연에 상처입은 호타루노미야의 인물상을 형상화하고 있는 것이다. 다만 '회고'라는 점에서는 호타루노미야 또한 '과거'의 의미를 지니는 인물이라는 데 주의를 기울여야 할 것이다. 호타루노미야는 다마카즈라 구혼담에서는 연애의 달인으로 등장하지만, 그는 히카루겐지의 동생으로서 히카루겐지에게는 풍류와 제예諸藝의 공감자이자 선황인 기리쓰보 천황의 성대聖代를 회상하게 하는 존재이며 과거와 현재를 이어주는 역할을 하는 인물이었다.

이 엿보기 장면에서 두견새가 갖는 사랑에 빠진 남자의 이미지에 더해 '회고'의 이미지, 그리고 호타루노미야라는 인물이 지니는 과거 회상의 이미지를 좀 더 적극적으로 의식해볼 때 그것은 히카루겐지의 정열적인 과거의 사랑 장면들을 상기시키기도 한다. 수동적인 연애의 달인 호타루노미야를 보며 상대적으로 약동적이었던 과거 히카루겐지의 사랑의 모습이 떠오르는 것이다. 그리고 그것이 한편으로는 다마카즈라에 대한 욕망과 집착으로 신음하는 현재의 히카루겐지의 모습까지도 보다 선명하게 드러나게 한다.

또한 이 엿보기 장면이 히카루겐지의 옛 사랑의 정열을 상기시키는 것은 엿보기 장면 자체가 갖는 상기성想起性과도 관련이 있을 것이다. 예컨대 우쓰세미, 유가오, 무라사키노우에, 스에쓰무하나末摘花 등의 여성들과의 사랑 이야기가 전개될 때 엿보기 장면은 중요한 의미를 지니고 있었다. 엿보기는 사랑 이야기의 계기로 기능하는데 당초부터 엿보기가 사랑으로 진전할 수 없도록 설정된 호타루노미야를 통해서 히카루겐지의 과거 사랑의 장면들이 선명하게 상기되어오는 것이다.

이 장면의 마지막 부분에서, 히카루겐지와 다마카즈라의 관계가 어떠한지 그 실상에 대해 알지 못하는 시녀들이 히카루겐지와 꼭 닮은 호타루노미야의 수려한 용모, 그리고 히카루겐지의 양부로서의 배려에 대해 찬사를 보내고 있다. 히카루겐지가 계획한 반딧불이의 연출이 성공하고 다마카즈라의 와카에 나타난 반딧불이에 대한 지지의 표현 등이 이러한 시녀들의 찬사와 연동함으로써 이 장면은 히카루겐지에 대한 찬양으로 수렴된다. 호타루노미야는 히카루겐지의 정념의 분신처럼 등장하면서 그의 이상성을 밝혀주는 역할을 담당하고 있는 것이다.

소리도 없이 자기 몸만을 불태우고 있는 '반딧불이'로 상징되는 히카루겐지의 정열과 고뇌의 모습은 '두견새' 호타루노미야와 대비됨으로써 과거 히카루겐지의 사랑의 이상성을 상기시키면서 복잡하게 재조명되고 있다.

참고문헌

김유천, 「『源氏物語』の場面性−蛍巻のかいまみ場面をめぐって−」(『일본언어문화』7, 일본언어문화학회, 2005)

秋山虔 編, 『王朝語辞典』, 東京大学出版会, 2000.

鈴木日出男, 「源氏物語の場面」(『源氏物語研究集成 第三巻 源氏物語の表現と文体 上』, 風間書房, 1998)

倉田実, 「垣間見」(『源氏物語ハンドブック』, 新書館, 1996)

斎藤正昭, 「王朝人と蛍」(『源氏物語展開の方法』, 笠間書院, 1995)

深町健一郎, 「蛍兵部卿宮」(『源氏物語講座 2』, 勉誠社, 1991)

鈴木日出男, 「蛍」, 「橘・時鳥」(『源氏物語歳時記』, 筑摩書房, 1989)

柳町時敏, 「蛍宮」(『源氏物語必携 II』, 学燈社, 1982)

小町谷照彦, 「光源氏と玉鬘(2)」(『講座 源氏物語の世界 第五集』, 有斐閣, 1981)

清水好子, 「蛍の巻の場面描写」(『源氏物語の文体と方法』, 東京大学出版会, 1980)

여성과 삶

▌ 이치조미야스도코로로부터 온 편지를 오치바노미야가 보낸 것이라 오해하고 빼앗는 구모이노카리
〈源氏物語繪卷〉, 五島美術館藏. ─『源氏物語』, 平凡社, 1982.

키워드로 읽는
겐지 이야기

여성 이야기와 정편 여주인공
무라사키노우에

■ 이 미 숙

1. 여성을 위해 여성이 쓴 여성의 세계를 그린 이야기

　1990년대 후반 일본의 여성 작가이자 승려인 세토우치 자쿠초瀬戸内
寂聴는 『겐지 이야기』를 현대 일본어로 풀어 써 간행하였다. 이 책은
200만 부 이상이나 팔려 근대에 들어 수차례에 걸쳐 출간된 『겐지 이
야기』 현대 일본어역 가운데 1970년대 후반 출간된 다나베 세이코田辺
誠子 역에 이어 역대 2위의 판매고를 기록하였다. 다나베 역이 번안소설
에 가깝기에 원작 그대로의 구성에 따라 풀어 쓴 현대어역 중에서는 가
장 큰 인기를 모은 셈이다.

　책이 출판된 뒤 세토우치는 대담이나 강연 등 『겐지 이야기』와 관련
된 여러 행사에 참여해 자신이 바라다보는 『겐지 이야기』의 작품세계

『겐지 이야기』 사본.
니헤이 미치아키仁平道明 소장.

에 관해 적극적으로 발언하였다. 세토우치는 어느 좌담회에서, 『겐지 이야기』는 히카루겐지光源氏 등 남성 주인공과 관련돼 등장하는 여성들의 이야기, 즉 여성문학이며 정편의 주인공인 히카루겐지는 이야기를 이끌고 나가는 '진행 역'에 불과하다고 발언하였다. 이는 『겐지 이야기』의 성격을 생각할 때 매우 흥미로운 견해다.

　『겐지 이야기』의 주인공은 작품 서명에서도 알 수 있듯이 명백히 남성인 히카루겐지이다. 그런데도 이 작품을 여성문학으로 보는 견해는 세토우치 이전부터 있었다. 『겐지 이야기』는 3부 구성설로 보는 견해도 있지만, 주인공을 중심으로 봤을 때 정편 41권, 속편 13권으로 이루어진 작품이다. 처음부터 마지막까지 이야기의 흐름, 즉 이야기의 전개를 통합해나가는 인물을 주인공이라고 한다면, 정편의 주인공은 히카루겐지, 속편의 주인공은 가오루薫로 볼 수 있다. 텍스트 표층의 주인공이 남성이기에, 이 작품은 남성 주인공에 초점을 맞춰 남성이 권력을 획득해가는 이야기, 종교에 귀의하게 되는 이야기, 호색한인 남성이 여성들과 관계를 맺어가는 분방한 연애 이야기로 많이 해석되어 왔다.

　『겐지 이야기』에 그려진 '히카루겐지 이야기' '가오루 이야기'라는 남성들의 이야기와 여성들의 이야기가 어떻게 맞물려 있는지는, 일찍이 후지오카 사쿠타로藤岡作太郎라는 일본문학 연구자가 1905년에 발표한『국문학전사』라는 책에 잘 나타나 있다. 그는 '겐지 이야기의 참된 의미는 실은 여성에 관한 평론'에 있으며, '겐지는 한 편의 주인공이라고는 하지만, 오히려 많은 여성을 모으는 방편'에 불과하다고 지적하였다. 히카루겐지라는 남성 주인공은 이야기를 이끌고 나가는 '진행 역'에 불과하다고 보는 세토우치 자쿠초의 지적은 이러한 후지오카 사쿠타로의 견해와 같은 지점에 위치해 있다고 볼 수 있다. 이러한『겐지 이야기』의 여성문학적인 성격은 다마가미 다쿠야玉上琢弥라는 연구자가 1961년에 링컨의 캐치프레이즈를 빌려 논문의 제목으로 사용한 '여성을 위해 여성이 쓴 여성의 세계를 그린 이야기'라는 표현에 압축되어 있다.

이 글에서는 '여성을 위해 여성이 쓴 여성의 세계를 그린 이야기'가 『겐지 이야기』에 어떻게 형상화되어 있는지에 관해 살펴본 뒤, 정편의 여주인공 무라사키노우에紫の上 이야기를 통해 여성 이야기女物語의 구체적인 양상을 짚어보고자 한다.

2. 여성 이야기는 무엇을 지향하는가

『겐지 이야기』는 이렇듯 히카루겐지라는 이상적인 남성의 이야기로 출발하고 있지만 이 작품의 진정한 주제는 남성과 관계를 맺으며 작품 속에 등장하는 여성들의 삶, 여성들의 이야기 속에서 찾을 수 있다. 이 점은 이 작품이 여성 작가에 의해 쓰였고 여성을 주된 독자층으로 하고 있다는 작품 수용사를 통해서도 확인할 수 있다.

『겐지 이야기』의 영향을 받아 성립한『요루노네자메夜の寝覚』,『사고로모 이야기狭衣物語』등 헤이안 시대 후기 모노가타리 대부분은 여성 등장인물의 고뇌를 주제로 삼고 있는 여성문학이었다. 근대의 대표적인

여성 작가로 여성의 삶을 테마로 주목할 만한 작품을 남긴 히구치 이치요樋口一葉 또한 『겐지 이야기』의 작품세계에 많은 영향을 받았다. 그녀는 1673년에 나온 『겐지 이야기』의 주석서인 기타무라 기긴北村季吟의 『고게쓰쇼湖月抄』를 탐독했다고 알려져 있다.

근대 이후 『겐지 이야기』의 현대어역 대부분이 여성 작가들에 의해 여성의 시점에서 집필되어왔다는 점 또한 주목할 만하다. 『겐지 이야기』는 다니자키 준이치로谷崎潤一郎를 제외하고 요사노 아키코与謝野晶子, 엔치 후미코円地文子, 다나베 세이코, 세토우치 자쿠초 등 대부분의 여성 작가들에 의해 재해석되어왔다. 여성 작가들에 의해 여성의 시점에서 『겐지 이야기』가 재조명되어왔다는 사실은 『겐지 이야기』의 주제가 여성의 삶을 다루는 데 있으며, 그것이 시대를 넘어 독자들에게도 공유되어왔다는 것을 드러낸다.

또한 『겐지 이야기』가 여성문학이며 작품 주제가 여성 이야기에 내재되어 있다는 점은 작품 내적인 측면에서도 확인할 수 있다. 첫째 권인 「기리쓰보桐壺」권에 실려 있는 히카루겐지의 어머니인 기리쓰보 갱의桐壺更衣의 이야기는 그 단적인 예다. 천황의 사랑을 한 몸에 받으면서도 이렇다 할 후견인이 없어 다른 후궁들을 비롯한 세상 사람들의 시샘과 멸시에 병들어 죽어가는 기리쓰보 갱의의 삶과 죽음은 이 작품이 나아갈 여성 이야기로서의 방향성을 나타낸다.

이러한 의미에서 『겐지 이야기』는 무라사키시키부紫式部라는 여성 작자가 여성을 주된 독자층으로 삼아 그 시대 여성의 삶의 문제에 깊이 파고들어 여성의 삶 속에 주제를 구현해 형상화한 '여성문학'이라고 할 수 있다. 그리고 그러한 『겐지 이야기』의 성격은 시대를 넘어 독자들에게도 공유되어온 것이다.

그렇다면, 『겐지 이야기』에 형상화된 '여성 이야기'를 통해 작자 무라사키시키부가 그리고자 한 것은 무엇일까. 그것은 한마디로 말해, 여성으로서 살아가야 하는 삶의 괴로움, 삶의 지난함, 즉 여성이 어떻게 살아가야 하는가의 문제이다. 무라사키시키부는 이를 작품에 등장하는 여성 한 사람 한 사람의 삶의 태도, 남성들과의 관계 속에서 제각각 성격을 달리해 드러나는 여성들의 이야기 속에 구현하고 있다. 여성들의 삶이 남성보다 더욱 힘들 수밖에 없는 것은 일차적으로 법제적인 규정과는 상관없이 실질적인 일부다처제라는 헤이안 시대 혼인제도 속에서 고착된 여성의 종속적인 지위 탓이다.

『겐지 이야기』가 지향하는 '여성 이야기'의 주제는 등장인물들의 발언이나 심중사유心中思惟 등의 분석을 통해 추론할 수 있다. 그리고 그러한 여성들을 둘러싼 담론은 성차性差에 따라 온도 차를 보인다.

먼저, 히카루겐지를 비롯한 남성들의 발언 및 심중사유에 나타난 여성관은 주로 이상적인 여성의 성격, 마음가짐, 태도 등에 관한 견해이다. 그러나 이러한 남성의 관점에서 바라다보는 여성 인식은 어디까지나 외부로부터의 시선일 수밖에 없어, 여성이 실제 당면한 객관적인 상황, 그 시대 일반적인 여성관을 드러내주는 기능에 머물고 있다.

이와 달리, 히카루겐지와 평생을 함께한 무라사키노우에의 상념 등 여성의 관점에서 토로된 여성 인식은 사회 일반이라는 외부의 인식과 자기 내부의 인식 차로 괴로워하고 있는 여성의 마음, 그리고 그 속에서 어떻게 처신해야 할지 고민하고 있는 여성의 모습을 뚜렷이 드러내준다. 이와 같은 여성의 관점에서 바라다본 여성관은 텍스트 표층에 많이 서술되어 있지는 않지만, 여성 스스로의 실제적인 삶의 경험과 어우러져 남성의 관점에서 바라다본 여성관과는 다른 절실함을 지니고 있다. 이는 살아가기 어려운 이 세상에서 어떻게 삶을 영위해야 하는지, 어떻게 처신을 해나가야 하는지에 관한 모색이 여성들에게 무엇보다도 당면한 과제라는 것을 나타내주고 있다. 따라서 이와 같은 여성의 관점에서 토로된 여성 인식이야말로 『겐지 이야기』 내 '여성 이야기'의 주제를 대변한다고 볼 수 있다.

『겐지 이야기』에 그려진 여성들의 이야기는 그 시대성·사회성에 규정된 공통적인 요소와 더불어 신분과 환경의 차이에 따라 서로 다른 양상을 띠고 있다. 그러면서도 이들 여성 이야기는 몇 가지 공통점을 지닌다. 후견인이 없어 느끼는 삶의 불안, 좁은 귀족 사회의 틀 안에서 타인의 입길에 오를까 극도로 저어하는 마음, 신분 의식과 자기 분수 의식, 그리고 강한 자의식이 그것이다.

『겐지 이야기』에 그려진 여성들의 이야기는 자의식 강한 여성들이 자신의 존재 기반 속에서 자신의 삶을 어떻게 모색해나가는지, 즉 여성의 삶에 관한 문제를 남녀 간의 사랑 이야기와 결혼을 매개로 해 풀어내고 있다고 할 수 있다. 이들 여성들의 이야기가 지향하는 지점은, 물론 히카루겐지와 가오루를 중심으로 하는 남성 이야기가 최종적으로 다다르는 '슬프고 무상한 인생', '헛되고 우울한 인생'이라는 인식과도 통한다. 하지만 여성들의 이야기 속에는 남성과 마찬가지로 인간으로서 감내해야 하는 삶의 괴로움에 '여성'이라는 젠더로서 감내해야 하는 괴로움이 더해진 이중적인 '삶의 괴로움'이 구체적인 삶 속에 녹아 있다.

3. 여자만큼 안쓰러운 존재는 없다

이러한 『겐지 이야기』에 그려진 여성들의 이야기 가운데 그 주제의식을 가장 잘 드러내고 있는 것이 바로 히카루겐지의 일생의 반려자이자 정편의 여주인공인 무라사키노우에 이야기이다.

무라사키노우에는 어릴 적에 어머니를 여의고 교토京都 북쪽 외곽의 산기슭에서 외할머니 손에 자라다 히카루겐지의 눈에 띄었다. 아버지인 시키부쿄노미야式部卿宮는 선제先帝의 황자로 후지쓰보 중궁藤壺中宮의 오빠이다. 그녀는 외할머니가 세상을 뜬 뒤 열 살 때 히카루겐지의 손에 이끌려 그의 사저인 니조인二條院으로 와 살게 되고, 몇 년 뒤 그곳에서 그와 부부의 연을 맺게 된다.

히카루겐지가 우연히 만난 어린 무라사키노우에에게 강하게 끌린 것은 그녀가 그의 첫사랑인 후지쓰보 중궁의 조카인 만큼 용모와 분위기가 많이 닮았기 때문이다. 무라사키노우에는 히카루겐지가 의붓어머니인 후지쓰보 중궁에 대한 비윤리적인 사랑으로 괴로움에 빠져 있을 때 그의 마음을 위로해주는 후지쓰보 중궁을 대신하는 존재였다.

그러나 그녀는 히카루겐지가 정치적인 갈등으로 교토를 떠나 스마須磨로 물러나 있던 동안 니조인을 잘 갈무리하면서 히카루겐지의 정처 격으로 자리잡게 된다. 히카루겐지의 정처였던 아오이노우에葵の上가 죽은 뒤 그 빈자리를 대신하게 된 것이다. 히카루겐지가 교토를 떠나 있던 동안 인연을 맺은 아카시노키미明石の君 때문에 마음고생도 했지만, 둘 사이에서 태어난 아카시노히메기미明石の姬君를 양녀로 삼아 키우면서 마음을 다스리게 된다. 히카루겐지의 영화를 상징하는 로쿠조인六條院이 완성된 다음에는 그와 함께 동남쪽 봄 저택에 살게 되면서 로쿠조인의 안주인, 히카루겐지의 부인으로서 그녀의 위치는 더욱더 안정된다. 로쿠조인은 봄, 여름, 가을, 겨울 사계절의 풍치가 각각 드러나도록 지은 네 저택이 한데 어우러진 대저택이다.

그러나 히카루겐지가 마흔, 무라사키노우에가 서른둘이 되던 해, 히카루겐지가 조카인 온나산노미야女三の宮와 결혼을 하게 되면서 무라사키노우에는 크나큰 충격을 받게 된다. 히카루겐지가 형인 스자쿠인朱雀院의 바람대로 온나산노미야와 결혼한 것은 그녀가 무라사키노우에와 마찬가지로 후지쓰보 중궁의 조카였기 때문이다. 열 살 때부터 스무여 해 동안 히카루겐지와 함께해오며 그만을 믿어왔던 무라사키노우에는 이 일로 자기 인생 전반을 되돌아보며 깊은 고뇌에 빠지게 된다. 그리

고 끝내 병을 얻어 마흔셋의 나이로 자기 집과 다름없던 니조인에서 세상을 뜬다.

무라사키노우에의 신분은 다른 중류 귀족 여성들에 비하면 나무랄 데 없다. 하지만, 아버지가 있어도 그녀는 고아나 마찬가지 처지였다. 외가 쪽으로 기댈 데가 없는 무라사키노우에는 후견인이 없다는 점 때문에 히카루겐지와 평생을 함께하면서 늘 콤플렉스를 느끼며 살아야 하였다. 격식을 갖춘 정식 혼례도 올리지 못한 채 남편을 후견인으로 남편의 집인 니조인을 자기 집처럼 여기며 살아야 했기에 타인의 시선을 의식할 수밖에 없었다. 온나산노미야가 로쿠조인의 봄 저택으로 와 히카루겐지와 함께 첫날밤을 보낸 날, 밤새도록 잠을 이루지 못하고 곁에 있는 시녀들이 눈치 챌세라 몸조차 뒤척이지 못할 정도로 타인의 입길에 오를까 저어하는 삶이었다. 그녀의 병은 이러한 마음의 고통을 드러내지 못하고 억누른 데서 비롯되었다.

히카루겐지와 아오이노우에 사이에 태어난 의붓아들인 유기리夕霧와 오치바노미야落葉の宮의 관계를 전해 듣고 "여성만큼 처신하기가 옹색하고 안쓰러운 존재는 없다"고 토로한 무라사키노우에의 상념은 그녀의 한평생이 집약된 인식이다. 한평생 히카루겐지와 함께하며 그의 이상적인 여성상에 부응하고자 애쓰며 살아온 장본인이 토로한 여성 인식이라는 점에서 그 무게는 남다르다. 무라사키노우에야말로 '운 좋은 사람'으로 그녀를 바라보는 외부의 인식과 자기 내부의 인식 차로 괴로움을 느끼는 여성의 마음을 가장 잘 드러내주는 존재이다. 그런 의미에서도 그녀는 『겐지 이야기』 정편을 대표하는 여성 등장인물이자 여주인공이었다.

4. 정편 여주인공, 무라사키노우에

무라사키노우에가 『겐지 이야기』 정편의 여주인공으로서 여성 이야기를 대표하는 인물이며, 그리고 무라사키노우에와 히카루겐지 이야기가 작품의 근간을 이룬다는 점은 히카루겐지와 함께 등장하는 니조인의 연못 장면을 통해 살펴볼 수 있다.

『겐지 이야기』「마보로시幻」권은 무라사키노우에가 세상을 뜬 뒤 변해가는 사계절의 순환 속에서 그녀를 추모하며 출가를 준비하는 히카루겐지의 모습을 그린 권이다. 「마보로시」권은 『겐지 이야기』 정편 마지막 권이다. 그중 더운 여름날, 히카루겐지가 홀로 연못가에 앉아 활짝 핀 연꽃을 바라다보며 생각에 잠겨 있는 장면은 세상을 뜬 무라사키노우에의 부재와 공백을 강조하면서, 히카루겐지에게 무라사키노우에가 어떠한 존재였는지를 드러내주고 있다.

무라사키노우에와 사별하고 홀로 남은 히카루겐지가 연못을 바라다보는 이 장면의 무대가 로쿠조인의 연못인지 니조인의 연못인지는, 작품에 명시되어 있지 않다. 하지만 이 장면은 니조인의 연못으로 보인다. 양친의 사랑 이야기가 막을 내리고 히카루겐지 이야기가 출발하려 할 즈음, 그가 홀로 니조인의 연못을 바라다보며 자신의 반려자를 꿈꾸는 장면이 이미 정편 첫째 권에서 복선처럼 등장하고 있기 때문이다.

'니조인'은 외조모가 세상을 뜬 뒤 히카루겐지가 물려받은 어머니 기리쓰보 갱의의 사저이다. 그 사저를 히카루겐지의 아버지인 기리쓰보 천황桐壺天皇이 궁중의 수리와 조영을 담당하고 궁중의 장식과 기물을 담당하는 관청에 선지宣旨를 내려 더할 나위 없을 정도로 개조시켰다. 그리고 원래 있던 연못도 더욱 넓히고 멋지게 꾸몄다. 그 연못을 홀로 바라다보며 '마음에 그리는 이상적인 사람'과 결혼해 이곳에 살면 얼마나 좋을까 탄식하는 히카루겐지의 모습이 정편의 첫째 권인 「기리쓰보」권 가장 마지막에 묘사되어 있는 것이다.

새로 손질된 니조인에서 히카루겐지가 자기 마음에 느는 여성과 함께하는 생활을 꿈꾸는 이 연못은, 헤이안 시대 건축 양식에서는 없어서는 안 되는 요소인 만큼 단순한 풍경으로 받아들일 수도 있다. 하지만, '마음에 그리는 이상적인 사람'을 꿈꾸는 공간으로 설정되면서, 이후 전개되는 히카루겐지와 그가 가장 사랑하는 여성의 이야기를 암시하고 있다.

'마음에 그리는 이상적인 사람'은 일반적인 이상적인 여인상을 의미한다는 견해도 있고 히카루겐지의 첫사랑인 의붓어머니 후지쓰보 중궁을 가리킨다는 견해도 있다. 결과적으로는 무라사키노우에를 염두에 둔 표현으로 보인다. 무라사키노우에가 후지쓰보 중궁을 대신하는 여성으로 작품에 실제로 등장하는 것은 「와카무라사키若紫」권이지만, 이 표현은 '무라사키노우에를 등장시키는 복선'으로 볼 수 있다. 왜냐하면, 니조인에서 히카루겐지와 함께 연못을 바라다보는 여성은 무라사키노우에 단 한 명뿐이기 때문이다. 히카루겐지와 무라사키노우에의 관계가 고비를 맞을 때도 니조인의 연못은 등장한다. 무라사키노우에가 세상을 뜬 뒤 니조인의 연못가에서 히카루겐지가 홀로 그녀를 그리워하는 장면 또한 히카루겐지 이야기가 출발하는 이 장면과 조응하고 있다.

이처럼 「기리쓰보」권에서 이미 무라사키노우에와 히카루겐지 이야기는 시작되고 있으며, 그런 의미에서 무라사키노우에는 정편 전체를 아우르는 여주인공으로 볼 수 있다. 또한 청년기와 노년기의 히카루겐지가 정편의 시작과 마지막 권에서 홀로 니조인의 연못을 바라다보는 장면은 『겐지 이야기』 정편 전체를 하나의 틀로 조망할 수 있는 근거이기도 하다.

5. 마음의 풍경, 니조인의 연못

「기리쓰보」권 이후 니조인의 연못이 다시 등장하는 것은 「와카무라사키」권에서다. 히카루겐지에게 이끌려 니조인으로 와 하룻밤을 보내고 난 그 다음날 아침, 열 살 난 무라사키노우에가 저택 안을 둘러볼 때 나온다.

이 장면은 니조인에 대한 어린 무라사키노우에의 첫 인상을 묘사하고 있는 부분인 만큼 앞으로 전개되는 무라사키노우에와 니조인의 관계를 생각할 때 의미가 크다. 겨울이기에 저택 안의 풍경은 살풍경하고 적막한 게 당연할 텐데 겨울 아침녘 연못이 있는 니조인은 그림으로 그린 듯 정취 있고 '보기 좋은 곳'이다. 그녀는 훗날 로쿠조인을 떠나 니조인으로 옮아갈 때 니조인을 '마음 편한' 공간이라고 토로한다. 처음부터 니조인은 무라사키노우에가 스스럼없이 쉴 수 있는 안식처였다. 겨울 아침, 어린 무라사키노우에가 홀로 저택 안을 둘러보고 있다는 설정은 아직 본격적으로 시작되지 않은 두 사람의 이야기, 이제 막 궤도에 오르려고 하는 두 사람의 이야기에 맞춤하다. 두 사람이 부부의 연을 맺는 것은 꽤 시간이 흐른 뒤이지만 이때부터 무라사키노우에는 사실상 니조인에 살게 된 것이기에, 「기리쓰보」권 마지막에서 예고되었던 히카루겐지의 '마음에 그리는 이상적인 사람'으로서 니조인에 자리잡게 된 것이다.

「아사가오朝顔」권의 마지막 부분에는 히카루겐지와 무라사키노우에 두 사람이 처음으로 니조인의 연못을 함께 바라다보는 장면이 등장한다. 히카루겐지 서른둘, 무라사키노우에 스물넷의 나이였다.

눈 쌓인 달밤, 꽁꽁 얼어붙은 니조인의 연못을 앞에 두고 마주 앉아 있는 두 사람의 마음에 그늘을 드리우고 있는 것은 히카루겐지가 아사가오노히메기미朝顔の姫君라는 황족 여성에게 구애한 일이었다. 무라사

키노우에는 질투심조차 내색하지 못할 정도로 극심한 불안에 시달리고 있었다. 히카루겐지에게 자신이 어떠한 존재인가에 대한 무라사키노우에의 불안은 아사가오노히메기미가 히카루겐지를 거부하면서 표면적으로 그녀의 위치를 흔드는 일 없이 수습된다. 그러나 그 일을 겪으며 깊어진 불안과 그에 대한 불신이 완전히 풀리지 않은 응어리가 돼 짓누르고 있었다.

똑같이 겨울을 배경으로 하고 있지만 어린 무라사키노우에가 처음 바라다본 니조인은 정취 있고 보기 좋은 곳이었다. 그러나 이 장면에서 니조인의 뜰 앞 경치는 차마 보기 힘들 정도로 삭막하고 연못의 얼음은 너무나도 심하게 얼어 있다.『겐지 이야기』에 묘사된 자연은 이렇듯 객관적인 배경에 그치지 않고 인간 내면의 모습을 반영해준다고 할 만큼 그곳에 있는 사람들의 심경과 일치한다.

> 얼음 뒤덮인 돌 사이 흐르는 물 길이 막혔네
> 하늘 위 달그림자 서쪽 하늘 쪽으로

그 자리에서 무라사키노우에는 이렇게 와카和歌를 읊고 있다. 자신을 돌 사이로 흐르는 물에, 히카루겐지를 움직이는 달그림자에 비유하였다. 히카루겐지 쪽으로 향하는 그녀의 마음은 막혀 있었다. 이러한 무라사키노우에를 바라보며 히카루겐지는 그가 그리워하는 사람, 즉 후지쓰보 중궁과 몹시 닮았다고 감탄하고 있다. 약간 나누어질 듯한 마음도 도로 돌아올 것 같다고 마음속으로 생각하고 있다. 그 당시 무라사키노우에의 위치는 히카루겐지에 대해서도 사회적으로도 탄탄한 상태였다. 그러나 여전히 히카루겐지에게 무라사키노우에는 후지쓰보 중궁을 대신하는 존재일 뿐이었다. 이는 훗날 후지쓰보 중궁을 대신하는 여성으로 온나산노미야가 등장하는 결과로 이어졌다.

히카루겐지가 온나산노미야와 결혼한 뒤, 니조인의 연못은 무라사키노우에의 고뇌와 비례하듯 오로지 불도와 관련되어 나온다. 그중 「와카나 하若菜下」권에서 니조인의 연못은 '연꽃'과 '이슬'이 피고 맺히는 장소로 등장한다. 이 장면은 「기리쓰보」권 마지막에서는 명시되지 않았던 히카루겐지와 무라사키노우에 이야기의 최종적인 귀착점이 어디인지를 드러낸다.

여름날, 연못은 무척이나 시원해 보이고 연꽃이 활짝 피어 있었다. 연잎은 너무나도 푸르고 거기에 이슬이 구슬처럼 반짝이며 매달려 있는 게 보였다. 히카루겐지는 연꽃을 바라다보며 죽은 뒤 무라사키노우에와 함께 극락왕생해 같은 연화대에 몸을 의탁하고 싶다는 '일련탁생一蓮托生'의 바람을 와카에 담아 읊는다. 그러나 무라사키노우에의 시선은 이미 히카루겐지와의 관계를 스쳐지나 저쪽 세계를 향하고 있다. 히카루겐지는 무라사키노우에와의 관계를 현세만이 아니라 내세에까지 이어가고 싶다고 바라고 있지만, 그런 그를 바라보는 그녀의 시선은 연민으로 가득할 뿐이다. 무라사키노우에는 긴병 끝에 병세가 좀 진정되어 이날 그와 함께 니조인의 연못을 함께 바라다보고 있던 참이었다. 그해 정월 로쿠조인에서 열린 여자들만의 연주회에 참석한 뒤 그녀는 히카루겐지와 이제까지 살아온 여정과 여성들에 관해 담소를 나눈 뒤 갑자기 몸져누웠던 터였다.

「기리쓰보」권 마지막에 처음 묘사된 뒤 주로 겨울을 배경으로 하고 있던 니조인의 연못은 두 사람이 기나긴 세월을 함께한 뒤 이렇듯 연꽃이 만발한 여름 풍경으로 묘사되고 있다. 연못의 '연꽃'은 주로 와카에서 극락정토의 비유, 연잎 위 '이슬'은 허무함의 상징이다. 현세의 영화와 신산을 맛본 히카루겐지와 무라사키노우에 두 사람이 본 것은 함께 살아온 지나온 인생에 대한 무상감이다. 앞날이 그리 길지 않은 두 사람, 특히 히카루겐지에게 남아 있는 것은 내세에서 함께

┃임종을 앞둔 무라사키노우에와 히카
루겐지가 연못을 바라보는 장면〈住吉
具慶筆源氏物語繪卷〉, 茶道文化硏究所
藏 ―『豪華[源氏絵]の世界 源氏物語』,
学習研究社, 1988.

할 일련탁생의 바람밖에는 없다. 두 사람이 함께 바라다보는 니조인
의 연못 풍경에는, 이제까지 함께해온 두 사람의 인생과 두 사람의 이
야기가 응축되어 투영되어 있다. 「와카나 하」권의 이 장면에 와서야
비로소 니조인의 연못을 함께 바라다볼 '마음에 그리는 이상적인 사
람'이 히카루겐지의 일련탁생의 상대이기도 하다는 것이 소급돼 제
시되어 있다.

니조인은 무라사키노우에에게 보기 좋고 마음 편한 공간, 내 집처럼
여겨지는 공간이었다. 니조인은 처음부터 끝까지 무라사키노우에의 참
된 안식처였다. 그녀는 로쿠조인이 아닌 니조인에서 인생의 마지막 나
날을 보내고 거기에서 숨을 거두고 작품세계에서 퇴장하였다. 이는 「기
리쓰보」권에서 히카루겐지가 '마음에 그리는 이상적인 사람'을 꿈꾼 뒤
니조인에서 그와 삶을 함께해온 여성의 최후에 어울리는 설정이었다.

6. 태액지와 니조인의 연못

히카루겐지와 무라사키노우에 이야기를 중심축으로 놓고 전개된

『겐지 이야기』 정편은 첫째 권과 마지막 권에서 니조인을 무대로 삼고 있다. 「기리쓰보」권 마지막에 등장한 니조인의 연못 장면은 히카루겐지와 무라사키노우에 이야기의 원점이었다. 따라서 정편 전체의 틀이라는 관점에서 조망해보았을 때 『겐지 이야기』의 주된 공간은 영화의 극치를 상징하는 로쿠조인이 아니라 그것과 대비되는 니조인이었다. 니조인이라는 공간의 상징성에는 원래 주인이었던 히카루겐지의 어머니인 기리쓰보 갱의의 삶이 그림자를 드리우고 있다. 히카루겐지와 무라사키노우에 이야기는 부모 세대인 기리쓰보 천황과 기리쓰보 갱의의 이야기가 변주된 것으로 볼 수 있다.

현종과 양귀비의 사랑 이야기를 노래한 백거이白居易의 「장한가長恨歌」는 『겐지 이야기』 정편에 많은 영향을 끼친 작품이다. 양귀비를 너무 사랑한 나머지 국정을 돌보지 않아 안록산의 난이 일어나자 현종은 촉나라로 달아나던 중 신하들의 요청에 못 이겨 양귀비를 죽이게 된다. 난이 평정된 뒤 돌아온 현종은 태액지太液池의 연꽃과 버들을 바라보면서 이 세상에 없는 양귀비를 그리워하였다. 히카루겐지 또한 니조인의 연못에 핀 연꽃을 바라보며 세상을 뜬 무라사키노우에를 그리워하였다.

니조인의 연못에 비친 히카루겐지와 무라사키노우에 이야기는 두 사람이 평생을 함께한 끝에 삶의 허무함을 깨닫는 이야기이다. 로쿠조인으로 상징되는 '영화'는 그 허무함을 더욱 부각시키는 것일 뿐이다. 작품 곳곳에 나오는 '도심' 또한 그 자체가 이야기의 궁극적인 도달점이라기보다 주제화된 인생 인식에 자연스레 수반된 것으로 보인다. 이러한 의미에서, 니조인의 연못은 『겐지 이야기』 정편을 비추는 상징적인 풍경이기도 하다.

『겐지 이야기』 정편은 남성 주인공인 히카루겐지가 '마음에 그리는 이상적인 사람'인 여주인공 무라사키노우에와 함께 일생을 함께하며

삶의 허무함을 표상하는 '연못의 연꽃'을 향해 나아가는 이야기라고
할 수 있다. 그리고 히카루겐지와 함께한 정편 여주인공 무라사키노우
에 이야기에는 『겐지 이야기』에 형상화된 여성 이야기의 주제 의식이
응축되어 있다고 할 수 있다.

참고문헌

이미숙, 「『源氏物語』における「女の物語」の内実」(『일본학보』67, 한국일본학회, 2006)
이미숙, 「『源氏物語』における「女の物語」とその指向点-「女」の用例の分析を通して-」
    (『일어일문학연구』57, 한국일어일문학회, 2006)
李美淑, 「太液池の芙蓉, 二条院の池の蓮-『白氏文集』と『源氏物語』の〈池の畔の男
    独り〉という構図-」(仁平道明 編, 『源氏物語と白氏文集』, 新典社, 2012)
李美淑, 『源氏物語研究-女物語の方法と主題』, 新典社, 2009.
李美淑, 「二条院の池-光源氏と紫の上の物語を映し出す風景-」(『中古文学』70, 中古
    文学会, 2002.11)
秋山虔, 『源氏物語の世界』, 東京大学出版会, 1964.
玉上琢弥, 「女のために女が書いた女の世界の物語」(『国文学解釈と鑑賞』, 至文堂,
    1961.5)
阿部秋生, 『源氏物語研究序説下』, 東京大学出版会, 1959.
藤岡作太郎, 『国文学全史 平安朝篇』, 東京開成館, 1905.

여성의 자기 표출, 질투

신 은 아

1. 일부다처제 하의 여성들

『겐지 이야기』가 쓰여진 헤이안 시대의 결혼제도는 지금과 달리 한 남자가 동시에 다수의 여성을 아내로 맞이할 수 있는 일부다처제였다. 당시 일본의 결혼 형태로는 결혼 후에도 부부가 따로 살면서 밤이 되면 남자가 여자의 집을 찾아가는 방처혼訪妻婚, 남자가 여성의 집에 들어가서 사는 초서혼招婿婚, 그리고 여자가 남자 집에 들어가서 사는 가취혼嫁娶婚 등이 있었다. 그러나 헤이안 시대에는 방처혼이 가장 일반적이었으며, 남자들은 밤이 되면 자신이 가고 싶은 여자 집을 방문하였다. 그 때문에 남자의 사랑이 식거나, 다른 여자에게 빠져서 발길을 끊으면 그대로 관계가 끊어질 수도 있었다. 이러한 결혼 풍습 속에서 여성들이 늘 불안해하고, 또한 남편의 또 다른 여자에게 질투라는 감정을 갖게 되는 것은 너무나도 당연한 일이라 할 수 있다. 그러나 그 질투라는 자연스러운 감정마저도 당시 여성들에게는 허락되지 않았다.

당시 일본 사회는 중국의 율령제도를 도입하여 공적인 국가 질서를 확립하기 위해 중국 율령을 본떠 일본 율령을 제정하였다. 그 속에 가족 구성에 관한 규정인 '호령戶令'에 '칠출七出'이라는 항목이 있는데, 이는 남편이 일방적으로 부인을 내쫓고 이혼할 수 있는 일곱 가지 이유를 나열한 것이다. 그 여섯 번째에 '투기妬忌'가 포함되어 있다. 즉 여성이 질투를 하면 일방적으로 이혼을 당할 수 있다는 것이다. 물론 많은 연구자들이 중국과 일본의 가족제도나 혼인 형태의 차이를 이유로 '칠출'의 실효성은 거의 없었다고 보고 있지만, 여성의 질투가 비난받아 마땅한 죄라는 인식이 당시 사람들에게 자리잡고 있었음을 짐작할 수 있다. 특히 헤이안 시대의 귀족 여성들은 자신의 감정을 밖으로 드러내지 않는 것을 미덕으로 교육받았으며, 그중에서도 질투는 가장 억제해야 하는 감정이었다.

이러한 사회적 배경을 반영하듯이 헤이안 시대에 쓰인 『이세 이야기伊勢物語』나 『오치쿠보 이야기落窪物語』, 『우쓰호 이야기宇津保物語』 등의 모노가타리에 나오는 이상적인 여성들은 결코 질투라는 감정을 밖으로 내보이지 않는다. 반면에 질투가 심한 여성들은 모두 악역, 또는 남의 마음을 배려하지 못하는 성질 고약한 여성으로 등장하며 비판의 대상이 된다. 당시 사회에서 모노가타리가 귀족 여성들의 사회교육, 도덕교육, 성교육의 교과서적인 역할을 담당하는 면이 있었다는 사실을 감안하면, 모노가타리 속에 등장하는 여성들의 질투가 비판적으로 묘사되고 있는 것은 당연한 일이라 할 수 있다.

이와 같은 여성의 질투 이야기는 『겐지 이야기』에서도 주요 등장인물들을 통해 그려지고 있다. 『겐지 이야기』의 시작인 「기리쓰보桐壺」권의 첫 장면에서도 기리쓰보 천황桐壺天皇의 맹목적인 총애를 받고 있는 주인공 히카루겐지光源氏의 생모 기리쓰보 갱의桐壺更衣를 향한 후궁들의 강력한 질투가 묘사되고 있으며, 그것이 작품 전개에 중요한 역할을 하고 있다. 그렇다면 『겐지 이야기』 속에서 여성들의 질투는 어떻게 그려지고 있을까.

이 글에서는 『겐지 이야기』 속 여성들의 질투가 어떻게 묘사되고 있으며, 그것을 통해 무엇을 이야기하고 있는가를 가장 강렬한 질투를 보여주고 있는 두 여성인 고키덴 여어弘徽殿女御와 로쿠조미야스도코로六條御息所를 중심으로 살펴보고자 한다.

2. 신화 속 질투하는 여성들

『겐지 이야기』에 나타나는 여성들의 질투를 고찰하기에 앞서 그 이전 작품에서는 어떻게 그려지고 있는지를 잠시 살펴보자.

고대 일본문학 작품 속에서 질투하는 여성이 처음으로 등장하는 것은 『고지키古事記』와 『니혼쇼키日本書紀』라 할 수 있다. 일본 신화와 전설, 그리고 천황의 계보를 기록한 역사서인 이 두 작품 속에는 스세리비메須世理毘賣와 이와노히메石之日賣, 그리고 오시사카노히메忍坂姬라는 세 황후의 투부담妬婦譚이 그려지고 있다.

스세리비메는 지상의 왕국을 건설한 신 오쿠니누시大國主의 황후이다. 그녀는 남편인 오쿠니누시가 다른 여자와 결혼할 때마다 심하게 시기를 해서 상대 여자들이 겁을 먹고 스스로 떠나버린다고 소개되고 있다. 오쿠니누시의 아이를 낳은 야카미히메八上比賣가 스세리비메의 질투를 두려워하며 그 아이를 데리고 고향으로 돌아가버린다는 이야기에서도 그녀의 강렬한 질투를 엿볼 수 있다.

닌토쿠 천황仁德天皇(313~399)의 황후인 이와노히메도 역시 질투가 심한 여성으로 등장한다. 이야기 속에서 그녀는 "질투가 매우 심하였다. 그래서 천황을 모시는 다른 부인들은 궁중 가까이에 갈 수도 없었고, 다른 부인들이 무슨 말만 하면 발을 동동 구르면서 질투하였다"라고 묘사되어 있다. 또한 아름답기로 소문난 구로히메黑日賣라는 여성은 천황의 부름을 받고 궁으로 왔지만, 이와노히메의 질투가 두려워 다시 고향으로 돌아가려고 배를 탔는데, 이와노히메가 사람을 시켜 구로히메를 배에서 끌어내려 하는 수 없이 걸어서 고향까지 가야만 했다고 묘사되어 있다. 그뿐만이 아니다. 이와노히메는 자신이 궁을 비운 사이에 닌토쿠 천황이 또 다른 여자와 결혼한 사실을 알고는 격분하여 궁으로 돌아가지 않고 산속 성으로 가버린다. 이와 같이 이와노히메는 질투라는 자신의 감정을 조금도 숨기지 않고 강하게 표출하는 여성으로 묘사되고 있다.

그렇다면, 오시사카노히메의 질투는 어떨까? 그녀의 질투 또한 두 황후 못지않다. 오시사카노히메는 남편인 인교 천황允恭天皇(412~453)이 그녀의 여동생에게 반해 구혼하자 강한 질투심을 느끼고, 이를 눈치챈 여동생은 천황의 구혼을 거절한다. 하지만 천황은 궁에서 떨어진 곳에 그 여동생의 거처를 마련하고, 오시사카노히메가 출산하는 날 그녀의 여동생이 있는 곳으로 향한다. 그것을 알게 된 오시사카노히메는 산실을 태워버리고 스스로 목숨을 끊으려고 하지만, 그 소식을 들은 천황이 크게 놀라 궁으로 돌아와 그녀에게 용서를 구한다. 그 이후에도 오시사카노히메의 시기는 수그러들지 않고 계속된다.

이와 같이 세 여성의 질투는 상당히 직설적이고 강렬하게 묘사되어 있다. 그러나 이야기 속에서 세 사람은 결코 비판의 대상으로 그려지고 있지 않다. 오히려 남편에게 없어서는 안 되는 중요한 존재로 묘사되고 있다.

스세리비메는 자신의 아버지인 스사노오須佐之男가 오쿠니누시에게 시련을 주자 그것을 극복할 수 있도록 도와준다. 시련을 극복한 오쿠니누시는 결과적으로 지상의 왕국을 건설하고 다스릴 수 있는 권한을 스사노오에게서 허락받는다. 인교 천황의 황후인 오시사카노히메도 마찬가지다. 그녀는 천황 자리를 고사하는 남편을 설득하여 보위에 오르게 하는 데 큰 역할을 하고 있다. 그리고 이와노히메의 경우는 그녀가 연회를 열고자 황칠나무 잎을 구하러 가는 장면이 나오는데, 이 연회는 천황이 즉위하고 처음으로 치르는 궁중제사 후에 열리는 연회였다. 연회에서 술잔으로 사용할 황칠나무 잎을 직접 구하러 간다는 것은 천황에게 가장 중요한 궁중행사가 그녀의 도움 없이는 치러질 수 없다는 것을 의미한다. 즉, 그녀 역시 닌토쿠 천황이 나라를 다스리는 데 꼭 필요한 존재인 셈이다.

이렇게 보면 『고지키』와 『니혼쇼키』 속에 등장하는 '질투하는 여성'들은 모두 황후라는 공통점을 지니고 있으며, 또한 남편의 지위를 유지시키는 능력과 자질을 갖춘 여성들이기도 하다. 즉, 『고지키』와 『니혼쇼키』에서 여성의 질투는 억제해야 할 감정이자 비판의 대상이 아니라, 위대한 제왕을 보필할 수 있는 능력과 자질을 지닌 황후의 기질 중 하나로 그려지고 있다고 볼 수 있다. 따라서 일본 고대로부터 내려온 신화나 전설 속에 그려진 질투하는 여성들은 오히려 위대한 여성들로 묘사되어 있다고 할 수 있다.

그러나 『겐지 이야기』 이전의 모노가타리物語 속에 그려진 질투하는 여성들은 그렇지 않다. 대표적인 예로 『우쓰호 이야기』에 등장하는 센요덴 여어宣耀殿の女御와 기사키노미야后の宮를 들 수 있다. 이 두 여인의 질투는 상대 여성에 대한 직접적이고도 노골적인 욕설로 표출되며, 사람들의 충고와 비판에도 아랑곳하지 않는 인물로 조형되어 있다. 작품 속에서 화자나 등장인물을 통하여 끊임없이 비판받고 있는 이들은 성질 고약하고 질투심 많은 악역이며, 작품 속 이상적인 여성들과 대조를 이루고 있다. 다시 말하면 질투라는 감정은 그러한 부정적 이미지를 갖는 여성들의 대명사가 되고 있는 것이다.

이와 같은 흐름 속에서 『겐지 이야기』속의 질투하는 여성들은 어떻게 그려지고 있는지 살펴보도록 하자.

3. 권력의 상징으로서의 질투

앞서 말한 바와 같이 『겐지 이야기』의 첫 장면에는 기리쓰보 천황의 총애를 받고 있는 기리쓰보 갱의에 대한 다른 후궁들의 투기가 그려지고 있다. 후궁들은 기리쓰보 갱의가 지나가는 복도 길목에 오물을 뿌리고 때로는 복도 사이사이에 있는 문을 양쪽에서 닫아 그녀를 복도에 가둬버리기도 하면서 괴롭혔다. 이러한 후궁들의 질투는 살벌하기까지 하다. 그리고 그 괴롭힘의 중심에 고키덴 여어가 있었다. 그녀는 권력가 우대신右大臣의 딸이자, 기리쓰보 천황에게 가장 먼저 입궁한 인물이다. 모든 사람들이 황후 자리는 당연히 그녀의 것이라고 생각하고 있었으며, 그녀 또한 스스로도 자신 말고는 없다고 자부하고 있었다. 그런 그녀에게 그다지 고귀한 집안 출신도 아니면서 천황의 총애를 한 몸에 받고 히카루겐지까지 출산한 기리쓰보 갱의는 도저히 용서할 수 없는 존재였다. 특히 자신이 낳은 황태자보다 히카루겐지를 더 아끼는 천황의 모습에 질투심은 극에 달한다. 결국 각별한 후견인도 없는 기리쓰보 갱의는 궁중에서의 시기와 괴롭힘을 이기지 못하고 병을 얻어 이 세상을 떠나게 된다. 기리쓰보 갱의 사후에 천황이 그녀를 빼닮은 후지쓰보藤壺에게 입궁을 권하자 후지쓰보의 어머니가 "기리쓰보 갱의를 노골적으로 박대하던 것이 꺼림칙하다"고 두려워하며 후지쓰보의 입궁을 결정하지 못하는 장면은 그녀의 질투심이 얼마나 강렬했는지를 다시 한 번 확인시켜주는 대목이다.

그러나 이러한 그녀의 질투심은 그녀의 성격인 동시에 우대신 일가의 내력이라는 점이 흥미롭다. 우대신의 넷째 딸인 시노키미四の君도 강

한 질투심을 보이는 여성으로 묘사되고 있다. 그녀는 자신의 남편인 두중장頭中將이 몰래 만나러 다니던 유가오夕顔라는 여성에게 아이까지 생기자, 사람을 시켜서 괴롭히고 협박을 한다. 그 협박에 공포심을 느낀 유가오는 아이를 데리고 집을 떠나 아무도 모르는 곳에 몸을 숨겨버린다. 그 협박 내용이 어떤 것인지 구체적으로 쓰여 있지는 않지만, 두중장에게 한마디 말도 없이 떠나버릴 정도라면 어느 정도인지 쉽게 상상할 수 있을 것이다. 이렇게 우대신의 딸들은 자신의 남편에게 사랑받아 아이를 출산한 여성을 절대 용납하지 않고 강한 질투심을 보이며 철저히 제거하고 있음을 알 수 있다.

이와 비슷한 양상을 보이고 있는 여성이 한 명 더 있다. 무라사키노우에紫の上의 아버지 시키부쿄노미야式部卿宮의 정실로, 『겐지 이야기』의 여주인공이라 불리는 무라사키노우에의 계모이다. 그녀 역시 자신의 남편이 몰래 만나러 다니던 여성이 아이를 회임한 사실을 알고는 질투하여 끊임없이 괴롭히고 위협을 가한다. 그로 인해 결국 그 여성은 아이를 출산하고 얼마 되지 않아 병을 얻어 죽음에 이르게 된다. 이때 출산한 아이가 무라사키노우에이다. 그리고 시키부쿄노미야의 정실 역시, 아버지를 여의고 특별한 후견인이 없는 무라사키노우에의 생모와 달리 신분이 높은 여성으로 소개되고 있어, 권력가의 딸인 점을 강조하고 있다.

이 세 명의 공통점은 모두 권력가의 딸들이라는 점이다. 그녀들은 자신보다 보잘것없는 집안의 여성들에게 거침없이 질투를 하고 온갖 괴롭힘과 위협을 가하고 있다. 물론 그녀들의 그러한 강한 질투심이 개인적인 성향과 인격을 나타내고는 있지만, 셋 모두 권력가 집안의 딸들이라는 사실은 흥미롭다. 그녀들의 질투는 권력을 등에 업고 자신들의 방해가 되는 대상은 철저히 제거해나가는 권력가 집안의 특권 의식의 발현임을 알 수 있다. 그와 동시에 반대로 그러한 권력가들의 권력에 짓

밟힐 수밖에 없는, 그다지 고귀한 신분도 아니며 각별한 후견인도 없는 여성들의 두려움과 고통 또한 잘 나타나 있다.

이와 같이 반복되는 권력가 집안의 딸들의 질투와 그로 인해 죽음에 이르게 되는 후견인 없는 여성들의 이야기는 질투를 단순히 개인적인 성향으로 취급하여 비판의 대상으로 여기는 데 그치지 않고, 당시 권력을 쥔 자들의 특권 의식을 질투라는 감정을 통해서 잘 나타내고 있다고 볼 수 있다.

또한 그녀들의 질투로 인해 죽음에 이르게 된 여성들이 모두 자식을 남기고 있다는 점, 그리고 질투가 그 자식들에게 이어지면서 이야기가 전개된다는 공통점은 질투란 감정이 작품 전개의 하나의 장치로서 역할하고 있다는 사실도 확인할 수 있다.

4. 질투심으로 이탈되는 생령

『겐지 이야기』에서 질투와 관련하여 가장 강렬한 인상을 주는 인물은 로쿠조미야스도코로라 할 수 있다. 그녀는 생령生靈이 되어 히카루겐지의 정실인 아오이노우에葵の上의 목숨을 빼앗아간다. 그러한 로쿠조미야스도코로의 질투는 어떤 것인지 살펴보자.

로쿠조미야스도코로는 죽은 전 동궁의 비로 조신하고 교양 있는 세련된 인물이며 세간의 평판도 훌륭하다. 만약에 전 동궁이 세상을 떠나지 않았더라면 황후 자리까지도 오를 수 있는 고귀함과 자질을 갖춘 여성이다. 그러나 지금은 일곱 살이나 연하인 히카루겐지의 비공식적인 연인으로 그가 찾아오는 날을 하염없이 기다리는 신세가 되고 말았다. 사실 그녀의 신분이라면 히카루겐지가 공식적으로 그녀와 혼인을 치르고 정식 부인으로 인정한다면 정부인인 아오이노우에와도 충분히 어깨를 나란히 할 수 있는 입장이다. 그러나 히카루겐지를 향해 커져만

▌로쿠조미야스도코로와 아오이노우에의 수레 싸움〈又兵衛系6曲屛風1隻〉, Los Angeles County Museum of Art 소장. -『週刊朝日百科 世界の文学 源氏物語』, 朝日新聞社, 1999.

가는 그녀의 사랑과 달리 히카루겐지는 그녀의 자존심 강하고 솔직한 마음을 터놓지 않는 성격이 오히려 부담이 되어 발걸음마저 점점 뜸해져갔다. 그리고 그로 인해 로쿠조미야스도코로의 고뇌는 깊어만 간다.

아오이노우에와 구경하기 좋은 자리를 놓고 수레끼리 다툼을 벌인 일도 이러한 상황에서 일어난다. 우울한 마음을 달래기 위해 가모 마쓰리賀茂祭 행렬에 참여하고 있는 히카루겐지의 모습을 멀리서라도 구경하고 싶어 집을 나선 로쿠조미야스도코로는 아오이노우에 일행과 수레 자리를 놓고 다툼을 벌이게 된다. 아오이노우에 일행은 로쿠조미야스도코로가 탄 수레라는 사실을 알고도 일부러 난폭하게 몸싸움을 벌이며 구석으로 내쫓는다. 게다가 그들 앞을 지나가는 히카루겐지도 로쿠조미야스도코로의 존재는 알아채지 못하고 아오이노우에 일행 앞에서만 예를 갖추고 지나간다. 이는 좌대신左大臣의 딸이자 히카루겐지의 공식적인 정부인 아오이노우에와, 과거에는 모두가 인정하는 동궁 비였으나 지금은 특별한 후견인도 없는 미망인 신세인 로쿠조미야스도코로의 현재를 명확히 보여주는 사건이었다. 이 사건으로 그녀는 존재 자체를 무시당한 서러움과 자신의 처지에 대한 열등감마저 느끼게 되고, 그 이후 스스로도 제어할 수 없는 '마음'이 생기며 육체에서 혼이 이탈되는 느낌마저 받게 된다.

히카루겐지의 아이를 회임한 아오이노우에는 그 이후 원인 모를 병에 시달리게 된다. 이를 원령이 달라붙은 것이라 생각한 부모는 사람을 시켜 원령을 퇴치하기 위한 가지기도加持祈禱를 올리게 한다. 사람들은 그 원령이 아오이노우에를 질투하는 로쿠조미야스도코로일 것이라고 생각한다. 그러나 그 소문을 들은 로쿠조미야스도코로는 자신은 절대 남의 불행을 원해본 적이 없다고 생각한다. 그러면서도 그와 동시에 꿈속에서 난폭하게 아오이노우에를 잡아 흔드는 자신의 모습을 떠올리며 불안해한다.

> 자신의 팔자가 사나운 것을 한탄하는 마음 외에 다른 사람의 불행을 원해본 적이 없으나, …… 깜빡 졸 때면 꿈속에서 아오이노우에로 보이는 아름다운 여인이 있는 곳에 가서 그녀를 끌고 다니며 제정신이 아닌 모습으로 난폭하게 잡아 흔드는 자신의 모습이 반복해서 보이는 것이었다.

이 장면은 아오이노우에의 불행을 원하지 않는다고 생각하는 그녀의 '의식적인 마음'과 수레 싸움 이후 아오이노우에에게 질투심과 원한을 품은 그녀의 '무의식적인 마음'이 서로 모순되며 충돌하고 있는 모습을 잘 나타내고 있다. 또한 아오이노우에가 무사히 출산했다는 이야기를 전해 들었을 때도 "위독하다는 소문도 있었는데 용케도 무사히 출산을 하고 말았구나" 하고 자신도 모르게 질투심을 보이고 있다. 이 또한 아오이노우에의 불행을 원하지 않는다는 그녀의 '의식적인 마음'과 모순된 모습이다. 그녀의 이러한 모순된 모습은 무엇을 의미하는 것일까. 그녀의 '의식적인 마음'은 당시 사회에서 고귀한 귀족 여성들에게 요구되는 감정의 억제이고, '무의식적인 마음'은 상대 여성에게 갖는 자연스러운 감정일 것이다. 그녀는 고귀하고 교양 있으며 세간의 평판도 훌륭한 인물이다. 그렇기 때문에 상대 여성에게 질투심이나 원한 같은 감정을 가져서는 안 된다는 '의식적인 마음'이 강할 수밖에 없고, 그것이 오히려 자연스럽게 생겨난 감정을 무의식 속에 잠재시키며 억압하고 봉쇄하고 있는 것이다. 그러나 그녀의 억압된 '무의식적인 마음'은 결국 육체에서 이탈하여 생령이 되어 아오이노우에를 죽음으로 몰아가는 것으로 표출된다.

> 입고 있는 옷에는 온통 양귀비 향이 배어 있었다. 그것이 이상하여 머리를 감고 옷을 갈아입어 냄새가 없어지도록 애써보지만, 조금도 옅어지지 않아서 스스로에게 혐오감이 느껴졌다.

양귀비는 원래 가지기도에서 호마護摩 의식을 할 때 함께 태우는 것이다. 그 향이 옷과 머리에 스며들었다는 것은 그녀의 혼이 몸에서 이탈되어, 그 생령이 가지기도를 받고 있는 아오이노우에 곁에 머물렀다는 것을 간접적으로 표현하는 것이다. 로쿠조미야스도코로가 옷과 머리에 스며든 양귀비 냄새를 정신없이 지우면서 아오이노우에를 괴롭히는 원령이 자신임을 확신하고 스스로에게 혐오감을 느끼는 이 장면은 상반된 두 '마음'의 충돌 끝에 무너지는 그녀의 모습을 잘 보여준다.

자신이 사랑하는 남자의 다른 여인에게 질투심과 원한을 느끼면서도 그 감정을 억압해야 하는 것은 당시 사회가 여성들에게 요구하는 하나의 미덕이었다. 당시의 사회적 시선에서 본다면 강한 질투심과 원한으로 아오이노우에를 죽음으로 몰아간 로쿠조미야스도코로는 비난받아야만 하는 인물일 것이다. 그러나 『겐지 이야기』의 작자는 작품 속에서 그녀를 비판의 대상으로 삼지 않고, 그 마음의 움직임을 섬세하게 묘사함으로써 억압된 감정이 파탄에 이르러 생령이 되는 과정을 그리며 여성의 내면의 문제를 깊이 파고들고 있다.

로쿠조미야스도코로의 경우, 아오이노우에를 향한 질투가 존재를 무시당한 서러움, 열등감, 히카루겐지의 아이를 출산한 데 대한 부러움, 그리고 무엇보다도 히카루겐지에 대한 깊은 사랑 등 다양하고 복잡한 감정들에 기인하고 있음을 알 수 있다. 그러한 감정이 억압받고 무의식 속에 봉쇄되었을 때, 스스로 제어할 수 없게 되며 파탄에 이르게 된다는 사실을 생령이라는 독특한 방법을 통해 극대화시켜 작품 속에 구현하고 있는 것으로 보인다.

이와 같이 작자는 단순히 한 남자를 사이에 두고 질투하는 사실만을 그리며 비판하는 것이 아니라, 질투하는 여성의 입장에 서서 그 마음을 그리는 데 중점을 두고 있다. 일부다처제라는 제도 하에서 남성만을 바라보며 살아갈 수밖에 없는 여성들의 질투가 얼마나 복잡한 감정인지, 그리고 그러한 감정마저 자연스럽게 표출하지 못하고 억압해야만 하는 고통과 고뇌가 얼마나 큰 것인지 로쿠조미야스도코로의 생령 사건은 말하고 있는 듯하다.

5. 여성의 질투 이야기

고대 일본 사회에서 여성은 영적인 힘을 갖고 신을 모시는 이른바 '무녀'적인 역할을 맡고 있었다. 그와 동시에 신비한 생식력과 농업을 중심으로 한 노동력에 의해서 존중받는 존재였다. 일본의 민속학자이자 국학자인 오리쿠치 시노부折口信夫는 그러한 고대 일본 사회에서는 전처가 후처에게 심한 질투심을 보이는 것은 정당한 일로 받아들여졌다고 보고 있다. 이는 앞서 고찰한『고지키』와『니혼쇼키』에서 세 명의 황후들의 질투가 비판적으로 그려져 있지 않다는 점과 일치하는 대목이라 할 수 있다. 그러나 율령제도의 도입과 더불어 여성 자체를 죄 많은 존재로 보는 불교의 성행, 그리고 자신의 딸을 천황의 후궁으로 들여보내기 위한 명문 귀족들의 여성교육 등은 고대 일본 고유의 여성에 대한 지위를 후퇴시키고, 일부다처제라는 결혼제도에서 자연스럽게 생길 수 있는 가장 원초적인 감정인 질투조차도 부정하였다. 그런 사회적 흐름에 따라『겐지 이야기』이전의 모노가타리 속에 등장하는 질투하는 여성들은 성격이 고약하고 남들의 비판의 대상이 되는 악역으로 조형되었다. 즉, 여성의 질투심이 단순히 그 여성의 부정적인 성향으로 그려지고 있었던 것이다.

이와 같이 여성의 입장과 질투에 대한 평가는 시대와 더불어 변해가게 마련이며, 그와 함께 문학 속에서도 많은 변화를 보이고 있다. 물론『겐지 이야기』도 그 시대의 흐름에 맞춰 질투라는 감정이 억제되어야하는 부정적인 감정으로 그려지고 있는 점은 분명하다. 그러나『겐지 이야기』의 작자는 질투를 단지 여성의 부정적 성향으로만 그리지 않고, 권력가 집안과 그 딸들의 권력의 상징으로서의 기능을 부여하며, 당시 명문 귀족들의 권력의 힘과 그것에 늘 불안해하고 당할 수밖에 없는 후견인 없는 여성들의 고통을 그리고 있다. 그와 동시에 이야기 전개의 장치로도 활용하고 있음을 확인할 수 있다. 그리고 무엇보다도 여성의 질투라는 감정을 로쿠조미야스도코로의 경우와 같이 질투를 당하는 사람이 아니라 질투하는 사람 입장에서 묘사하면서 그 다양하고 복잡한 내면의 문제를 추구하는 데 중점을 두고 있는 것으로 보인다.

이는 일부다처제를 살아가는 당시 여성들의 삶의 괴로움이라는 주제와 자연스럽게 연결되는 것이라 할 수 있다.

참고문헌

신은아, 「『源氏物語の嫉妬する女性たち-「さがなき」女君の嫉妬」(『일어일문학연구』 73, 한국일어일문학회, 2010)

신은아, 「光源氏と葵の上の結婚-正妻の嫉妬という視座からの一考察」(『일어일문학연구』69, 한국일어일문학회, 2009)

沼尻利通, 「「あやしきわざ」と弘徽殿大后」(『人物で読む『源氏物語』朱雀院·弘徽殿大后·右大臣』, 勉誠出版, 2006)

藤本勝義, 『人物で読む『源氏物語』六條御息所』, 勉誠出版, 2005.

増田繁夫, 「葵巻の六条御息所」(『人物造型からみた「源氏物語」』, 至文堂, 1998.5)

細川純子, 「妬む女-嫉妬の古代的意味-」,(『古代文学講座』4, 勉誠出版, 1994)

原岡文子, 「六条御息所と葵の上」(『国文学解釈と鑑賞』45-5, 至文堂, 1980.5)

森一郎, 「平安貴族の生活」(『源氏物語手鏡』, 新潮選書, 1975)

高群逸枝, 『日本婚姻史』, 至文堂, 1963.

折口信夫, 『折口信夫全集』第七巻, 中央公論社, 1955.

낙엽 같은 여자와 성실한 남자의 사랑

■권 도 영

1. 성실한 사람의 사랑

「아오이葵」권에서 어머니인 아오이노우에葵の上의 죽음과 맞바꿔 등장하는 유기리夕霧는 히카루겐지光源氏의 장남으로 「후지노우라바藤裏葉」권에서 외사촌인 구모이노카리雲居雁를 부인으로 맞는 인물이다. 구모이노카리와 유기리의 사랑 이야기는 「오토메少女」권부터 「후지노우라바」권에 걸쳐서 소개되는데, 이 사랑 이야기에서 가장 눈에 띄는 것이 구모이노카리를 향한 유기리의 변치 않는 마음이다. 외삼촌이자 구모이노카리의 아버지인 내대신內大臣의 반대를 뚫고 사랑을 성취한 유기리는 작품 속에서 '성실한 사람まめ人'이라 불린다.

하지만 유기리는 구모이노카리를 향한 변치 않는 마음을 가진 채, 의붓어머니이자 히카루겐지가 일생 동안 가장 사랑한 여인인 무라사키노우에紫の上를 향한 애틋한 마음도 품고 있었다. 유기리가 무라사키노

우에를 마음에 담은 것은 로쿠조인六條院을 휩쓸고 간 태풍이 안겨준 우연한 기회로부터 시작된다. 로쿠조인의 남쪽 봄 저택에 살고 있는 무라사키노우에가 거센 바람에 대비해서 방 안의 장식들을 치워버렸기 때문에, 유기리는 무라사키노우에를 훔쳐볼 수가 있었다. 우연한 기회에 무라사키노우에를 훔쳐본 유기리가 히카루겐지의 마음을 사로잡은 그녀의 미모에 이끌렸으리라고 짐작하는 것은 어렵지 않다. 그럼에도 불구하고, 「와카나 상若菜上」권에서 온나산노미야女三の宮의 유모는 "중납언中納言은 원래부터 성실한 사람으로 몇 년 동안이나 그쪽을 맘에 담아두고 다른 곳을 생각조차 하지 않았으니, 그 원하는 바를 이루고서는 더욱더 흔들림 없겠지요"라고 평가하였다. 온나산노미야의 결혼 상대를 물색하는 과정에서 드러나는 이 평가는, 유기리가 구모이노카리를 향한 사랑을 이룬 '성실한 사람'이기 때문에 온나산노미야를 돌보지 않을 것이라는 의미로 생각할 수 있다. 온나산노미야의 유모는 유기리의 마음속에 자리잡고 있는 의붓어머니에 대한 애틋한 감정을 간파하지 못하는 것이다.

『겐지 이야기』 「유기리夕霧」권에서는 유기리와 오치바노미야落葉の宮의 사랑 이야기가 그려진다. 이 이야기에서 유기리의 모습은 온나산노미야의 유모가 이야기한 '성실한 사람'과는 거리가 있다. 절친한 친구이자 손위 처남인 가시와기柏木의 미망인 오치바노미야를 향한 마음을 주체하지 못하고 그녀를 수중에 넣는 유기리의 모습을 그리기 위해 「가시와기柏木」권과 「요코부에横笛」권에서는 유기리가 오치바노미야에게 이끌리게 된 배경이 그려진다. 가시와기는 절친한 친구 유기리에게 오치바노미야를 때때로 찾아가서 돌봐줄 것을 부탁하고 죽음을 맞는다. 가시와기의 이 유언이 계기가 되어 유기리는 오치바노미야에게 이끌리게 되었다. 유기리는 가시와기의 유언을 성실히 이행하는 동안 오치바노미야의 마음씨를 관찰하고, 그 마음씨에 이끌리게 된 것이다. 결국 유기리는 오치바노미야를 수중에 넣고 마는데, 이런 유기리의 모습을 구모이노카리는 "성실한 사람의 변심은 흔적 없이……"라고 생각한다. 한 명의 남자가 여러 명의 애인을 두는 것이 일반적이던 시대에 자신만을 바라보는 유기리를 남편으로 삼아 주변으로부터 부러움의 대상이 된 구모이노카리는 오치바노미야와 맺어진 유기리가 '성실한 사람'이기 때문에 더 이상 자신을 돌보지 않으리라고 생각한 것이다.

구모이노카리의 생각을 통해 확인할 수 있는 '성실한 사람'이라는 말은, 오치바노미야를 향한 마음을 끝끝내 이루고야 마는 유기리의 특징을 드러내고 있다. 유기리는 오치바노미야를 수중에 넣기 위해 세상 사람들이 자신을 '성실한 사람'이라 생각하는 사실을 이용하는데, 이는 오치바노미야의 어머니 이치조미야스도코로一條御息所의 뜻을 왜곡하는 것이었다. '성실한 사람'이라 평가되는 유기리의 성실함은 그 자신의 감정에 충실한 것이다. 이 작품에서 유기리를 통하여 감정에 충실한 사랑이 그려지는 것은 오치바노미야의 고뇌를 그려내는 데 의의가 있다.

2. 짙은 안개에 휩싸인 사람들

> 성실한 사람이라 불리며 사리 분별이 있으실 법한 대장大將, 이 이치조노미야一條宮의 모습을 역시나 이상적이라고 맘에 담아두고는, 세상 사람들의 눈에는 지난날을 잊지 않는 세심함으로 비치며, 매우 열심히 찾아뵙는다. 마음속에는 이대로 끝낼 수 없다고, 밤낮이 지남에 따라 더욱 생각이 간절해졌다.

이 인용은 「유기리」권의 첫 부분을 번역한 것이다. '대장'은 근위부近衛府 우대장右大將으로 승진한 유기리를 가리킨다. 유기리는 레이제이 천황冷泉天皇의 명을 받아 히카루겐지의 마흔 살 생일잔치를 준비한 공로를 인정받아 우대장으로 승진하였다. '이치노조미야'는 원래 교토京都의 이치조 대로一條大路 근처에 위치한 저택을 가리키는 말로, 위의 인용에서는 내친왕內親王인 오치바노미야를 의미한다. 스자쿠인朱雀院의 둘째 딸인데도 불구하고 오치바노미야가 낙엽을 뜻하는 오치바落葉로 불리게 된 것은, 가시와기가 흠모하던 온나산노미야 대신에 언니인 오치바노미야를 얻고서 읊은 "쌍머리장식의 낙엽을 무엇 하려고 주웠나 이름은 친근한 나무비녀라 하지만"이라는 와카和歌에서 유래한다. 낙엽을 뜻하는 이 호칭에서 가시와기의 실망감을 읽어낼 수 있다. 가시와기는 오치바노미야의 어머니가 신분이 낮다는 것과 외모가 뛰어나지 않다는 이유로 오치바노미야에게 실망한 것이다. 이런 가시와기와 달리 유기리는 오치바노미야의 마음씨에 이끌렸다. 유기리는 황량한 이치조노미야의 정경情景을 통해 가시와기의 죽음 후에 슬픔에 잠긴 오치바노미야의 마음씨를 볼 수 있었던 것이다. 유기리는 그런 오치바노미야의 마음씨에 이끌려 홀로 마음을 부풀리고 있었다.

연정을 숨긴 채 기회를 엿보던 유기리는 오치바노미야에게 접근할 기회를 우연히 얻게 된다. 병환에 시달리던 이치조미야스도코로가 가지기도加持祈禱에 용한 율사律師를 찾아 오치바노미야와 함께 오노小野에 있는 산장으로 거처를 옮긴 것이 유기리에게는 기회가 된 것이다. 이치조미야스도코로의 병문안을 빌미로 오노의 산장을 방문한 유기리는 인적이 드문 틈을 이용해 오치바노미야의 침소에 숨어들었고, 마음속에 품어온 감정을 토로할 수 있었다. 하지만 유기리는 오치바노미야가 결혼 경험이 있다는 사실을 거론하는 등 감정을 표현하는 데 서투른 모습을 보인다. 이런 서투른 고백이 오치바노미야에게 통할 리가 없다. 이 일이 시아버지와 어머니 이치조미야스도코로에게 알려질 것을 두려워한 오치바노미야는 유기리에게 돌아갈 것을 요구할 뿐이었다. 모처럼의 기회를 이용해 오치바노미야에게 고백한 유기리 역시 사람들에게 발

각되는 것이 두려워 안개가 걷히지 않은 새벽길을 나서는데, 그 모습이 이치조미야스도코로의 치료를 담당하던 율사에게 발각되고 만다. 새벽 공양을 올리러 가는 길에 귀가하는 유기리를 발견한 율사는 이치조미야스도코로에게 이 사실을 알린다. 이러한 전개는 질병이 모노노케 物の怪에 의해 생긴다고 믿고 가지기도를 통해 병을 치료했던 헤이안 시대의 풍습을 효과적으로 이용한 것이다.

율사로부터 유기리의 체류를 전해 들은 이치조미야스도코로는 오치바노미야가 방심해서 유기리에게 모습을 보인 것을 한탄한다. 이 한탄은 신분이 높은 여성이 외간 남자에게 함부로 모습을 보여서는 안 된다는 헤이안 시대의 풍습과도 관련이 있지만, 더 궁극적인 이유는 이치조미야스도코로가 딸이 내친왕이라는 사실에 긍지를 지니고 있었기 때문이다. 이치조미야스도코로는 한탄하면서도 딸을 내친왕에 걸맞게 대하려 했기 때문에 사건의 진상을 묻지 못하고, 오치바노미야 또한 어머니의 병세가 악화될까 염려스러운데다 어머니가 가진 긍지를 알고 있기 때문에 사건의 진상을 이야기하지 못한다. 이치조미야스도코로는 사건의 진상을 확인 하고자 "마타리꽃 시들어가는 들녘을 어디라 여겨 단 하룻저녁의 이부자 리를 빌렸나"라는 와카를 보내 유기리의 반응을 살피려 한다. 남자가 사 흘 저녁을 연속해서 여자의 집에 찾아가야 비로소 정식 결혼이 성립하는 풍습과도 관련있는 이치조미야스도코로의 와카는 하룻밤을 머물고 간 유기리를 질책하는 내용으로도 읽히고, 사흘 동안 찾아와줄 것을 당부하 는 내용으로도 해석할 수 있다. 하지만 질투에 사로잡힌 구모이노카리가 유기리로부터 이치조미야스도코로의 편지를 빼앗는 바람에 답신이 늦어 지고, 이치조미야스도코로는 유기리의 답신을 받지 못한 채 딸이 가시와 기뿐만 아니라 유기리에게서도 버림받았다고 한탄하며 죽음을 맞는다.

어머니의 죽음이 유기리의 탓이라 생각한 오치바노미야는 더욱더 완강하게 유기리를 거절한다. 이런 오치바노미야를 손에 넣고자 유기 리는 이치조미야스도코로의 와카를 이용하여 오치바노미야를 이치조 노미야로 맞아들이는 것이 이치조미야스도코로의 뜻인 양 소문을 낸 다. 이런 유기리의 책략에도 불구하고, 어머니를 잃은 슬픔에 싸인 오 치바노미야는 출가를 생각하는 등 유기리가 기다리는 이치조노미야로 가기를 거부하지만, 홀로 남아 생계가 막막한 오치바노미야에게 선택 의 여지가 있을 리가 없다.

오치바노미야가 이치조노미야로 처소를 옮기자 세상 사람들은 유기 리의 계획대로 오치바노미야와 유기리가 이미 부부의 연을 맺었다고 생각한다. 세상에는 부부로 알려졌지만 오치바노미야는 어머니의 상 중에는 유기리를 받아들이지 않으려 한다. 그러나 이런 오치바노미야 의 바람은 유기리를 피해서 숨어 있던 벽장 속에서 강제로 맺어지게 되 면서 좌절된다. 오치바노미야를 이치조노미야로 맞아들였으면서도 부 부의 연을 맺지 못하는 것을 주위의 시녀들이 어떻게 생각할지를 의식한 유기리에 의해 오치바노미야는 강제로 부부의 연을 맺게 된 것이다.

한편, 유기리가 며칠이고 귀가하지 않자 오치바노미야와의 관계를 눈치 챈 구모이노카리는 "성실한 사람의 변심은 흔적 없이……"라고 생각하며 친정으로 돌아가고, 이로 인해 오치바노미야는 시아버지였던 치사 대신致仕の大臣, 즉 히카루겐지의 처남인 옛날의 두중장頭中將에게서 "어떤 인연인가 그대를 마음속에 떠올리며 연민을 느끼며 원망의 소릴 듣네"라는 와카를 받게 된다. 이 와카에서는 오치바노미야를 원망하는 치사 대신의 모습을 엿볼 수 있는데, 치사 대신 또한 다른 대부분의 등장인물들이 그런 것처럼, 유기리의 책략에 의해 오치바노미야가 유기리를 거절했다는 사실을 알지 못한 것이다.

「유기리」권은 오치바노미야와 유기리가 맺어지는 과정이 그려지고 있는데, 이는 오치바노미야가 유기리의 책략으로 인해 주변으로부터 격리되는 과정이기도 하다. 「유기리」권에서는 어머니 이치조미야스도코로가 유기리와의 관계를 오해하고, 또 세상 사람들이 유기리를 향한 오치바노미야의 마음을 오해하는 내용이 그려진다. '유기리', 즉 저녁 안개라는 권명처럼, 오치바노미야를 향한 유기리의 마음이 사건의 진상을 주변 사람들에게 숨기는 과정이기도 한 것이다.

3. 오치바노미야의 수동적인 삶

벽장 속에서 유기리와 강제로 맺어진 오치바노미야는 새어 들어오는 아침 햇살에 비친 유기리의 모습을 바라본다. 오치바노미야의 눈에 비친 유기리의 모습은 "남자의 모습은……"이라는 표현으로 묘사되고 있다. 이 작품에서 사랑의 감정이 고조된 장면에서 등장인물들이 '남자'와 '여자'로 불리는 것에 비춰 생각하면, 이러한 기술 방식은 유기리에게 이끌리고 있는 오치바노미야의 모습을 그리고 있다고 할 수 있다.

계속해서 오치바노미야는 자신을 내친왕으로 극진히 대했지만 결코 사랑하지는 않았던 가시와기와 유기리를 비교한다. 그리고 오치바노미야는 가시와기가 탐탁지 않게 생각했던 자신의 용모가 이전보다 더 초라해졌기 때문에 유기리가 자신을 사랑할 리 없다고 생각한다.

유기리에게 이끌리는 마음을 가지고 있으면서도 자신의 외모를 유기리가 사랑할 리 없다고 생각하는 오치바노미야의 모습에서 남녀관계에서 수동적인 여성의 입장을 읽어낼 수 있다. 오치바노미야는 유기리와의 관계가 그에 의해서 유지되는 것이라 생각하고 있는 것이다. 「유기리」권에서 그려지는 이야기가 오치바노미야의 의지와는 상관없이 유기리와 맺어지는 과정이라는 것을 생각하면, 오치바노미야의 남녀관계 인식은 정확하다고 할 수 있다. 다만, 오치바노미야가 걱정한 사태와는 반대의 이야기를 통해서 수동적인 여성의 삶이 그려지는 것이다.

오치바노미야에게 이끌린 자신의 마음에 충실한 유기리는 오치바노미야를 이치조노미야에 맞아들이는 것이 이치조미야스도코로의 뜻인 양 세상에 알리며, 한편으로는 오치바노미야의 사촌인 야마토大和 지방의 수령受領에게 그 준비를 시켰다. 이 사람은 오치바노미야가 오노를 떠나 이치조노미야로 옮기는 데 중요한 역할을 한다. 그는 여자 혼자의 몸으로는 생계가 막막하다는 이유를 들어 오치바노미야에게 이치조노미야로 돌아갈 것을 설득한다. 실리적인 삶의 자세가 엿보이는 그의 설득에서는 유기리의 사랑이 부정적인 측면만을 가지는 것이 아니라는 사실을 확인할 수 있다. 신분이 높다 하더라도 홀로 남아 의지할 곳 없는 여성에게는 경제적인 문제가 실질적인 위기가 되었다. 이러한 모습은 친왕의 딸인 스에쓰무하나末摘花 이야기에서도 찾아볼 수 있다. 오치바노미야가 오노의 산장에서 홀로 지내는 것은 스에쓰무하나가 처했던 것과 같은 경제적 위기를 초래할 수 있었다. 이런 경제적인 위기는 모노가타리物語가 신분을 중시하는 귀족 사회가 경제력을 중요시하는 사회로 변해가는 현실세계에 바탕을 두고 있음을 보여주는 것이다. 그러한 현실세계 변화의 주역을 맡았던 수령 계급의 인물이 오치바노미야를 설득하고 있는 것은 시사적이다. 모노가타리에서는 수령 계급에 속하는 인물의 현실 인식을 통해 오치바노미야가 유기리가 기다리는 이치조노미야로 가야만 하는 당위성을 부여하고 있다. 즉, 유기리와 오치바노미야가 맺어지는 데 경제적인 측면에서 수동적일 수밖에 없는 여성의 처지라는 문제가 작용하고 있는 것이다.

유기리의 사랑은 오치바노미야를 경제적인 문제로부터 구원하는 수단임에는 틀림없지만, 오치바노미야의 의지를 거스르는 것이다. 오치바노미야는 가시와기에게 사랑받지 못했던 경험, 치사 대신과의 관계, 그리고 어머니 이치조미야스도코로의 마음을 헤아려 유기리를 거절했지만, 유기리는 이런 문제들에 개의치 않고 오치바노미야를 수중에 넣었다. 뿐만 아니라 유기리는 오치바노미야와 맺어지는 것이 이치조미야스도코로의 뜻인 양 세상에 알렸다. 이로 인해 사람들은 오치바노미야가 유기리를 거절했다는 사실을 알지 못하고, 오치바노미야가 구모이노카리의 남편을 가로챘다고 생각한다. 오치바노미야를 원망하는 치사 대신의 "어떤 인연인가 그대를 마음속에 떠올리며……"라는 와카를 통해 세상 사람들의 생각을 엿볼 수 있는데, 이러한 치사 대신의 반응은 유기리와 맺어지기 이전부터 오치바노미야와 이치조미야스도코로에 의해서 반복적으로 의식되고 있었다. 또한 유기리도 이런 사태를 예상하지만, 자신의 체면만을 생각하며 이치조미야스도코로의 뜻을 받든다는 성실함을 내세워 오치바노미야를 향한 마음을 충족시키기에 급급할 뿐이었다. 즉, 유기리와 오치바노미야 이야기는 유기리라는 '성실한 사람'의 사랑을 통해 오치바노미야가 자신의 의지와는 상관없는 삶을 살아가는 이야기를 그려내고 있는 것이다.

치사 대신에게서 받은 원망 섞인 와카에 대해 오치바노미야는 "어떤 이유인지 세상에 대단할 것 없는 한 몸을 미워하고 또 연민한다고도 듣네"라는 답가를 보냈다. 치사 대신의 와카에 있는 후반부의 표현을 빌리고 있는 답가에서는 오치바노미야가 스스로를 '대단할 것 없는 한 몸'이라고 표현하고 있다. 이 표현은 내친왕이면서도 자신의 의지와는 상관없이 유기리와 맺어진데다, 세상의 비난을 받는 삶을 살 수밖에 없는 여성을 가리키는 표현으로 볼 수 있다.

4. 오치바노미야를 바라보는 시선

유기리가 오치바노미야를 맞아들인 사건이 표면상으로는 이치조미야스도코로의 뜻을 따른 결과로 여겨지고 있을 때, 히카루겐지만은 사건의 내막을 파악하고 있었다. 히카루겐지는 유기리가 오치바노미야에게 이끌리고 있다는 사실을 누구보다 먼저 간파하고는 유기리에게 오치바노미야와는 남녀관계로 발전하지 않는 것이 좋다고 훈계하였다. 유기리는 히카루겐지의 훈계를 받아들이지 않았다. 히카루겐지는 이후 유기리와 오치바노미야의 관계에 관한 소문을 듣지만, 더 이상 유기리가 일으킨 사건에 관여하지 않는다. 다만 히카루겐지는 오치바노미야와 구모이노카리를 안쓰럽게 생각할 뿐이다. 여성의 처지를 안쓰럽게 생각한 히카루겐지는 이내 자신이 죽은 후에 홀로 남겨질 무라사키노우에의 처지를 걱정한다. 그리고 무라사키노우에에게 자신의 사후를 걱정하는 이야기를 건넨다. 히카루겐지의 이야기를 듣고 무라사키노우에는 자신이 히카루겐지보다 오래 살 리가 없다고 생각하면서도 상념에 빠진다.

> 여자만큼 처신이 어렵고 불쌍한 것은 없다. 벅차오는 감정과 마음이 끌리는 것에도 모르는 척, 드러내는 법이 없으면 무엇으로 세상을 사는 기쁨을 느끼고, 무상한 세상의 무료함을 달랠 것인가? 세상의 도리를 모르고 쓸모없

는 사람이 되어버리면 길러준 부모도 아쉬워하지 않겠는가? 마음속에만 담아두고 무언 태자無言太子라고 하는, 법사들이 괴로운 수행의 예로 드는 옛이야기에서처럼 나쁜 일과 좋은 일을 알면서도 모르는 척하는 것도 보잘것없다. 자신의 마음이면서도 적당하게는 어떻게 가져야 하는지……

자주적인 삶이 허락되지 않은 여성의 삶을 한탄하는 이와 같은 무라사키노우에의 생각은 오치바노미야의 삶에 대한 평가로도 생각할 수 있지만, 히카루겐지의 걱정과는 맞물리지 않는 답변이다.

이처럼 무라사키노우에가 수동적인 여성의 삶을 탄식한 것을 이해하기 위해서는 「요코부에」권 말미에서 이뤄지는 히카루겐지와 유기리의 이야기에 주목할 필요가 있다. 가시와기의 유품인 횡적橫笛을 가지고 온 유기리는 히카루겐지에게 가시와기 사후에 쓸쓸한 나날을 보내는 오치바노미야와 이치조미야스도코로 모녀의 모습을 전한다. 유기리의 방문이 있던 날, 달 밝은 밤에 나란히 날아가는 기러기의 모습을 본 오치바노미야는 가시와기를 그리워하는 마음을 참지 못하고 비파로 상부련想夫戀이라는 곡을 연주했는데, 유기리는 이런 사실까지 히카루겐지에게 상세히 전하였다. 이 이야기로부터 유기리가 오치바노미야에게 이끌리고 있다는 것을 눈치 챈 히카루겐지는 오치바노미야와는 남녀관계로 발전하지 않는 것이 좋다고 유기리를 훈계하였다. 또한 히카루겐지는 유기리를 훈계하기에 앞서, 남자의 마음이 이끌리기 쉽기 때문에 여자가 남자 앞에서 연주해서는 안 된다는 이야기를 하였다. 로쿠조인의 동남쪽 저택에서 유기리와 대면한 히카루겐지는, 유기리와 오치바노미야가 남녀관계로 발전하는 것으로 인해 생기는 복잡한 인간관계를 미연에 방지하고자 오치바노미야의 상부련 연주를 비난하고, 또 유기리를 훈계한 것이다. 그런데 히카루겐지가 유기리를 훈계한 장소가 무라사키노우에의 침소가 있는 로쿠조인의 동남쪽 저택이었다는 사실에 주목할 필요가 있다. 여자는 남자가 듣는 곳에서 연주를 해서는 안 된다고 한 히카루겐지의 이야기를 유기리뿐만 아니라 무라사키노우에도 듣고 있었던 것이다.

오치바노미야를 수중에 넣고자 하는 유기리의 이야기를 전해 듣고 오치바노미야의 시아버지인 치사 대신이 어떻게 생각할지를 걱정하며 오치바노미야와 구모이노카리를 안쓰럽게 생각하는 모습과 오치바노미야의 상부련 연주를 비난한 것을 관련지어 생각하면, 히카루겐지가 남녀관계에서 수동적인 입장일 수밖에 없는 여성의 처지를 이해하고 있다는 사실을 읽어낼 수 있다. 히카루겐지는 여성이 수동적인 입장이 될 수밖에 없기 때문에, 남자의 마음을 자극하는 행동을 해서는 안 된다는 이야기를 한 것이다.

히카루겐지가 남녀관계에서 수동적일 수밖에 없는 입장에 대한 동정에서 여성의 행동을 규제하는 이야기를 하였음에도 불구하고, 무라사키노우에는 여성이 감정을 드러내서는 안 된다는 히카루겐지의 이야기를 자주적인 여성의 삶을 제약하는 것으로 받아들이고 있다. 남녀관계에 있어서 여성의 입장이 수동적이라는 것에 대해서 같은 생각을 가진 히카루겐지와 무라사키노우에는 수동적인 여성의 입장을 바라보는 시선을 달리한다. 주변의 시선을 의식한 히카루겐지가 여성의 감정표현을 제약하는 것과는 달리, 무라사키노우에는 감정 표현이 억압된 여성의 삶을 한탄하고 있는 것이다. 무라사키노우에의 한탄이 설득력을 가질 수 있는 것은 온나산노미야가 히카루겐지의 부인으로 들어온 후에 인내로 일관해온 무라사키노우에의 경험이 있기 때문이다. 이런 무라사키노우에의 한탄에 비춰 생각하면 오치바노미야가 경험한 고뇌의 깊이는 더욱 깊어진다.

오치바노미야가 유기리에게 이끌리고 있다는 사실은 앞서 언급한 벽장 속에서 유기리를 바라보는 오치바노미야의 심정을 통해서 알 수 있다. 유기리와 맺어지기 이전에 오치바노미야가 유기리에 대해 어떤 감정을 가졌는지는 명확하게 드러나지 않는다. 다만, 오치바노미야를 이치조노미야에 맞아들인 유기리와 대면한 히카루겐지가 "여자가 어찌 사랑하지 않겠는가"라고 말한 부분을 통해 추측할 뿐이다. 물론, 유기리와 맺어지기 이전의 오치바노미야는 일관되게 유기리를 거부했지만, 모노가타리는 오치바노미야가 어떤 감정으로 유기리를 거부하였는지를 명확하게 적지 않고, 유기리를 받아들일 수 없는 상황을 반복해서 제시하고 있을 뿐이다. 오치바노미야가 유기리에게 이끌린 것을 유기리와 맺어진 이후에 일어난 감정의 변화로 생각할 수도 있지만, 유기리와 대면한 히카루겐지의 생각을 가볍게 여겨서는 안 될 것이다. 바꿔 말하면, 위에서 인용한 무라사키노우에의 한탄이 있은 후에, 작품에서 제시되는 문제가 유기리에 대한 오치바노미야의 감정으로 옮았다는 것이다. 히카루겐지가 유기리에 대한 오치바노미야의 감정과는 상관없이 단지 주위 인물들과의 인간관계만을 생각하고 둘의 관계를 반대한 것이 된 것이다. 「유기리」권에서는 자신의 감정을 배제한 채 유기리를 거절할 수밖에 없는 오치바노미야의 모습을 통해 고된 여성의 삶을 그리고 있다.

「유기리」권에서는 사회에서 수동적으로 살 수밖에 없는 여성이라는 문제뿐만 아니라 여성의 감정 표현이라는 문제가 제시되고 있는데, 이런 문제들은 자신의 감정에 충실한 '성실한 사람' 유기리라는 인물을 내세우지 않으면 다룰 수 없었을 것이다. 치밀하면서도 강압적인 유기리라는 인물을 내세움으로써 자신의 감정과는 상관없이 남자를 거부하는 오치바노미야의 상황을 해결할 수 있었던 것이다. 그 과정에서 오치바노미야는 주변의 시선으로 인해 고뇌하는 인물, 자신의 감정대로 살아갈 수 없는 인물로 그려진다. 이런 인물들을 지켜보는 히카루겐지와 무라사키노우에 사이에는 여성을 바라보는 견해 차이가 존재하는

데, 이 견해 차이로부터 무라사키노우에를 사랑하지만 결코 무라사키노우에의 전부를 이해할 수 없는 히카루겐지의 모습을 엿볼 수 있다. 무라사키노우에를 애틋하게 생각하면서도 전부를 이해하지 못한 채, 이어지는 「미노리御法」권에서 히카루겐지는 무라사키노우에와 영원한 이별을 맞이한다.

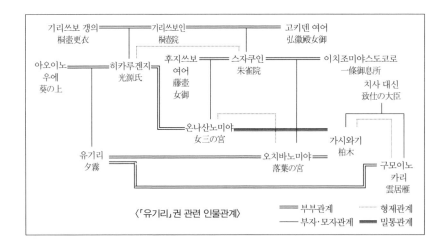

〈「유기리」권 관련 인물관계〉

참고문헌

鈴木日出男, 「紫の上の孤愁の深化—『源氏』解釈のために—」(『成蹊国文』39, 成蹊大学文学部, 2006.3)

田中菜摘兒, 「夕霧の恋と一条宮家の秋持—源氏物語における皇女」(『国語と国文学』82-4, 東京大学国語国文学会, 2005.4)

藤原克己, 「『源氏物語』(二)」(『日本の古典—古代篇』, 日本放送出版協会, 2005)

藤原克己, 「幼な恋と学問—少女巻—」(『光る君の物語 源氏物語講座3』, 勉誠社, 1992)

森一郎, 「落葉宮物語—その主題と構造—」(『学大国文』22, 大阪学芸大学国語国文学研究室, 1978.12)

秋山虔, 「好色人と生活者—光源氏の「癖」について—」(『国文学』17-15, 学燈社, 1972.12)

伊藤博, 「夕霧物語の位相」(『文学論輯』16, 文学研究会, 1969.3)

清水好子, 「藤壺宮」(『源氏の女君』, 塙書房, 1967)

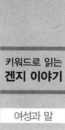

과묵한 여자, 시끄러운 여자, 대화하는 여자

■ 이 부 용

1. 헤이안 시대의 여성과 남성의 교제

헤이안 시대에 여성과 남성의 연애는 어떻게 시작되었을까. 당시 귀족 여성들은 주로 저택 안에 머무르는 생활을 하였다. 예외적으로 궁중에 뇨보女房로 출사하거나 기원을 위해 절이나 신사로 참배 여행을 떠나는 경우에는 여성의 외출이 허용되었다. 예를 들면『사라시나 일기更級日記』의 작자 스가와라 다카스에의 딸菅原孝標女은 하세데라長谷寺 여행을 통해서 집 외부의 자연을 관찰하고, 외부 환경에 대한 인식을 넓히고 있다. 또한 『가게로 일기蜻蛉日記』에서 보이듯이 후지와라 미치쓰나의 어머니藤原道綱母는 하세데라 참배 여행을 통해서 평소에는 접하지 못하던 사람들, 예를 들면 잔과 냄비를 들고 있는 걸인, 눈이 보이지 않는 사람을 보게 된다. 이렇게 비참한 생활을 하고 있는 평민들의 모습을 접함으로써 사회에 대한 견식을 넓히고 자신의 생활을 돌아보게 된다. 이러한 외부세계의 경험이 문학작품 속에 특기할 만한 사건으로 그려지는 것은 당시의 귀족 여성들이 궁중에 출사해서 뇨보로 일한다든지 절이나 신사에 참배여행을 떠난다든지 마쓰리 구경을 나선다든지 하는 등의 큰 계기가 없이는 집 밖 세계를 경험할 기회가 많지 않았다는 것을 나타낸다.

여성들이 주로 저택 안에 머무르는 생활은 여성과 남성의 연애과정에도 큰 영향을 미쳤다. 당시의 연애는 아름다운 젊은 아가씨가 있다는 소문을 들은 남성이 기회를 보아 여성의 모습을 희미하게나마 엿보고, 와카和歌를 담은 편지를 보내 여성에게 관심을 표시하여 와카를 주고받고, 남성이 방문하여 휘장 등을 사이에 두고 말을 주고받는 식의 과정을 통해 이루어졌다.

하지만 이런 경우에도 남녀가 서로 대면하기까지에는 많은 시간을 필요로 하는 경우가 있었다. 『헤이추 이야기平中物語』에는 좋아하는 여자에게 여러 번 편지를 보내는 남자의 이야기가 그려져 있다. 남자의 거듭되는 구애편지에도 여자가 묵묵부답이자, 남자는 "단지 '보았다'라고만이라도 말해주세요"라고 애원의 편지를 보낸다. 그러자 여자는 말 그대로 "보았습니다"라는 간단한 답장만을 전한다. 그 후에도 남자는 사모하는 여자를 만나고 싶어서 여러 번 편지를 보내고 여자도 결국 답장을 보내오게 되지만, 편지를 주고받는 것만으로 여름에서 가을로 계절이 바뀌어버린다. 마침내 남자는 여자 집을 방문하지만 여자의 방에 들어가지도 못하고 만다. 남자가 원망의 와카를 보내는 것으로 이 이야기는 끝난다. 이렇듯 헤이안 시대에 연애할 때 여성과 남성이 대면하기까지는 다소 시간이 걸렸고, 때로는 편지만 주고받다가 끝나기도 하였다.

2. 과묵한 스에쓰무하나 이야기

『겐지 이야기』의 「스에쓰무하나末摘花」권에는 침묵을 통해 여성이 소극적으로 거절 의사를 표현하는 예가 보인다. 히카루겐지는 궁중에서 일하는 대보 명부大輔命婦에게 중개를 부탁하여 고 히타치노미야常陸宮의 딸 스에쓰무하나에게 몇 번이나 편지를 보내지만, 그녀는 침묵을 지킨다. 명부가 휘장을 사이에 두고 대화를 나누기를 권해보지만, 아버지 이외의 남자와 대화를 해본 적이 없었던 스에쓰무하나는 사람과 이야기하는 법을 모른다는 이유로 히카루겐지와의 대화를 꺼린다. 스에쓰무하나 이야기에는 남녀의 연애과정이 상세하게 다루어져 있는데, 다소 극단적인 모습으로 그려져 웃음을 유발하는 측면이 있다. 히카루겐지의 방문 소식을 듣고 스에쓰무하나를 모시는 젊은 시녀들은 들떠서 몸단장을 하고 마음을 다잡는 등 준비를 한다. 그러나 정작 스에쓰무하나는 단장도 하지 않고 어떠한 준비도 하지 않는다. 귀공자와의 만남에 가슴 설레는 아가씨의 모습이 아닌 다소 둔감한 여주인공의 모습이다.

우아하고 고풍스러운 분위기가 감도는 스에쓰무하나의 방에 들어가게 된 히카루겐지는 그윽한 향기를 맡으며 이에 어울리는 세련된 교양을 갖추고 있을 스에쓰무하나의 모습을 기대한다. 히카루겐지는 예전부터 그녀를 얼마나 사모해왔는지를 고백하는데, 스에쓰무하나는 한마디 대답이 없다. 히카루겐지는 와카를 읊는다.

> 몇 번이나 더 그대의 말없음을 견뎌야 하나
> 말을 하지 말라는 말씀은 없었기에

이 와카에 시녀가 대신해서 답가를 읊는다. 또한 시녀가 가모 신사賀茂神社의 일을 도우러 나가서 부재 중인 어느 날, 스에쓰무하나의 집에서 밤을 보낸 히카루겐지가 아침에 돌아가면서 와카를 읊는다. 대신해서 답가를 지을 사람이 없자 스에쓰무하나는 입을 다물고 "음음"이라고 오물거리며 미소를 지을 뿐이다.

조용한 태도를 유지하는 스에쓰무하나의 태도는 여성이 남성과 쉽게 대화하지 않던 당시의 습속을 보여주는 극단적인 예라고 할 수 있다. 이렇게 너무나도 과묵한 아가씨 스에쓰무하나이지만 히카루겐지는 그녀의 우직한 마음을 읽어서일까 세월이 흐른 후에도 잊지 않고 그녀를 방문한다.

3. 헤이안 시대의 말괄량이 오미노키미

다마카즈라 10첩玉鬘十帖의 가운데 부분에 속하는 「도코나쓰常夏」권에는 오미노키미近江の君의 이야기가 소개되어 있다. 『겐지 이야기』 중에서도 오미노키미는 재잘거리는 말투의 특이한 여성이다. 그녀는 목소리를 잘 들려주지 않는 스에쓰무하나와는 정반대의 모습을 보인다. 스에쓰무하나처럼 너무 말이 없어도 곤란하지만, 오미노키미처럼 귀족 아가씨가 너무 크게 떠드는 것도 어울리지 않는 일이었다.

내대신內大臣으로 승진한 좌대신 가의 장남 두중장頭中將은 오래전 소식이 끊어져버린 유가오夕顔와의 사이에서 태어난 딸을 그리워하며 다시 만날 수 있기를 기원하고 있었다. 그러던 어느 날 내대신은 꿈을 꾼다. 꿈의 의미가 궁금한 내대신이 점쟁이를 불러 해몽을 시켜보니, 다른 사람의 양녀로 살고 있는 자녀가 있는 듯하다는 말을 듣게 된다. 내대신은 어린 시절 패랭이꽃에 비유했던 딸 다마카즈라玉鬘와의 재회를 기대하고 있었다. 그러나 막상 아들 가시와기柏木가 발견해서 데려온 딸은 오미노키미였다.

아버지와의 첫 대면 장면에서 오미노키미는 주사위 놀이를 하고 있는데, 상대방에게는 작은 점수가 나오도록 기원하면서 "작은 눈, 작은 눈"이라고 빠르게 외치고 있다. 내대신은 경박해 보이는 딸의 목소리에 아주 실망하면서도, 그 모습이 거울에 비친 자신의 모습과 어딘지 모르게 닮아 딸이 아니라고 부정할 수도 없고 단지 안타깝게만 생각할 뿐이다.

내대신이 공무에 바빠서 딸을 자주 방문하지 못하는 것을 미안해하며, 그렇다고 하여 시중을 들라고 하기에는 상황이 좋지 않다고 변명을 하자, 오미노키미는 아버님의 변기 청소라도 하겠다고 자청하며 재잘거린다. 내대신은 배설에 관련된 어휘를 사용하는 딸의 모습에 속으로 한탄하며 "만일 어버이에게 효도를 하고 싶은 마음이 있다면 목소리를 고쳐서 천천히 말하는 습관부터 들이세요. 그러면 내 수명도 조금은 늘어나겠지요"라고 딸의 목소리와 빠른 말투에 대해 지적한다.

내대신은 오미노키미가 궁중에 들여보낼 만한 교양을 갖추지 못한 것을 아쉽게 생각하며 그녀의 배다른 언니인 고키덴 여어弘徽殿女御에게 출사하여 시중 들 것을 제안한다. 오미노키미는 기뻐하며 "물을 길어 머리에 이는 일이라고 해도 열심히 하겠습니다"라고 귀족 아가씨가 할 법한 일이 아닌 예를 들며 재차 빠른 말씨로 대답한다. 이에 내대신은 실망하여 돌아간다. 유서 깊은 내용이라도 조용하고 여운 있게 읊어야 내용도 더 살아나고 듣는 이도 듣는 재미가 있는데, 빠르고 조심성 없고 들뜬 오미노키미의 목소리는 품위 있는 내용도 평범하게 만들어버리는 것이다.

그런데 사실 오미노키미의 에피소드는 『법화경法華經』의 일곱 가지 비유 중의 하나인 「신해품信解品」의 장자궁자유長者窮子喩의 문맥을 차용한 것으로, 이야기를 효과적으로 전달하기 위해 사용된 장치라고도 할 수 있다. 「신해품」에는 오래전 집을 나가 아버지와 헤어져 살아온 아들이 어느 고용주를 만나 청소 등 힘든 일을 하며 열심히 일하는데 후에 그 고용주가 아버지임을 알게 되고 가계를 물려받게 된다는 내용의 예화가 실려 있다. 오미노키미가 청소와 관련된 단어를 언급하는 것은 당시의 독자들에게 「신해품」을 떠올리게 하는 효과를 주기도 하였다. 미

스미 요이치三角洋一는 오미노키미 이야기가 장자궁자유를 바탕으로 하여 자녀교육 문제를 부각시키고 있다고 지적한다. 오미노키미가 다소 엉뚱한 행동을 보이는 것은 아버지를 만나 귀족 사회에 편입하기 전까지 다른 곳에서 자라 적절한 교육을 받지 못했기 때문이다.

한편, 오미노키미는 당시 귀족 사회의 규범에서 벗어난 성격을 가진 아가씨로 다소 희화화되어 묘사되지만, 그녀는 '죄가 가볍다'는 표현이 사용될 정도의 미모의 아가씨였다. '죄가 가볍다'라는 표현은 인과응보에 의해 전세에 덕을 쌓은 사람은 용모가 아름답게 태어난다는 당시의 생각이 반영된 것이다. 오미노키미는 이마가 조금 좁은 것이 결점이라고 지적되고 있지만, 그것을 감안하더라도 그녀는 빼어난 용모를 갖추고 있었다.

『겐지 이야기』 중에서 '죄가 가볍다'라고 서술되는 인물은 두 명 더 있다. 한 명은 히카루겐지의 딸로 나중에 황후가 되는 아카시노히메기미明石の姬君이고, 다른 한 명은 우지 10첩宇治十帖에 등장하는 마지막 주인공인 우키후네浮舟이다. 그들과 같은 표현으로 용모가 묘사될 정도로 아름다운 오미노키미이지만, 아카시노히메기미와 비교해보면 오미노

키미는 영예를 누리지 못한다. 「와카나 하若菜下」권에서 오미노키미가 '아카시노아마기미明石の尼君'라는 주문을 외우면서 주사위 놀이를 하고 있는 것은 아주 인상적인데, 언니인 고키덴 여어의 시중을 드는 오미노키미의 인생은 황후를 낳은 아카시 집안의 영화와는 대조적이라고 할 수 있다.

예쁘장한 얼굴에 발랄하고 사랑스러운 면을 지닌 오미노키미가 당시 사람들의 웃음을 자아내는 인물로 그려지는 것은 헤이안 귀족 사회에서 여성에게 요구되던 교양과 규범이 어떠한 것이었는지를 반조하기 위한 것이라고 볼 수 있다.

4. 오치바노미야와 유기리의 사랑 이야기

「요코부에橫笛」권에는 유기리夕霧와 스자쿠인朱雀院의 둘째 딸인 오치바노미야落葉の宮의 만남이 그려져 있다. 히카루겐지의 아들인 유기리는 젊은 나이에 세상을 뜬 친구 가시와기의 아내 오치바노미야를 위문차 방문하면서 점점 그녀에게 관심을 갖게 된다.

이치조노미야一條宮를 방문한 유기리는 오치바노미야가 육현금 연주를 들려주기를 기대하지만, 그녀는 좀처럼 응하려 하지 않는다. 줄지어 날아가는 기러기소리에 감상적이 된 오치바노미야가 쟁箏의 현을 살짝 퉁기자 유기리는 그녀의 그윽한 태도를 더욱 매력적으로 생각하며 비파로 상부련想夫戀이라는 곡목을 연주한다. 유기리는 한마디 말을 듣고 싶다고 재차 조르지만 그녀는 차분히 상념에 잠길 뿐 여전히 묵묵부답이다. 그러자 유기리는 와카를 읊는다.

> 말로 꺼내어 말하지 않음으로 더 깊은 것을
> 말씀하시는군요 그 모습으로부터

유기리는 말하지 않고 상대방을 그리워하는 것이 말하는 것보다 더 많은 것을 나타낸다고 하는 『고킨와카로쿠조古今和歌六帖』에 실려 있는 옛 와카를 인용하며 위와 같은 와카를 읊어, 오치바노미야의 연주를 재촉한다. 그러자 그녀는 다음과 같이 답을 한 뒤, 조용히 쟁을 살며시 퉁기어 상부련의 끝부분을 약간 들려준다.

> 깊은 가을밤 음악 속의 슬픔은 알 수 있지만
> 쟁을 연주하는 것 이외에 무슨 말이

오치바노미야는 유기리의 비파 연주에 담겨 있는 가시와기를 향한 깊은 그리움은 이해하지만 자신은 할 말이 없다고 표현함으로써 죽은 남편의 친구인 유기리의 연심을 경계한다. 여성이 남성에게 목소리를 직접 들려주는 경우는 아주 가까운 사이인 경우로 제한되어 있었으며, 그녀는 쉽게 목소리를 들려주지 않음으로써 거리를 두고 있었다.

'상부련'이라는 곡은 한자로는 '相府蓮, 想夫戀, 想夫憐' 등으로 표기된다. 『겐지 이야기』보다 후대인 14세기 초에 성립된 수필집 『쓰레즈레구사徒然草』214단에는 "상부련이라는 곡의 이름은 여성이 남성을 그리워한다는 뜻이 아니라, 왕검王儉이라는 대신이 집에 연꽃을 심어놓고 음악을 즐기던 것에서 유래하였다"는 다소 계몽적인 지적이 보인다. 실제로 9세기에서 11세기 중반에 걸친 명문을 모은 『혼초몬즈이本朝文粹』나 11세기 초에 성립한 『와칸로에이슈和漢朗詠集』의 한시문에는 중국 남제南齊의 왕검 대신이 정무를 보던 저택을 가리키는 연부蓮府라는 말이 보이기도 한다. 『쓰레즈레구사』의 지적은 두 가지 의미 중에서 여성(아내)이 남성(남편)을 그리워한다는 뜻이 점점 더 많이 사용되었던 것을 반증한다고 할 수 있다.

「도코나쓰常夏」권에는 어느 날 저녁 히카루겐지가 양녀 다마카즈라

에게 육현금소리를 들려주며 친밀하게 대화하는 모습이 묘사되어 있
다. 히카루겐지는 먼저 몇 소절을 연주한 후 다마카즈라에게도 연주를
권한다. 히카루겐지는 상부련이라는 곡은 남편을 연모한다는 뜻 때문
에 부끄러워 남들 앞에서는 연주하지 않는 사람도 있다고 하지만, 그
외의 곡은 얼마든지 연주해도 좋다고 말하며 다마카즈라에게 거듭 연
주를 청한다. 그러나 그녀는 자신의 모자라는 연주 실력을 걱정하며 악
기에 손을 대지 않는다. 이 부분은 히카루겐지가 여성으로서의 다마카
즈라에게 관심을 보이는 장면이다.

　이처럼 『겐지 이야기』 속에서 남녀 간의 사랑을 상징하는 의미로 쓰
이는 상부련이라는 곡을 유기리가 오치바노미야에게 들려준 것은, 그
가 적극적으로 오치바노미야에게 연심을 내비치고 있음을 뜻하고 둘
사이가 점점 더 가까워질 것임을 암시하는 기능을 한다. 남녀의 연애에
있어서 여성이 목소리를 들려주는 것은 아주 친밀한 관계 속에서만 가
능했고 여성은 목소리를 들려주거나 들려주지 않는 것을 통해 남성에
대한 수락이나 거절을 표현했음을 알 수 있다.

5. 무라사키노우에의 무언 태자 비유

　무라사키노우에는 유기리가 가시와기의 미망인인 오치바노미야에게 관심을 가지게 된 이야기를 전해 듣고, 여성에 관한 인식을 토로한다. 무라사키노우에는 여성들이 나쁜 일에 관해서도 좋은 일에 관해서도 의견이나 감정을 잘 표현하지 않고 생각에 잠기어 무엇이든 마음속에만 담아두어야 하는 가련함을 지적하며 '무언 태자無言太子'에 비유하고 있다.

　무라사키노우에가 예로 들고 있는 '무언 태자'란 서진西晉 시대 축법호竺法護가 번역한 『불설태자목백경佛說太子沐魄經』에 실려 있는 목백 태자를 가리킨다. 경전의 내용은 석가의 전생을 묘사한 본생담에 속한다. 하라나 국波羅奈國에 태어난 목백 태자는 용모가 단정하고 수려했는데, 왕위를 잇지 않기 위해 13세가 될 때까지 말을 하지 않았다. 부왕은 듣지 못하고 보지 못하고 말하지 못하는 것처럼 보이는 태자가 즉위하면 타국의 웃음거리가 될 것을 걱정한다. 결국 태자를 땅에 묻어버리기로 했을 때, 태자는 소리를 질러 사람들을 놀라게 하여 살아난 뒤 출가 수행을 떠난다.

　『불설태자목백경』은 중국의 설화집 『법원주림法苑珠林』 45권 「심찰편審察篇·심노부審怒部」에도 인용되어 있다. 『법원주림』에 실린 많은 설화들은 『산보에三寶繪』나 『곤자쿠모노가타리슈今昔物語集』 등 일본의 고전문학작품에 널리 수용되었다. 특히 『법원주림』 45권의 목백 태자 설화는 법회 설법의 자료적 성격을 지닌 『가나자와 문고본 불교설화집金澤文庫本佛教說話集』의 '무언 태자' 이야기와 유사한 내용을 보인다. 태자가 무언을 고집하는 이유가 혀로 인한 구업口業에 의해 짓게 될 죄를 두려워했기 때문이라고 하여, 불교색을 강하게 드러내고 있다. '무언 태자'라는 표현은 중국의 『불설태자목백경』이나 『법원주림』에는 보이지 않는 표현으로, 일본에서 향수되는 과정에서의 통칭이라는 설도 있다. 『겐지 이야기』 속에 이러한 배경을 가진 '무언 태자'라는 표현이 보이는 것은 지식인층에 목백 태자 이야기가 널리 알려져 '무언 태자'로 통용되고 있었다고 추측할 수 있다.

말을 할 수 있으면서도 침묵을 지키다가 죽임을 당하기 직전에 말을 해서 주위를 놀라게 한 '무언 태자'를 여성의 삶에 비유한 것은 당시 여성이 마음을 제대로 표현하기가 얼마나 힘들었는지를 알 수 있게 한다. '무언 태자'와 여성의 처지를 나란히 놓음으로써 무라사키노우에는 여성의 삶의 어려움에 대해 탄식하고 있다.

이와는 달리 오미노키미는 조용히 일생을 지내는 당시의 많은 여성들과는 반대로 적극적으로 자신을 표현하는 여성이었다. 스스로 오빠 가시와기를 통해 아버지를 찾아온 것이 그렇고, 궁중 출사를 적극적으로 표명하고 있는 점도 그러하다. 아카시 집안처럼 영화를 누리는 행복한 미래를 꿈꾸기도 하고 '아카시노아마기미'라고 외치며 행운이 깃들기를 큰 목소리로 외치기도 한다. 그러나 이렇게 목소리를 드러내고 적극적인 태도를 보이는 것이 교양 없는 여성의 예로 제시되며 독자의 웃음을 유발하는 것은 여성이 큰 목소리로 자신의 의견과 감정을 표현하는 것을 그다지 긍정적으로 보지 않았던 당시 귀족 사회의 가치관을 그대로 반영한 것이기도 하다.

6. 적극적으로 대화하는 우지의 오이기미

『겐지 이야기』의 속편에 속하는 우지 10첩에는 하치노미야八の宮의 딸인 오이기미大君와 나카노키미中の君 자매가 등장한다. 스자쿠 천황이 재위하고 있던 시절, 하치노미야는 우대신 세력에 의해서 레이제이 천황冷泉天皇을 대신할 동궁 후보로 이용되어 정쟁에 휘말렸다. 결국 히카루겐지의 복귀로 레이제이는 무사히 천황이 되고, 하치노미야는 그 후

도읍에서 떨어진 우지宇治에 은거하게 된다.

가오루薰는 히카루겐지의 아내인 온나산노미야女三の宮와 내대신의 아들인 가시와기 사이에서 태어난 인물로, 세간에는 히카루겐지의 아들로 알려져 있다. 가오루는 자신의 출생에 대한 의문을 품고 하치노미야를 불도의 스승으로 삼아 우지를 자주 방문하게 된다. 그러던 어느 날, 달 밝은 밤에 오이기미 자매가 악기를 연주하는 소리를 듣고 그녀들의 모습을 엿본 가오루는 오이기미에게 관심을 갖게 된다. 아버지가 잠시 집을 비운 사이에 외간 남자 가오루를 응대하게 된 오이기미는 침착하게 응대하는데, 그 목소리가 우아하다고 묘사되어 있다.

오이기미의 목소리는 하치노미야가 세상을 떠난 이후의 전개에 있어서도 가오루와의 관계에서도 중요한 역할을 한다. 가오루는 오이기미에게 자신의 마음을 고백하고 격의 없는 사이가 되기를 희구하며, 발과 병풍을 밀고 강제적으로 오이기미 쪽으로 들어온다.

남자가 여자 혼자 있는 공간에 들어와서 둘만 있게 되었을 때 보통 남자와 여자는 깊은 관계를 맺게 되는 경우가 많다. 오치바노미야와 유기리의 관계도 그러하였다. 오치바노미야는 유기리에게 응답하지 않음으로써 소극적인 거절을 표시했지만, 결국 오치바노미야가 숨어 있는 방에 유기리가 억지로 들어가 둘은 부부가 되고 만다.

그러나 오이기미의 경우, 가오루가 병풍을 밀치고 들어온 후에도 그녀는 "격의 없이 지내자는 것은 이러한 것을 의미하셨던 것입니까. 희귀한 일도 다 있군요"라고 말해 가오루를 제지한다. 또한 가오루가 소매를 잡고 오이기미의 얼굴을 봤을 때는 "그러한 마음을 가지고 계신지도 모르고, 이제까지 보통 이상으로 가까운 거리에서 응대해왔습니다만"이라며 살짝 그를 비난하고, 이제까지 가오루에게 스스럼없이 대해온 것은 어디까지나 후견인이라는 사회적 관계를 의식했기 때문이라는 뜻을 내비친다. 이렇게 오이기미가 목소리를 내는 것은 자신의 의

사를 적극적으로 표현하는 것으로 해석된다. 대화를 통해 사랑을 해나가는 모습은 『겐지 이야기』의 많은 여성 중에서도 오이기미에게 두드러지게 나타난다.

또한 병으로 쇠약해진 오이기미는 그녀를 방문한 가오루를 향해 괴로운 듯 희미한 목소리로 "이쪽으로 오세요" 하며 그를 베갯머리로 부르기도 한다. 병세가 점점 위중해져 임종이 가까워진 어느 날, 가오루가 목소리를 듣고 싶다고 청하자 오이기미는 말은 하고 싶지만 목소리를 내는 것조차 힘들다고 괴롭게 숨을 내쉬며 겨우 말하기도 한다. 인생이 얼마 남지 않은 상황에서 오이기미는 목소리를 내 가오루를 향한 그리움을 표현하는 것이다.

오이기미는 가오루에 대해 복잡한 감정을 품고 있어 위와 같이 그를 거부하기도 하고 친근함을 표현하기도 한다. 이런 과정 속에서 오이기미의 심정을 절절하게 보여주는 것은 그녀의 목소리이다. 앞서 무라사키노우에가 비유했던 무언 태자와 같이 모든 것을 조용히 참아내는 모습과는 달리, 오이기미는 목소리를 내어 가오루와 대화함으로써 남녀 관계에 주체적으로 임하고 있다고 볼 수 있다.

그러나 목소리를 내어 의견을 표시함으로써 남성과의 관계에서 의지에 반하는 비극적인 일은 일어나지 않았지만, 그녀의 일생이 병사로 끝나는 것은 후견인이 없는 귀족 여성이 갖는 한계로 볼 수 있다. 가오루와 결혼을 추진하는 데 적극적으로 임할 수 없었던 그녀의 삶에는 여러 가지 제약이 있었던 것이다.

『겐지 이야기』에는 많은 여성들이 등장하는데, 그중에서도 과묵한 스에쓰무하나, 재잘거리는 오미노키미, 목소리를 들려주기를 저어하며 조용히 음악을 연주하는 오치바노미야, 목소리와 관련해서 여성의 삶을 인식하고 있는 무라사키노우에, 그리고 적절한 톤으로 남성을 타이르는 오이기미에 대해 살펴보았다. 이들 이야기를 목소리를 통해 들어보면 그녀들의 삶이 자리했던 위치를 더 잘 이해하게 된다. 헤이안 시대의 여성의 목소리는 미약하게나마 그 존재를 드러내는 매개체였고, 목소리를 통해 여성 주인공들이 어떻게 형상화되어 있는지를 살펴볼 수 있다.

참고문헌

김종덕, 「모노노케와 조소 표현에 나타난 그로테스크」(『그로테스크로 읽는 일본 문화』, 책세상, 2008)

橋本ゆかり, 『源氏物語の＜記憶＞』, 翰林書房, 2008.

吉井美弥子, 『読む源氏物語 読まれる源氏物語』, 森話社, 2008.

金泰光, 「『金沢文庫本仏教説話集』の無言太子譚についての一考察」(『国文論叢』27, 神戸大学文学部国語国文学会, 1999.2)

三角洋一, 「近江の君と長者窮子喩」(『源氏物語と天台浄土教』, 若草書房, 1996)

中川正美, 「宇治大君−対話する女君の創造」(王朝物語研究会 編, 『論集 源氏物語とその前後』4, 新典社, 1993)

関みさを, 「心げさう」(『源氏物語の精神史的研究』, 白水社, 1941)

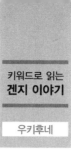

갈 곳 모르는 쪽배, 우키후네

윤 승 민

1. 유랑의 연속, 우키후네의 삶의 궤적

전 54첩에 걸쳐 다양한 인물들의 이야기를 그려온『겐지 이야기』가 마지막으로 선택한 여주인공 우키후네浮舟. 이 여성만큼 드라마틱한 삶을 산 인물을『겐지 이야기』안에서 또 찾아볼 수 있을까?

우키후네는 하치노미야八の宮와 주조노키미中將の君 사이에서 태어났으나 정처 소생이 아니라는 이유로 딸로 인정받지 못한다. 그 후 어머니인 주조노키미는 히타치常陸 지방 차관과 재혼하여 히타치 지방으로 이주하게 되는데 이로 인해 우키후네도 거기서 어린 시절을 보내게 된다. 우키후네를 늘 가엾게 여긴 어머니는 그녀에게 좋은 배필을 맺어주고자 좌근 소장左近少將과의 결혼을 추진하지만 우키후네가 히타치 지방 차관의 친딸이 아니라는 사실을 알게 된 좌근 소장은 우키후네와의 혼담을 파기하고 차관의 친딸과 결혼해버리고 만다. 이로 인해 우키후네는 어쩔 수 없이 하치노미야의 친딸로 그녀에게는 이복언니에 해당되는 나카노키미中の君에게 몸을 의탁하게 된다. 그녀는 혼담 파기 때문이기는 하지만 오랫동안 교류가 없었던 이복언니와 함께 지낼 수 있게 되었다는 사실을 오히려 기쁘게 생각한다. 하지만 이러한 기쁨도 잠시뿐, 나카노키미의 남편이자 당대 최고의 풍류가였던 니오노미야匂宮가 우연히 우키후네의 존재를 발견하고 그녀의 처소에 잠입하게 된다. 때마침 니오노미야를 찾는 중궁전에서의 전갈과 유모의 기지로 아무 일 없이 무사히 넘어가기는 했으나 이 일로 우키후네는 또다시 산조三條에 있는 은신처로 거처를 옮기게 된다.

한편 우지 10첩宇治十帖의 남자 주인공 가오루薫는 하치노미야의 큰딸 오이기미大君를 연모해왔으나 오이기미의 사후, 그 여동생 나카노키미에게 연정을 품는다. 이러한 가오루의 감정을 유부녀인 나카노키미가 받아들일 리 없었고, 그녀는 자신에 대한 가오루의 관심을 돌리기 위해서 이복동생인 우키후네의 존재를 가오루에게 알리게 된다. 가오루는 우키후네가 죽은 오이기미와 빼닮았다는 사실로 인해 그녀에게 관심을 보이며 그녀가 산조의 은신처에 거한다는 사실을 듣고 그곳을 찾아가 하룻밤을 보낸 뒤 우지宇治에 있는 옛 하치노미야의 저택으로 우키후네를 데려간다.

가오루에게 우지는 특별한 곳이었다. 출생의 비밀을 안고 있는 가오루는 어려서부터 현실에 대한 불안한 마음을 달래기 위해 불교에 심취하였다. 그러한 가오루에게 고매한 수도 생활을 보내고 있는 하치노미야는 동경의 대상이었다. 하치노미야와 불도를 통한 깊은 교류를 나누기 위해 처음으로 방문한 우지에서 그는 평생에 걸친 연모의 대상인 오이기미를 만나게 된다. 가오루가 사랑에 빠져 오이기미와의 추억을 만들어나간 곳, 그리고 그녀의 사후 언제까지 가오루의 뇌리를 떠나지 않는 아련하고 애절한 기억이 머물러 있는 곳, 그곳이 바로 우지였다.

■ 산조의 은신처로 우키후네를 찾아간 가오루〈源氏物語繪卷〉. 德川美術館藏. -『源氏物語』, 平凡社, 1982.

　그러나 당대 최고의 귀공자였던 가오루는 공사다망한 관계로 자주 우지를 방문할 수 없었고 우키후네는 안개 자욱한 산골 우지에서 외로운 날들을 보내고 있었다. 이때 잠시 스쳐간 우키후네를 잊지 못하던 니오노미야는 우연히 그녀의 소재를 파악하게 되고 가오루를 가장하여 우지를 방문하여 우키후네와 관계를 맺게 된다. 상대가 가오루가 아닌 사실을 알게 된 우키후네는 처음에는 아연실색하지만 니오노미야의 정열적인 태도에 점점 마음이 끌려 이후 두 사람은 뜨거운 사랑을 나누게 된다. 하지만 두 사람의 관계를 눈치챈 가오루가 자신이 밀통을 인지하고 있음을 암시하는 편지를 보내고, 그녀는 깊은 시름에 빠지게 된다. 두 남자 사이에서 이러지도 저러지도 못하게 된 우키후네는 고뇌에 고뇌를 거듭한 끝에 우지 강宇治川에 몸을 던질 결심을 한다. 자신의 죽음으로 모든 것을 깨끗이 정리하려 했던 것이다.

　하지만 자살은 미수에 그치고 정신을 잃고 쓰러져 있던 그녀를 요카와 승도橫川の僧都 일행이 구하게 된다. 우키후네를 관음보살이 죽은 딸을 대신하여 보낸 것이라 굳게 믿는 승도의 여동생의 정성어린 간호로 우키후네는 점차 의식을 회복하게 되고, 이후 오노小野에서 승도의 노

모와 여동생과 함께 차츰 안정된 생활을 하게 된다. 그러한 그녀에게 또다시 시련이 기다리고 있었으니 다름 아닌 승도의 여동생 사위였던 중장中將의 등장이었다. 우키후네에게 매력을 느낀 중장은 끊임없이 그 마음을 고백하며 접근하는데, 이러한 중장을 피해 우키후네는 이 세상 모든 번뇌와 고민에서 벗어나고 싶은 심정으로 출가를 감행한다.

출가 후 우키후네는 불도 수행에 정진하는 한편 때때로 바둑과 습자로 소일하는 등 지금까지의 삶 중에서 가장 평온한 시간을 보내게 된다. 하지만 가혹한 운명의 신은 그러한 우키후네를 가만히 내버려두지 않았다. 온나이치노미야女一の宮의 치료를 위해 아카시 중궁明石の中宮의 처소를 방문한 요카와 승도가 자신이 우연히 구한 여성의 이야기를 하게 되고, 이 소식은 가오루의 귀에도 즉시 들어가게 된다. 그러자 가오루는 몸소 요카와 승도가 거처하던 곳을 방문하여 우키후네가 생존해 있다는 사실을 확인하고, 그녀를 다시 자신의 품으로 돌아오게 하기 위해 그녀의 이복동생인 고기미小君를 시켜 편지를 보낸다. 우키후네는 자신의 의지와는 관계없이 또다시 남자의 애집愛執에 의해 고뇌와 번민을 거듭하게 되었다. 갈등을 거듭한 그녀는 결국 속세와의 인연을 끊고 불도 수행에 전념하려는 마음을 굽히지 않고 끝까지 가오루의 편지에 답장하기를 거부한다. 이러한 그녀의 심정을 이해하지 못하고 오히려 다른 남자가 생긴 게 아닌지 우키후네를 의심하는 가오루의 모습을 마지막으로 『겐지 이야기』는 기나긴 장편의 막을 내린다.

2. 우키후네 다시 보기

우키후네는 다른 여주인공들과 비교했을 때 매우 특이한 이력의 소유자이다. 교토, 동쪽 지방, 우지, 오노와 같이 그녀는 어느 한곳에 정착하지 못한 채 물리적인 공간에서 항상 유랑하는 삶을 살았다. 그뿐 아니라 작품 속에서도 항상 우키후네를 '갈 곳 모르는' 존재로 표현하며 유전流轉할 수밖에 없는 생을 살 것임을 끊임없이 강조하고 있다. 이렇 듯 그녀의 삶 자체는 결코 순탄치 못한 파란만장의 연속이었다. 더욱이 우키후네가 자살을 시도하고 출가를 했다는 점도 당시 헤이안 시대의 시각에서 보면 이해하기 힘든 일이었다. 당시의 사상적 근간을 이루고 있던 불교적 관점에 의하면 자살은 죄악시되는 행위였으며, 출가는 일 반적으로는 숭고한 행위로 인정되고는 있었으나 젊은 여성의 출가는 원령에 사로잡힌 행위라 하여 오히려 금기시되어 있었다. 이렇듯 당대 의 시대적 배경에 의거해볼 때, 우키후네의 일생은 매우 이례적인 일들 의 연속임을 알 수 있다. 그렇다면 왜 이 장대한 작품의 마지막 여주인 공으로 이러한 여성이 선택된 것일까. 거기에는 분명히 작가의 의도가 담겨져 있음에 틀림없다. 과연 작가는 우키후네를 통하여 무슨 메시지 를 전하려고 한 것일까.

우키후네는 자살을 선택했다는 점과 소생蘇生 후 젊은 여성의 몸으로 출가했다는 점, 그리고 무엇보다도 가오루와 니오노미야 사이에서 갈 팡질팡하며 삼각관계를 유지했다는 점 등에서 지금까지 부정적인 측 면들이 강조되어왔다. 특히 우키후네가 하치노미야의 서출로 신분이 낮고 또한 교토가 아닌 변방에서 자란 탓에 자신의 의사를 표현하지 않 는 수동적이며 사고력이 결여된 인물로 그려져 있다는 것이 종래 우키 후네에 대한 일반적인 평가이다.

하지만 우키후네가 자살을 결심하지 않을 수 없었던 이유를 구체적 으로 살펴보면, 이러한 그녀의 평가에 대해서는 재고의 여지가 많은 것 이 사실이다. 일례로, 우키후네는 두 귀공자와의 삼각관계에 대하여 확 고한 인식과 대처 방법을 가지고 있었으며, 실은 작품 전개과정에서 이 점이 반복적으로 세밀하게 그려져 있다는 점에 주목할 필요가 있다. 열 정적인 니오노미야의 뜨거운 구애로 인해 격정적인 사랑의 세계에 흠뻑 빠진 우키후네는 자신이 지금까지 이상적인 존재라고 생각해왔던 가오루보다 니오노미야를 훨씬 더 멋지고 뛰어나다고 인식하기에 이른다. 그러나 한편으로는 오랜만에 우지를 방문한 가오루와 대면하며 역시 가오루를 이상적인 사람이라 인정하지 않을 수 없었고, 이렇듯 믿음직스러운 가오루에게 버림받게 되지 않기를 소원한다. 두 사람을 비교하면 할수록 우키후네의 고민과 괴로움은 커갔지만 그녀의 인식의 근간에 니오노미야와의 관계에 대한 죄의식이 뿌리 깊게 자리잡고 있었다는 사실을 간과해서는 안 될 것이다.

우키후네는 니오노미야에게 빠져들면 들수록 점점 자신의 행동에 대해 양심의 가책을 느끼게 된다. 그녀의 심적 갈등은 이야기가 전개되어갈수록 더욱더 고조되는데, 니오노미야에 대한 연모의 정과 이성적인 판단 사이에서 어찌할 바 모르고 흔들리고 있었던 우키후네는 결국 니오노미야와의 관계를 '있을 수 없는 일'로, 그리고 가오루와의 관계야말로 '바람직한 일'이라는 결론을 내린다. 이러한 두 귀공자에 대한 우키후네의 인식은 그 후 몇 번이고 작품 속에서 반복적으로 나타난다. 이러한 과정을 통해서 확립된 가오루와 니오노미야 두 사람에 대한 관계성은 이후 그녀의 선택에 큰 영향을 끼치게 된다.

우키후네 이야기의 전반부 끝에 해당되는 「우키후네浮舟」권 중반 이후, 우키후네를 둘러싼 상황은 점점 더 긴박해진다. 가오루와 니오노미야 두 사람 모두가 각각 우키후네를 교토로 맞이하겠다는 연락을 보내고, 이 소식을 접한 우키후네는 어찌할 바 몰라 수심에 잠길 뿐이었다. 그런 우키후네와 대조적으로 니오노미야와 우키후네와의 관계를 알 리가 없는 어머니 주조노키미와 유모는 우키후네가 가오루와 맺어진다는 사실을 기뻐하며 드디어 손에 거머질 우키후네의 행복한 미래에 대한 기대로 들떠 상경 준비에 여념이 없었다. 이런 모습을 본 우키후네는 니오노미야와 자신의 밀통이 발각될 경우 몰고 올 파장과 그로 인

| 우키후네를 배에 태워 우지 강 맞은편으로 데려가는 니오노미야는 변치 않는 사랑을 맹세한다
〈源氏物語圖扇面散屛風〉. 淨土寺藏 -『すぐわかる源氏物語の繪畵』, 東京美術, 2009.

해 당시 헤이안 귀족들이 무엇보다 치욕적인 일이라 생각하여 두려워
했던 세간의 '웃음거리'가 되는 것을 상상하고는 전율한다.

세간의 '웃음거리'가 되어 자신의 명예가 훼손당하는 것은 물론 끊
임없이 지속될 각종 비난을 감수하면서까지 계속 살아갈 것인가, 아니
면 밀통이 발각되기 전에 죽음을 선택함으로써 명예를 지킬 것인가. 우
키후네는 고민하고 또 고민한다. 밀통의 발각은 비단 자기 자신에게만
국한되는 문제가 아니었다. 자신을 목숨처럼 아끼는 어머니에게도 크
나큰 충격과 실망을 안겨드리는 것은 물론이고 가오루와 니오노미야
라는 당대의 최상위 귀공자들의 명예에 씻을 수 없는 오점을 남기는,
당시 궁중 사회를 발칵 뒤집어놓을 전대미문의 스캔들이 되기에 충분
한 사건이었다.

이러한 우키후네의 심적 고뇌와 함께 외적인 상황도 우키후네를 압
박하기에 이른다. 어머니 주조노키미는 니오노미야와 우키후네 사이
에 혹시라도 불미스러운 일이 생긴다면 모녀의 인연을 끊겠다고 말한

다. 물론 이는 두 사람의 관계를 알 리 없는 주조노키미가 우키후네의 이복언니의 남편이자 희대의 풍류가인 니오노미야의 평상시 여성관계를 염두에 두고 한 일반론적인 발언이지만, 실제로 니오노미야와 관계를 맺고 있던 우키후네에게는 무엇보다 큰 상처가 되었다. 또한 두 남자와 관계를 맺음으로써 결국 남자들 사이에 살인 사건이 발생하고, 모두가 몰락하는 상황을 초래한 시녀 우콘右近의 친언니 이야기를 우연히 들은 우키후네는 그 이야기가 마치 자신의 미래에 대한 예언처럼 느껴져 두려움을 감출 수 없었다. 게다가 가오루의 명령에 의해 우지 저택 주변의 경비가 강화되었다는 소식을 접한 후, 사건의 발각은 시간 문제라 생각되어 한층 더 불안에 떨게 된다. 이에 우키후네는 "내 한 몸 죽음을 선택한다면 이 모든 것이 평안해지겠지"라는 생각을 품게 되어 더욱 죽음을 갈망하게 되고, 결국 어머니와 니오노미야에게 편지를 남기고 우지 강에 투신자살을 시도한다.

이와 같이 우키후네가 자살을 결심한 과정을 보면, 삶의 절체절명의 순간에, "사느냐 죽느냐 그것이 문제로다"라는 유명한 햄릿의 명대사처럼, 세간의 '웃음거리'가 되어 굴욕적으로 이 세상을 살아갈 것인지 아니면 죽음을 선택하여 파국을 막을 것인지를 고민해서 내린 결론이다. 즉 일련의 사태의 심각성을 충분히 인지하고 그러한 위기를 미연에 방지하는 해결책으로 죽음을 선택한 것이지, 결코 그녀가 분별력이 없었던 탓에 충동적으로 자살을 결심한 것이 아님을 알 수 있다. 더욱이 작품 안에서 우키후네는 '우아하고 기품 있는' 여성으로 반복적으로 표현되고 있는데 이 또한 고귀하고 품위가 있으며 동시에 사려 깊은 『겐지 이야기』의 다른 여성 등장인물들과 동일선상에서 그녀가 조형되어 있음을 의미한다. 우키후네의 선택이 비천한 신분 탓이라는 종래의 관점 역시 다시 생각해볼 필요가 있다.

3. 출가도 영원한 평안을 보장해주지 않는다

자살은 미수에 그치고 승도 일행에게 구조된 우키후네가 의식을 되찾은 후 내뱉은 첫마디는 자신을 비구니로 만들어달라는 것이었다. 두 남자와의 관계로 인한 진퇴유곡의 상황을 벗어나기 위해 자살이라는 극단적인 방법을 선택했지만, 결국 그 뜻조차 이루지 못하고 다시금 이 생으로 돌아온 그녀의 심정을 헤아려볼 때 출가는 어쩌면 그녀가 선택할 수 있는 마지막이자 유일한 방법이었다. 하지만 그 당시에는 단지 형식적인 계戒를 받는 것에 그치고, 이후 우키후네는 끊임없이 출가를 염원하게 된다.

「하하키기帚木」권의 소위 '비 오는 날의 여성 품평회' 장면에서 좌마 두左馬頭는 자신을 깊이 사랑하는 남편을 버리고 출가를 감행하지만 결국 출가를 후회하며 회한의 나날을 보내고 있는 한 여성을 예로 들며 이러한 어정쩡한 출가는 오히려 속세에 있는 것보다 더 좋지 않은 행위이며, 부처님도 이를 때 묻은 심성의 소유자로 여기실 거라며 신랄하게 비판하고 있다. 출가를 결심할 당시에는 꿈에도 속세를 되돌아보지 않으리라는 단호한 마음으로 뜻을 세우지만, 실은 출가 생활이란 예기치 못한 시련의 연속으로 그 생활을 끝까지 정진하며 완수하는 것이 얼마나 힘든 일인가를 이 예화를 통해 이야기하고 있다. 『겐지 이야기』속에는 주인공 히카루겐지光源氏를 비롯하여 많은 등장인물들이 출가를 생의 목표로 삼고 있는 등 당시의 시대적 상황과 맞물려 출가가 이상적인 행위로 칭송되고 있지만, 한편 동전의 양면과도 같이 그러한 출가가 실은 또 얼마나 무한한 책임이 수반되는 고난의 길인가를 끊임없이 역설하고 있다. 남성에게조차 역경의 길인 출가 생활을 과연 젊은 여성인 우키후네가 끝까지 정진할 수 있을 것인가? 우키후네의 소생 이후를 그린 「데나라이手習」권과 「유메노우키하시夢浮橋」권에서는 이 문제를 냉

엄한 시선으로 심도 있게 다루고 있다.

　우키후네가 출가한 직접적인 원인은 중장의 집요한 연모와 구애에서 벗어나기 위해서였지만 이미 남녀관계의 쓰디쓴 괴로움을 맛본 그녀에게 출가는 다시는 그러한 절망의 구렁텅이에 빠지지 않겠노라는 굳은 결심의 표현이기도 하였다. 그 결심대로 우키후네는 진지하게 출가 생활에 임한다. 하지만 그러한 그녀의 모습이 강조되면 될수록 그와 대비적으로 우키후네가 여전히 유랑의 운명을 떠안고 있다는 사실 또한 작품 곳곳에 그려지고 있다. 영원히 삼계, 즉 욕계, 색계, 무색계라는 중생들이 윤회하는 세 가지 영역의 세계를 이리저리 떠돌아다닌다는 의미를 나타내는 '유전삼계중流轉三界中'이라는 문구가 특별히 우키후네의 출가 장면에서 사용되거나, 출가 후 우키후네가 자신을 '갈 곳 모르는 부목浮木 같은 비구니'라고 칭하고 있다는 사실은 중요하다. 비록 출가는 했지만 어떻게 될지 모르는 우키후네의 앞날이 이러한 말 속에 상징적으로 함축되어 있기 때문이다.

　그런데 우키후네의 출가 생활에 최대 위기가 닥쳐온다. 가오루가 드디어 우키후네가 살아 있다는 사실을 알게 된 것이다. 요카와를 방문한 가오루는 즉시 승도에게 우키후네와 만날 수 있도록 중개 역할을 부탁한다. 승려의 신분으로 남녀 간의 애정 문제에 개입하는 것이 온당치 않다며 승도는 완강히 거절하지만 가오루의 거듭된 간청에 결국 한 통의 편지를 써서 우키후네 앞으로 보내게 된다. 이 편지의 해석은 오랜 기간 논의가 거듭돼왔을 만큼, 『겐지 이야기』의 연구사적 관점에서 매우 중요한 논제 중의 하나이다. 그 내용을 한번 살펴보도록 하자.

　　오늘 아침 여기에 가오루 대장께서 오셔서 아가씨의 신변에 대해 여쭤보시길래 처음부터 자초지종을 상세히 말씀드렸습니다. 아가씨를 그토록 깊이 생각하시는 가오루 대장과의 사이를 등지시고 미천한 산사 사람들 속에서 출가하신 일은 오히려 부처님의 질책을 받으실 일이 됨을, 대장의 말씀을 듣고 놀란 마음 금할 수 없습니다. 지금에 와서 어찌할 도리가 없습니다. 대장과의 원래의 인연을 거스르지 마시고, 애집의 죄가 사라지도록 하셔서, 하루라도 출가한 공덕은 헤아릴 수 없이 크므로 지금과 다름없이 부처님을 의지하세요.

과연 이 편지는 승도가 우키후네에게 환속을 권유한 것인가, 그렇지 않으면 환속하지 말 것을 권유한 것인가? 일견 승도의 편지의 문맥이 환속을 권유하고 있는 듯이 보이는 것은 사실이다. 가오루와 대면한 승도는 우키후네에 대한 가오루의 진심을 알고 경솔하게 그녀를 출가시킨 자신의 행동을 후회하였다. 더욱이 이 상태로 두 사람이 재회할 경우, 비구니인 그녀가 불음계不淫戒의 죄를 범하지는 않을까 염려하는데, 이런 승도의 입장에서 보면 환속 후 가오루와 다시 연을 맺는 것을 내심 원하고 있었는지도 모른다. 하지만 이 편지를 자세히 음미해보면, 단지 가오루와 맺은 원래의 인연을 거스르지 말고 애집의 죄를 사하도록 하며, 출가의 공덕을 의지하라고 쓰여 있을 뿐이다. 두 사람의 옛 관계를 중시하여 우키후네에게 가오루의 곁으로 돌아가 애집의 죄를 없애라고 권하고 있는 것인지, 아니면 승려라는 자신의 본분을 중시하여 우키후네에게 환속하지 말고 출가 생활을 계속하면서 가오루의 죄를 소멸키 위해 더욱더 수행에 정진할 것을 지시하고 있는 것인지, 단순히 편지의 문구만 읽어서는 그 의미를 명확하게 이해할 수 없다.

그렇다면 과연 우키후네는 이 편지를 어떤 식으로 받아들였을까? 이에 대한 구체적인 언급은 없지만 다만 승도의 편지는 전심전력을 다해 출가 생활에 매진할 것을 결심한 우키후네를 혼란에 빠트리기에 충분하였다. "가오루 대장과의 원래의 인연을 거스르지 마시라" 운운하는 애매모호한 내용의 승도의 편지에 우키후네는 승도의 의도를 파악하지 못하고 고민할 수밖에 없었다. 도대체 이 편지를 통하여 승도는 자신에게 무엇을 말하려고 한 것일까. 환속? 아니면 출가 생활의 계속? 가오루와의 관계 또한 어떤 식으로 매듭지으란 말인가. 아무것도 확실하지 않다. 이렇듯 우키후네를 염려하고 걱정한 나머지 그녀의 장래를 보다 좋은 방향으로 인도하기 위한 선의에서 보낸 편지는 실은 우키후네가 어떠한 각오로 출가에 임했는지, 그리고 그 생활을 지켜내기 위하여 얼마나 전력을 다해 노력하고 있는지 등의 그녀의 심정과 사정을 전혀 알지도 못한 채 쓰인 것이라는 아이러니가 존재한다. 그로 인해 가오루와 우키후네의 재회를 둘러싸고 작품의 긴장감이 최고조로 달한 최후의 클라이맥스 장면에서 우키후네를 동요시키고 또 고뇌에 빠지게 함으로써 마지막까지 극적 긴장감을 늦추지 않는다. 동시에 우키후네가 아무리 단호한 신념과 태도를 견지하며 불도에 전념하려 하여도 그것이 갖가지 어려움이 수반되는 고난의 길임을 알려주고 있다. 우키후네는 출가를 통해 번뇌를 뿌리치고 생의 안식을 얻으려 하였다. 그러나 그녀의 출가가 그렇게 원하고 갈망했던 영원한 위안과 구제를 가져다주지 않는다는 사실을 『겐지 이야기』는 시종 시니컬하면서도 소상하게 그려내고 있다. 『겐지 이야기』는 출가의 이면에 존재하는 시련과 역경, 그리고 갈등과 좌절의 무게가 얼마나 크고 무거운지를 우키후네를 통해 말하려고 했던 것이 아닐까.

4. 침묵, 그리고 오해

우키후네는 승도뿐 아니라 가오루에게도 한 통의 편지를 받는다. 지금까지 우키후네의 일련의 행동을 질타하면서 불도 정진을 위해 요카와 승도를 스승으로 삼고자 이곳을 방문했건만 우키후네 때문에 생각지도 못한 사랑에 빠져 길을 잃고 헤매게 되었다는 내용의 편지이다. 마음속에는 우키후네에 대한 애정과 염려로 가득했지만, 한편 우키후네와의 관계로 인해 지금까지 자신이 그토록 오랜 기간 갈망하며 추구해왔던 불도 수행에 대한 노력이 전부 물거품이 되어버렸다고 하는 가오루의 복잡한 심정이 이 편지에 드러나 있다. 하지만 자신의 좌절을 우키후네 탓으로 돌리며 그녀에 대한 사랑의 감정보다 가오루 자신의 처지를 강조하는 이 편지에 우키후네의 마음이 움직일 리 만무하였다.

결국 우키후네는 주위의 권유에도 불구하고 침묵을 지키며 가오루에게 답장 쓰기를 거부한다. 가오루는 그런 우키후네에게 다른 남자가 있는 것이 아닌가 하며 오해한다. 그리고 『겐지 이야기』는 돌연히 끝을 맺게 되는데 이러한 갑작스런 작품의 종결로 인해 많은 아쉬움과 여운이 느껴지는 것이 사실이다. 과연 우키후네와 가오루의 관계는 어떻게 될까? 각각 나름대로 상상의 나래를 펼치며 그 결말을 그려보겠지만 아마도 두 사람 사이에 행복한 미래가 기다리고 있다고는 누구도 생각하지 않을 것이다.

수많은 인간 군상의 모습을 그려온 『겐지 이야기』가 그 대단원의 막을 내리는 단계에서 우키후네를 여주인공으로 삼은 이유는 아마 극적인 인생을 산 그녀의 모습에서 인간 본연의 모습을 발견할 수 있기 때문일 것이다. 쉽게 유혹에 흔들려 방황하면서도 끊임없이 반성하고 고뇌하며, 또한 사태 해결을 위해 나름대로 강구한 해결책이 번번이 실패하기도 하고, 한편 자신의 인생을 개척해나가기 위해 아무리 발버둥치고 노력해보아도 거스를 수 없는 불가항력적인 힘에 의해 또 좌절하는, 어느 것 하나 내 마음대로 되는 것이 없는 우키후네의 인생. '물 위에 떠 있는 쪽배'라는 이름의 의미대로 어디로 갈지 몰라 헤매는 이러한 우키후네의 모습이야말로 바로 우리네 인생의 투영 그 자체가 아닌가.

▎가오루의 편지에 답장을 하지 않는 우키후네와 답장을 구하는 고기미〈源氏物語團扇畵帖〉.
國文學硏究資料館藏. ―『源氏物語千年のかがやき』, 思文閣出版, 2008.

　　이러한 우키후네가 조형된 의의를 간략히 정리해보면 다음과 같은
점을 꼽을 수 있다. 『겐지 이야기』 종반부에서 서로를 생각하면서도 상
대방의 마음을 이해하지 못하여 계속 엇갈리기만 하는 우키후네와 가
오루의 모습을 그림으로써 진정한 남녀관계 및 사랑의 의미를 다시금
되짚어보는 계기를 부여하고 있다. 또한 요카와 승도가 우키후네에게
보낸 편지는 비록 선의에 의거한 행동일지라도 그것이 상대방의 처지
와 상황에 대한 무지나 몰이해로부터 기인한 것이라면 오히려 상대방
에게 크나큰 상처가 될 수 있다는 점을 나타낸다. 동시에 너무나 쉽게
상대방에 대해 모든 것을 알고 있다고 자부하지만 실은 타인을 완전히
이해한다는 것이 얼마나 어렵고 불가능한 일인가 하는 인간관계의 본
질에 관해서도 시사하는 점이 많다고 하겠다. 마지막으로 우키후네의
출가와 관련해서는 종교를 통한 구제라는 맹목적인 믿음에서 벗어나
그 상관관계를 근본에서부터 냉정하게 다시 생각해보게 만드는 좋은

기회가 되리라 생각한다.

　『겐지 이야기』는 전편을 통해 헤이안 시대에 여성으로서 살아간다는 것이 얼마나 힘든가 하는 문제와 더불어 '숙명' '숙세'에 대해서 비중있게 다루고 있다. 우키후네라는 한 여성을 통해 이 문제들을 종합적으로 다루면서 인간의 심리와 운명을 냉정한 시선으로 여느 소설이나 현대 드라마보다 더욱 리얼하고 세심하게 그려내고 있다. 그리고 단순한 운명론이나 허무주의가 아닌 긴밀한 구성과 치밀하고 섬세한 인물의 조형 및 심리 묘사를 통해 해피엔드와 인과응보라는 당시의 획일적이고 정형화된 틀을 벗어난 한 차원 높은 리얼리즘적 세계를 구축하였다. 이것이 바로 천 년 전에 쓰인 이 작품이 오늘날에도 많은 대중에게 사랑받는 이유일 것이다.

참고문헌

尹勝玟,「宇治十帖後半の世界が描き出しているもの−浮舟の出家を中心に−」(『東京大学国文学論集』5, 東京大学文学部 国文学研究室, 2010.3)

尹勝玟,「浮舟物語の方法−入水の決意をめぐって−」(『むらさき』46, 紫式部学会, 2009.12)

藤原克己,「薫と浮舟の物語−イロニーとロマネスク−」(『源氏物語の透明さと不透明さ−場面・和歌・語り・時間の分析を通して』, 青簡舎, 2009)

今井上,『源氏物語 表現の理路』, 笠間書院, 2008.

藤原克己,「物語の終焉と横川の僧都」(『源氏物語へ源氏物語から』, 笠間書院, 2007)

高田祐彦,『源氏物語の文学史』, 東京大学出版会, 2003.

키워드로 읽는
겐지 이야기

비평과 수용

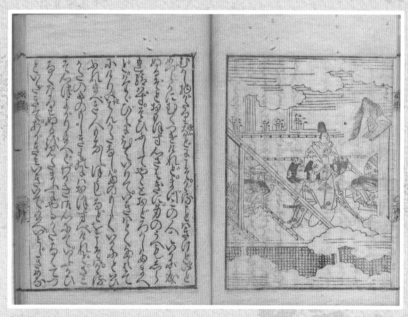

▌폐원에서 히카루겐지와 밤을 보내던 중 갑자기 나타난 원령에게 죽는 유가오. 『류木・夕顔』
근세 판본. 김종덕 소장.

키워드로 읽는
겐지 이야기

그림으로 형상화된 『겐지 이야기』

▌요시하라 가즈요

1. 헤이안 시대의 모노가타리와 그림

헤이안 시대 중기에 해당하는 11세기 초엽은 귀족 사회의 전성기이다. 귀족들은 정치적인 권력을 확보하고자 자녀교육에 온 힘을 기울였다. 그 대표적 인물이 후지와라 미치나가藤原道長이다. 그는 자신의 세 딸을 천황에게 시집보내 인척관계를 맺음으로써 스스로가 천황의 외조부로서 권력을 휘두르며, 정치의 중추로 강대한 권력을 한 손에 쥐었다. 그 권력이 어느 정도였는지는 스스로 "이 세상은 나를 위해 있는 것이다. 그러니 만월이 이지러진 곳이 없듯 나도 부족할 것이 없다"는 한시를 읊었다는 사실로도 짐작해볼 수 있다. 미치나가는 자신의 장녀 쇼시彰子를 이치조 천황一條天皇(986~1011)의 중궁으로 입궐시키고, 그녀를 교육하고 모시는 사람으로 『겐지 이야기』의 작자인 무라사키시키부紫式部를 들인다. 무라사키시키부는 쇼시 중궁을 모시면서 궁인의 입장에서 냉철한 눈으로 궁궐의 모습과 귀족들의 일상 생활을 관찰하고, 이를『무라사키시키부 일기紫式部日記』에 사실적인 표현 능력을 발휘하여 기록하였다. 이러한 작자에 의해 쓰인『겐지 이야기』는 당시 천황을 중심으로 한 헤이안 귀족의 생활을 아는 데도 커다란 실마리를 제공하고 있다.

『겐지 이야기』는 주인공인 히카루겐지光源氏가 겪는 영화와 좌절, 연애의 성공과 파탄을 그리고 있다. 그리고 작자의 탁월한 식견에 의해 당시의 와카和歌, 음악, 회화 등이 작품에서 빛을 발하고 있으며, 헤이안 귀족의 삶의 빛과 그림자를 중층적으로 구성하며 이 작품 나름의 독특한 아름다움과 문화를 형성하고 있다.

헤이안 시대의 귀족 남성에게 한시문은 필수 교양이었으며, 일반 교양으로 습자, 음악, 와카 습득이 요구되었다. 또 헤이안 시대 중기가 되면 회화적 교양도 익히게 되어, 일본의 사상풍물事象風物을 그리는 그림인 야마토에大和繪를 그리는 전문 화가뿐만이 아니라 귀족들도 그림 그리기를 즐기게 되었다.『겐지 이야기』에서도 회화에 관한 기록이나 표현을 찾아볼 수 있다. 실내에서 사용하는 도구들, 예를 들면 칸막이나 병풍, 맹장지, 족자에는 와카와 더불어 그림이 그려져 있어, 그들의 일상에 회화가 깊이 녹아들어 있음을 엿볼 수 있다. 모노가타리의 장면을 그린 그림을 서로 경합하기도 하고, 천황 앞에서 각종 월별 풍속화나 행사화의 우열을 가리는 행사가 열린 것을 보아도 귀족들이 일상적으로 그림을 즐기고 있었음을 알 수 있다. 흔히 '겐지에源氏繪'라고 하는『겐지 이야기』를 회화화한 것도『겐지 이야기』의 성립 후 곧 새로운 '모노가타리 그림物語繪'으로 많이 제작되었으리라 여겨진다.『겐지 이야기』와 관련하여 현존하는 그림첩 중 가장 오래된 것은『겐지 이야기』를 서정적으로 그려낸 〈겐지모노가타리에마키源氏物語繪卷〉이다. '에마키繪卷'란 두루마리 형식의 그림첩을 가리킨다. 12세기 전반에 시라카와

인白河院을 중심으로 하는 궁정 살롱에서 제작되었으리라 추측되는 호화로운 장정과 최고의 호사를 부려 만들어진 이 그림첩은 특이한 구도와 독특한 표현 등 유례를 찾기 어려운 예술작품으로 현재 일본의 국보로 지정되어 있다.

〈겐지모노가타리에마키〉는 헤이안 시대의 미의식을 구현한 것으로 미술학, 건축학, 색채학, 민속학 분야의 연구 대상이었다. 그러나 오랜 세월을 거치며 물감이 벗겨지고 퇴색하여 그림의 상세한 내용을 알기 어려웠다. 이로 인해 그림 해독에 많은 수수께끼를 남긴 채로『겐지 이야기』원문에 의지해 상상하는 범주를 넘지 못하고 있었다. 그러나 근래의 복원 제작에 의해 그림첩에 감추어진 많은 수수께끼가 풀리게 되었다. 이에 2005년 완결된 6년에 걸친 복원 프로젝트는 역사적인 위업으로 평가되고 있다.

이 글에서는 헤이안 시대 당시의 모습으로 되살아난 그림 중 두 점을 골라 그림이 작품의 내용과 어떻게 관계되는지를 검증하면서, 그림첩에 그려진 희로애락의 세계를 해석하고자 한다. 그에 앞서 이러한 독특한 그림 양식이 어떻게 완성에 이르렀는지, 당시 회화사의 흐름을 살펴보자.

2. 〈겐지모노가타리에마키〉의 탄생 배경

대륙 문화의 영향을 받았던 아스카 시대飛鳥時代(592~710)·나라 시대奈良時代(710~794)가 종말을 고하고, 수도를 현재의 교토로 옮긴 헤이안 시대가 그 시작을 알린 것은 794년이다. 한마디로 헤이안 시대라고 해도 4세기에 걸친 장구한 시대이다. 헤이안 경平安京 천도 때부터 당나라에 보내던 사신단인 견당사遣唐使가 폐지되기 전인 헤이안 전기는 당나라와의 교류가 활발하게 이루어졌다. 그로 인해 문화적 경향은 그전 시대인 나라 시대의 연장선상에서 중국 문화의 유입과 모방이 계속되었다. 학문과 문학 분야에서도 한학과 한문이 중시되었고, 한시문이 융성하였다. 마찬가지로 그림도 중국풍의 화재畵材를 중국풍 양식에 의해 그렸다. 이와 같이 헤이안 전기는 당나라의 문물과 회화가 중시되었고 크게 유행하였으나, 동시에 곧이어 도래할 일본적인 문학과 회화의 발생기, 대두기를 준비하는 시기이기도 하였다.

894년 견당사 폐지를 전후하여 문학 분야에서는 여섯 명의 뛰어난 와카 가인을 뜻하는 '육가선六歌仙'과 일본 모노가타리 문학의 선조라 불리는 『다케토리 이야기竹取物語』 등이 나왔고, 그림 분야에서는 병풍 그림屛風繪 등에 일본적인 제재를 이용한 '야마토에'가 나왔다. '야마토에'는 매화, 벚꽃, 단풍, 달, 학 등의 사계절을 나타내는 자연, 가구라神樂 등 귀족들의 연중행사와 모내기와 같은 서민들의 생활을 그린 그림에 와카를 써넣은 것으로, 그 무렵의 귀족 저택에서 장식으로 많이 이용되었다.

907년 당나라가 멸망한 후, 일본의 독특한 문화를 이룩한 이 시기는 소위 후지와라 氏藤原氏 중심의 귀족 문화, 즉 왕조 문화가 꽃을 피운 시기이다. 예술 문화가 크게 발흥하였고, 가나 문자의 보급에 의해 일본 문학의 활로가 열려 가나 문학, 모노가타리 문학이 공전의 전성기를 맞이한다.

모노가타리 문학의 발흥은 모노가타리와 회화가 결합된 '모노가타리 그림', 즉 모노가타리 두루마리 그림첩을 탄생시켰다. 모노가타리와 회화의 결합은 일본 두루마리 그림첩의 하나의 특성으로 이후에도 그 역사는 길게 이어진다.

〈겐지모노가타리에마키〉가 언제, 어디서, 누구에 의해 제작되었는지 그 상세한 내용은 밝혀지지 않았으나 당시 궁중에서 제작된 것으로 추측되고 있다. 퇴위한 천황이나 중궁을 중심으로 하는 최상층 계급에서 『겐지 이야기』 그림 제작이 기획되었다고 추측되는 기사가 『조슈키長秋記』에 기록되어 있다. 이 그림첩은 당초에는 『겐지 이야기』 54첩 전체를 회화화한 10~20권 구성이었으리라고 추측하고 있으나, 현존하는 것은 도쿠가와 미술관德川美術館에 소장된 그림 15매와 그림 장면을 설명하는 글인 고토바가키詞書 28매, 고토 미술관五島美術館에 소장된 그림 4매와 설명글 9매뿐이다. 현재는 훼손 방지를 위해 종이의 이음새에 따라 그림을 분리하여, 대지臺紙를 대고 오동나무 상자에 넣어 액자 형식으로 보존되고 있다. 그림 크기는 세로 20㎝, 가로 40~50㎝로 생각보다 작다. 본래 그림첩은 자그마한 그림을 연결한 것이다. 작아서 쉽게 손에 들 수 있게 만들어진 것이 종일 실내에서 지내는 일이 많았던 귀족들이 감상하기에 적합한 형태였다. 『마쿠라노소시枕草子』의 작자가 "뭐든지 자그마한 것은 아주 사랑스럽다"고 한 것처럼, 그림첩의 형태는 당시 귀족들의 취향에 맞는 것이었다.

복원 모사된 그림은 전체 19화이다. 그중에서 「요모기우蓬生」권과 「미노리御法」권을 그린 그림을 대상으로 자연 묘사, 실내와 구도, 주인공 히카루겐지의 심정을 중심으로 분석해보도록 한다.

3. 옛 아가씨를 찾아가는 히카루겐지

『겐지 이야기』「요모기우」권은 히카루겐지가 스마須磨에서 교토로 돌아온 28세 가을부터 다음 해 초여름까지의 이야기이다. 그림첩에는 4월 어느 날, 히카루겐지가 스에쓰무하나末摘花와 재회하는 모습이 그려져 있다. 설명글의 내용은 간단하다. 히카루겐지가 스마에서 울적한 생활을 하고 있는 동안 스에쓰무하나는 혼자 쓸쓸하게 살고 있었다. 스마에서 오는 소식은 끊기고 저택은 황폐해졌으며 모시던 시녀들이 차례로 떠나버린 중에도 스에쓰무하나는 괴로운 생활을 견디며 오로지 히카루겐지와 재회할 날을 기다리고 있었다. 4월 어느 날 며칠이나 내리던 비가 그치고 맑게 갠 하늘에 달이 떠올라 청신한 기운이 느껴지는

■ 귀경 후 스에쓰무하나를 찾는 히카루겐지의 모습〈源氏物語繪卷〉. 「蓬生」 복원 모사.
－『よみがえる源氏物語絵巻』, NHK出版, 2006.

밤, 하나치루사토花散里을 찾아가고자 니조인二條院을 나선 히카루겐지는
도중에 황폐한 저택 앞에 접어들었다. 그곳은 곤궁한 생활을 견디며 오
로지 히카루겐지가 오기를 기다리고 있던 스에쓰무하나의 저택이었
다. 이를 안타깝게 여긴 히카루겐지는 우차牛車를 멈추고 오랫동안 소
식이 끊어졌던 스에쓰무하나와 다시 만나게 된다.

스에쓰무하나는 못생겼는데도 불구하고 히카루겐지의 여인이 되는
행운을 거머쥐었지만 히카루겐지가 스마에 가 있던 동안에 잊혀져, 히
카루겐지가 귀경한 후에도 찾지 않는 불우한 나날을 보내고 있던 터였
다. 『겐지 이야기』의 「요모기우」권에는 히카루겐지를 기다리는 스에
쓰무하나의 굳건함과 황족의 후예라는 긍지를 지닌 고고한 모습이 묘
사되어 있다. 「요모기우」라는 권명은 쑥이 우거질 정도로 사람의 손길
이 닿지 않은 황폐한 저택을 뜻한다. 복원된 그림을 참조하면 쑥 외에
도 다른 풀들이 무성하게 우거져 있음을 알 수 있다. 그림의 오른쪽 윗
부분에 그려진 스에쓰무하나 저택의 허물어져가는 난간과 툇마루, 그
안쪽에 드리워져 있는 발과 휘장, 그리고 옆얼굴을 보이는 나이든 시녀
가 추워하는 모습은 스에쓰무하나가 히카루겐지의 기억에서 잊힌 동

안 얼마나 곤궁하게 지내왔는지를 말해준다.

한편 히카루겐지는 그와 대칭되는 위치에 그려져 있다. 시종인 고레미쓰惟光의 뒤에서 쑥과 온갖 풀들이 우거진 저택의 정원으로 걸어 들어가는 모습이다. 뒤에서 받쳐 든 우산으로 소나무에 맺힌 물방울이 떨어지는 것을 막으며, 옷자락이 젖지 않도록 치켜올리며 걷는 모습이 생생하게 그려져 있다. 히카루겐지가 나아가는 쪽에는 공간 전체에 초여름에 자라난 쑥을 달빛이 비추고 있다. 이는 스마에서 돌아온 히카루겐지의 앞날을 축하하고 영화를 암시하는 것으로 당장이라도 무너져버릴 것 같은 건물, 초라한 옷을 입은 여인과는 대조를 이룬다.

화면은 히카루겐지 일행과 저택이 사선으로 평행하게 대칭되는 구조이다. 이러한 구도는 아름다움과는 거리가 먼 스에쓰무하나의 외모와 현 상황을 여실히 보여주며, 단순한 삽화의 영역을 넘어 화가의 '회화 사고繪畵思考'를 느낄 수가 있다. 다구치 에이이치田口米一에 따르면 '회화 사고'란 '문학에서 이야기된 그 장면의 정서, 주인공들의 행동에서 심리에 이르기까지 어떻게 시각적으로 이미지화하고 정착시켰나 하는 장면 선택에 대한 의식과 구상'이다. 다음 그림 해석에 들어가기 전에 잠시 그림첩에 그려진 헤이안 시대의 미추美醜에 관한 의식을 살펴보자.

4. 그림을 통해 본 헤이안 시대의 미녀와 추녀

마치 잠들어 있는 듯한 무표정한 얼굴, 찍어낸 듯이 같은 얼굴. 작은 갈고리 모양의 코와 가운데 부분을 약간 가늘게 찢어진 듯한 선으로 나타낸 눈, 즉 '히키메카기하나引目鉤鼻' 양식으로 그려진 인물들은 처음 보는 사람들에게 기이한 이미지로 다가오며 낯선 느낌을 준다. 당시 미남 미녀의 얼굴에도 당연히 여러 유형이 있었을 것이다. 귀족 남녀가 모두 그림에 그려진 얼굴의 범주에 속할 리가 없을 텐데, 귀족의 얼굴

■ 귀족 여성의 모습〈源氏物語繪卷〉. 五島美術館藏
－『源氏物語』. 平凡社. 1982.

이 패턴화되어 마치 기호처럼 그려진 이유는 무엇일까. 헤이안 시대에
미인이라고 하면 얼굴 아랫부분이 오동통하게 보이는 복스러운 형태
에 가늘게 찢어진 눈, 붉은 점을 찍어놓은 듯이 작은 입술에 눈썹을 다
밀어버리고 그 윗부분에 새로 그린 눈썹, 그리고 키만큼이나 길고 풍성
한 검은 머리카락, 이것이 일반적인 이미지로 고정되어 있었다. 〈겐지
모노가타리에마키〉에 보이는 귀족의 외모는 그 전형이다. 이러한 수법
은 개성과 표정은 부족하지만 이 점이 오히려 평온한 분위기를 조성하
여 한없는 정취를 느끼게 한다. 얼굴 조형 수법은 남성도 마찬가지다.
이러한 표현 방식은 당시의 감상자, 즉 귀족들이 쉽게 작품의 주인공에
자신을 투영하여 동일시할 수 있게 하기 위한 것이라고 한다. 이와 같
은 형식화는 아름다운 얼굴 묘사를 하는 것의 어려움을 말하는 것이 아
니라, 그 무익함을 말하는 것이다. 히카루겐지와 시종의 얼굴에 주목
하면 같은 옆얼굴이지만 고레미쓰의 옆얼굴에는 코가 그려져 있고 히
카루겐지의 얼굴에는 그려져 있지 않다. 또 스에쓰무하나의 늙은 시녀
의 모습에서는 추함을 두드러지게 표현하여 신분의 차이를 보여주고

있다.

그러면 모노가타리에서는 인물의 얼굴을 어떻게 묘사하고 있을까. 헤이안 시대 모노가타리 작품에는 히카루겐지를 비롯하여 다수의 미남 미녀가 등장하지만 그들의 얼굴이 어떠한지에 관한 묘사는 거의 없다. 간혹 안색이나 뺨이 부푼 정도를 이야기하는 경우가 있지만, 대부분은 '아름답다', '화려하다' 등의 추상적인 표현으로 나타낼 뿐이다. 오히려 작자의 관심은 여성의 머리 모양을 묘사하는 데 쏠려 있다. 단 『겐지 이야기』「우쓰세미空蟬」권에서 우쓰세미와 바둑을 두는 의붓딸 노키바노오기軒端荻의 모습은 머리 모양뿐만 아니라 얼굴 모습도 묘사되어 있다. 이마가 또렷하니 예쁘고 눈매나 입매도 애교가 넘치는 화려한 얼굴, 우선은 결점이 없는 미인으로 묘사되어 있다. 이에 반해 우쓰세미는 눈두덩이도 조금 부어 있고 코도 오뚝하지 않으며 나이 들어 보이는, 굳이 말하자면 미인이 아니라고 잘라 말한다. 그러나 그녀는 이를 보완하고도 남을 고운 심성과 교양을 지니고 있었다. 여성의 매력은 외모 외에도 성격, 센스, 행동거지, 예법 등이 큰 요소를 점하고 있는 것이다. 여성의 센스를 가늠할 수 있는 것으로 머리 모양과 함께 빼놓을 수 없는 것이 의상이다. 이는 그림에서도 마찬가지지만, 문학세계에서도 겹쳐 입은 옷의 종류는 물론 색깔과 무늬 하나하나까지 섬세한 필치로 묘사되어 있다.

이렇게 외모의 아름다움에 관해서는 표현을 자제하는 『겐지 이야기』의 작자 무라사키시키부도 추모에 대해서는 갑자기 태도를 바꾸어 많은 말을 쏟아놓는다. 스에쓰무하나의 용모에 관해 "앉은키가 크고 허리가 긴 체형에, 코끼리 코처럼 긴 매부리코에 코끝이 빨갛다. 안색은 창백하고 이마는 휑하니 넓으며 얼굴도 길다"며 가차없이 구체적이며 노골적으로 결함을 적고 있다. 〈겐지 모노가타리에마키〉에는 이 묘사에 해당하는 설명글이 겨우 세 줄쯤 단편적으로 남아 있어 이 장면도 회화화되었던 것을 짐작해볼 수 있지만, 그 그림의 존재는 확인되지 않는다.

5. 병상의 아내를 문안하는 히카루겐지

『겐지 이야기』「미노리」권은 무라사키노우에紫の上의 죽음을 이야기하고 있다. 이 세상의 영화의 극치를 누리던 히카루겐지가 젊은 아내 온나산노미야女三の宮를 정처로 맞이하며 인생의 비애를 겪고, 무라사키노우에는 이를 계기로 번뇌에 빠지게 되고 병든다. 무라사키노우에의 병세는 호전되지 않고, 그녀는 출가를 원하지만 히카루겐지는 이를 허락하지 않는다. 봄날 무라사키노우에가 발원한 법화경천부공양法華經千部供養이 니조인에서 거행된다. 아카시노키미明石の君와 하나치루사토도 찾아와 무라사키노우에와 와카를 나누고, 이번이 마지막 만남임을 예감하는 무라사키노우에는 아쉬워한다.

여름이 되자 무라사키노우에의 병세가 더욱 위중해져, 아카시 중궁明石の中宮도 양모인 무라사키노우에를 병문안하기 위해 찾아온다. 무라사키노우에는 귀여워하던 손자 니오노미야勻宮에게 넌지시 유언을 남긴다.

바람이 강하게 부는 가을날 저녁 아카시 중궁이 재차 병문안을 오고, 히카루겐지도 자리를 함께하여 와카를 주고받는다. 그 직후 무라사키노우에는 용태가 급속하게 나빠져서, 아카시 중궁의 손을 잡은 채 마치 이슬처럼 이 세상을 떠난다. 슬픔에 잠긴 히카루겐지는 무라사키노우에의 곁에서 떠나려 하지 않고, 장례식을 맡은 아들 유기리夕霧가 와도 무라사키노우에의 얼굴을 가리려고도 하지 않는다. 유기리의 눈에 비친 무라사키노우에의 얼굴은 살아 있을 때보다 더 아름다웠다. 음력 8월 14일 운명한 무라사키노우에는 그날 바로 다비식에 처해졌다. 다음날 아침 장송이 치러지고 천황과 대신, 아키코노무 중궁秋好中宮을 비

| 임종 직전의 무라사키노우에를 문안하는 히카루겐지와 아카시 중궁〈源氏物語繪卷〉.「御法」
복원 모사. -『よみがえる源氏物語絵巻』NHK出版, 2006.

롯한 많은 이들의 조문이 있었다. 히카루겐지는 세상 평판에 신경쓰며 출가의 마음을 접고 하루하루를 보낼 뿐이었다.

그림첩의 그림은 무라사키노우에의 임종 직전, 약간 병세가 호전된 듯 보이는 무라사키노우에를 히카루겐지와 아카시 중궁이 문안하는 장면이다. 세찬 바람이 불던 가을날 해질녘에 쇠약해진 몸을 사방침에 기댄 채 정원을 바라보는 무라사키노우에를 아카시 중궁이 곁에서 보고 있고, 무라사키노우에와 히카루겐지는 마주하고 있다. 감상자는 비스듬하게 위쪽에 시점을 고정시킴으로써 실내 인물의 위치와 섬세한 몸짓과 표정까지 관찰할 수 있는 구도이다.

6. 지붕을 그리지 않음으로써 보이는 세계

〈겐지모노가타리에마키〉는「요모기우」권과「세키야關屋」권의 두 그림을 제외하고 실내 또는 실내와 정원을 배경으로 인물이 배치된 것이 특징이다. 그리고 이 그림첩의 가장 큰 특징은 대담한 변형과 생략인데, 앞에서 언급한 인물 묘사 수법은 물론 건축물 묘사에서 지붕을 없앤 양식, 즉 '후키누키야타이吹拔屋臺'라고 하는 기법도 이러한 특징을 잘 나타낸다. 이는 지붕이나 천장을 제거하여 비스듬히 실내를 들여다 볼 수 있도록 한 부감俯瞰 구도이다. 이 기법에 의해 거의 외부에 모습을 드러내지 않는 규방의 아가씨들을 상세하게 그릴 수 있었으며, 인물뿐 아니라 실내의 칸막이, 병풍, 맹장지, 족자 등 실내에 갖추어놓은 도구들까지도 관찰할 수 있다. 이 기법은 인물, 도구, 정원의 평면적인 이차원의 세계에 입체감을 부여한다.

「미노리」권의 그림은 중앙 상단에서 왼쪽으로 비스듬하게 뻗는 들보를 생략함으로써 정원에 우거진 쓸쓸한 가을 풀을 효과적으로 보여주고 있다. 표현 효과를 위해 현실을 자유롭게 수정하고 대담하게 변형하는 예술주의를 엿볼 수 있다. 단, 시점은 하나로 고정되어 있지 않다. 대담하게 제거된 천장에서 실내를 내려다보면 히카루겐지와 그의 정면 오른쪽 안쪽에 무라사키노우에, 두 사람 사이의 왼쪽 아래에 쳐진 발 뒤로 아카시 중궁이 위치하고 있다. 세 사람 모두 어깨를 늘어뜨린 채로 있어 전체적으로 슬픔에 가득 찬 분위기를 자아내고 있다. 감상자는 무라사키노우에와 히카루겐지 사이에 놓인 넓은 공간, 그 중간점에 위치하는 아카시 중궁이 배치된 위치관계와 엎드린 듯 보이는 히카루겐지의 모습을 재확인한다. 히카루겐지와 무라사키노우에 두 사람 사이의 거리감은 서로 사랑한 부부가 그 마지막 순간에도 신뢰를 회복하지 못하는 것을 암시하고 있다.

다음으로 감상자의 시점은 실내에서 발과 난간을 통해 보이는 정원 풍경으로 이동한다. 바람이 거세게 부는 가을날 저녁 무렵, 정원에는 싸리, 억새, 마타리 등이 나부끼고 있다. 화면 왼쪽에는 바람에 나부끼는 싸리 위에 이슬이 맺혀 있고, 하늘에는 어두운 구름이 드리워 있다. 바람에 흔들리는 풀은 실내에 쳐놓은 발을 향해 있다. 이 장면의 자연 풍경은 단순한 가을 정원의 풍경이 아니다. 죽어가는 무라사키노우에와 그녀를 문안하는 히카루겐지, 그리고 아카시 중궁의 애절한 마음의 풍경으로, '마음에 젖어드는 서정성'을 발휘하는 의미 있는 자연 풍경인 것이다. 바람이 불면 떨어져버릴 싸리에 맺힌 이슬은 임종을 앞둔 무라사키노우에의 덧없는 목숨을 상징한다. 이 장면을 통해 감상자는 무라사키노우에의 죽음에 슬퍼하는 히카루겐지의 모습뿐만 아니라, 보편적인 덧없음에 대한 감상을 갖게 된다. 즉, 문학적 상상력과 회화적 구상성이 융합하여 창출된 정서적인 세계가 펼쳐지는 것이다.

2000년도에 발행된 이천 엔 권 지폐의 뒷면에는 〈겐지모노가타리에마키〉의 한 장면인 「스즈무시鈴蟲1」의 설명글과 그림 「스즈무시2」, 그리고 작자 무라사키시키부의 얼굴이 도안으로 사용되었다. 여성의 초상화가 처음 지폐에 실렸다 하여 뉴스가 되기도 하였다. 그러나 이천 엔 권에 설명글(문자)이 들어간 것은 거의 보도가 되지 않았다. 도판이라고 하면 그림을 떠올리는 것이 일반적이기 때문일 것이다. 그러나 당시 대장성(현 재무성) 인쇄국 담당자는 설명글이 그림첩에서 중요한 역할을 하는 것을 인식하고 있었으리라 추측된다.

일본의 두루마리 그림첩은 대부분 그림과 글로 구성되어 있다. 이를 상호 배열하여 그림은 글의 조형적인 설명 역할을, 글은 그림을 보완하는 보조 역할을 한다. 이 형식은 〈겐지모노가타리에마키〉를 위시한 대부분의 두루마리 그림첩에 사용되는, 말하자면 일본 두루마리 그림의 기본적 형식이라고 할 수 있다. 설명글은 그림 앞에 위치하며 그 그림의 테마를 제시하는 매우 중요한 역할을 한다. 〈겐지모노가타리에마키〉에 수록된 글의 서체를 보면 각각 특색이 보여 당시 분담하여 제작되었을 것으로 짐작할 수 있다. 실제 누가 썼는지는 알 수 없으나 다섯 명이 썼다는 설이 유력하다. 설명글 28매 중에서도 「미노리」권의 글은 가장 아름다운 필치로 헤이안 시대의 전형적인 필체를 보여주는 것으로 평가된다.

작품의 주역인 무라사키노우에의 죽음 직전 부분에 해당하는, 그림

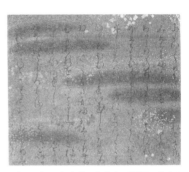

무라사키노우에의 용태가 급변하여 임종　임종 전 무라사키노우에가 정원을 바라보
을 맞는 장면을 적은 설명글.　는 장면을 적은 설명글.

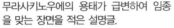
▌〈源氏物語繪卷〉, 「御法」 詞書, 五島美術館藏 –『国宝源氏物語絵巻を読む』, 和泉書院, 2011.

바로 앞에 있는 종이에는 히카루겐지가 무라사키노우에를 잃은 슬픔
에 동조하듯이 글자 크기도 달라지며 필체가 흔들려 읽기 어렵게 쓰여
있다. 이를 읽는 독자들도 마음이 어지러워지는 것이다. 글자가 시각
적으로 그림에 지지 않는 표현이 가능하다는 것을 확인할 수 있다. 이
야기의 정점과 감상자의 감정을 아우르는 훌륭한 구성은 다음 장면
과 연동하는 상징적인 부분이다. 그리고 주인공 히카루겐지는 다음
권인 「마보로시幻」권에서 출가를 결의하고 모노가타리 세계에서 퇴장
한다.

7. 모노가타리와 그림의 융합

「요모기우」권 그림에서 달빛은 히카루겐지의 영화로운 미래를 암시
하고, 「미노리」권 그림에서 싸리 위에 맺혀 있는 이슬은 히카루겐지의
슬픔과 무라사키노우에의 생명이 덧없음을 부각시키는 도구가 된다.
그 외에도 정원에 그려진 매화와 벚꽃, 지저귀는 새, 달빛에 비친 히카
루겐지의 얼굴, 가을벌레 우는 소리 등 자연 묘사는 다 거론할 수 없을

정도이다. 계절감은 모노가타리를 근저에서 지지하며 사계절이 없으면 이 모노가타리는 성립되지 않았을 것이라고 평가될 정도다. 또 계절을 노래하는 와카는 남녀의 커뮤니케이션 수단으로 연애 장면에서 사용되고 있다.

가나 문자의 발명은 와카에도 변화를 초래하였다. 상대의 『만요슈萬葉集』에 보이는 현실적, 사실적 가풍은 심정과 계절의 정경을 읊는 것으로 변화하였고, 그 정경은 그림으로 그려졌다. 그림은 또 새로운 와카를 읊는 소재가 되었다.

〈겐지모노가타리에마키〉에 그려진 귀족의 저택은 외부를 향해 크게 개방되어 있다. 그리고 자연 즉 귀족들의 미의식 속에서 만들어진 정원은 저택에 도입되어 실내의 맹장지에 그려진 그림과 조화를 이루며 정취 있는 귀족 생활을 수놓았다. 오카자키 요시에岡崎義惠가 "일본문예의 회화성은 『마쿠라노소시』와 『겐지 이야기』에서 거의 완성되었다"고 말하듯이, 이와 같은 배경 하에 쓰인 모노가타리가 회화적 요소를 많이 포함한 문예가 되고 이윽고 이것이 스토리텔링 성격을 지닌 그림으로 발전해간 것은 당연하다.

『겐지 이야기』를 그린 〈겐지모노가타리에마키〉는 글과 그림이 융합하여 모노가타리의 전체적인 진행을 제시하고 서사적 세계를 멋지게 시각적으로 보여준다. 따라서 이와 같은 그림을 볼 때 그림의 아름다움과 풍속 감상에 그치는 것이 아니라 회화의 장면이 원작의 어느 장면인지, 그리고 어떻게 구상화되어 있는지 등에 관해 음미함으로써 그림 제작자의 문예관 등을 해석해낼 수 있게 되는 것이다.

아키야마 데루카즈秋山光和는 〈겐지모노가타리에마키〉의 그림은 "그 자체가 독립된 조형의 소우주로, 반드시 줄거리의 일부를 회화화 혹은 삽화로 그린 것이 아니라 오히려 장면이 갖는 독자적인 시적 정서, 주인공의 심정을 어떻게 조형화하고 시각화하는가에 중점이 놓여 있다"

고 평한다. 설명글과 함께 그림은 모노가타리의 단순한 삽화가 아니라 그림 자체가 독자적인 이야기를 전개하게 되는 것이다. 〈겐지모노가타리에마키〉에 이르러 문학과 회화는 회화 속에 문학이 녹아들고 문학 속에 회화성이 내포된다는 내면적 결합을 이루고 있다고 할 수 있다.

이윽고 헤이안 귀족 시대도 종말을 고하고 무사 시대의 탄생을 보게 된다. 문화의 중심도 모노가타리의 테마도 그림의 소재도 귀족에서 무사와 서민으로 바뀌고, 등장하는 사람들의 희로애락이 분명한 얼굴 표정과 생동감 넘치는 표현으로 새로운 시대의 그림이 등장한다. 그리고 현재는 그림, 만화, 사진, 영화, 애니메이션 등 다양한 이차원 화면으로 화면 공간을 향유하고 있다. 표현된 인물과 사물들은 현실적인 공간 이상으로 문화성과 공간성을 비춰내기도 한다. 헤이안 시대에 그려진 〈겐지모노가타리에마키〉는 화면 공간의 선구적인 작품이라고 할 수 있을 것이다.

❙번역 : 김병숙

참고문헌

画集 NHK名古屋,『よみがえる源氏物語絵巻』全巻復元に挑む, 日本放送出版協会, 2006.
画集 徳川美術館 監修,『よみがえる源氏物語絵巻』, NHK名古屋放送局, 2005.
画集『源氏物語の色』, 平凡社, 2004.
佐野みどり,『名宝日本の美術10 源氏物語絵巻』, 小学館, 1981.
小松茂美 編,『日本絵巻大成1 源氏物語絵巻他』, 中央公論社, 1977.
田中一松 編,『新修日本絵巻物全集2 源氏物語絵巻』, 角川書店, 1975.
秋山光和,「王朝絵画の誕生」(『源氏物語絵巻をめぐって』, 中央公論社, 1968)
秋山光和,『平安時代世俗画の研究』, 吉川弘文館, 1964.
岡崎義恵,『源氏物語の美』, 宝文館, 1958.
奥平英雄,『絵巻』, 美術出版社, 1957.

키워드로 읽는
겐지 이야기

주 석

모노노아와레의 발견

■ 배 관 문

1. 근세의 『겐지 이야기』

헤이안 시대에 성립한 『겐지 이야기』는 당대뿐 아니라 중세를 거쳐 근세까지 다양한 형태로 끊임없이 향수되었다. 중세 이래 작품 그 자체에 대한 관심보다도 와카和歌를 짓기 위한 소재로서 많이 읽혀졌고, 에도 시대江戶時代(1603~1868)라 불리는 근세에는 여러 장르와 매체를 통해 비교적 일반에까지 널리 침투하였다.

무엇보다 에도 시대가 되면 출판 기술의 발달에 힘입어 『겐지 이야기』의 본문 전문이 간행되어 판본으로 제공되기 시작하였다. 작품 전체를 비교적 쉽게 접할 수 있는 환경이 갖추어진 셈이다. 『겐지 이야기』가 학문의 대상이 된 것도 이러한 기반 위에서 비로소 가능하였다. 한편으로 당시의 독자는 본문을 제대로 읽고 음미할 수 있는 식자층뿐만 아니라 본문의 해독 능력이 없어도 그저 분위기를 즐기며 만족하는 서민충에 이르기까지 중충적인 구조를 지니고 있었다. 『겐지 이야기』의 삽화본과 다이제스트본이 유행했고, 다수의 패러디 작품들이 쏟아져 나왔으며, 각종 미술과 예능 분야에서는 일종의 이미지로서 향유되는 시각 표상이자 문화 코드로 작용하기도 하였다. 이는 한마디로 고전작품의 통속화 내지 세속화의 경향이라고 할 수 있다.

그리고 아카데미즘과 대중 문화가 교차하는 지점에서 형성된 이른 바 『겐지 이야기』를 둘러싼 에도의 문화는 다시 변용되고 재해석과 재구성을 되풀이하면서 근현대에 이르기까지 계속 이어져왔다.

이와 같은 『겐지 이야기』 읽기의 역사를 망라할 수 있는 다각적이고 입체적인 검토가 이루어져야 하겠지만, 여기서는 정통 연구 영역에 해당하는 주석注釋에만 초점을 맞추기로 한다. 근세에는 일본의 고전에 주목하는 국학자國學者들을 중심으로 본격적인 주석서들이 등장했고, 그 언설들이 오늘날의 학계에서도 여전히 정설로서 부동의 지위를 차지하고 있기 때문이다. 결론부터 말하면 일본의 국문학에서 일본 고유의 고전으로서의 『겐지 이야기』를 정립하는 데 결정적인 역할을 한 것이 이제부터 살펴볼 근세 후기의 국학자 모토오리 노리나가本居宣長 (1730~1802)의 주석이다.

2. 『겐지 이야기』를 모노노아와레로 읽기

이세伊勢 지방에 있는 마쓰자카松坂 상인 출신인 노리나가는 젊은 시절부터 와카를 짓고 『겐지 이야기』를 즐겨 읽었던 것으로 보인다. 스물셋의 나이에 의학 수업을 받기 위해 교토京都에 올라온 그는 여러 분야의 서책을 사 모으면서 일본의 고전학에도 눈을 떴다. 그가 『고게쓰쇼湖月抄』라는 『겐지 이야기』의 주석서 25권을 구입한 것도 이때였다. 『고게쓰쇼』는 『겐지 이야기』의 본문과 함께 옛 주석들을 집대성해놓은 책

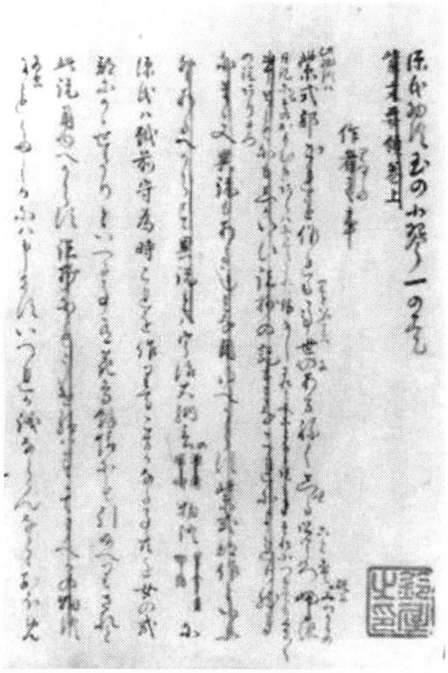

▎초고 『시분요료』에서 제목을 『겐지모노가타리 타마노오코도』라고 바꾼 흔적. – 『本居宣長記念館名品図録』, 本居宣長記念館, 1994.

으로 당시로서는 가장 편리하게 『겐지 이야기』를 읽을 수 있는 방편이었다. 후에 노리나가가 자신의 주석을 저술할 때 『겐지 이야기』의 본문을 채용하고 한편으로 비판거리로 삼았던 것도 『고게쓰쇼』였다. 공부를 마치고 스물여덟에 고향에 돌아온 노리나가는 의사로서 개업하는 한편 고전 강습을 시작하였다. 그해 여름부터 시작된 『겐지 이야기』 강의는 8년간 지속되었는데 이후에도 평생에 걸쳐 몇 차례의 강의가 더 이루어졌다. 첫 강의의 성과를 기초로 1763년 노리나가의 첫 주석서인 『시분요료紫文要領』 상하 2권이 완성된다. '시분紫文'이란 무라사키시키부紫式部의 문장, 즉 『겐지 이야기』를 가리키는 것으로 그 요점을 논하겠다는 의미의 서명이다. 내용을 보면 「작자에 대해」 「만들어진 유래」 「만들어진 시대」 「작자의 계보」 「무라사키시키부라는 이름」 「준거」 「제목」 「기타 논의」 「주석」 「대의大意」 「가인歌人으로서 이 모노가타리를 보는 마음가짐」 이라는 세부 항목으로 구성되어 있다. 이중 상권과 하권에 걸쳐 이 책 전체의 절반 이상을 차지하는 것이 「대의」 부분이

다. 즉『겐지 이야기』의 주제에 대해 논한 부분, 바로 여기에 유명한 '모노노아와레もののあはれ' 설이 실려 있다.

　그로부터 30여 년이 지난 1796년에 완성된 것이『겐지모노가타리타마노오구시源氏物語玉の小櫛』총 9권이다. 노리나가의 나이 예순일곱의 말년에 제자들의 권유로 이루어진 일이었다. 현존하는 노리나가의 자필 원고들을 보면 그가『시분요료』를 초고단계로 생각하고 수정에 수정을 더해갔던 흔적을 확인할 수 있다. 서명만 보더라도『시분요료』를 『겐지모노가타리타마노오코토源氏物語玉の小琴』로 바꾸었다가 최종적으로『겐지모노가타리타마노오구시』가 된 것으로 보인다. 노리나가가 평생에 걸쳐 연구한『겐지 이야기』의 결실인『겐지모노가타리타마노오구시』에는 1권과 2권에『시분요료』의 기본적인 골격이 잘 정리되어 총론으로 들어가 있다. 3권에는 개정판 연표, 4권에는 각 사본의 교정 결과, 그리고 5권 이후는 본문 각 권에 대한 주석으로 구성되어 있다. 서명의 '다마노오구시玉の小櫛'는 구슬 장식이 된 작은 빗을 말하는데, 뒤엉킨 작품의 참뜻을 빗으로 풀어내듯 제대로 밝혀내겠다는 의지의 표명이다.

　이 글에서도 주로 위의 두 주석서를 가지고 노리나가의 '모노노아와레' 설에 접근하고자 한다.『겐지 이야기』의 본질은 무엇인가. 시대를 초월하여 이 작품을 단지 흥미로 읽는 이상의 어떤 의미가 있는 것인가. 성립 후 이미 수백 년이 지난 18세기에『겐지 이야기』를 읽는 노리나가가 던진 물음이었다. 그리고 그의 대답은 단적으로 '모노노아와레' 를 알기 위함이라고 선언하듯 되어 있다. 다만 '모노노아와레'라는 개념을 정확히 어떻게 정의할지에 답하기란 그리 간단하지만은 않다. 노리나가는 말한다.

　　　세상의 온갖 일을 눈으로 보고 귀로 듣고 몸으로 접하는 것에 대해 그 온

갖 일을 마음으로 느끼고 그 온갖 마음을 내 마음으로 헤아려 안다. 이는 만
사의 마음을 아는 것이요, 만물의 마음을 아는 것이요, 모노노아와레를 아는
것이다. (『시분요료』)

　　사람은 어떤 일에든 감동해야 할 일에 접했을 때 감동하는 마음을 알고 감
동하는데, 이를 모노노아와레를 안다고 말한다. 반드시 감동해야 할 일에 마주
하면서도 마음이 동하지 않고 느끼는 바가 없음을 모노노아와레를 모른다고
하며, 마음이 없는 사람을 말하는 것이다. (『겐지모노가타리타마노오구시』)

　이것이 일반적으로 자주 인용되는 '모노노아와레'이다. '아와레あはれ'
라는 말의 어원은 감탄사 '아아ああ'와 '하레はれ'가 합쳐진 것이다. 본래
인간의 희로애락 어디에나 폭넓게 쓸 수 있는 말인데, 후대에는 그 감
정의 깊이의 정도가 심한 비애에 대해 특히 '아와레'를 많이 쓰게 되었
다고 한다. 세상만사에 대해 그 정취와 마음을 잘 헤아려서 기뻐해야
할 것에는 기뻐하고, 흥미로워야 할 것에는 흥미를 느끼고, 슬퍼해야
할 것에는 슬퍼하고, 그리워해야 할 것에는 그리워하고, 각각의 감흥을
받는 것이 '모노노아와레'를 아는 것이다.
　엄밀히 말하자면 '모노노아와레' 설이라기보다는 '모노노아와레를
아는 것'이 위의 설의 핵심이다. 노리나가에 의하면 인간이 자연스러운
감정을 느끼는 것에 그치지 않고 표현하고 싶은 본능이 곧 모노가타리
物語이며, 모노가타리 작품을 읽으면서 그러한 마음의 표현에 공감하는
과정이 모두 '모노노아와레를 아는 것'이다. 작자의 창작 동기와 독자
의 독서 행위가 갖는 의미가 미적 감흥과 감정의 정화라는 의미에서 근
본적으로 상통함을 말하는 것으로, 모노가타리는 이러한 모노가타리
라는 장르의 성격을 제대로 파악하고 모노가타리 작품 내부의 논리로
서 이해해야 한다는 견해다. 이는 사실상 문학 전반에 적용할 수 있는

고도의 문학 이론이라고 해도 과언이 아니다. 노리나가는 특히 '모노노 아와레를 아는 것'을 가장 깊이 있게 묘사해낸 뛰어난 모노가타리 작품 으로『겐지 이야기』를 높이 평가한 것이다.

3. 모노노마기레를 전제로 한 모노노아와레

그렇다면 노리나가 이전에는『겐지 이야기』를 어떻게 읽었을까. 거 기에는 길고긴 주석의 역사가 있다. 노리나가는 「주석」이라는 항목을 따로 두어 선행 연구를 일일이 언급할 정도로 그것들을 강하게 의식하 고 있었다.

중세풍의 전통적인 불교 혹은 유교적인 입장에서 볼 때 남녀 간의 애 증관계를 다룬『겐지 이야기』는 호색 음란물에 불과하였다. 더욱이 주 인공 히카루겐지光源氏와 후지쓰보 중궁藤壺中宮의 밀통 사건은 도덕적인 선악의 관점에서 볼 때 인륜에 반하는 악행으로 용납하기 힘든 부분이 다. 하지만 같은 승려나 유학자라 하더라도 이렇게 백해무익한 이야기 를 굳이 지어낸 작자의 의도를 '본의' 또는 '대의'라고 칭하면서『겐지 이야기』의 존재를 마냥 부정하지 않고 긍정적으로 파악할 수 있는 방 법을 모색하는 경우도 있었다. 예를 들면 노리나가가 필독서로 치는 옛 주석 중의 하나인『가카이쇼河海抄』가 그러하다. 14세기에 성립된『가카 이쇼』는 가공의 인물들이 등장하는 허구의 이야기를 통해 진실한 가르 침을 설하는 것이 목적이라고 보았다. 즉 모노가타리의 형식을 빌려 사 람들을 깨우치기 위한 방편이라는 것이다. 이는 장자莊子가 말한 우언寓 言과 같은 역할이라서 일명 '우언설'이라고도 한다. 중세에 쓰인 주석들 은 대체로 이러한 시각이 중심이었다.

노리나가 직전으로 한정해 보면, 예를 들어 구마자와 반잔熊澤蕃山 (1619~1691)이라는 유학자는 당시 막부가 인정한 유학의 주류에서는

약간 벗어나는 입장이었는데 평소『겐지 이야기』를 애독하여『겐지가이덴源氏外傳』이라는 주석을 남겼다. 그는『겐지 이야기』가 호색 이야기에 의탁해서 고대의 미풍양속을 전함으로써 실은 인정세태人情世態를 교화시키려는 양서라고 옹호하였다. 이른바 '풍화설風化說'이다. 또 다른 유학자 안도 다메아키라安藤爲章(1659～1716)는『시카시치론紫家七論』에서 '풍유설諷喩說'을 주장하였다. 직설적으로 말하지 않고 비유를 통해 넌지시 깨닫게 한다는 뜻이다. 모노가타리는 거짓으로만 꾸민 이야기가 아니라 모두 이 세상에 있는 사람들의 모습을 그린 것으로 오로지 인정세태를 기록한 것이기 때문에 읽는 이로 하여금 저절로 선악을 깨닫도록 한다. 특히『겐지 이야기』의 주제는 일대 사건인 '모노노마기레もののまぎれ'를 미연에 방지하기 위함이라고 설명한다. '모노노마기레'란 남녀 간의 밀통을 뜻하는데, 여기서는 히카루겐지와 후지쓰보 중궁이 밀통하여 생긴 아들인 레이제이冷泉가 천황에 즉위함으로써 황통의 혼란을 야기한 것까지를 포함한다.

노리나가의 설은 직접적으로는 이들 유학자들의 설에 대한 안티테제로서 집필된 것이라 할 수 있다. 풍화설에 대해서는 독자들은 작품을 읽으면서 주인공의 호색 이야기에 마음이 움직이는데 어찌 호색이 교화된다고 할 수 있겠는가, 그리고『겐지 이야기』안에 고대의 정취 있는 모습들이 많이 묘사되어 있는 것은 맞지만 애초에 작자가 그런 것을 남기고자 집필한 것은 아니라고 비판한다. 풍유설에 대해서는 '모노노마기레'는 어디까지나 작품 속의 사건인데 어찌 현실과 혼동하여 문제로 삼느냐고 반론한다. 노리나가가 보기에 히카루겐지와 후지쓰보 중궁의 밀통은 연심으로 인한 '모노노아와레'를 극대화하여 표현하기 위함이다. 그리고 결과적으로 레이제이의 즉위로 인해 히카루겐지가 천황의 친아버지로서 천황에 준하는 대우를 받게 된다는 것이 작품 속에서는 주인공의 영화의 정점으로 그려진다. 따라서 '모노노마기레'는 주인공 히카루겐지의 영화를 강조하기 위한 모노가타리의 수법이자 장치에 불과하다는 것이다.

 '모노노아와레' 설을 푸는 노리나가의 방법은 일단 『겐지 이야기』 텍스트 안에서 '아와레'를 비롯한 '모노노아와레'의 용례를 하나하나 뽑아 검토하는 것으로부터 시작된다. 그리고 『겐지 이야기』 「호타루螢」 권에서 히카루겐지와 다마카즈라玉鬘가 주고받았던 모노가타리론物語論을 활용하여 분석해나간다. 노리나가는 이 부분을 작품 속에서 옛 모노가타리들을 즐겨 읽고 모노가타리의 효용에 대해서 논하는 등장인물들의 대사를 빌려 작자 무라사키시키부가 모노가타리에 대한 자신의 입장을 간접적으로 표명한 것으로 보았다. 그래서 이에 주목해서 작자가 작품을 통해 진정으로 말하고자 하는 속뜻을 잘 파악해야 한다고 재차 당부한다.

 무엇보다 『겐지 이야기』에 보이는 '좋고 나쁨'은 불교나 유교에서 말하는 '선악'과는 본질적으로 전혀 다른 성질의 개념임을 계속해서 주장하는데, 이때 근거로 드는 것도 역시 텍스트 안의 문맥이다. 구체적으로 '좋은 사람'으로 설정된 작중인물은 히카루겐지를 비롯한 가시와기柏木, 기리쓰보인桐壺院, 스자쿠인朱雀院, 유기리夕霧, 그리고 여성으로는 후지쓰보 중궁, 무라사키노우에紫の上, 우쓰세미空蟬, 아사가오朝顔 등이다. 히카루겐지가 가시와기나 유기리의 사랑을 이해할 수밖에 없었듯이 기리쓰보인과 스자쿠인은 히카루겐지의 사랑을 이해해주었기 때문에 좋게 평가된다는 것이다. 반대로 '나쁜 사람'의 예는 히카루겐지의 정처였지만 끝내 교감하지 못했던 아오이노우에葵の上, 히카루겐지의 어머니인 기리쓰보 갱의桐壺更衣를 잃은 슬픔에 잠긴 기리쓰보 천황을 배려하지 않고 달구경을 하며 관현을 연주하는 황후 고키덴 여어弘徽殿女御, 또 무라사키노우에의 계모 등이다. 물론 작품 속에서 좋고 나쁨을 따지고 가리는 건 아니지만, 세간의 도의적인 규범과는 확실히 다른 기준으로 양자를 구분짓고 있음은 분명하다고 노리나가는 말한다. '모노노아와레'를 알고 모름이 곧 좋고 나쁨의 기준이다. 노리나가의 세세하고 치밀하며 몇 번씩 반복되는 논증의 예를 따라가다보면 어느 순간 납득하지 않을 수 없는 부분이 많은 것도 사실이다. 철저하게 텍스트의 문맥 이해를 바탕으로 이끌어낸 일관된 텍스트 내부의 논리이기 때문이다.

이렇게 해서 노리나가는 결론적으로 『겐지 이야기』를 호색에 대한 훈계 혹은 권선징악적인 목적론으로 파악해서는 안 된다고 주장한다. 모노가타리 작품 속의 자율적인 구조로서 모노가타리를 논하는 방법은 문학에는 문학만의 독자적인 목적이 있다는 것, 이른바 문학의 자립성을 지향하며 나아가 문학의 해방을 지향한다. 훗날 노리나가의 '모노노아와레' 설이 일본의 문학 비평사에 획기적인 지평을 열었다고 평가받는 까닭이 여기에 있다.

4. 모노노아와레 설 이후

이 매력적인 문학론은 당시로서도 상당히 충격적인 설이었던 것 같다. 당장 노리나가의 제자들 중에는 다른 모노가타리 작품 읽기에 '모노노아와레' 설을 응용하는 경우가 나타났다. 또한 『겐지 이야기』에 대해 논하는 다른 저서들에 노리나가의 이름이 빈번히 거론되는 것을 보면 당시의 파급력과 영향력을 짐작할 만하다. 그럼에도 불구하고 이 설의 등장으로 인해 돌연 『겐지 이야기』를 바라보는 일반의 인식이나 근세의 『겐지 이야기』 연구가 일변했다고는 보기 어렵다. 노리나가 이후에 『겐지 이야기』를 호색 음란물로 바라보는 시각이 완전히 사라진 것도 아니었다. 심지어 이러한 사정은 근대에 들어와서도 크게 다르지 않았다.

잠시 노리나가의 설을 상대화할 수 있는 비판의 일례를 살펴보고 가

자. 노리나가 이후의 『겐지 이야기』 주석 가운데 주목할 만한 것으로 하기와라 히로미치萩原廣道(1815~1863년)의 『겐지모노가타리효샤쿠源氏物語評釋』를 꼽을 수 있다. 근대 이전의 전통적인 주석의 계통을 잇는 마지막 주석인 동시에 근대적인 비평의 효시라고도 평가된다. 히로미치는 노리나가의 '모노노아와레' 설에 기본적으로 찬동하면서도 다메아키라의 풍유설에도 일부 가담하는 입장을 취한다. 그는 다메아키라를 비판한 노리나가의 설이 결국은 상대방과 같은 차원의, 마치 동전의 뒷면과 같은 논의였음을 지적한다. 후지쓰보 중궁과의 '모노노마기레'가 단순히 히카루겐지의 '모노노아와레'의 극치를 표현하기 위함이라면 「후지노우라바藤裏葉」권까지는 설명할 수 있을지 몰라도 가시와기에 의한 또 다른 '모노노마기레'에 의해 히카루겐지의 쇠운이 시작되는 「와카나 상若菜上」권 이하는 설명이 불가능하다. 더구나 후반부의 이야기는 모두 '모노노마기레'에서 비롯된 복선이었고 응보였다고 볼 때 '모노노아와레' 단 한 가지만으로 『겐지 이야기』 전편을 풀어내기에는 역부족이다. '모노노마기레'의 문제성은 '모노노아와레'의 범위를 훨씬 초월하는 것이다. 여기서 히로미치가 말하는 풍유는 더 이상 다메아키라가 말했던 권선징악적인 풍유는 아니다. 모노가타리를 음미하고 또 음미하여 모노가타리 내부에서 발견한 법칙으로 모노가타리의 구조를 논하고 있기 때문이다. 비록 미완성에 그치고 말았지만 『겐지모노가타리효샤쿠』는 이미 고전 주석의 틀을 넘어 원문의 분량을 압도하는 본격적인 문학 비평의 시도였다고 할 수 있다.

  이윽고 근대 일본에서는 서양의 학문적 개념과 방법의 도입으로 기존의 고전 연구 또한 급격한 전환기를 맞게 된다. 그러나 과연 근대적 학문이 양질의 비평을 보장하는 것일까. 적어도 『겐지 이야기』 읽기의 역사를 생각해보면 그 비평의 수준이 반드시 전근대보다 나아졌다고 단정하기는 힘들다. 근대 초기에는 노리나가의 설도 히로미치의 설도 그다지 받아들여지지 않았을뿐더러 우선 『겐지 이야기』 자체가 고전 텍스트로 여겨지지도 않았다. 오히려 『겐지 이야기』를 전근대적인 유산으로 폄하하는 경향이 주류여서 대개는 여전히 '모노노마기레'로 『겐지 이야기』를 일축해버렸다. 이와 같이 부정적이었던 작품이 어떻게 오늘날과 같이 추앙받는 일본의 고전이 될 수 있었던 것일까. 이 글의 문제 제기는 정작 이제부터가 시작인 셈이다.

문학이 학문 영역의 하나로서 형성된 것은 무엇보다 대학의 학과 편성에서 비롯된 바가 크다. 1889년 도쿄제국대학에 국문학과가 만들어지고 1890년부터 국문학사가 잇달아 간행되기 시작할 때 국문학자들은 서양의 사실주의寫實主義 소설이라는 장르에 비추어 전근대의 작품들을 보았다. 즉 소설은 당시의 사회와 인간상을 여실히 반영하는 것이라는 입장에서 『겐지 이야기』는 후지와라藤原 씨의 권세와 그 폐해가 극에 달했던 시대의 부패하고 어지럽던 풍속을 있는 그대로 표출한 것이라고 설명하였다. 사실주의 소설의 선구적 위치로서 『겐지 이야기』의 가능성을 본 것이다. 하지만 근대 초기의 『겐지 이야기』에 대한 평가는 대단히 양면성을 띠고 있었다. 국문학의 정전正典으로서 국민교육의 텍스트로 삼기에는 부적절하다고 보는 국문학자들은 '모노노마기레'를 이 작품의 결점으로 지적하였다.

흥미롭게도 『겐지 이야기』의 가치를 높이 평가하게 된 계기 중의 하나는 해외에서의 높은 평가가 역수입되면서 일본에 끼친 영향력이었다고 한다. 특히 1925년부터 『겐지 이야기』의 영문 번역판이 최초로 간행되기 시작하자 세계문학으로 당당히 인정받은 이 장편소설을 일본의 젊은이들이 읽지 않는 현실에 대한 반성의 목소리가 높아지기도 하였다. 여기서 부각된 것은 『겐지 이야기』의 문체가 순수한 일본어의 언어적 발달단계를 증명한다는 점, 게다가 그러한 일본어를 구사한 작자가 여성이라는 점이었다. 그리고 문학작품으로서의 지위의 격상에 따라『겐지 이야기』는 1938년부터 국정 국어교과서『소학국어독본』에 정식으로 실리게 된다.

그렇지만『겐지 이야기』의 본문을 교재로 쓰는 일을 둘러싸고 삭제를 요구하는 항의와 그에 대한 학계의 반박이 한동안 계속되었다. 일본이 제국주의의 말로로 치닫던 쇼와 기昭和期는 황실에 관계되는 어떠한 일도 거론하는 것만으로 불경不敬으로 몰리는 시대였다. 하물며『겐지 이야기』는 황자와 황후가 밀통하고 그로 인해 생긴 아들이 천황이 되는 이야기다. '모노노마기레'가 다시 회자되는 것도 어찌 보면 당연하였다. 문제는 이때의 학계의 반박을 보면 '모노노마기레'에 대한 직접적인 반론은 하나도 없었다는 점이다. 다시 말해 세계에 자랑할 만한 일본적인 고전을 국민들에게 가르치지 않으면 안 된다는 식의 논리로『겐지 이야기』를 옹호했던 것이다.

요컨대 국문학자들은 '모노노마기레'에 대한 논의는 회피하면서도『겐지 이야기』를 불경스러운 책이라는 항의로부터 비호하여 국민의 고전으로 정착시키는 데 성공하였다. 이 모순된 듯 보이는 내용을 이해하려면 노리나가가『겐지 이야기』의 주제로 발견한 '모노노아와레'가 어느 순간 일본 정신을 대변하는 것으로 발전되어간 과정을 같이 생각해야 한다.

5. 모노노아와레의 재발견

『겐지 이야기』가 일본의 고전으로 자리잡고 대중화된 것은 적어도 1920년대 중반 이후의 일이라 볼 수 있다. 여기에는 물론 여러 가지 요인들이 복합적으로 작용했을 테지만, 쇼와 기에 들어와 당시 중학교와 고등여학교의 국어 교과서가 일제히『겐지 이야기』를 발췌해서 실었다는 사실은 역시 주목할 만하다. 교과서는 국민적 베스트셀러나 다름

없기 때문이다. 국어독본의 교재는 그 대부분이 『겐지 이야기』 중에서도 「스마須磨」권의 풍경 묘사 장면을 따온 것이었다. 『겐지 이야기』 「스마」권은 주인공 히카루겐지가 스스로 퇴거하여 교토를 떠나 스마에서 적적하게 지내는 부분이다. 그런데 여기에 묘사된 풍경이 일본적인 풍경의 전형이라고 간주되었다. 이 시기에 풍경에서 일본 고유의 미를 찾게 된 배경에는 외국인의 여행기 등에 의해 찬미된 일본 풍경의 아름다움이 일본인 스스로 바라보는 풍경 인식과 미적 가치에도 변화를 일으켰기 때문이다. 「스마」권의 뛰어난 풍경 묘사의 예술성을 인정받으면서 『겐지 이야기』는 고유의 일본 문화를 상징하는 일본의 고전으로서의 지위를 굳건히 할 수 있었다.

국문학자들도 『겐지 이야기』의 풍경 평가에 한몫을 하였다. 작품 속 풍경 묘사는 작가의 국민성의 반영이라고 지적하면서, 사계절의 경치와 인간사를 결부시켜 느끼는 것은 곧 '아와레'를 아는 것이라고 하였다. 게다가 문학을 통해 풍경과 심정을 일체화하는 데 성공한 헤이안 시대의 감성이 일본 국민의 본질이라고까지 주장하는 논의로 발전한다. 문제는 이런 식으로 『겐지 이야기』에서 풍경과 심정의 밀접한 관계를 논할 때 이것이 노리나가가 말했던 '모노노아와레'의 관점을 연상시킨다는 점에 있다. 즉 근대의 국문학자들에 의해 하나의 이데올로기로 변질된 '모노노아와레'는 일본 국민성의 미적 특질 중의 하나가 되었다. 애초에 일본문학의 정신으로 시작된 논의가 일본인의 미적 이념으로, 나아가 일본 정신 그 자체에 포함되는 관념으로 귀결된 셈이다. 쇼와 기의 위기에도 불구하고 『겐지 이야기』가 일본의 고전으로 남을 수 있었던 이유는 무엇보다 이와 같이 일본 정신과 '모노노아와레'가 결합된 덕분이었다.

『겐지 이야기』의 주제를 '모노노아와레'라고 말한 노리나가의 설이 그 이전의 불교적인 혹은 유교적인 해석을 탈피하여 문학을 문학으로서 읽기를 주장했다는 의미에서『겐지 이야기』연구의 하나의 도달점이 된 것만은 분명하다. 단 주의해야 할 것은 전시 하의 일본에서 '모노노아와레'가 재생산될 때에는 이미 노리나가의 '모노노아와레'설과는 전혀 별개의 개념이 되어 홀로 성장을 거듭했다는 점이다. '모노노아와레'는 '모노노마기레'를 전제로 성립한 것임을 그나마『겐지 이야기』를 비하했던 근대 초기의 국문학자들은 숙지하고 있었다. 그러나 '모노노아와레'가 일본정신으로 재발견되고『겐지 이야기』가 일본의 고전으로 확고하게 자리매김 되었을 때 그것은 더 이상 '모노노마기레'와는 무관한 것이 되어버렸다.

요컨대 이때의 '모노노아와레'는 근세 국학의 잔영이 아니라 국학을 등에 업고 탄생한 근대 일본의 국문학에서 적극적으로 창출해낸 새로운 개념이라고 해야 할 것이다. 바꿔 말하면 근세 국학의 전통이 근대에도 계속 남아 있었고 노리나가의 영향이 지배적이었다는 식의 논의는 국문학자들의 필요에 의해 구축된 하나의 담론일 뿐이다. 이와 더불어 근대 초기에는 거의 알려지지 않았던 모토오리 노리나가라는 존재가 일본주의자의 대표자 격으로 부활하여 왜곡되고 고정된 이미지가 정착되어갔다.

본래 근세의 유학적 담론에 대한 국학의 안티테제로서 출발했던 '모노노아와레' 설은 이처럼 근대 일본의 국문학의 발전과정에서 하나의 거대한 테제가 되었다. 노리나가에 의해 문학으로서 독립할 수 있었던『겐지 이야기』읽기가 이번에는 '모노노아와레'의 오랜 구속에서 벗어나야 하는 것이 여전히 남은 과제라 할 것이다.

참고문헌

김정희, 「近代における源氏物語批評史-天皇制と「もののあはれ」を中心に-」(『일본학 연구』34, 단국대학교 일본연구소, 2011)

杉田昌彦, 『宣長の源氏学』, 新典社, 2011.

川勝麻理, 『明治から昭和における『源氏物語』の受容-近代日本の文化創造と古典-』, 和泉書院, 2008.

小嶋菜温子·小峯和明·渡辺憲司 編, 『源氏物語と江戸文化-可視化される雅俗-』, 森話社, 2008.

吉井美弥子 編, 『＜みやび＞異説-『源氏物語』という文化-』, 森話社, 2002.

有働裕, 『「源氏物語」と戦争』, インパクト出版会, 2002.

島内景二·小林正明·鈴木健一 編, 『批評集成源氏物語』第1～5巻, ゆまに書房, 1999.

野口武彦, 『『源氏物語』を江戸から読む』, 講談社, 1995.

百川敬仁, 『内なる宣長』, 東京大学出版会, 1987.

大野晋·大久保正 校訂, 『本居宣長全集』第4巻, 筑摩書房, 1969.

키워드로 읽는
겐지 이야기

비련의 여인들이라는 계보

이 신 혜

1. 비련의 여자 주인공

『겐지 이야기』는 4대에 걸친 70여 년간의 이야기로 등장인물이 500여 명에 달한다. 1, 2부의 주인공 히카루겐지光源氏와 3부의 주인공 가오루薫 가 만나는 여인들을 보더라도 다양한 신분, 성격, 외모, 취향을 지닌 개 성이 넘치는 인물들이 대거 등장한다.

히카루겐지가 사랑한 여인들 중에는 영원한 동경의 대상 후지쓰보藤壺, 일생을 함께한 동반자 무라사키노우에紫の上, 정처 아오이노우에葵の上, 딸을 낳아준 아카시노우에明石の上 등 그의 인생에 깊이 관여한 여인들 이 있는 반면, 잠시 인연이 닿은 여인들도 많았다. 그녀들에게는 저마 다 각각의 개성과 매력이 있기 때문에 히카루겐지에게 어느 한 사람이 라도 소중하지 않은 여인은 없겠지만, 독자로서 이야기를 읽다보면 나 름대로 호감이 가는 여인이 있게 마련이다. 과연 헤이안 시대, 혹은 가

마쿠라 시대鎌倉時代, 무로마치 시대室町時代에는 『겐지 이야기』의 어떤 여인들이 독자들에게 인기가 있었을까?

헤이안 시대 독자 중의 한 명인 『사라시나 일기更級日記』의 저자 스가와라 다카스에의 딸菅原孝標女의 일기를 보면, 그녀는 어릴 적 『겐지 이야기』 전권을 읽고 싶어서 빨리 교토京都에 가기를 원했고, 『겐지 이야기』를 읽으면서 느끼는 행복은 황후의 지위도 부럽지 않을 정도라고 하였다. 그런 그녀는 열네 살 때 "히카루겐지의 총애를 받은 유가오夕顔, 우지宇治의 가오루가 사랑한 우키후네浮舟와 같이 되기를 원하였다"고 적고 있다. 후지쓰보나 무라사키노우에, 아카시노우에와 같이 그의 인생에 큰 영향을 끼치거나 오랫동안 함께한 여인이 아닌 그저 짧은 기간 동안 만났다가 덧없이 죽어버린 비련의 여인 유가오를 꼽은 것은 다카스에의 딸의 단순한 취향에 불과한 것일까. 마찬가지로 니오노미야匂宮와 결혼한 운이 좋은 여자인 우지의 나카노키미中の君가 아닌 두 귀공자의 사랑을 한 몸에 받다가 둘 사이에서 괴로워하며 강물 속으로 투신한 우키후네의 이름을 거론한 것은 어떤 이유에서였을까.

다카스에의 딸은 우키후네를 상당히 동경한 것 같다. 우키후네와 관련된 이야기가 네 군데나 나오며, 특히 일기의 서두에서 자신을 소개하기를 오늘날 이바라키 현茨城縣인 히타치常陸 지방보다 더 시골에 산다고 했는데, 실제로 그녀는 오늘날 지바 현千葉縣인 가즈사上總에 살았으면서도 우키후네가 자란 히타치를 언급하면서 우키후네의 인생을 모방하고 싶은 마음을 표현하고 있다. 또한 스물다섯 살 때는 인적이 드문 곳에서 꽃, 낙엽, 달, 눈을 바라보며 우키후네처럼 쓸쓸히 지내면서 풍류를 즐기고 싶다며 우키후네가 살았던 우지를 동경하는 표현이 나온다. 그녀 자신이 꿈꾸었던 것과는 달리 어린 시절 굴곡이 많은 인생을 살아서인지, 그와 비슷한 처지의 우키후네를 좋아했을 수도 있다.

1200년경에 나온 모노가타리 평론서인 『무묘조시無名草子』에서는 동정심이 우러나는 가련한 여인으로 유가오를 꼽으며, 유가오 이야기를 아주 가엾고 가슴이 아프다고 평하고 있다. 우키후네에 대해서는 두 남자의 사랑을 동시에 받는 것은 얄밉지만 둘 사이에서 고민하다가 강물에 몸을 던지는 것은 불쌍하며, 또 우키후네가 살아 있다는 소식을 듣고 보낸 가오루의 편지를 펼쳐 보지도 않고 되돌려 보내는 장면은 야무진 구석이 보인다고 평하였다. 즉『무묘조시』작자는 가오루에게 또다시 흔들리지 않고 자신의 의지를 관철시키는 우키후네의 태도를 칭찬하고 있는 것이다.

이 글에서는 비련의 여인이지만 독자들에게 많은 사랑을 받았던 유가오와 우키후네의 삶을 살펴본 후, 그 인물과 삶이『겐지 이야기』이후에 만들어진 모노가타리의 여주인공 혹은 여자 등장인물에게 어떤 영향을 끼쳤는지, 그리고 어떤 식의 새로운 인물이 탄생했는지를 살펴보고자 한다.

2. 유가오와 우키후네

히카루겐지는 17세 때 유모의 병문안을 갔다가 바로 옆의 허름한 집에 핀 흰 박꽃(유가오)이 눈에 띄어 바라보던 중, 뜻밖에 박꽃과 함께 여인의 와카和歌가 적힌 부채를 받은 것이 계기가 되어 답가를 보냈다. 사람을 시켜 여인의 정체를 알아보니 친구 두중장頭中將이 말했던 청순하고 가련한 여인인 듯하여 호기심에 인연을 맺게 된다. 히카루겐지는 신분을 감추고 얼굴을 가린 채 깊은 밤에만 찾아갔기에 여인은 불안한 기색을 보였지만 자세히 묻지는 않았다. 히카루겐지는 그런 유가오의 내성적이고 가녀린 모습이 마음에 들었다. 8월 15일 새벽녘 히카루겐지는 유가오와 둘만 있고 싶어서 황실 소유의 폐원으로 데리고 갔다. 유가오는 처음에는 인적이 드문 황폐한 정원과 저택을 보고 두려움에

┃ 와카를 적은 부채에 박꽃을 얹어 보내는 유가오의 시녀〈源氏物語圖扇面散屛風〉. 淨土寺藏.
  ―『すぐわかる源氏物語の絵画』. 東京美術. 2009.

떨었지만, 처음 얼굴을 드러낸 히카루겐지에게는 안심하는 미소를 보였다. 하루 종일 둘만의 시간을 보내다가 밤에 눈을 붙인 사이 어떤 여자가 유가오를 뒤흔드는 꿈에서 깨어나 보니 유가오는 두려움에 떨다가 곧바로 숨을 거두어버렸다. 장례를 치른 후 유가오의 시녀를 통해 유가오에게는 두중장과의 사이에 딸이 있으며 두중장의 정처의 협박을 받아 신분을 숨기며 떠돌아다니고 있다는 이야기를 듣고 나서, 히카루겐지는 낯설고 황량한 곳에서 덧없이 숨을 거둔 유가오의 죽음을 떠올리며 가슴 아파하며 몸져누웠다.

결국 유가오 이야기는 사랑하는 남자의 정처의 협박을 받아 자취를 감추고 허름한 집에서 시녀들과 쓸쓸히 지낸다는 점, 그런 와중에 히카루겐지와 같은 귀공자를 만났다는 점, 서로 신분과 이름을 밝히지 않은 채 남녀가 만난다는 점, 어느 황폐한 집에서 급사했다는 점을 특징으로 들 수 있다.

히카루겐지는 저 세상으로 떠나버린 유가오를 떠올리면서 "가녀린 여자야말로 사랑스러우며, 똑똑하고 남의 말을 따르지 않는 여자는 별로다.……여자는 그저 상냥하고 자칫하면 남에게 속아 넘어갈 것 같고 조심성이 있고 남자 기분에 순종하는 여자가 사랑스럽다"고 하였다. 히카루겐지는 그 당시 정처 아오이노우에와 자존심 강한 연상의 여인 로쿠조미야스도코로六條御息所 등 신분이 높은 여인들과의 관계에 상당히 지쳐 있었기 때문에 순종적인 유가오를 만나면서 심신의 평안을 얻었던 것 같다. 히카루겐지와 만난 짧은 기간 동안 유가오는 자신의 의견을 주장하는 일 없이 어디까지나 상대방의 의사에 따르는 아주 내성적이고 나긋나긋한 여인이었다. 유가오는 자신이 처한 상황에서 수동적으로 처신하고 또 자신을 지키고자 하는 의지도 약한 가운데, 젊은 나이에 덧없이 세상을 떠나버렸기 때문에 히카루겐지는 물론 독자들의 가슴을 아프게 한 듯하다.

서로 신분을 밝히지 않은 채 만남을 거듭한다는 요소도 재미있다. 둘의 사이가 꽤 깊어진 후에 히카루겐지가 언제까지 신분을 숨길 작정이냐며 이름을 알려달라고 하자, 유가오는 몰락한 처지이기 때문에 말하지 않겠다며 끝까지 밝히지 않는다. 유가오는 아버지와 사별하고 남편 곁도 떠나 거처를 전전하고 있었다. 결국 유가오 이야기는 허름한 곳에서 쓸쓸히 지내고 있는 여인과 귀공자가 서로 정체를 밝히지 않은 채로 사랑하다가 여인이 급작스럽게 죽음을 맞게 되는 비련의 스토리라고 할 수 있다.

히카루겐지의 이복동생인 하치노미야八の宮와 주조노키미中將の君를 부모로 둔 우키후네는 히타치 지방 차관의 후처가 된 어머니를 따라 동쪽 지방에서 어린 시절을 보냈다. 혼인과정에서 우키후네가 히타치 지방 차관의 친자식이 아니라는 이유로 파혼을 당하자, 어머니는 그녀를 이복자매인 나카노키미에게 맡긴다. 죽은 오이기미大君를 잊지 못하고

있던 가오루는 그녀를 빼닮은 우키후네에게 반하게 되는데, 우연히 우키후네의 모습을 보게 된 니오노미야도 사랑에 빠지게 된다. 당대의 이름난 두 귀공자로부터 동시에 사랑을 받게 된 우키후네는 두 사람 사이에서 이러지도 저러지도 못하다가 결국에는 우지 강宇治川에 몸을 던질 결심을 한다. 우지에서는 서둘러 장례식을 치르지만 정작 그녀는 요카와 승도横川の僧都 일행에게 구조되어 오노小野에서 지낸다. 우키후네는 과거를 떠올리며 고뇌하다가 스님의 여동생의 사위인 중장中將의 구혼을 계기로 스님에게 간청하여 결국 출가를 단행한다. 불도 수행과 습자로 나날을 보내는 그녀에게 가오루의 편지를 든 남동생 고기미小君가 찾아오지만 만나지도 않은 채 편지도 읽지 않고 돌려보낸다.

위의 우키후네 이야기의 특징을 들자면, 지방에서 올라온 아가씨가 두 귀공자로부터 동시에 사랑받는다는 점, 두 사람 사이에서 고민을 한다는 점, 스스로 강물에 몸을 던진다는 점, 구조된 후에 또 다른 남자의 구혼을 받고는 출가해버린다는 점, 마지막으로 가오루의 편지를 받고 펼쳐보지도 않고 되돌려 보낸다는 점을 들 수 있다.

우지 강 투신에 대해서 헤이안 귀족으로서는 상식적으로 생각할 수 없는 일이며 지방 출신인 우키후네였기에 가능한 일이라는 평도 있지만, 『만요슈萬葉集』에도 마마노테코나眞間の手兒奈, 우나이菟原 처녀, 이쿠타 강生田川 전설 등 복수의 남성들로부터 구애를 받은 여성이 남성들의 싸움을 걱정하여 스스로 죽음을 택하는 이야기가 전해 내려오고 있다.

우키후네가 죽음을 결심하게 된 이유는 니오노미야에게 끌리는 마음과 그로 인해 생긴 가오루에 대한 죄의식, 어느 한쪽을 택했을 때 자신에게 쏟아질 세상의 추문에 대한 두려움, 니오노미야와의 관계를 극구 반대하는 어머니, 금세 뭐라도 삼켜버릴 듯한 우지 강의 무시무시한 급류소리 등을 들 수 있다. 그녀의 자살은 여러 선택지 가운데 어느 하나가 아니라, 자살밖에는 생각할 수 없는 필연적 상황에 놓인 것이라고 할 수 있다. 그중에서도 "살아남아서 사람들의 웃음거리가 되는 것은 정말로 끔찍하다"는 말을 하는데, 세상 사람들의 입방아에 오르내리고 비웃음을 당하게 되는 부분을 가장 의식한 것 같다.

그리고 우키후네의 회생은 주목할 만한 일이다. 투신 후 잃었던 의식을 되찾아 옛일을 기억해낸 후 마음의 정리를 한 우키후네는 새로운 삶을 살게 된다. 아무런 힘도 없이 수동적으로 운명의 장난에 휘말려온 그녀는 이제 스스로 자신의 의사에 따라 출가를 단행하였으며, 수소문해서 찾아온 남동생 고기미와 가오루의 편지를 거부한 것은 과거의 기억과 단절한 것을 뜻한다. 이전과는 달리 야무진 모습을 보였기에 『무묘조시』의 작자도 상당히 칭찬하고 있는 것이다.

결국 우키후네 이야기는 진퇴양난의 길에 선 여인이 세상 사람들의 눈을 의식해서 어쩔 수 없이 자살을 택하지만, 다행히 구조되어 이전과는 달리 자신의 의지에 따라 새로운 삶을 살아가는 이야기라고 할 수 있다.

3. 『사고로모 이야기』의 아스카이 아가씨

유가오와 우키후네의 영향을 받은 여인으로서 첫 번째로 꼽을 수 있는 것은 11세기 후반에 성립된 『사고로모 이야기狹衣物語』의 아스카이 아가씨飛鳥井の姫君이다.

주인공 사고로모狹衣는 어릴 적부터 한집에서 자란 사촌 동생 겐지노미야源氏の宮를 짝사랑하지만 이루어지지 않고, 마음에도 없는 온나니노미야女二の宮와 결혼하는 건으로 몹시 우울한 나날을 보내던 중, 우연히 길에서 스님에게 납치당하는 아스카이 아가씨를 구해준다. 이것이 인연이 되어 두 사람은 만나게 된다. 그동안 고귀한 신분의 여자들에게 애만 태웠던 사고로모는 지금까지 경험하지 못했던 아스카이와의 편

안한 만남이 즐거웠고, 허름한 집에서 유모와 쓸쓸히 지내는 그녀의 청순하고 가련한 모습에 보면 볼수록 그녀의 매력에 빠져들었다. 사고로모와 아스카이는 서로 신분을 밝히지 않았지만 그녀는 그가 사고로모인 줄 짐작하고 있었다. 아스카이의 아버지가 돌아가신 후 생활고에 시달리자 마음씨가 못된 유모는 스님과 계략을 짜서 그녀를 납치하려 했는데 사고로모 때문에 실패하고 말았다. 이번에는 오늘날의 규슈九州인 쓰쿠시筑紫로 부임하게 된 사고로모의 부하 식부 대부式部大夫가 아스카이와 결혼하기를 원하자 유모는 그녀를 속여서 쓰쿠시로 향하는 배에 태운다. 이전부터 아스카이에게 호감을 가졌던 대부는 사고로모와 그녀의 관계를 모른 채 구애를 하는데 그녀가 전혀 마음을 열지 않자 의아해한다. 사고로모의 아이를 가진 아스카이는 대부의 주인이 바로 사고로모임을 알고 나서 어찌할 바를 모른다.

아스카이는 "내가 이대로 살아서 부하의 부인이 되었다는 소식을 그이가 듣게 된다면 정말로 죽기보다 싫다.……어떻게든 죽고 싶다. 이대로 차츰 기력이 쇠해져서 배 위에서 숨을 거둔다면 시체 처분도 어려울 것이고 그냥 바다에 뛰어들고 싶다"며 투신해버린다. 투신 후 다행히도 지나가던 아스카이의 오빠인 스님의 도움으로 구조되고, 회생 후에 무사히 사고로모의 딸을 출산하지만 사고로모와 재회하는 일 없이 세상을 떠나고 만다.

『사고로모 이야기』에는 겐지노미야, 온나니노미야, 잇폰노미야一品の宮, 재상 중장宰相中将의 여동생 등 많은 여성이 등장하지만, 독자들에게 가장 사랑은 받은 인물은 아스카이 아가씨이다. 특히 많은 독자들의 심금을 울린 그녀의 무시아케노세토蟲明の瀬戸의 달 밝은 밤의 투신자살 장면은 전체 4권 중에서 1권 마지막 부분에 해당하는데, 본문의 분량과 표현 면에서 정말로 다양한 이본異本이 전해지고 있는 것만 보아도 독자들의 반응이 가장 뜨거웠던 장면이라는 것을 알 수 있다.

아스카이 아가씨는 유가오의 성격과 우키후네의 투신자살을 적절히 섞어놓은 인물이다. 그것은 그녀가 중납언中納言이었던 아버지를 여의고 허름한 집에서 유모와 쓸쓸히 지내는 청순가련형의 내성적인 여인이며, 귀공자로부터 사랑을 받고 임신까지 하고, 유모의 꾀에 넘어가 지방으로 부임해 가는 귀공자의 부하의 구애를 받고서 괴로워하며, 바닷물에 투신자살을 하게 되는 점에서 알 수 있다. 아스카이의 비련은 사고로모의 우유부단함과 그녀의 소극적 태도가 가장 큰 원인이다. 서로 사랑하면서도 끝까지 신분을 밝히지 않았고, 심지어 그녀는 임신 사실조차 입으로 전하지 못하고 사고로모의 꿈속에 나타나 임신과 이별을 고한다.

유가오가 남기고 간 딸 다마카즈라玉鬘는 친아버지는 아니지만 그래도 히카루겐지의 보살핌 아래 수많은 남성들의 선망의 대상이 되기도 하고 히게쿠로髭黑와의 결혼 생활도 잘 해나가서 어머니의 몫까지 행복을 누릴 수 있었다. 마찬가지로 사고로모도 아스카이 아가씨가 남겨두고 간 딸을 수소문해서 찾아서 성인식을 올려주고 궁중에서 보살펴준다. 어머니는 떠났지만 다행히 부녀 간에 재회하는 기쁨을 맛보았고, 천황이 된 아버지의 보살핌 아래 남보란 듯이 잇폰노미야가 되었다.

4. 『시노비네』의 아가씨

다음으로 13세기에 성립된 『시노비네しのびね』의 여주인공을 살펴보기로 한다. 내대신內大臣의 아들 4위 소장四位少將은 사가노嵯峨野로 단풍 구경을 갔다가 산속 허름한 집에서 어머니와 쓸쓸히 지내고 있는 어느 아가씨를 보고 첫눈에 반해 인연을 맺게 된다. 둘이 서로 사랑하여 아들까지 낳자 내대신은 서둘러 소장을 좌대장左大將의 딸과 결혼시켰는데, 소장이 마음을 잡지 않자 아들까지 데리고 가버리고 빨리 헤어지라

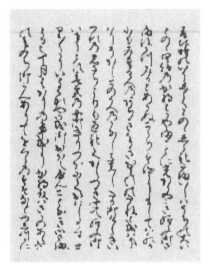

고 협박을 한다. 실의에 빠진 아가씨는 아는 사람이 있는 궁중에 들어
갔다가 천황의 눈에 띄어 총애를 받지만 마음을 열지 않고 울기만 한
다. 행방불명이 되어 그토록 찾았던 아가씨가 천황의 총애를 받고 있다
는 사실을 알게 된 소장은 아가씨를 찾아가서 천황의 마음을 받아들이
라고 하고 아들의 행복을 빌며 출가를 단행한다. 소장의 말을 듣고 천
황의 사랑을 받아들인 아가씨는 황자를 낳고 여어女御, 중궁中宮, 여원女
院의 자리까지 올라서 출세한다. 이와 같이 모진 운명 속에서 '슬픔에
젖어 흐느껴 우는 소리'라는 뜻의 '시노비네' 아가씨가 우여곡절 끝에
결국에는 귀인의 총애를 입어 세속적인 행복한 삶을 누리게 되는 이야
기, 즉 시노비네 형 이야기가 『시노비네』 이후로 상당히 유행하였다.

　　유가오나 우키후네, 아스카이 아가씨는 허무하게 죽어버리거나 혹
은 자살을 시도하는 등 세상의 기준으로 볼 때 그리 행복하다고는 할
수 없었다. 물론 우키후네의 경우 자살 시도 전과 후의 마음의 평안함
과 불심佛心이라는 점에서 본다면 행복과 불행을 쉽게 판단할 수는 없

겠지만 말이다. 그런데 『시노비네』의 여주인공에 이르러 사랑하는 사람과 다시 맺어지지는 않았지만, 또 다른 귀인의 총애를 받아 여성으로서 최고의 자리에 올라 부귀영화를 누리는 등 이전과는 구별되는 후반생을 살게 된다. 성격에 있어서도 청순가련형의 소극적인 아가씨가 갖은 고생을 겪고 나서 다시 소장을 만났을 때 이전과는 달리 아주 적극적인 모습을 보인다. 사람들 몰래 궁중 처소에서 소장과 재회하는 대담함을 보이는가 하면, 소장이 출가를 하겠다고 하자 자기도 꼭 데리고 가달라고 강력하게 매달리며 소장을 당황스럽게 만든다. 결국 소장은 아가씨를 진정시킨 다음 저녁에 데리러 오겠다고 거짓 약속을 하고 떠난다. 사랑하는 사람과 힘든 이별을 겪고 나서 아가씨는 여전히 힘들어하기는 하지만 이전과는 달리 자신의 마음을 표현하는 적극성을 띠게 되었고, 아들의 장래를 생각해달라는 소장의 부탁을 듣고 결국에는 천황의 사랑을 받아들이고 출세하게 된다.

5. 『아사지가쓰유』의 아가씨

13세기 후반에 나온 『아사지가쓰유ぁさぢが露』는 후반부가 결본缺本이지만, 여주인공은 앞선 작품의 영향을 받은 것으로 보인다.

2위 중장二位中將은 기요미즈清水 부근에 갔다가 우연히 엿본 아가씨가 꿈에도 그리던 첫사랑 재궁齋宮과 너무 닮은 것을 보고 반해서 인연을 맺는다. 아가씨는 어머니가 돌아가신 후 유모를 따라 병위 대부兵衛大夫의 보호를 받고 있었는데, 중장과 두 번 만나고 임신을 하게 된다. 두 사람의 관계를 알아차린 대부는 중장의 접근을 완전히 막아버린다. 갑작스러운 유모의 죽음 이후 아가씨는 집요하게 구애를 하는 대부로부터 벗어나기 위하여 우즈마사太秦로 참배하러 갔다가 교토 서쪽에 있는 허름한 집으로 행방을 감춰버린다. 앞날에 대한 불안으로 떨고 있는 아가씨는 와카를 읊으며 집 앞을 지나가는 중장을 보고 그저 눈물만 흘릴 뿐이다. 행방불명이 된 아가씨를 그리워하는 중장의 꿈에 나타난 아가씨는 "앞으로 만날 수는 없겠지만 우리에게는 자식이 있다"고 알려준다. 그 후 아가씨는 아들을 출산한 지 여드레 만에 숨을 거두고, 아들은 출산 때 도움을 준 3위 중장三位中將에게 맡겨진다. 이어서 2위 중장과 3위 중장을 둘러싼 이야기가 계속 전개되는데, 현존본의 마지막 부분에서 반전이 일어난다. 즉 그로부터 일 년 후에 3위 중장은 "아가씨가 출산 후 숨을 거두었지만 아버지의 불연佛緣으로 다시 살아나서 어느 여승의 보호 아래 지내고 있다"는 이야기를 듣게 된다. 그녀가 바로 3위 중장의 외삼촌의 딸이라는 사실이 밝혀져서 자택으로 데리고 오기로 하는 부분에서 현존본은 끝이 난다.

그런데 모노가타리 속의 와카만을 모은 『후요와카슈風葉和歌集』(1271)에 『아사지가쓰유』의 최종 관직명이 아가씨는 상시尙侍, 2위 중장은 관백 입도關白入道로 나와 있는 점으로 보아, 두 사람은 이후에 재결합하지 않은 채 2위 중장은 관백의 자리까지 오른 후에 출가하고, 아가씨는 궁중에 들어갔다가 천황이나 동궁의 총애를 받아 상시가 되었다는 것을 짐작할 수 있다.

『아사지가쓰유』에는 투신과 관련된 장면은 없지만 유모와 쓸쓸히 지내는 아가씨와 귀공자가 만나 신분 차이가 나는 사랑을 하는 점, 아가씨는 회임을 하게 되지만 이별을 경험하고 신분이 낮은 남자의 구애를 받아 위기에 처한다는 점에서 유가오와 우키후네의 영향이 뚜렷하다. 하지만 아이를 출산하고 우여곡절이 있었지만 결국은 궁중에 들어가서 상시가 되어 세상 사람들의 기준으로 봤을 때 부귀영화를 누렸다는 점에서는 『시노비네』의 영향을 받았다고 할 수 있다.

6. 『고와타노시구레』의 아가씨

다음으로 14세기경에 나온 『고와타노시구레木幡の時雨』에 등장하는 나카노키미中の君를 살펴보기로 한다.

돌아가신 우위문 독右衛門の督의 둘째 딸인 나카노키미는 친어머니의 미움과 홀대를 받고 있었는데, 그 이유는 아버지와 그녀의 유모가 서로 사랑하는 사이였기 때문이다. 어느 날 관백의 아들 중납언中納言이 사냥 갔다 돌아오는 길에 고와타木幡에서 비를 피해 어느 집에 들렀는데, 마침 집을 떠나 그곳에 와 있던 아가씨를 보고 반해서 인연을 맺게 된다. 그 후 둘의 사이를 방해하는 어머니 때문에 서로 만나지도 못한 채 아가씨는 이시야마石山로 추방당한다. 그곳에서 시키부쿄노미야式部卿宮와 하룻밤 인연을 맺고 아이를 임신하지만 또다시 연락이 두절된 상태에서 아들 쌍둥이를 출산한다. 이어서 오늘날의 오사카大阪인 쓰津 지방까지 간 아가씨는 그곳에서 비천한 병위 좌兵衛の佐의 구혼을 받게 되자 "지금에 와서는 벗어날 길도 없어. 이제 그저 내 몸을 던져버려야겠다"며 물에 빠져 죽을 결심을 하고 바위 위로 올라갔는데, 때마침 요양하러 왔다가 뱃놀이 나온 중납언과 재회하게 된다. 아가씨는 아이의 아버지인 시키부쿄노미야의 꿈에 나타나 자식이 있다는 사실을 전한다. 아가씨는 재회한 중납언과 다시는 헤어지지 않으려고 아가씨를 잊지 못하고 있는 동궁(시키부쿄노미야)에게 자신의 여동생을 쌍둥이 아들의 어머니라고 속여서 아이들과 함께 입궐시킨다. 그런 다음 자신은 사랑하는 중납언과 평생을 함께한다.

『고와타노시구레』의 특징을 들자면, 아가씨가 어머니의 미움과 홀대를 받아 여기저기 떠돌아다니면서 우여곡절을 겪는다는 점, 당대 최고의 두 귀공자와 인연을 맺고 임신을 한다는 점, 떠돌아다니다가 결국 비천한 남자의 구혼을 받고 투신자살을 하려고 하다가 사랑하는 사람에게 구조되는 점, 동궁을 속여서까지 자신의 사랑을 지키려고 한 점, 그 자녀들이 궁중에 들어가서 부귀영화를 누리는 해피엔딩 스토리라는 점이다. 즉, 아가씨는 거처를 옮기면서 두 귀공자와 인연을 맺지만 헤어지고, 신분이 낮은 자의 구혼을 받아 자살을 결심하지만 구조당한 이후에는 자신의 행복을 위해 살고자 노력하는 모습이 보인다.

7. 행복을 거머쥐는 씩씩한 여주인공

오기 다카시小木喬는 "고귀하고 이상적인 여인을 사모하지만 이루어지지 않는 사랑에 괴로워하는 귀공자가 우연히 황폐하고 허름한 집에서 자신이 사모하는 사람과 꼭 닮은 여인을 발견하여 덧없는 인연을 맺지만 서로 불행한 운명에 휘말려 재회하지 못한 채 헤어지고 만다. 이런 외롭고 가엾은 여성의 모습은 『겐지 이야기』의 유가오, 우키후네 이래 헤이안 시대에서 가마쿠라 시대에 걸쳐서 많은 모노가타리의 테마가 되었다"고 한다.

위에서 살펴본 아스카이 아가씨, 『시노비네』와 『아사지가쓰유』의 아가씨, 『고와타노시구레』의 나카노키미는 모두 유가오와 우키후네의 계보를 잇는 여인들이다. 그들은 외딴 곳에서 후견인 없이 쓸쓸히 지내고 있었고, 귀공자를 만나도 언제 버림받을지도 모를 자신의 처지를 잘 알고 있었기에 섣불리 정체를 밝히지도 않았다. 또한 그들은 이런저런 방해를 받아 이별을 경험하게 된다. 유가오는 정처의 박해를 받고, 유모(『사고로모 이야기』), 시아버지(『시노비네』), 의붓아버지(『아사지가쓰유』), 친어머니(『고와타노시구레』) 등 다양한 인물들이 두 사람의 만남을 방해한다. 이어서 사랑하는 귀공자보다 신분이 낮은 남자가 등장하여 아가씨에게 구혼을 하여 더욱더 곤경에 빠뜨리는데 우키후네에게 구애한 중장 이래로 식부 대부(『사고로모 이야기』), 병위 대부(『아사지가쓰유』), 병위 좌(『고와타노시구레』) 때문에 아가씨들은 자살을 결심하고 가출 등을 하게 된다. 그리고 아가씨들은 자신이 귀공자에게 어울리지 않는다고 생각했기 때문에 하고 싶은 말도 직접 전하지 못하고 꿈속에 나타나서 이별과 임신 사실(『사고로모 이야기』, 『아사지가쓰유』), 출산(『고와타노시구레』) 등을 고하였다.

이와 같이 유형화된 장면과 스토리가 이어져왔지만, 또 한편으로는 새로운 여성상이 보이기도 한다. 『시노비네』의 아가씨는 시아버지로부터 소장과 헤어지라는 협박을 받고 아들까지 빼앗겼지만 자살하거나 출가하지 않았다. 궁중에서 사람들 몰래 소장과 비밀리에 재회하고 소장에게 같이 출가하자고 매달리는 등 적극적으로 자신의 의사를 표현했으며, 소장이 떠난 후에는 황자를 낳고 여성으로서 최고의 자리까지 올라가서 세속적인 행복을 누린다.

『아사지가쓰유』의 아가씨는 출산 후에 죽어 장례식까지 다 치렀는데 사실은 살아 있었다며 재등장하는 부분에서 현존본이 끝난다. 후반부가 결본이지만 『후요와카슈』의 최종 관직명을 보면, 『시노비네』처럼 후반생에서 궁에 들어가 천황이나 동궁의 사랑을 받게 되었다는 것을 알 수 있다. 『시노비네』의 아가씨의 행복을 빌며 출가한 소장처럼 『아사지가쓰유』의 2위 소장도 최종 관직이 관백 입도關白入道로 되어 있는 것을 보면, 아가씨와 함께하지 못한 채 출가한 것으로 짐작할 수 있다. 지금은 결본 부분의 아가씨의 변화된 모습을 구체적으로 확인할 수 없지만, 이전과는 달리 본인의 행복을 찾으려는 적극적인 모습이 그려져 있었을 것으로 짐작된다.

『고와타노시구레』의 아가씨는 친어머니의 구박을 받아 떠돌아다니다가 중납언과 시키부쿄노미야와 인연을 맺었지만 소식이 두절되어 신세를 한탄하며 마음고생을 많이 한다. 하지만 자살이 미수에 그치고 중납언과 재회한 후에는 다시 찾은 행복을 놓치지 않으려고 동궁을 속이기까지 한다. 즉 자신과 꼭 닮은 여동생을 쌍둥이 아들의 어머니라고 속여서 동궁비로 입궐시키고, 자신은 첫사랑 중납언과 일생을 함께하기로 결심한다. 비록 외형적으로는 천황비, 조토몬인上東門院의 지위까지 오른 여동생보다 못할지라도, 아가씨는 가장 사랑하는 사람과 두 번 다시 헤어지지 않으려고 노력하여 관백의 정부인인 기타노만도코로北の政所를 거쳐 1위一位가 되는 등 일족이 번영을 누리는 모습도 확인할 수 있다.

　이렇듯 청순가련형의 소극적인 모습만 보이던 아가씨들은 힘겨운 고난과 역경을 계기로 한껏 성장하여 여성으로서 자신이 누릴 수 있는 행복을 마음껏 누리게 되었던 것이다.

참고문헌

神田龍身 · 西沢正史 編, 『中世王朝物語 御伽草子事典』, 勉誠出版, 2002.

福田百合子·鈴木一雄·伊藤博·石埜敬子 校訂·訳注, 『あきぎり·浅茅が露』(『中世王朝物語全集』1, 笠間書院, 1999)

大槻修·田淵福子·片岡利博 校訂·訳注, 『しのびね·しら露』(『中世王朝物語全集』10, 笠間書院, 1999)

大槻修·田淵福子·森下純昭 校訂·訳注, 『木幡の時雨·風につれなき』(『中世王朝物語全集』6, 笠間書院, 1997)

阿部秋生·秋山虔·今井源衛·鈴木日出男 校注·訳 『源氏物語』1~6(『新編日本古典文学全集』, 小学館, 1994~1998)

大槻修, 『王朝の姫君』, 世界思想社, 1995.

鈴木一雄 校注, 『狭衣物語』(『新潮日本古典集成』68·74, 新潮社, 1985)

小木喬, 『鎌倉時代物語の研究』, 有精堂, 1984.

대중문화 콘텐츠로 향유되는

『겐지 이야기』

김 후 련

1. 수많은 파생 콘텐츠를 낳은 『겐지 이야기』

천 년 역사를 자랑하는 『겐지 이야기』를 소재로 한 파생 콘텐츠의 성립과정을 열거하면 다음과 같다. 첫째는 후세 사람이 『겐지 이야기』의 뒷이야기를 보충하는 형태의 문학작품이다. 둘째는 2차 창작으로 『겐지 이야기』의 성립 사정을 테마로 한 작품이다. 셋째는 『겐지 이야기』를 현대어로 번역한 것들이다. 넷째는 『겐지 이야기』를 패러디한 번안 소설이다. 다섯째는 『겐지 이야기』를 만화로 그린 작품이다. 여섯째는 『겐지 이야기』를 영화로 만든 작품이다. 일곱째는 『겐지 이야기』를 TV 드라마나 라디오 드라마로 만든 작품이다. 여덟째는 『겐지 이야기』를 TV 애니메이션으로 만든 작품이다. 아홉째는 『겐지 이야기』를 연극, 가부키歌舞伎, 노能, 조루리淨瑠璃, 다카라즈카 가극實塚歌劇 등 무대 연극으로 만든 작품이다. 열 번째는『겐지 이야기』를 희곡으로 만든 작품이다. 열한 번째는『겐지 이야기』를 전통음악으로 만든 작품이다. 열두 번째는『겐지 이야기』를 현대음악으로 만든 작품이다.

이처럼『겐지 이야기』는 천 년 세월을 거치면서 수많은 작품으로 새롭게 번안되거나 재탄생하면서 일본문학사에 금자탑을 쌓았다. 이 글은『겐지 이야기』가 어떻게 일본 대중문화 콘텐츠로 만들어지고 향수되고 있는지에 대한 것이다. 중심적으로 다룰 콘텐츠는 만화『아사키유메미시あさきゆめみし』, 영화〈천년의 사랑 히카루겐지 이야기千年の恋 ひかる源氏物語〉, 애니메이션〈겐지 이야기 천년기 Genji 源氏物語千年紀Genji〉이다. 이 글에서는 콘텐츠에 따라『겐지 이야기』의 스토리가 어떻게 재구성되고 있으며, 그 가운데 주인공 히카루겐지에 대한 해석은 어떻게 달라지는지 분석하고자 한다.

2. 만화『아사키유메미시』의 스토리 분석

『아사키유메미시』는『겐지 이야기』를 만화로 그린 작품으로, 작가는 야마토 와키大和和紀이다. 만화는 1979년 12월호부터 고단샤講談社의『월간 미미月刊mimi』에 부정기적으로 연재되다가, 나중에『미미 엑설런트mimi Excellent』로 옮겨 1993년 27호로 완결되었다. 연재만화는 나중에 단행본(전 13권), 대형판(전 7권), 문고판(전 7권), 완전판(전 10권) 등으로 판형을 달리하며 다시 출판된다. 이 글에서는 문고판(전 7권)을 가지고 원작과 달라진 부분을 중심으로 스토리를 소개하고자 한다.

만화 제1편의 도입부에 나오는 기리쓰보 천황桐壺天皇과 기리쓰보 갱의桐壺更衣의 첫 만남은 만화의 독자적인 스토리이다. 제1편(제1권)은 원형 스토리의 제1첩인「기리쓰보桐壺」의 이야기로 시작된다. 첫 장면은

"나는 어머니는 모릅니다. 덧없고 소녀 같아서…… 비쳐보일 것같이 아름다운 사람이었다고 합니다. 사랑만으로 살고 그 생명을 끊은 것도 또 사랑이었다……고" 하는 지문으로 시작한다. 이 지문은 만화의 독자적인 스토리로 원형 스토리에는 없는 부분이다. 이어서 히카루겐지의 어머니인 기리쓰보 갱의가 궁정에 출사하기 위하여 준비하는 장면이 나온다. 궁정에 출사한 이후에 바람이 부는 어느 날 고양이를 찾으러 나간 기리쓰보는 우연히 천황을 만나지만, 그녀는 그가 누구인지 모른다. 천황은 그 후로 마치 키다리 아저씨처럼 여러 가지 선물을 몰래 보내면서 그녀의 궁정 생활을 돕는다. 어느 날 밤 찾아온 천황과 하룻밤 인연을 맺으나 여전히 천황은 자신의 신분을 밝히지 않는다. 고키덴 여어弘徽殿女御가 기리쓰보 갱의를 불러 모욕을 주는 그 자리에 천황이 함께하는 바람에 갱의는 비로소 천황의 정체를 알게 된다. 이 부분 역시 만화의 독자적인 스토리 라인인데, 이는 원작 스토리를 현대 독자들에게 보다 더 친근하고 쉽게 끌고 가기 위한 배려이다.

제2편은 원작 스토리의 제2첩인 「하하키기帚木」를 소재로 한 스토리이다. 선황의 넷째 공주가 천황의 후궁으로 입궁하여 후지쓰보藤壺라고 불린다. 그때 황자인 히카루기미光君는 아홉 살이고, 후지쓰보는 열네 살이었다. 이들을 보는 천황은 후지쓰보가 죽은 기리쓰보를 쏙 빼닮아서 두 사람이 모자지간 같다고 말하다가 아니 누나와 남동생 같다고 말한다. 어느 날 황자는 후지쓰보에게 주려고 첫 매화 봉오리를 기다리다가 바깥에서 밤을 지새운다. 그 일로 감기가 든 황자를 후지쓰보는 지극 정성으로 간호한다. 이 부분 역시 원형 스토리에는 없는 만화의 독자적인 스토리이다. 애니메이션에서는 매화를 꺾으려다가 연못에 빠지고 이로 인해 감기에 걸린 것으로 나온다. 만화와 마찬가지로 후지쓰보가 히카루겐지光源氏를 간호하는 것으로 나온다.

제4편은 원작 스토리의 제5첩인 「와카무라사키若紫」를 소재로 한 스

토리이다. 어느 날 히카루겐지는 산사山寺 근처에서 울고 있는 한 소녀를 만난다. 그는 자신이 연모하는 후지쓰보와 닮은 그 소녀를 데리고 잠시 논다. 히카루겐지는 나중에 승도僧都로부터 그 소녀가 후지쓰보의 조카라는 사실을 듣게 된다. 히카루겐지가 어린 소녀와 단 둘이서 즐거운 한때를 보내는 이 부분은 원형 스토리에 없는 만화가 만든 픽션이다. 이 역시 두 사람의 관계를 자연스럽게 하기 위한 장치로 보인다. 한편 후지쓰보가 산조三條의 저택에 와 있다는 소식을 들은 히카루겐지는 후지쓰보와 밀통을 한다. 정사 장면에 대한 묘사가 일체 없는 원작과 달리 만화의 특성을 살려 두 사람의 정사를 아름답게 시각화하고 있다. 뿐만 아니라 작가는 "꿈만 같다. 이렇게 해서 당신을 품에 안고 있으면서도, 아직 당신은 언제 꺼질지 모르는 꿈과 같다"는 히카루겐지의 심경 고백을 그리고 있다.

제15편은 원작 스토리의 제14첩인 「미오쓰쿠시澪標」를 소재로 한 스토리이다. 한정된 지면에도 불구하고 이 대목을 소개하는 것은 이상적인 연인상이자 불멸의 남성상으로 형상화된 히카루겐지의 모습뿐만 아니라 이상적인 아버지로서의 그의 면모가 드러나기 때문이다. 오보로즈키요朧月夜와의 밀통 사건으로 지방으로 은거한 히카루겐지는 선친과 신불의 도움으로 임신한 아카시노우에明石の上를 두고 귀경길에 오른다. 교토京都로 돌아온 히카루겐지는 애처인 무라사키노우에紫の上는 물론이고 동궁과 유기리夕霧와도 만난다. 히카루겐지가 자신의 친부인 것을 모르는 동궁은 유기리에게 "히카루겐지 님이 아버지라니 부럽구나"라고 한다. 이 부분 역시 원형 스토리에는 없는 만화가 만든 픽션이다. 제16편 역시 원작 스토리인 제14첩 「미오쓰쿠시」를 소재로 한 스토리이다. 히카루겐지는 여러 귀족 자제들을 거느리고 스미요시 신住吉神을 참배하러 나온다. 요도淀 강변에서 유녀 일행을 본 히카루겐지는 아들인 유기리를 향해 "사랑은 결코 파는 것이 아니야. 하물며 사는 것은 아니야"라고 한다. 그러자 유기리가 이종 사촌인 구모이노카리雲居雁를 좋

아한다고 이야기한다. 히카루겐지 일행이 유녀를 만난 이야기는 원형 스토리에 나오지만, 아들인 유기리를 데리고 간 이야기나 부자 간에 나눈 이야기는 만화에서 독자적으로 재구성된 스토리이다.

만화 제42편은 원작 스토리의 「구모가쿠레雲隱」권을 소재로 한 스토리이다. 원작에는 권명만 남아 있을 뿐 스토리는 존재하지 않는다. 그 공백을 작가는 히카루겐지의 인생을 회상하는 방식으로 기술하고 있다. 만화의 지문은 "이 세상에 태어난 아침을⋯⋯나는 모른다. 나의 인생이 시작된 날⋯⋯그것은 부황父皇을 따라서 부황의 새로운 여어 님(후궁)의 주렴 안으로 들어가는 것을 허락받은 날⋯⋯ 돌아가신 나의 어머님을 빼닮았다는 그 젊디젊은 여어를 만난 날, 그날이야말로 내 인생의 참된 시작이었다는 것을⋯⋯"이라는 독백으로 시작한다. 그런데 제1부의 마지막인 제42편의 지문은 제1편의 "나는 어머니는 모릅니다. 덧없고 소녀 같아서⋯⋯비쳐보일 것같이 아름다운 사람이었다고 합니다. 사랑만으로 살고 그 생명을 끊은 것도 또 사랑이었다⋯⋯고"와 호응하고 있음을 알 수 있다. 이 두 지문은 만화를 읽는 독자로 하여금 평생 어머니를 그리워하고 그 어머니의 분신인 후지쓰보를 사랑했던 히카루겐지의 지고지순한 사랑을 운명이라고 받아들이게 하는 효과를 발휘한다. 이 독백에 이어서 후지쓰보 여어와의 사랑, 그리고 후지쓰보를 빼닮은 무라사키노우에와의 사랑 등을 회상하는 형식으로 만화는 형상화되어 있다.

한편 장면이 바뀌어 아카시노우에가 구름이 아름답게 낀 하늘을 보며 "저 산은 틀림없이 출가하신 히카루겐지 님이 은둔하고 계신 산이 있는 쪽⋯⋯그렇다면⋯⋯그분이⋯⋯그분이 돌아가셨다는"이라는 말로 주인공 히카루겐지의 죽음을 시사하고 있다. 구름에 숨는다는 뜻으로 고귀한 이의 죽음을 표현하는 '구모가쿠레'라는 권명에 어울리는 묘사이다. 이어서 구름 낀 봉우리들을 배경으로 "향기는 풍겨도 지는 것을 나의 세상 누군들 일상이 아닌 것을 근심 많은 심심산속 오늘 넘

으며 얕은 꿈 꾸었노라"라는 와카和歌로 마감하고 있다. 작품명으로 사용된 '얕은 꿈 꾸었노라'라는 뜻의 '아사키유메미시淺き夢見し'라는 문장이 비로소 등장한다. 이렇게 제1권에서 제5권까지로 히카루겐지의 이야기를 다룬 1부가 끝난다. 히카루겐지 사후의 이야기를 다룬 제2부는 제6권에서 시작해 제7권으로 완결된다. 이 글에서는 다른 콘텐츠의 스토리 전개와 관련해서 제2부를 생략하기로 한다.

전체적으로 볼 때 만화의 줄거리는 거의 원작에 가깝다. 만화가인 야마토 와키는 '우지 10첩宇治十帖'을 포함한 원작 54첩을 충실하게 살려서 만화화하고 있다. 소녀만화인데도 불구하고 스토리의 진행상 꼭 필요하다고 생각되는 부분은 고전 원작에 나오는 와카를 고어古語 그대로 싣고 있다. 그 외에도 작가가 삽입한 시가나 지문들은 현대어가 아니라 고어로 적을 만큼 헤이안 시대의 정취를 살리려고 노력하고 있다. 반면에 크게 달라진 것도 있다. 만화『아사키유메미시』는 원작과 달리 스토리에 대한 이해를 돕기 위해 동일 인물과 관련된 이야기는 같은 편에서 다루는 등 스토리 라인을 중요시하고 있다.

만화의 작품 해석 역시 원작의 그것과 별반 다르지 않으며, 소녀만화의 특성상 주인공인 히카루겐지의 경우 원작보다도 오히려 더 서정적이며 낭만적이다. 히카루겐지에 대한 고전적 해석에서 한 걸음 더 나아가 히카루겐지를 보다 이상적이면서도 현실적으로 묘사하고 있다. 원작에서는 아들인 유기리와의 관계에 있어서 아버지로서의 부정을 거의 보여주지 않는 데 반해, 만화에서는 아버지로서의 히카루겐지의 모습도 보여주고 있다. 아울러 원작에는 없는 히카루겐지의 죽음도 구체적으로 다루는 등 히카루겐지의 현실적인 면모를 다루고자 하였다. 더욱이 남녀의 사랑이나 정사 장면을 직접적으로 다루지 않은 원작에 반해, 만화는 매체의 표현력을 충분히 살려 남녀의 사랑을 이미지를 통해 서정적으로 다룸으로써 원작과는 다른 재미를 더해주고 있다.

3. 영화 〈천년의 사랑 히카루겐지 이야기〉의 스토리 분석

무라사키시키부紫式部가 쓴 『겐지 이야기』가 천 년을 맞이하려는 즈음 두 개의 영상 콘텐츠가 만들어진다. 하나는 영화〈천 년의 사랑 히카루겐지 이야기〉(2001년)이고, 또 다른 하나는 애니메이션〈겐지 이야기 천년기 Genji〉(2009년)이다. 영화는 도에이 영화사東映畵社 창립 50주년을 기념하기 위해 '천 년의 사랑 프로젝트 위원회'가 만든 작품이고, 애니메이션은 『겐지 이야기』천 년을 기념하여 'Genji 제작위원회'에서 만든 작품이다.

〈천 년의 사랑 히카루겐지 이야기〉는 호리가와 돈코堀川とんこう 감독에 하야사카 아키라早坂暁 각본으로 만들어졌다. 배급은 도에이가 하고 2001년 12월에 개봉되었다. 무라사키시키부 역은 요시나가 사유리吉永小百合가, 히카루겐지 역은 아마미 유키天海祐希가 맡았다. 영화의 주인공 이름에서도 알 수 있듯이 이 영화의 가장 큰 특징은 작자인 무라사키시키부의 생애를 그녀의 작중인물인 히카루겐지의 세계와 병행해서 그려나간다는 점이다. 영화 속에서 무라사키시키부는 주인공으로 현실의 인물로 등장한다. 반면에 히카루겐지는 허구의 인물로 무라사키시키부가 창작하고 있는 작품의 작중인물로 등장한다. 감독이 자신이 촬영하고 있는 작품에 카메오로 출연하는 것처럼 무라사키시키부가 영화 속의 허구인물인 히카루겐지나 무라사키노우에 앞에 카메오로 출연하는 촬영 기법을 사용하고 있다. 그 결과 작자인 무라사키시키부의 이야기와 그녀가 쓴 히카루겐지 이야기가 상호 교차하는 가운데, 무라사키시키부가 자신이 교육을 맡고 있는 쇼시 중궁彰子中宮에게 들려주는 히카루겐지 이야기는 쇼시 중궁만이 아니라 모든 여성을 위한 메시지가 되고 있다.

영화의 자막은 "꿈인가 생시인가 환상인가 이 세상의 일이란 실체가 없는 것이니"라는 와카로 시작한다. 첫 장면은 성인이 된 히카루겐지와 한 여자의 정사 장면이다. 연이어 『겐지 이야기』를 두루마리 종이에 쓰고 있는 무라사키시키부에게 남동생이 다가와 천황의 중궁과 남자 주인공의 불륜을 담은 책을 쓰다니 잘못하면 멸문지화를 당한다고 하며 종이를 찢는다. 그 후 무라사키시키부와 남동생은 에치젠越前 지방의 장관이 된 아버지 후지와라 다메토키藤原爲時를 따라서 지방으로 내려간다. 시간이 흘러 무라사키시키부의 딸이 태어난다. 어느 날 딸을 교토로 데려가려고 온 남편은 딸아이를 데리고 바닷가로 나갔다가 도둑들의 습격을 받아 죽는다. 이 부분은 영화가 만든 픽션으로 실제는 병으로 사망한다. 이는 무라사키시키부의 생애를 좀 더 극적으로 만들기 위한 방편으로 보인다.

그로부터 5년이 지난 후 무라사키시키부는 당대의 권력자인 후지와라 미치나가藤原道長의 부름을 받는다. 미치나가가 무라사키시키부를 부른 것은 딸인 쇼시에게 문학적 소양을 가르치기 위해서이다. 미치나가에게 채용된 무라사키시키부가 쇼시에게 자신이 쓴 『겐지 이야기』 책을 주면서 본격적으로 이야기가 시작된다. 『겐지 이야기』를 통해 쇼시에 대한 교육이 진행되는 가운데, 무라사키시키부의 이야기를 들으면서 어린 쇼시는 간간이 질문을 한다. 『겐지 이야기』의 화자인 무라사키시키부와 청자인 쇼시가 서로 반응하고 교감하면서 히카루겐지와 무라사키시키부의 인물상이 동시에 조형된다. 예를 들면 무라사키시키부가 들려주는 이야기 속에서 청년 히카루겐지가 후지쓰보의 친정나들이를 틈타 처소로 스며들어 불륜을 저지르는 장면이 나온다. 무라사키시키부의 이야기를 들은 어린 쇼시는 의붓어머니이기는 하지만 그래도 어머니인데 두 사람이 그러면 되느냐고 무라사키시키부에게 묻는다. 무라사키시키부는 남자에게 어머니는 고향이라고 설명하며, 남자는 고향으로 여행을 하고 있는 듯하다고 답한다. 또한 히카루겐지의 아이를 임신한 후지쓰보에 대해 쇼시가 질문하자, 무라사키시키부는 "히카루겐지의 아이라면 아이고 주상의 아이라면 그렇게도 된다"고 대답한다. 남자는 어떤 여자를 좋아하느냐는 쇼시의 질문에 무라사키시키부는 다루기 쉬운 여자라고 대답한다. 어린 쇼시에게 무라사키시키부가 쓰고 있는 『겐지 이야기』는 일종의 인생 텍스트인 셈이다. 이와 같은 두 사람의 문답을 통해서 원작에서는 알기 힘든 작자 무라사키시키부의 내면을 엿볼 수 있어서 흥미롭다.

영화의 인물 해석 중 원작 스토리와 가장 다른 것은 후지쓰보에 대한 해석이다. 원작에서 임신부터 출산에 이르는 전 과정은 말할 것도 없고 평생을 죄의식 속에서 살던 후지쓰보와는 달리, 영화 속의 후지쓰보는 천황이 아이를 채 보기도 전에 아이가 천황과 꼭 닮았다고 능청스럽게 거짓말을 하는 세속적인 여성이다. 한편 후지쓰보를 잊지 못하는 상태에서 히카루겐지의 여성 편력은 계속된다.

한편 형의 딸인 데이시定子가 먼저 중궁으로 들어가자 미치나가는 무라사키시키부를 불러 입궁을 할 수 있도록 교육을 서두르라고 재촉한다. 그 후 궁에 들어간 쇼시와 무라사키시키부의 『겐지 이야기』는 계속되고 그 후에도 히카루겐지의 여성 편력에 관한 스토리가 계속 진행된다. 그러자 어린 쇼시는 무라사키시키부를 향해 히카루겐지는 자신이 이상적인 여성이라고 생각하는 사람이 있으면서도 왜 다른 여성과 관계를 맺는지 이해할 수 없다고 한다. 이에 나이 든 궁녀들은 큰 소리로 웃는다. 이 장면을 본 천황이 이들의 처소에 들러 무라사키시키부가 들려주는 『겐지 이야기』 내용에 관심을 갖는다. 이후 쇼시의 처소에 들르는 천황을 위해 무라사키시키부는 이야기를 들려준다.

영화는 장면이 바뀌어 히카루겐지의 유배지에서의 생활을 보여준다. 그 후 교토에 있는 천황의 신변에 이상이 생겨 눈이 안 보이게 되자 히카루겐지는 사면되어 유배 생활에서 돌아오게 된다. 히카루겐지가 교토로 돌아온 것을 환영하는 인파 속에서 무라사키시키부가 카메오로 줄연하여 히카루겐지를 바라보며 웃음짓고 있다. 교토에 돌아온 히카루겐지는 자신의 아들이자 동생인 동궁이 즉위하자 그의 후견인으로서 온갖 영화를 누린다. 로쿠조인六條院을 지은 히카루겐지는 무라사키노우에를 비롯한 여성들을 저택으로 맞아들인다.

이야기는 다시 쇼시 중궁과 무라사키시키부로 돌아가, 무라사키노우에가 아카시노우에의 아이를 기르게 된 데 대해 쇼시 중궁은 자기라면 싫다고 한다. 무라사키시키부의 이야기와 쇼시 중궁의 반응에 끌린 천황은 중궁의 처소에 자주 들르게 되고 중궁은 드디어 회임을 한다. 미치나가는 중궁인 딸의 임신에 뛸 듯이 기뻐하며 무라사키시키부에게 자신의 연심을 전한다. 그러나 남자의 마음을 잘 아는 무라사키시키부는 이를 거절하고 아버지와 딸이 있는 곳으로 돌아간다.

다시 이야기는 『겐지 이야기』로 돌아가서, 히카루겐지와의 갈등 때문에 통곡하는 무라사키노우에를 카메오로 출연한 무라사키시키부가 끌어안고 위로한다. 영화는 결국 출가를 하려다 못 하고 죽은 무라사키노우에의 죽음과 쇠락한 로쿠조인에서 과거를 회상하는 히카루겐지의 노년을 보여준다. 아울러 사후세계를 두려워하면서 죽어간 미치나가의 모습과 바닷가에서 쪽배를 타고 가는 미치나가의 환영을 보고 눈물 짓는 무라사키시키부의 모습을 뒤로 하며 영화는 끝난다.

영화의 작품 해석은 원작이나 만화와 달리 상당히 현실적이어서 히카루겐지를 원작이나 만화처럼 이상화하지 않고 평범한 인간으로 그리고 있다. 히카루겐지와 후지쓰보의 밀통 역시 미화하지 않고 현실에 있을 법한 모습 그대로 보여주고 있다. 영화는 히카루겐지 이야기가 아니라 무라사키시키부 이야기라고 해도 될 정도로 무라사키시키부를 주인공으로 하여 무라사키시키부와 쇼시의 대화를 통해 『겐지 이야기』를 전개시키고 있다. 영화는 당시의 실존인물들의 삶과 허구인 『겐지

이야기』를 상호 교차시키면서 남성과 여성의 연애사를 인생이라는 큰
틀 속에서 보여주고 있다.

4. 애니메이션 〈겐지 이야기 천년기 Genji〉

〈겐지 이야기 천년기 Genji〉는 2009년 1월 15일부터 3월 26일까지
전 11화로 후지 TV계열에서 방영된 TV판 애니메이션이다. 2008년 8월,
노이타미나에서 『겐지 이야기』를 소재로 한 만화 『아사키유메미시』의
애니메이션 제작을 발표하였으나, 감독인 데자키 오사무出崎統가 좀 더
원론적인 『겐지 이야기』를 그리고 싶다고 제안하면서 기획이 변경되
었다. 그 후 〈겐지 이야기 천년기 Genji〉를 제작하기 위해 'Genji 제작
위원회'가 결성된다. 감독은 데자키 오사무, 시리즈 구성은 곤파루 도
모코金春智子, 각본은 데자키 오사무와 곤파루 도모코가 공동으로 담당
하였다. 애니메이션 제작은 TMS(도쿄 무비 신사) 데즈카 프로덕션이
담당하였다. 다른 애니메이션과 마찬가지로 〈겐지 이야기 천년기 Genji〉
도 제작위원회 방식을 도입하였다.

애니메이션의 스토리는 만화나 영화에 비해서 아주 짧아서 히카루겐
지의 스마 은거 직전까지만 다루고 있다. 애니메이션의 『겐지 이야기』에
대한 해석은 제1화의 첫 장면에서 확연히 드러난다. 만화와 달리 애니메
이션은 성인 히카루겐지의 화려한 정사 장면으로 시작한다. 정사를 끝내
고 돌아가는 히카루겐지에게 여인이 자주 들러주기를 간청하자, 그는 다
정하게 곧 오겠다고 말하고 돌아선다. 하지만 돌아가는 길에 바로 하인
에게 이제 이곳에는 언제 들를지 모르니 선물을 보내라고 지시한다. 원
작이나 만화와 같이 다정다감하고 사려 깊은 인물이 아니라 차갑고 냉
소적인 인물로 그리고 있다. 장면은 바뀌어 아홉 살 먹은 어린 히카루겐
지가 어느 날 신비한 여성을 만나고 그 여성을 찾아다닌다. 나중에 아버

지인 천황의 소개로 그녀가 후지쓰보라는 것을 알게 된다. 둘은 오누이처럼 사이좋게 지내나 어느 날 히카루겐지가 후지쓰보에게 키스를 하는 바람에 둘 사이는 어색해진다. 애니메이션에서는 어린 히카루겐지가 연심을 품는 것에서 한발 더 나아가 실제로 키스를 하는 것으로 그리고 있는데, 이는 애니메이션 독자의 스토리이다. 히카루겐지는 열두 살이 되어 성인식을 치르고 더 이상 후지쓰보와 직접 대면하지 못하게 된다.

제2화 역시 첫 장면은 이름 모를 여성과의 정사 신이다. 여성의 손에 몸을 맡긴 채 히카루겐지는 자신의 첫사랑에 대해서 여성에게 이야기하고 있다. 한 여자의 품에 안겨서 다른 여자의 이야기를 하는 것은 예의가 아니라는 지적에도 아랑곳없이 이야기를 한다. 이 부분은 원작이나 다른 콘텐츠에는 없는 애니메이션 독자적인 스토리텔링이다. 장면이 바뀌어 히카루겐지는 두중장頭中將과 함께 승마를 즐긴다. 두중장은 재색을 겸비한 로쿠조미야스도코로六條御息所에 대해 히카루겐지에게 이야기한다. 이야기를 듣고 마음이 동한 히카루겐지는 제자가 되겠다는 명분으로 로쿠조미야스도코로의 저택에 다니다가 기회를 엿보아 자신의 여자로 만든다. 히카루겐지는 바람둥이로서의 면모를 발휘하여 로쿠조미야스도코로를 정념에 빠지게 만든다.

제3화 역시 로쿠조미야스도코로로 추정되는 여성과의 정사 신으로 시작한다. 급기야 히카루겐지와 로쿠조미야스도코로의 관계가 장안에 소문이 나고, 히카루겐지의 마음은 그녀에게서 멀어진다. 그 무렵 히카루겐지는 유가오夕顏라는 새로운 여성을 만나러 다닌다. 두 사람의 소문은 로쿠조미야스도코로의 귀에까지 들어간다. 어느 날 한적한 곳으로 쉬러 간 히카루겐지와 유가오는 행복한 시간을 보내나 그날 밤 로쿠조미야스도코로의 살아 있는 영혼이 나타나 유가오는 급사한다.

제5화에서 후지쓰보는 두 사람의 잘못된 관계를 자신의 숙명이라고 받아들이고 하룻밤의 인연으로 끝을 맺는다. 하지만 후지쓰보는 임신

을 하게 되고 천황은 기뻐한다. 이에 충격을 받은 히카루겐지는 두문불출하고 후지쓰보는 출산을 위해 친정으로 간다. 후지쓰보는 두 사람만 아는 추억의 장소에서 히카루겐지를 만나 천황과 자신, 그리고 히카루겐지와 태어날 아이를 위해 일절 아무 행동도 하지 말아달라고 부탁한다. 아울러 히카루겐지에 대한 자신의 마음을 고백하고 작별한다. 오랜만에 정처인 아오이노우에葵の上를 만나러 간 히카루겐지에게 아오이노우에는 마음을 허하고 두 사람은 시간을 같이 보낸다. 한편 후지쓰보는 무사히 황자를 출산한다. 아무것도 모르는 천황은 히카루겐지에게 갓 태어난 황자를 보이며 즐거워한다. 아울러 천황은 황위를 히카루겐지의 형에게 양위하고 어린 황자를 동궁으로 할 테니 황자의 후견인이 되어 기량을 펼치라고 히카루겐지에게 말한다. 궁정에서 축하연이 벌어지고 히카루겐지의 춤을 보기 위해 나온 오보로즈키요를 만나 인연을 맺는다. 후에 다시 만난 두 사람은 인연을 맺는다.

제10화에서 히카루겐지는 금상인 스자쿠 천황朱雀天皇이 총애하는 오보로즈키요와 밀애를 즐기다 자신의 정적이자 오보로즈키요의 부친인 우대신에게 들킨다. 이 일은 우대신을 통해 스자쿠 천황의 모후에게 전해지고 모후는 모반죄로 히카루겐지를 몰고자 천황에게까지 보고를 한다. 하지만 사람 좋은 스자쿠 천황은 이복동생인 히카루겐지의 죄를 묻지 못하게 하고 본인을 직접 불러 의향을 묻는다. 히카루겐지는 동궁의 안위와 자신의 가솔들의 안위만을 걱정하며 자신은 '되어가는 대로' 맡기겠다고 한다. 이 말을 들은 스자쿠 천황은 히카루겐지가 은퇴하여 지방에 은거하는 것으로 일단락지으면서 히카루겐지를 비호해준다.

제11화에서 스자쿠 천황이 히카루겐지에게 퇴거할 장소를 묻자 히카루겐지는 스마須磨라고 답한다. 스자쿠 천황은 히카루겐지에게 다시 만날 날을 기약하며 헤어진다. 스마로 퇴거하기 전에 히카루겐지는 부황의 묘소에 참배한다. 이때 히카루겐지 앞에 부황의 혼령이 나타나 "용서하라"고 한다. 이 말을 들은 히카루겐지는 놀라서 자신을 용서해달라고 빈다. 그러자 부황은 "너 자신을 용서하라"고 한다. 한편 무라사키노우에는 스마로 같이 가면 안 되느냐고 히카루겐지에게 묻지만, 히카루겐지는 자신이 돌아올 때까지 웃는 얼굴로 집을 지키며 기다려달라고 한다. 무라사키노우에를 처로 인정한 히카루겐지는 무라사키노우에와 뜬눈으로 밤을 지새운다. 스마로 퇴거하는 히카루겐지는 "죄는 죄, 사랑은 사랑"이라고 말한다. 이는 선황의 아내인 후지쓰보와의 밀통과 금상의 여자인 오보로즈키요와의 밀통이 죄라는 것을 알면서도 불나방처럼 그 사랑에 이끌려 자신을 불태우는 히카루겐지 자신의 인생을 가감없이 이야기하는 것이다. 이로써 애니메이션은 끝을 맺는다.

애니메이션은 원작이나 만화처럼 히카루겐지의 사랑을 아름답게 미화하는 것이 아니라, 첫 장면의 정사 장면부터 시작해서 가장 육체적인 시각으로 『겐지 이야기』를 그리고 있다. 히카루겐지의 인물상 역시 다정다감한 인물이 아니라 냉소적이고 음울한 성격으로 그리고 있다. 히카루겐지는 후지쓰보에 대한 첫사랑을 가슴에 품고 모든 여성과 하룻밤의 정사를 벌이는 인물로 그려지고 있다. 전체적인 주제는 10화와 11화에 나오는 '되어가는 대로'라는 히카루겐지의 말과 '죄는 죄, 사랑은 사랑'이라는 말에 함축되어 있다. '되어가는 대로' 모든 것을 맡긴다는 히카루겐지의 인생관은 '죄는 죄, 사랑은 사랑'이라는 히카루겐지의 연애관과 일맥상통한다. 한편 히카루겐지와 달리 후지쓰보에 대해서는 영화와는 달리 죄의식을 안고 평생 참회하며 사는 모습으로 그리고 있다. 그러면서도 히카루겐지에 대한 끊을 수 없는 절절한 사랑을 애니메이션이 가장 잘 표현하고 있다.

참고문헌

大和和紀,『あさきゆめみし』1-5, 講談社, 2001.

한국과 해외에서의 수용·번역·연구

김 영 심

1. 최남선과 조선 아동들의 『겐지 이야기』

한국에 『겐지 이야기』가 처음으로 소개되는 것은 1900년대이다. 일반 독자로서 『겐지 이야기』를 처음으로 소개한 사람은 현재 육당 최남선으로 알려져 있다. 최남선은 1904년, 그의 나이 열네 살에 조선의 황실 유학생으로 도쿄 부립제일중학교東京府立第一中學에 유학한 적이 있다. 유학 후 바로 귀국하였으나, 1906년 6월에 다시 와세다대학 지리역사학과에 입학하여 1910년에 완전히 귀국한다. 그가 일본문학과 『겐지 이야기』를 접한 것은 유학시기일 가능성이 크다.

최남선이 1931년 2월 2일 경성부립도서관에서 강연한 「일본문학에 있어서의 조선의 모습」을 보면, 그는 『겐지 이야기』를 매우 정독한 것으로 보인다. 최남선은 우선 "불행하게도 (조선)반도에는 시키부와 같은 재인才人이 탄생하지 못했기에 겐지 이야기와 같은 자랑스런 작품이

남아 있지 않다"고 하면서 작자 무라사키시키부紫式部와 『겐지 이야기』
를 높이 평가하고 있다.

　그러나 한편으로는 "겐지 이야기 안에는 조선에서 건너간 대륙의 문
화가 여러 군데 그려져 있다"고 하였으며 국학자 모토오리 노리나가本
居宣長의 '모노노아와레もののあはれ'에 상응하는 개념으로 '정情'이야말로
조선문학의 기본 정서라고 강조하였다. 이처럼 최남선이 『겐지 이야기』
속의 조선 문화를 끄집어내고 일본의 국학자가 말한 개념에 맞대응하
듯이 '정'이란 것을 내세운 것은 일본의 내선일체에 대항하던 그의 '불
함문화론不咸文化論'의 연장선에서 나온 것이다. 여하튼 최남선의 『겐지
이야기』 수용은 민족적 자긍심을 확인하는 차원의 것이었다.

　반면, 학교교육에서는 『겐지 이야기』가 교과서에 실리면서 조선의
아동들에게 알려지게 된다. 때는 1939년의 일이다. 1910년에 조선이
일본에 합병되면서부터 교육은 일본의 주도권 하에 놓이게 된다. 일제
는 3차에 걸쳐 조선교육령을 공포했고 5차에 걸쳐 국어교과서를 개정
하였다. 『겐지 이야기』가 처음으로 실린 것은 일본에서 들여온 문부성
편찬 『소학국어독본』 권11이다. 『소학국어독본』 권11은 일본에서 1938
년에 편찬되었으며 이 교과서에 실린 『겐지 이야기』에 시비가 붙어
1939년에 개정한 신독본이 나오게 된다. 조선에 들어온 것은 1939년의

신독본이다.

시비의 시종은 이렇다. 『소학국어독본』 권11에 『겐지 이야기』가 실린 것은 제4과이다. 작자와 시대 배경에 대한 해설에 이어 두 개의 현대어역이 이어진다. 현대어역(1)은 「와카무라사키若紫」권이며 (2)는 「스에쓰무하나末摘花」권이다.

해설 부분은 1)무라사키시키부 유년기의 일화, 2)『겐지 이야기』 집필시기, 3)가나假名와 여류문학과의 관련성, 4)『겐지 이야기』의 작품성과 가치를 소개하고 있다. 한마디로 무라사키시키부와 같은 똑똑하고 정숙한, 게다가 가나를 사용했던 '여류'작가가 있었기에 『겐지 이야기』와 같은 대작이 나올 수 있었다는 해설이다. 여기까지 문제는 없었다. 문제는 본문의 내용이었다.

「와카무라사키」권은 국어교과서에 「스마須磨」권과 함께 자주 등장하는 권이다. (1)은 「와카무라사키」에서도 유명한 '기타야마의 엿보기北山の垣間見' 장면이다. 고상한 여승과 천진난만한 소녀의 모습이 그려진 뒤 그녀들 간의 대화가 대부분을 차지한다. 재미있는 것은 그녀들을 바라보는 히카루겐지의 존재에 대한 언급이 전무하다는 사실이다. 히카루겐지의 이름이 나오는 것은 (2)인데 여기서도 히카루겐지가 약탈하다시피 무라사키노우에를 자신의 집으로 데려온 사실은 생략되고 두 사람이 마치 오누이처럼 사이좋게 지내는 내용으로 되어 있다.

원문을 충실히 현대어역한 것이라기보다는 첨삭을 가해 소학교 학생용(소년 소녀용)으로 각색한 것에 가깝다고 할 수 있다. 특히 히카루겐지가 무라사키노우에에게 지닌 관심과 열정이 장차 불륜의 대상이 되는 후지쓰보藤壺에 대한 열정 때문이라는 원전의 사실은 깨끗이 은폐되어, 지극히 순화純化된 텍스트로 탈바꿈한 것이었다.

그런데 교과서에 이렇게 실린 것에 대해 참신하며 의욕적이라는 평가와 함께 부적절하다는 비난도 나왔다. 비난했던 대표적인 사람은 국어학자인 다치바나 준이치橘純一이다. 다치바나는 교과서가 나온 지 두 달 뒤인 1938년 6월부터 교과서에서 『겐지 이야기』를 삭제할 것을 요구하기 시작하였다.

그는 『겐지 이야기』야말로 헤이안 시대의 퇴폐적인 연애 이야기이며 히카루겐지와 후지쓰보와의 밀통 등 천황에 대한 불경이 담긴 금서인데다, 실린 내용 또한 원문과는 거리가 먼 과잉된 탐미주의와 외모 중시, 추녀 우롱(스에쓰무하나의 빨간 코와 외모에 대한 희화화)을 강하게 풍기는 불건전한 것이라고 비판하였다.

그를 비롯해 몇몇의 비판이 이어진 탓인지 이듬해에 나온 1939년도 개정판(이하 신독본)에서는 (2)의 「스에쓰무하나」권이 「모미지노가 紅葉賀」권으로 바뀌어 실리게 되었다. 내용을 한마디로 요약하면 "고아가 된 소녀를 귀공자가 집으로 데리고 와 잘 돌보았고 소녀 또한 슬픔을 잊고 귀공자를 오빠처럼 잘 따랐다"는 해맑은 내용이다. 비난받았던 외모 중시, 추녀 희롱 요소는 사라지고 그림 놀이 대신 인형 놀이를 하는 히카루겐지와 무라사키노우에의 화기애애한 모습이 전면에 부각된다.

54첩이나 되는 장편 모노가타리 중에서 소학생에게 적합하도록 남녀 주인공의 어린 날의 만남을 교재로 만든 것은 지극히 타당한 선택이었다고 여겨진다. 문제는 이 두 사람의 만남이 교과서대로 '해맑지만은 않다'는 데 있다. 히카루겐지가 무라사키노우에를 집으로 데리고 온 동기, 호색성, 밀통으로 교란되는 천황 가의 정통성 문제처럼 '해맑지 않은 부분'이 이 작품의 진미라면 진미라고 할 수도 있으나, 교과서에서는 그러한 부분은 은폐되고 동화처럼 해맑게 각색(순화)된 몇 장면과 작품의 가치만이 강조되었던 것이다.

조선의 소학교에 소개된 『겐지 이야기』는 이러한 우여곡절을 겪은 신독본이다. 그런데 조선에서는 이러한 논쟁에는 아예 관심이 없었다.

정확히 말하자면 논쟁에 입장을 표명할 수준도 처지도 아니었다. 오로지 조선총독부의 관심은 이 교재를 어떻게 하면 조선의 아동들에게 가르치는가 하는 데 있었다. 교육 현장에서의 소리도 마찬가지다. 이 작품의 문학성이나 위상보다는 오로지 난이도에 관심이 컸다. 조선의 소학교에 소개된 『겐지 이야기』를 앞에 두고 교사나 아동들의 반응은 한마디로 "겐지 이야기는 가르치기도 배우기도 어렵다"라는 것이었다.

2. 경성제국대학에서의 『겐지 이야기』

식민지 조선에 대학은 경성제국대학이 유일하다. 1886년(메이지 19년)의 「제국대학령」에 의해서, 도쿄대학이 도쿄제국대학이 되었고 다음 해에 교토제국대학이 설립되었다. 이후, 도호쿠, 규슈, 홋카이도, 경성, 타이베이, 오사카, 나고야에 각각 제국대학이 설치되었다. 그중 경성제국대학은 1918년의 「대학령」의 제정에 의해 일본 내에서 행해진 '고등교육 제 기관의 확장 계획'을 식민지 조선에도 적용하기 위해서, 또 조선의 민족 단체가 창립하려고 한 고등교육 기관을 봉쇄하기 위해서, 그리고 친일 지식인 양성을 위해서 개설되었다. 1924년 예과가 개설된 뒤 1926년에 법문학부와 의학부가 개설되었다.

경성제국대학에서 문학은 빠뜨릴 수 없는 교육으로 존중되었다. 경성제국대학에는 조선 사람들의 독립 의식을 고양시키는 데 기반이 되는 정치, 경제, 이공계 교육 대신에 일본의 국체를 가르치는 문학부가 중요시되었기 때문이다. 대학에 들어가려는 사람도 또 들어간 사람도 우선 일본문학을 공부하지 않으면 안 되었다.

문과의 입학시험 과목(1925년도)은 다음과 같다. 국문 해석 문제로는 『겐지 이야기』, 『마쿠라노소시枕草子』, 『호조키方丈記』의 현대어역이 잘 출제되었다. 시험 문제는 대개 다음날 당시의 유력 일간지인 동아일

▌경성제국대학 예과 사진 엽서.
부산대학교 소장.

보에 공표되었다. 국문 해석 문제에 대해서 지나치게 어렵다는 학생들
의 불만의 소리가 높았고, 그것을 반영하기라도 하듯이 동아일보 1924
년 사설에는 "조선 학생에게 일본인 학생과 같은 조건 하에서 (고전문
학을) 해석하라고 말하는 것은 무리한 것, (조선 학생을) 조롱하는 것
이다"라고 비판하고 있다.

어려운 고전 해석 문제가 나옴으로써 조선 학생의 합격률은 1924년
의 경우 170명 중 45명으로 26%에 지나지 않았다. 한편, 경성제국대학
예과 제1회 수석 합격자인 유진오의 에세이 등을 보면, 합격자들은 난
문을 패스했다고 하는 강한 자부심을 느끼는 듯하다. 즉, 『겐지 이야기』
는 식민지의 국민이기에 맛보지 않으면 안 되는 '굴욕'과 식민지 정책
의 수재로 선택받았다는 '영광'이라고 하는 상반된 감정을 안겨주었던
것이다.

경성제국대학의 예과에는 도의과道義科, 고전과古典科, 역사과歷史科, 경
국과經国科, 철리과哲理科, 외국어과外國語科, 체련과體練科가 있었다. 「경성
제국대학 예과 일람」에 기록되어 있는 고전과에서 『겐지 이야기』는
『니혼쇼키日本書紀』『고고슈이古語拾遺』『고후도키古風土記』『엔기시키노리
토延喜式祝詞』『고킨와카슈古今和歌集』『헤이케 이야기平家物語』 등과 함께 선
택 교재로 이용되었다.

『경성제국대학 일람』에 따르면 1926년부터 1942년까지 재임한 교
수는 5명이다. 다카기 이치노스케高木市之助(재임 1926~1939), 도키에

다 모토키時枝誠記(재임 1930~1942), 아소 이소지麻生磯次(재임 1930~1942), 오기와라 아사오荻原浅男(재임 1940~1942), 사이토 기요에斎藤清衛(재임 1942~1945)이다. 다카기 이치노스케는 도쿄제국대학의 국문학 주임교수인 하가 야이치芳賀矢一의 추천으로 경성제국대학 창립 시부터 1939년 규슈제국대학으로 전출할 때까지 법문학부에서 일본문학을 강의하였다. 명실공히 일본문학(사)을 조선에 '이식'한 사람이다. 상대문학에서 근세문학사 강좌까지를 마련해 일본문학을 전파하였다. 수년간 많은 수업을 담당하였고, 「국문학론(2)」나 「헤이안 조 문학사(2)」등에서 『겐지 이야기』를 가르쳤을 가능성이 높다.

다음으로 아소 이소지는 「국문학론」, 「국문학론(2)」 등과 같은 수업에서 『겐지 이야기』를 언급했을 가능성이 높다. 아소의 『겐지 이야기』관은 후일 그의 저작인 『일본문학사의 지도와 실제』나 『일본문학사』등에서, 모토오리 노리나가의 '모노노아와레야말로 탁월한 견해'라고 칭송하는 것으로도 알 수 있듯이, 국학적인 것일 가능성이 높다.

경성제국대학 법문학부에서 『겐지 이야기』를 직접 강의명에 넣은 사람은 도키에다 모토키이다. 도키에다는 1925년, 도쿄제국대학 문학부 국문학과를 졸업한 뒤 제2도립중학교에 근무하면서, 도요대학東洋大學 야간부와 니혼대학日本大學 고등사범부에서 국어학 개론을 강의하였다. 1927년 경성제국대학 조교수를 하다 1933년에 교수가 되었다. 1943년 정년 퇴임한 하시모토 신키치橋本進吉에 이어 도쿄제국대학의 교수가 될 때까지 경성제국대학에서 교편을 잡았다.

이상과 같이 경성제국대학에서는 다양한 시각에 의해 『겐지 이야기』가 교육되었다고 상정할 수 있다. 그러나 역시 주변적인 설명에 지나지 않았고, 중심적인 주지 내용은 식민지 정책에서 다용되던 일본의 국체나 미의식을 구현한 작품으로 획일화된 것이었다. 대학에서 식민지 정책의 일환으로서의 일본문학과 『겐지 이야기』 교육을 받은 법문학부의 학생들은 졸업 후 정치가나 대학교수, 법조계, 중등교육 기관, 관료, 재계, 언론계 등에 종사하게 되었고, 문학과의 졸업생은 주로 중등 교원이나 문필가가 되었다. 그들은 그들이 처한 환경에서 자신이 받은 『겐지 이야기』를 조선의 학생들에게 철저히 가르치게 된다. 즉, 식민지 교육을 순환시키는 데 공헌하는 것이다.

　『겐지 이야기』는 현재도 대학의 일본문학사 수업에서 '일본 최고의 고전'이라는 타이틀을 고수하면서 교육되고 있다.

3. 해방 후의 『겐지 이야기』 연구

　해방 후 최남선과 같이 일본 제국주의에 저항하든가, 교사들처럼 가담하든가 하는 형태로 수용되어온 지 수십 년. 현재 한국에서 『겐지 이야기』는 일본을 대표하는 '고전'으로서 가장 활발하게 연구되고 있는 작품의 하나이다.

　1980년대, 한국 정부와 나카소네 야스히로中曾根康弘 내각과의 화해 무드 속에서 45개 대학에 일본어학과가 신설된 이래 다수의 학회 창설, 유학생의 증가, 한일 연구자의 활발한 교류 등 '일본문학 전성시대'라고 해도 좋을 호시절 속에서 『겐지 이야기』의 연구와 수용도 상승하고 있다. 특히 유학생＝유학파의 증가에 힘입은 바가 크다고 할 수 있다.

　『겐지 이야기』 연구를 위해서 일본에 유학하러 간 사람들, 혹은 유학처에서 『겐지 이야기』를 접한 유학생 중에는 문부성 국비 유학생이 많았다. 대학은 도쿄대학, 교토대학, 오사카대학, 나고야대학, 도호쿠대학 등의 구 제국대학이 중심이 되었다.

　연구 테마를 보면 다양하다. 우선 초창기인 1990년대의 연구는 식민지시대의 최남선의 연구와 가까운 테마가 눈에 띈다. 고려인의 기원이나 한문화를 파헤치거나 한국의 '한恨'의 관점에서 『겐지 이야기』를 논하거나 한국 궁정 여류작가와 무라사키시키부를 대비시키는 등 한국인의 아이덴티티가 전면에 나타나는 테마가 많다. 그러나 여기서 중요한 것은 '외재적인 상황의 반복'이 아니라 연구하는 '주체의 자세 변화'이다. 『겐지 이야기』 연구에 이미 식민지시대와 같은 비장감은 어디에도 없다. 한국인의 아이덴티티를 근간으로 한 연구도 피식민 국가 연구자의 강박으로부터 나온 것이 아니라, 독창성의 추구로부터 나온 산물이다. 그 후부터는 일본에서 주류를 이루고 있는 표현론, 주제론, 텍스트론 등 실로 다양하다.

국내에서 『겐지 이야기』를 가장 활발히 연구하고 있으며 또한 연구자를 배출하고 있는 곳은 한국외국어대학교 대학원 일어일문학과이다. 이곳 출신인 신진 연구자들이 집필한 『겐지 이야기』 연구논문은 주제론, 인물론, 표현론, 제도론, 화형론 등 다양하며 일본 학계에도 자극을 줄 만한 것이 많다. 참고로 서양의 학자들이나 중국의 연구자들 대다수가 현재에도 원문보다는 번역본에 의존하여 연구하고 있는 반면, 한국에서 『겐지 이야기』 연구는 번역본에 의존하지 않는다는 특징이 있다.

4. 한국어 번역과 대중들

해방 이후 대중에게까지 『겐지 이야기』가 널리 알려지게 된 것은 번역에 의해서이다. 한국 최초의 『겐지 이야기』 번역은 1975년에 출판된 유정柳呈의 『겐지(源氏) 이야기』(을유문화사)이다. 유정은 1982년에 다시 『源氏 이야기』 상·하를 한국출판사에서 출판하였다. 유정은 1975년도판과 1982년도판에 모두 해설을 덧붙이고 있어 한국의 일반 대중들의 『겐지 이야기』 이해를 도왔다.

유정은 해제解題에서 번역시 청표지본靑表紙本인 『일본고전문학대계日

■ 전용신 역『겐지 이야기』.　　■ 김난주 역『겐지 이야기』.

本古典文学大系』와 요사노 아키코与謝野晶子. 다니자키 준이치로谷崎潤一郎의 현
대어역을 참고했다고 기술하고 있다. 유정 역譯은 와카和歌를 한국의 시
조 음수율에 맞춰 번역하고 스토리도 알기 쉽게 풀어서 번역하여 한국
인들이 읽기 쉽게 번역한 역작이라 할 수 있다.

　두 번째는 전용신田溶新의 번역으로 1999년 나남출판에서 나왔다. 전
3권으로 표지에는 [源氏物語]라는 한자와 『겐지 이야기』라는 한글 서
명이 있다. 쇼가쿠칸小学館의 『일본고전문학전집日本古典文学全集』의 일본
어 현대어역을 그대로 번역하고 있다. 이 번역은 문화적인 배경을 담은
어휘나 원전에 대한 이해와 상황에 대한 이해 부족으로 오역이 상당히
많다는 지적이 있다. 이 외에도 등장인물의 이름이나 지명 등의 고유명
사나 관직명을 모두 음독으로만 번역하고 있어 읽기가 매우 힘든 번역
이 되었다.

　세 번째는 2001년부터 2006년까지 총 5년에 걸쳐 김난주에 의해 번
역된 『겐지 이야기』이다. 이는 세토우치 자쿠초瀬戸内寂聴의 『겐지 이야
기』현대어역을 저본底本으로 삼고 있다. 세토우치 역 이전에도 요사노
아키코, 다니자키 준이치로, 엔치 후미코円地文子 등의 명역이 나와 있었
으나, 세토우치 역은 일본인들에게 보다 친근한 필치를 구사함으로써

기록적인 판매부수를 올렸고, 일본 내의 『겐지 이야기』 붐의 계기를 마련하였다는 평가를 받고 있다.

김난주 역의 특징은 일반인들에게 쉽게 읽힐 수 있는 번역 문체와, 전공자들에게 도움이 될 만한 부록이 상세하게 달려 있다는 점이다. 악기, 건물, 복식, 탈것 등의 참고 도판과 헤이안 경平安京, 궁중, 관위 상당표, 계보도, 연표, 지도, 어구 해설, 인용된 옛 시가 등 본문에서 언급한 내용을 아주 자세하게 풀고 있어 내용을 입체적으로 이해하는 데 도움이 된다. 김난주 역을 읽노라면 원전이 지니는 '모노노아와레', '무상', '애틋한 사랑'은 물론 원전의 서술 형식이 그대로 느껴진다. 원래 『겐지 이야기』의 내러티브는 궁녀가 상전의 부인들에게 옛이야기를 들려주는 형식으로 진행되는데, 자주 주어가 생략되거나 시점이 바뀌어 해독하기 어려운 부분이 상당히 많다. 세토우치 역의 우수성도 있겠지만 매끄러운 한글 번역은 번역자의 원전에 대한 깊은 이해의 성과일 것이다.

이상의 3종의 번역에 의해 한국의 대중에게 『겐지 이야기』가 성큼 다가온 것은 사실이다. 인터넷을 검색해보면 『겐지 이야기』의 기초적 지식에서 깊이 있는 글까지 어렵지 않게 찾을 수 있다. 인지도는 높아졌으나 길이(김난주 역만 하더라도 10권)와 난해한 인명과 관직에 완독의 어려움을 호소하는 글이 있는 것으로 보아 급속한 저변 확대는 쉽사리 이루어지고 있지 않는 실정이다.

'소설' 읽기로서의 『겐지 이야기』를 대신하여 출판계에 대두한 것이 2008년에 나온 '만화' 『겐지 이야기』(번역 이길진, AK커뮤니케이션즈)이다. 이 만화는 일본에서 1700만 부나 팔린 야마토 와키大和紀의 만화 『아사키유메미시あさきゆめみし』(1979~1993)를 그대로 번역한 것이다. 여성 특유의 아름답고 섬세한 묘사와 철저한 고증을 통해 헤이안 시대를 거의 완벽하게 재현한 것으로 호평받고 있으며 중고등학교의

■ 만화 『겐지 이야기』.

교사들이 학습만화로 추천할 정도로 가치를 인정받고 있다. 만화가 2008년 11월부터 매월 한 권씩 총 10권이 출판되어 한국의 청소년에게 도 『겐지 이야기』가 유포되게 되었다.

5. 해외에서의 번역과 연구

『겐지 이야기』가 세계적인 명작으로 손꼽히는 것은 세계문학사 속에서도 대단히 이른 시기에 등장한 뛰어난 장편소설이며, 또한 일본적 정서를 가장 잘 보여주면서도 인간에게 공통되는 탁월한 보편성을 지니고 있기 때문이다. 보편성이라는 면에서 본다면 『겐지 이야기』의 매력은 무엇보다도 남녀 간의 사랑의 만상을 유감없이 보여주고 있다는 점에 있을 것이다. 파멸을 마다하지 않는 열정적인 사랑, 어두운 정념에 이끌리는 금단의 사랑, 인간의 추악한 집념을 드러내 보이는 절망적인 사랑, 현실의 논리를 넘어선 순수한 사랑 등등 문학적인 리얼리티와 상상력을 구사한 극한적인 사랑의 모습이 인간의 운명과 구원이라는 문제와 밀접하게 결부되어, 읽는 이로 하여금 공감과 감동을 불러일으킨다.

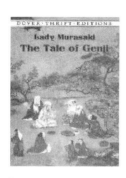

| 아서 웨일리 역. | 에드워드 사이덴스티커 역. | 로열 타일러 역.

　이러한 매력을 지닌 세계문학으로서의 『겐지 이야기』는 일찍이 영역英譯 3종을 비롯하여 프랑스어, 독일어, 이탈리아어, 중국어, 러시아어 등 세계 각국의 언어로 번역되어 출간되었다. 『겐지 이야기』가 국제적 평가를 얻게 된 것은 1933년에 영국의 학자이자 시인인 아서 웨일리Arthur Waley의 『The Tale of Genji』에 의해서이다. 최남선의 『겐지 이야기』 강연보다 몇 년 후의 일이다. 이 번역을 저본으로 하여 이탈리아어 역이 나오기도 하였다. 영어 번역은 그 후 1976년에 에드워드 사이덴스티커Edward Seidensticker, 2001년에 로열 타일러Royall Tyler에 의해 3종이 나오게 된다.

　웨일리 역은 빅토리아 조의 소설을 상기시키는 문체로 매우 리드미컬한 데 반해 사이덴스티커 역은 문장이 길고 화자와 지시 대상의 관계가 애매모호한 무라사키시키부의 문체를 살려 번역하였다. 사이덴스티커 역은 웨일리 역에 비해 완역에 가까우나 그래도 완역이라고 하기에는 빠진 부분이 꽤 있다. 이는 서양의 독자가 『겐지 이야기』를 이해하기 쉽도록 의도적으로 그리했다는 설이 있다. 마지막으로 가장 최근에 나온 타일러 역은 사이덴스티커 역보다 완역에 가깝다. 문체는 웨일리 역과 사이덴스티커 역의 중간쯤 된다. 원래 『겐지 이야기』는 등장인물의 호칭이 관직이 변할 때마다 그 관직으로 불리는 경향이 짙은데, 타일러 역에서도 원문과 같이 인명을 관위에 따랐다. 인명이 시종 일관성 있게 쓰여도 이해하기 힘든데 등장인물의 관위에 따라 호칭이 바뀌므로 독자들의 곤혹스러움은 매우 클 것이다.

한글과 영역 이외에도 이탈리아어, 독일어, 프랑스어, 스페인어, 중국어, 러시아어, 체코어 번역본이 있다. 참고로 이중에는 초역抄譯도 있으며 완역도 있다.

번역이 나온 이후 연구도 활발해지고 있다. 서양, 특히 미국에서는 이론을 이용하여 『겐지 이야기』를 재단하는 경우가 많다. 페미니즘 이론, 언어학적 접근, 사회학적 접근 등이다. 중국에서는 1980년대에 중국어 번역이 나오면서 번역본에 의거한 중문학자들의 연구가 활발하다. 80년대에는 주제론이 많았으나 90년대에는 '오독誤讀'에 관한 연구가 활발하였다. 한편 중국의 『홍루몽紅樓夢』과의 비교연구는 늘 중문학자들이 선호하는 테마이다. 『겐지 이야기』 속에는 한반도의 문화와 더불어 중국 고전소설이나 「장한가長恨歌」 등의 한시가 많이 인용되어 있어 중문학자들이 관심을 갖는 것은 어쩌면 당연한 일일지도 모른다.

오늘날 세계문학의 거장 가운데 한 명으로 평가되는 윌리엄 셰익스피어의 작품은 세계 각국에서 원전은 물론 영화, 연극 등의 가공 문화가 계속 생산되고 상연되고 있다. 『겐지 이야기』는 셰익스피어만큼 세계인의 대중적 인지도는 획득하지 못하고 있다. 문학사적 의의와 가치는 매우 높으나 방대한 양과 등장인물의 인명, 시대에 대한 배경 지식에 대한 인내와 관심 없이는 쉽게 읽을 수 있는 작품이 아니기 때문이다. 그럼에도 불구하고 일본에서는 계속해서 현대어역이 나오고 세계 각국에서는 자국어로 번역하고자 하는 시도가 끊이지 않고 있다. 급변하는 세계 문명 혹은 문학 환경 속에서 앞으로 『겐지 이야기』가 세계 각국에서 어떠한 식으로 수용되고 번역, 연구될지 기대되는 바이다.

참고문헌

한정미, 「『겐지모노가타리(源氏物語)』의 한국어역 – 김난주의 『겐지 이야기』를 중심으로 – 」(『일어일문학연구』76, 한국일어일문학회, 2011)

김영심, 「겐지모노가타리(源氏物語) 콘텐츠 – 재창조 신화의 동력과 면모」(동국대학교 문화학술원, 『문화콘텐츠와 퍼블릭도메인 스토리』, 동국대학교출판부, 2010)

김영심, 「동화화된 국민문학 – 일제『소학국어독본』속의 겐지모노가타리」(『일본연구』45, 한국외국어대학교 일본연구소, 2010)

김영심, 「植民地朝鮮に 있어서의 源氏物語 – 京城帝国大学의 教育実態와 受容様相」(『일본연구』21, 한국외국어대학교 일본연구소, 2003)

金鍾德, 「韓国における源氏物語研究」(『近代の享受と海外との交流』, 源氏物語講座9, 勉誠社, 1992)

井上英明, 「海外における源氏物語研究」(『近代の享受と海外との交流』, 源氏物語講座9, 勉誠社, 1992)

伊井春樹, 『海外における源氏物語の世界 – 翻訳と研究』, 風間書房, 2004.

伊藤鉄也, 「海外における源氏物語」(http://www.nijl.ac.jp/~t.ito/HTML/kaken03/index.html)

키워드로 읽는
겐지 이야기

부 록

키워드로 읽는
겐지 이야기

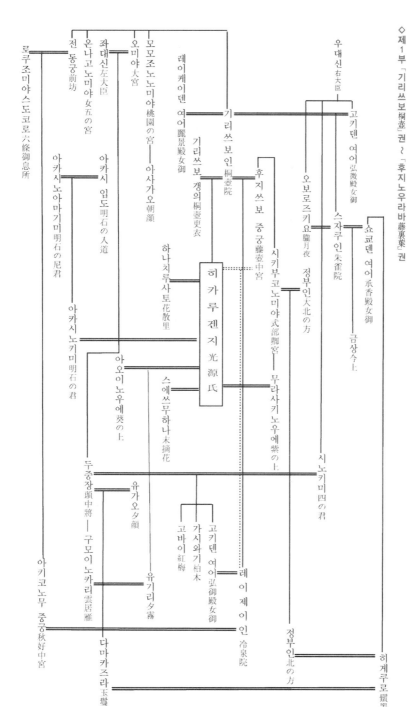

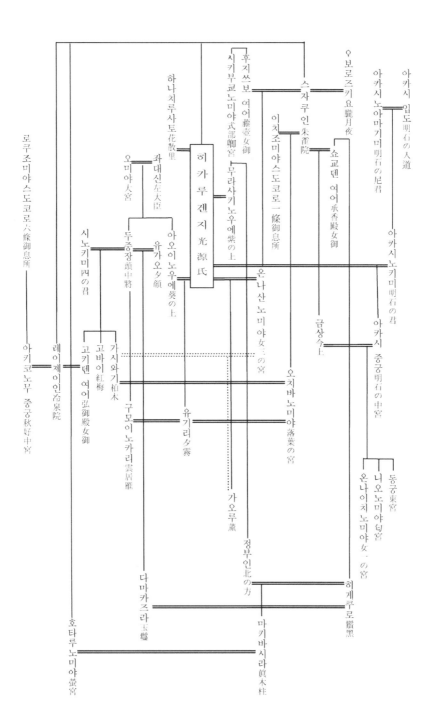

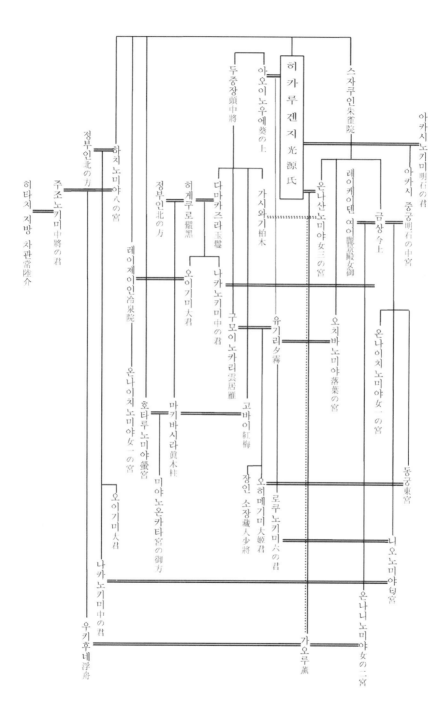

키워드로 읽는
겐지 이야기

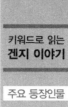

주요 등장인물

■ 김 수 민

▎가시와기柏木

히카루겐지光源氏의 죽마고우인 두중장頭中將의 장남이다. 온나산노미야女三の宮를 연모하여 청혼하지만 온나산노미야의 아버지인 스자쿠인朱雀院에게 거절당한다. 온나산노미야가 히카루겐지와 결혼한 후에도 그녀를 잊지 못하고, 히카루겐지가 로쿠조인六條院을 비운 사이에 온나산노미야와 관계를 맺는다. 이 밀통으로 온나산노미야는 가오루薫를 낳는다. 가오루의 친부가 가시와기라는 사실을 안 히카루겐지에게 냉담한 대우를 받자 시름시름 앓다가 죽고 만다.

▎가오루薫

세상에서는 히카루겐지光源氏와 온나산노미야女三の宮 사이에서 태어난 아들로 알고 있지만, 실제로는 가시와기柏木와 온나산노미야의 밀통으로 인해 태어난 아들이다. 향기로운 체취로 인해 사람들에게 가오루라고 불렸으며, 성실한 인품으로 천황이나 아카시 중궁明石の中宮으로부터 총애를 받았다. 하지만 자신의 출생을 의심하여 불노에 심취하다가 황족이자 재가 수행자인 하치노미야八の宮를 만나게 된다. 하치노미야는 가오루에게 자신의 딸인 오이기미大君와 나카노키미中の君를 부탁하고 죽는다. 가오루는 언니인 오이기미에게 청혼하지만 거절당하고 오히려 동생인 나카노키미를 소개받는다. 오이기미의 마음을 얻기 위해 노력하던 와중에 그녀가 병으로 세상을 떠나자 크게 상심한다. 대신 그녀를 닮은 우키후네浮舟를 맞이하지만 니오노미야匂宮에게 빼앗기게 되고, 두 남자 사이에서 고민한 우키후네는 자살을 시도한다. 우키후네가 살아 있다는 소식을 들은 가오루는 우키후네를 맞이하러 가지만 끝내 외면당한다.

▎기리쓰보 갱의桐壺更衣

아버지의 유언에 따라 입궐하여 기리쓰보 천황桐壺天皇의 후궁이 된다. 다른 후궁에 비하면 갱의更衣라는 낮은 신분이며, 후견인이 없음에도 불구하고 천황의 총애를 한 몸에 받아 아들, 즉 히카루겐지光源氏를 낳는다. 다른 후궁들로부터 시기와 질투를 받아 중병에 걸리고 결국 히카루겐지가 세 살이 되는 해 여름에 생을 마감한다.

▎기리쓰보 천황桐壺天皇(기리쓰보인桐壺院)

히카루겐지光源氏와 스자쿠 천황朱雀天皇의 아버지이다. 수많은 후궁들 중에서 히카루겐지의 어머니인 기리쓰보 갱의桐壺更衣를 총애하지만, 그녀가 일찍 세상을 떠나자 그녀와 닮은 후지쓰보 중궁藤壺中宮에게 입궐을 권하고 총애한다. 후지쓰보 중궁이 낳은 레이제이冷泉를 동궁으로 책봉하고 히카루겐지에게 후견을 부탁한다. 자신이 죽은 후, 레이제이의 장래를 걱정하면서 숨을 거둔다.

▌나카노키미中の君

하치노미야八の宮의 둘째 딸이다. 출생 시 어머니를 잃고 언니인 오이기미大君와 함께 우지宇治에서 아버지인 하치노미야八の宮 손에 자란다. 가오루薫의 계략으로 니오노미야匂宮와 관계를 맺지만 니오노미야의 어머니인 아카시 중궁明石の中宮의 반대로 니오노미야는 한동안 나카노키미를 찾아오지 못한다. 이로 인해 언니인 오이기미는 깊은 상심에 빠지고 숨을 거둔다. 슬픔에 잠겨 있던 나카노키미는 오이기미가 죽은 후 아카시 중궁의 허락을 받아 찾아온 니오노미야의 손에 끌려 니조인二條院으로 거처를 옮기고, 그의 아들을 낳는다.

▌니오노미야匂宮

금상今上과 아카시 중궁明石の中宮의 셋째 아들로 태어났다. 가오루薫의 향기로운 체취를 의식하여 의복에 향기를 입히는 등 늘 향내가 감돌게 하여 니오노미야라 불렸다. 무라사키노우에紫の上의 손에 의해 키워졌고 유산으로 받은 니조인二條院에 거주하였다. 가오루와 더불어 세상 평판이 높은 황자로, 가오루로부터 들은 하치노미야八の宮의 딸들에게 관심을 갖는다. 가오루의 중개로 나카노키미中の君와 결혼한다. 한때 나카노키미와 가오루의 관계를 의심하기도 하지만, 신중한 가오루의 성격과 나카노키미의 출산으로 의심을 거둔다. 나카노키미의 거처에 몸을 의탁하고 있었던 우키후네浮舟에게 마음을 빼앗기고, 우키후네가 우지宇治에 있다는 이야기를 듣고 우지까지 찾아간 그는 가오루를 가장하여 우키후네와 관계를 갖는다. 두 남자 사이에서 갈등하던 우키후네가 실종된 후, 그녀가 죽은 줄로만 아는 니오노미야는 슬픔을 잊기 위해 여러 여성과 사랑을 나눈다.

▌다마카즈라玉鬘

두중장頭中將과 유가오夕顔 사이에서 태어났다. 어머니인 유가오의 실종 후, 유모의 손에 이끌려 쓰쿠시筑紫에서 자란다. 총명하고 아름다운 미모로 쓰쿠시의 유력자에게 청혼을 받지만, 이를 거부하고 교토京都로 상경한다. 참배하러 간 하쓰세初瀬에서 유가오夕顔의 시녀였으나 유가오 사후 히카루겐지光源氏를 모시고 있는 우콘右近과 우연히 재회한다. 우콘에 의해 히카루겐지의 저택인 로쿠조인六條院에서 나날을 보내게 되며, 히카루겐지의 중개로 아버지인 두중장과도 만남을 이룬다. 히카루겐지를 비롯하여 수많은 남자들에게 구애를 받지만 결국 히게쿠로髭黑와 결혼을 하게 된다. 슬하에 3남 2녀가 있다.

▌두중장頭中將(내대신內大臣/태정대신太政大臣/치사 대신致仕の大臣)

좌대신左大臣의 장남으로 어머니는 기리쓰보 천황桐壺天皇의 여동생인 오미야大宮이다. 히카루겐지의 정처인 아오이노우에葵の上의 오빠이며, 히카루겐지가 스마須磨로 퇴거했을 때 스마까지 찾아가 히카루겐지를 위로할 만큼 각별한 사이이다. 그러나 레이제이 천황冷泉天皇 즉위 시, 딸인 고키덴 여어弘徽殿女御를 입궐시키지만 히카루겐지의 양녀인 아키코노무 중궁秋好中宮에게 중궁 자리를 빼앗기는 등 권력 다툼에서 패하면서 히카루겐지와 정치적으로 대립하는 관계가 된다. 이를 만회하기 위해 둘째 딸인 구모이노카리雲居雁의 입궐을 준비하지만 유기리夕霧와의 관계를 알고 성사시키지 못한다. 구모이노카리와 히카루겐지의 아들 유기리의 관계를 반대하지만 훗날 훌륭하게 성장한 유기리를 보고 혼인을 승낙한다. 노년에는 장남인 가시와기柏木가 갑작스럽게 병으로 세상을 떠나자 그를 그리워하면서 여생을 보낸다.

▌레이제이 천황冷泉天皇(레이제이인冷泉院)

표면상으로는 기리쓰보 천황桐壺天皇과 후지쓰보 중궁藤壺中宮의 아들이지만 실제로는 히카루겐지光源氏와 후지쓰보 중궁 사이에서 태어났다. 기리쓰보 천황이 세상을 떠난 뒤, 열한 살이라는 어린 나이에 천황의 자리에 오른다. 후지쓰보 중궁이 죽은 후, 출생의 비밀을 알게 되자 친부인 히카루겐지에게 양위하려고 하지만 히카루겐지는 이를 고사한다. 아키코노무 중궁秋好中宮을 아내로 맞이하는 등 히카루겐지의 든든한 조력자로 도움을 줬으며 히카루겐지가 죽은 후에는 가오루薫를 보살핀다.

▌로쿠조미야스도코로六條御息所

전 동궁비東宮妃로 동궁과의 사이에 딸을 두었다. 고상한 취미와 우아한 필체로 유명하며 히카루겐지光源氏와 몰래 사랑을 나누게 된다. 가모마쓰리賀茂祭 때 구경할 자리를 두고 아오이노우에葵の上 일행과 다툼이 일어나 많은 사람들 앞에서 모욕을 당한다. 이를 계기로 원령이 되어 아오이노우에를 죽게 한다. 히카루겐지와 이별한 후, 이세 신궁伊勢神宮에서 봉사하게 될 딸(후에 아키코노무 중궁秋好中宮)과 함께 이세伊勢로 내려간다. 딸이 임무를 마치자 같이 상경하지만 병을 얻어 출가하고, 히카루겐지에게 자신의 딸인 아키코노무 중궁을 부탁하며 죽는다. 죽은 후 원령이 되어 무라사키노우에紫の上를 위독하게 만들고 온나산노미야女三の宮를 출가시킨다.

▌무라사키노우에紫の上

후지쓰보 중궁藤壺中宮의 조카이자 히카루겐지光源氏의 평생의 반려자이다. 히카루겐지가 사모하는 후지쓰보 중궁과 닮은 외모로 학질을 치료하고자 기타야마北山를 찾은 히카루겐지와 만난다. 일찍이 어머니를

잃고 외할머니 손에 키워졌던 그녀는 외할머니가 죽은 후, 히카루겐지 곁에서 자랐으며, 히카루겐지의 정처인 아오이노우에葵の上가 죽은 후에는 그와 결혼을 한다. 아카시 중궁明石の中宮을 양녀로 맡아 키우고 로쿠조인六條院의 동남쪽 봄 저택에 거주하며 히카루겐지가 가장 사랑하는 여인으로, 그리고 로쿠조인의 안주인으로 영화를 누린다. 말년에 히카루겐지와 온나산노미야女三の宮의 결혼에 충격을 받지만 내색하지 못한다. 그 후 돌연 발병하여 거처를 니조인二條院으로 옮기지만 병은 악화된다. 이는 로쿠조미야스도코로六條御息所의 원령에 의한 것임을 알게 되지만 완전히 회복하지 못하고 다음 해 8월 14일 마흔네 살의 나이로 생을 마감한다. 슬하에 자식이 없다.

▌스에쓰무하나未摘花

히카루겐지光源氏의 애인 중 한 명이자 여성 등장인물 중 대표적인 추녀로 소개된다. 히카루겐지가 열여덟 살 때, 한 궁녀의 중개로 만났지만 관계를 맺은 후 보게 된 그녀의 용모에 놀란다. 히카루겐지는 황녀이지만 아버지인 히타치노미야常陸宮가 일찍이 세상을 떠나 어렵게 사는 스에쓰무하나의 모습에 동정하여 도움을 주게 된다. 스마須磨 퇴거 후 다시 교토京都로 돌아온 히카루겐지는 우연히 그녀의 집 앞을 지나다가 옛 기억을 되살려 스에쓰무하나를 찾게 된다. 스마로 퇴거하였을 때 가난에 시달리면서도 그녀가 자신만을 기다리고 있었다는 사정을 듣고 히카루겐지는 감사함을 느끼고 그녀를 끝까지 보살핀다.

▌스자쿠 천황桐壺天皇(스자쿠인朱雀院)

기리쓰보 천황桐壺天皇의 첫째 아들로, 우대신右大臣의 딸인 고키덴 여어弘徽殿女御 사이에서 태어났다. 히카루겐지光源氏와는 이복형제로 자상한 성품을 지니고 있지만 어머니와 외할아버지인 우대신右大臣 일족에

휘둘리는 등 마음이 약하고 우유부단한 면이 있다. 사랑하는 여인 오보로즈키요朧月夜의 사랑을 히카루겐지에게 빼앗기지만, 가장 총애하는 딸 온나산노미야女三の宮를 히카루겐지에게 부탁하는 등 그를 신뢰하고 있다.

▌아오이노우에葵の上

히카루겐지光源氏의 정처로 유기리夕霧의 어머니이다. 단정하고 고상한 기품을 지닌 여인이며 아버지인 좌대신左大臣의 뜻으로 자신보다 네 살 어린 히카루겐지와 정략결혼을 하게 된다. 히카루겐지와 허물없는 부부관계는 아니었지만 결혼 9년째 되던 봄, 임신을 계기로 가까워진다. 가모 신사賀茂神社에서 봉사할 재원齋院의 불제祓除 의식을 구경하러 나갔다가, 자리를 두고 로쿠조미야스도코로六條御息所와 다투게 된다. 창피를 당한 로쿠조미야스도코로는 그 원한 때문에 원령이 되어 유기리夕霧를 출산한 그녀를 죽게 만든다.

▌아카시노키미明石の君(아카시노우에明石の上)

아카시明石 지방을 방문한 히카루겐지光源氏와 결혼하여 아카시노히메기미明石の姫君(후에 아카시 중궁明石の中宮)를 출산한다. 강인한 정신의 소유자이며 비파琵琶의 명수이다. 교토京都로 돌아간 히카루겐지의 간절한 소망으로 딸을 무라사키노우에紫の上의 양녀로 보내는 것에 동의한다. 로쿠조인六條院의 서북쪽 겨울 저택에 거주하고 딸인 아카시 중궁이 입궐할 때 후견인 역할을 맡는다.

▌아카시노히메기미明石の姫君(아카시 중궁明石の中宮)

아카시노키미明石の君 사이에서 태어난 히카루겐지의 외동딸로, 훗날 동궁東宮에게 입궁하여 중궁에 오른다. 어머니인 아카시노키미의 낮은 신분 때문에 무라사키노우에紫の上의 양녀로 자라게 된다. 출산을 하기 위해 친정인 로쿠조인六條院에 머물고 있을 때, 외조모인 아카시노아마기미明石の尼君로 인해 출생의 비밀을 듣게 된다. 자신의 행복에는 많은 희생이 있었다는 것을 알고 한층 성숙해진다. 양모인 무라사키노우에의 임종 시 곁을 지킨다.

▌아키코노무 중궁秋好中宮(전 재궁齋宮)

전 동궁東宮과 로쿠조미야스도코로六條御息所 사이에서 태어났으며, 재궁齋宮으로 이세 신궁伊勢神宮에 봉사하였다. 임기를 마치고 교토京都로 돌아오지만 어머니인 로쿠조미야스도코로가 갑작스러운 병으로 죽는다. 딸을 부탁한다는 로쿠조미야스도코로의 유언을 받은 히카루겐지光源氏에 의해 레이제이冷泉에게 입궁하여 중궁으로 간택되는 등 최고의 지위에 오른다. 가을을 좋아하여 아키코노무 중궁秋好中宮(가을을 좋아하는 중궁)이라고 불렸으며, 로쿠조인六條院에서도 가을 저택에 거주한다. 슬하에 자식이 없다.

▌오이기미大君

하치노미야八の宮의 장녀이다. 세 살 때 동생인 나카노키미中の君를 출산하다가 세상을 떠난 어머니 대신 나카노키미를 보살핀다. 아버지 하치노미야가 권력 다툼에서 밀려난 뒤 우지宇治에서 자란다. 재가 수행자였던 아버지를 따르는 가오루薰에게 구애를 받지만 아버지의 유언에 따라 청혼을 거절한다. 니오노미야匂宮와 결혼한 나카노키미를 걱정하다가 깊은 상심 끝에 숨을 거둔다.

▌온나산노미야女三の宮

스자쿠인朱雀院의 셋째 딸로, 아버지의 간청으로 히카루겐지光源氏와 혼인을 올린다. 황녀이자 후지쓰보 중궁藤壺中宮의 조카이지만 성숙하지 못한 성품으로 히카루겐지에게 사랑을 받지 못한다. 결혼 전부터 일방적인 구애를 한 가시와기柏木와 밀통하여 가오루薫를 낳지만 가시와기의 편지로 인해 남편인 히카루겐지가 알게 된다. 고뇌에 빠진 온나산노미야는 출산 후 아버지인 스자쿠인朱雀院에 의해 출가한다. 히카루겐지가 죽은 후에는 불도 수행에 전념한다.

▌요카와 승도橫川の僧都

자살을 시도한 우키후네浮舟를 구한 승려이다. 여동생의 간호로 의식을 되찾은 우키후네를 출가시킨다. 아카시 중궁明石の中宮의 딸인 온나이치노미야女一の宮를 치료하러 입궐했다가 치료를 마친 후 아카시 중궁에게 우키후네의 이야기를 하여, 우키후네가 살아 있다는 것을 가오루薫에게 알려주는 역할을 한다.

▌우쓰세미空蝉

우위문 독右衛門督의 딸이자 이요 지방 차관伊予介의 후처이다. 히카루겐지光源氏와 하룻밤을 보낸 후, 지속적으로 그가 구애를 했음에도 불구하고 우쓰세미는 자신의 처지를 생각하여 거부한다. 남편을 따라 이요 지방으로 내려갔지만, 이후 승진한 남편과 함께 상경하는 도중에 오사카 산逢坂山에서 우연히 히카루겐지와 재회하여, 마음의 교류를 나눈다. 남편이 죽은 후 출가했으며 히카루겐지의 배려로 니조토인二條東院에서 여생을 보낸다. 그다지 아름다운 용모는 아니지만 사려가 깊고 현명한 중류 귀족 여성이다.

▌우키후네浮舟

하치노미야八の宮와 주조노키미中將の君 사이에서 태어났으며, 오이기미大君와 나카노키미中の君의 이복 자매이다. 오이기미와 닮은 외모로 나카노키미의 소개를 받아 가오루薫와 인연을 맺지만 니오노미야匂宮의 열정적인 구애로 니오노미야와도 관계를 가진다. 두 남자 사이에서 고민한 결과 자살을 선택하지만 결국 요카와 승도橫川の僧都의 도움으로 목숨을 건진다. 그 후 신분을 감추고 현세와 인연을 끊고 싶은 마음에 출가한다. 자신이 살아 있다는 사실을 알아낸 가오루가 찾아오지만 외면하고, 오로지 독경과 불경에 전념한다.

▌유가오夕顔

중류 귀족 여성으로 두중장頭中將의 애인이다. 두중장과의 사이에서 딸 다마카즈라玉鬘를 낳지만 두중장의 본처인 시노키미四の君의 질투를 피하기 위해 숨어 산다. 유모의 병문안을 온 히카루겐지光源氏와 우연히 만나 사랑을 나누게 되지만, 폐원에서 히카루겐지와 밤을 보내던 중 갑자기 나타난 원령으로 인해 급사한다.

▌유기리夕霧

히카루겐지光源氏와 아오이노우에葵の上 사이에 태어난 히카루겐지의 장남이다. 외조부모 손에서 자랐으며, 아버지를 닮은 아름다운 용모를 지니고 있지만 성실하고 착실한 성품의 소유자다. 첫사랑인 구모이노카리雲居雁와 결혼하여 슬하에 4남 4녀를 두었으며, 제3부에서는 우대신右大臣으로 등장한다.

▌하나치루사토花散里

기리쓰보 천황桐壺天皇의 후궁인 레이케이덴 여어麗景殿女御의 여동생이다. 온화하고 편안한 성격의 소유자로 히카루겐지光源氏의 신뢰를 얻는다. 로쿠조인六條院의 여름 저택에 거주하고 히카루겐지의 부탁으로 유기리夕霧와 다마카즈라玉鬘를 양육한다. 히카루겐지가 죽은 후에는 니조토인二條東院에 거주하며 유기리의 보살핌을 받으면서 여생을 보낸다.

▌하치노미야八の宮

오이기미大君, 나카노키미中の君, 우키후네浮舟의 아버지로 히카루겐지光源氏와 이복형제이다. 부인이 나카노키미를 낳으면서 세상을 떠나자 슬픈 나머지 우지宇治에 틀어박혀 딸들을 키우면서 불도에 심취한다. 하치노미야는 불도에 마음이 있는 가오루薰와 교류를 나누게 되며 훗날 자신의 딸들을 부탁하는 한편, 딸들에게는 섣불리 우지를 떠나지 말라는 엄격한 유언을 남긴다.

▌호타루노미야螢宮

기리쓰보 천황桐壺天皇의 아들로 히카루겐지光源氏와는 이복형제이다. 히카루겐지와 사이가 좋으며 무라사키노우에紫の上를 잃어 슬픔에 잠긴 히카루겐지가 유일하게 만난 사람이다. 일찍이 부인과 사별한 호타루노미야는 다마카즈라玉鬘를 사랑하게 되어 구혼하지만 히게쿠로鬚黑에게 빼앗긴다. 그 후 마키바시라眞木柱와 재혼하지만 사별한 부인을 잊지 못한 나머지 행복한 결혼생활을 보내지 못한다. 풍류를 즐기고 음악, 특히 비파의 명수이다.

▌후지쓰보 중궁藤壺中宮

기리쓰보 갱의桐壺更衣와 닮은 외모 때문에 기리쓰보 천황桐壺天皇의 간청에 의해 입궐하여 천황의 총애를 한 몸에 받는다. 의붓아들인 히카루겐지光源氏와의 밀애로 레이제이冷泉를 낳지만 죄책감으로 고뇌에 빠진다. 기리쓰보 천황이 죽은 후, 히카루겐지의 집착과 레이제이의 황위 계승을 위해 출가했으며, 37세라는 젊은 나이에 생을 마감한다. 아름답고 고귀한 성품의 소유자로, 히카루겐지가 평생에 걸쳐 동경한 여인이다.

▌히게쿠로鬚黑

히카루겐지光源氏와 두중장頭中將에 이어 권력을 가진다. 금상今上의 큰 삼촌이자 솔직한 성격의 소유자이다. 무라사키노우에紫の上의 아버지인 시키부쿄노미야式部卿宮의 장녀와 결혼한다. 마키바시라眞木柱의 아버지 이다. 부인과 사이가 좋지 않을 때 다마카즈라玉鬘에게 한눈에 반한다. 다마카즈라를 사랑한 나머지 강제로 결혼을 성사시킨다. 금상이 즉위 했을 때 우대신으로 정치를 보좌하는 역할을 담당한다.

▌히카루겐지光源氏

기리쓰보 천황桐壺天皇의 둘째 아들로, 어머니는 기리쓰보 갱의桐壺更衣 이다. 뛰어난 용모와 자질로 빛나는 황자라고 불렸다. 세 살 때 기리쓰 보 갱의와 사별하며, 발해 사신이 본 관상 결과와 주위 환경으로 인해 신하로 강등된다.

열두 살 때 아오이노우에葵の上와 정략 결혼을 하지만 유부녀인 우쓰 세미空蟬, 원령에게 죽은 유가오夕顔, 추녀인 스에쓰무하나末摘花, 나이 많 은 겐노나이시노스케源典侍 등 수많은 여인들과 관계를 맺는다. 열여덟 살 때 기타야마北山에서 후지쓰보 중궁藤壺中宮을 닮은 소녀 무라사키노 우에紫の上를 발견하고 집으로 데려와 자신의 이상적인 여성으로 키운 다. 정처인 아오이노우에와의 사이에서 아들 유기리夕霧를 낳지만 출산 시 아오이노우에가 죽는 슬픔을 겪는다. 의붓어머니인 후지쓰보 중궁 을 사모하여 관계를 맺고, 그 결과 레이제이冷泉가 탄생한다. 천황이자 이복형인 스자쿠朱雀의 애인 오보로즈키요朧月夜와의 밀회가 발각되어 스마須磨, 아카시明石로 퇴거하게 되며, 그곳에서 만난 아카시노키미明石 の君와의 사이에서 딸 아카시노히메기미明石の姫君를 얻는다. 교토京都로 돌아온 그는 내대신內大臣으로 승진하고 죽은 로쿠조미야스도코로六條御 息所의 딸인 아키코노무秋好를 후견하며 레이제이에게 입궐시켜 중궁으로 만드는 등 승승장구한다. 사계절로 나뉜 거대한 저택인 로쿠조인六條院에 각 계절에 맞는 여성들을 거주하게 하며, 서른아홉 살 때 준태상천황准太上天皇에 오른다.

마흔 살을 넘은 말년에 스자쿠인朱雀院의 간곡한 부탁과 후지쓰보 중궁의 조카라는 이유로 온나산노미야女三の宮와 결혼했으나, 여성으로서 성숙하지 못한 온나산노미야에게 애정을 느끼지 못한다. 그리고 온나산노미야가 낳은 아들 가오루薰가 실은 온나산노미야와 가시와기柏木의 아들임을 알고 괴로워한다. 한편 히카루겐지와 온나산노미야의 결혼으로 깊은 상심과 고뇌에 빠진 무라사키노우에는 결국 죽음에 이르게 되고, 일생의 반려자를 잃은 그는 상실감과 슬픔으로 그녀를 추모하며 여생을 마친다.

키워드로 읽는
겐지 이야기

찾아보기

키워드로 읽는
겐지 이야기

집 필 진

김종덕 한국외국어대학교 일본학부 교수
공저『日本古代文学と東アジア』, 勉誠出版, 2004.
공저『ことばが拓く古代文学史』, 笠間書院, 1999.
초역『겐지 이야기』, 지만지, 2008.

송귀영 단국대학교 일어일문학과 교수
논문「紫式部「かいま見」の原点－源氏物語の作者紫式部の記憶と虚構－」
  (『일본연구』54, 한국외국어대학교 일본연구소, 2012.12)
논문「紫式部の死別と新たな出会い」(『일본문화연구』41, 동아시아일본학
  회, 2012.1)

정순분 배재대학교 일본학과 교수
저서『枕草子 表現の方法』, 勉誠出版, 2002.
역서『무라사키시키부 일기』, 지식을 만드는 지식, 2011.
역서『마쿠라노소시』, 갑인공방, 2004.

한정미 한국외국어대학교 강사
공저『그로테스크로 읽는 일본문화』, 책세상, 2008.
공역『고지엔 제6판 일한사전』, 어문학사, 2012.
논문「物語文学における御霊信仰の様相」(『일본학보』93, 한국일본학회, 2012.
  11)

유주희　신라대학교 강사
　　　논문「手習巻の浮舟 – 浮舟の出家における脇役たち – 」(『일어일문학연구』
　　　　69-2, 한국일어일문학회, 2009.5)
　　　논문「浮舟の身に刻まれる言葉」(『比較文学・文化論集』25, 東京大学比較文学・文
　　　　化研究会, 2008.3)

무라마쓰 마사아키(村松正明)　선문대학교 일어일본학과 교수
　　　저서『日本古典文学と夢』, 선문대학교 출판부, 2009.
　　　논문「平安朝文学に於ける夢の研究」(한국외국어대학교 대학원 박사학위
　　　　논문, 2001)

신미진　한국외국어대학교 강사
　　　논문「『源氏物語』의 여성의 성인식 '모기(裳着)' 고찰」(『일본연구』28, 중
　　　　앙대학교 일본연구소, 2010.2)
　　　논문「『源氏物語』의 算賀고찰」(『일어일문학연구』63-2, 한국일어일문학
　　　　회, 2007.11)

이미령　한국외국어대학교 강사
　　　논문「겐지모노가타리의 왕생」(『일어일문학연구』74-2, 한국일어일문학
　　　　회, 2010.8)
　　　논문「겐지모노가타리의 출가와 사계」(『일어일문학연구』65-2, 한국일
　　　　어일문학회, 2008.5)

김효숙　세종대학교 강사
　　　저서『源氏物語の言葉と異国』早稲田大学学術叢書 8, 早稲田大学出版部, 2010.
　　　논문「『源氏物語』手習巻の囲碁の場面と浮舟 – 『今昔物語集』の寛蓮記事
　　　　との関連をめぐって」(『일본문화연구』42, 동아시아일본학회, 2012.4)

신선향　울산대학교 일본어일본학과 교수
　　　저서『일본 헤이안시대의 物語 문학과 和歌』, 제이앤씨, 2008.
　　　저서『일본문화현상으로서의 일본문예사상』, 울산대학교 출판부, 2005.
　　　논문「가모사이인과 와카」(『일본연구』49, 한국외국어대학교 일본연구

소, 2011.9)

김정희　단국대학교 일본연구소 연구교수
　　　　논문「近代における源氏物語批評史−天皇制と「もののあはれ」を中心に−」
　　　　　　（『일본학연구』34, 단국대학교 일본연구소, 2011.9)
　　　　논문「「大和魂」考」(『일어일문학연구』75-2, 한국일어일문학회, 2010.11)

김병숙　한국외국어대학교 강사
　　　　저서『源氏物語の感覚表現研究』, 인문사, 2012.
　　　　논문「女楽の色彩表現に表れた六条院の秩序−「赤」・「青」・「高麗」の象
　　　　　　徴性に着目して−」(『일본언어문화』17, 한국일본언어문화학회, 2010.10)

문인숙　인천대학교 강사
　　　　논문「웃음을 통해 본『겐지모노가타리』의 인간관계−겐지와 유기리를
　　　　　　중심으로−」(『일어일문학연구』73-2, 한국일어일문학회, 2010.5)
　　　　논문「단절된 관계 : 源氏와葵上・六条御息所」(『한림일본학』16, 한림대학
　　　　　　교 일본학연구소, 2010.5)

김유천　상명대학교 일본어문학과 교수
　　　　논문「『源氏物語』末摘花巻の和歌と＜笑い＞の方法」(『일본연구』50, 한국
　　　　　　외국어대학교 일본연구소, 2011.12)
　　　　논문「『源氏物語』における「氷」の表現性」(『일어일문학연구』76-2, 한국일
　　　　　　어일문학회, 2011.2)
　　　　논문「平安文学における「都」」(『일본연구』42, 한국외국어대학교 일본연
　　　　　　구소, 2009.12)

이미숙　서울대학교 인문학연구원 HK연구교수
　　　　저서『源氏物語研究−女物語の方法と主題』, 新典社, 2009.
　　　　역서『가게로 일기−아지랑이 같은 내 인생』, 한길사, 2011.

신은아　한국외국어대학교 강사
　　　　논문「『源氏物語』の雲居雁の嫉妬−立ち姿を見せる女君の嫉妬−」(『일어

일문학연구』75-2, 한국일어일문학회, 2010.11)

논문 「光源氏と葵の上の結婚－正妻の嫉妬という視座からの一考察－」(『일어일문학연구』69-2, 한국일어일문학회, 2009.5)

논문 「光源氏と紫の上の結婚－略奪婚という視座からの一考察－」(『일어일문학연구』67-2, 한국일어일문학회, 2008.11)

권도영 도쿄대학 박사과정

논문 「夕霧巻再考」(『むらさき』49, 紫式部学会, 2012.12)

이부용 도쿄대학 박사과정

논문 「女三宮における朱雀院」(『比較文学・文化論集』28, 東京大学比較文学・文化研究会, 2011.3)

논문 「父を求める女性浮舟」(『일어일문학연구』70-2, 한국일어일문학회, 2009.8)

윤승민 한국외국어대학교 강사

논문 「多面体としての薫」(『일어일문학연구』83-2, 한국일어일문학회, 2012.11)

논문 「宇治十帖後半の世界が描き出しているもの－浮舟の出家を中心に－」(『東京大学国文学論集』5, 東京大学文学部 国文学研究室, 2010.3)

논문 「浮舟物語の方法－入水の決意をめぐって－」(『むらさき』46, 紫式部学会, 2009.12)

요시하라 가즈요(嘉原和代) 수원대학교 전임강사

공저/감수 『新 일본어능력시험』, 넥서스, 2011.

논문 「ACTFL-OPI」の実践と分析－会話教育への生かし方－(『수원대학교 논문집』, 수원대학교, 2006.11)

논문 「『源氏物語』の住まいにおける美意識」(한국외국어대학교 대학원 석사학위논문, 2004)

배관문 한국외국어대학교 강사

논문 「『古事記伝』のつくった『皇国』という物語」(『思想』1059, 岩波書店, 2012.7)

논문 「모토오리 노리나가의 조선 번국(蕃国)관 재고－『고사기전』의 '미

야쓰코쿠니(臣国)'를 중심으로−」(『일어일문학연구』81-2, 한국일
어일문학회, 2012.5)

이신혜 한국외국어대학교 강사
공저『세계 속의 일본문학』, 제이앤씨, 2009.
논문「일본 중세 왕조 모노가타리의 계모담 연구」(한국외국어대학교 대
학원 박사학위논문, 2010)
논문「白露の趣向」(『일본언어문화』14, 일본언어문화학회, 2009.4)

김후련 한국외국어대학교 대학원 글로벌문화콘텐츠학과 겸임교수
저서『일본신화와 천황제 이데올로기−신화와 역사 사이에서』, 책세상, 2012.
저서『타계관을 통해서 본 고대일본의 종교사상』, 제이앤씨, 2006.
저서『韓国神話集成』, 第一書房, 2006.

김영심 인하공업전문대학 항공경영과 교수
저서『일본영화 일본문화』, 보고사, 2006.
역서『뜬구름−일본 최초의 언문일치소설』, 보고사, 2003.
논문「植民地の文教政策と源氏物語−朝鮮編」(『国文学解釈と鑑賞』, 至文堂,
2008.5)

김수민 도쿄대학 연구생
논문「『源氏物語』の紫上一考察」(한국외국어대학교 대학원 석사학위논문,
2011)

키워드로 읽는
겐지 이야기

키워드로 읽는
겐지 이야기

초 판 인 쇄	2013년 2월 20일
초 판 발 행	2013년 2월 28일

편 자	일본고전독회
발 행 인	윤 석 현
발 행 처	제이앤씨
책 임 편 집	최인노
등 록 번 호	제7-220호

우 편 주 소	㉾ 132-702 서울시 도봉구 창동 624-1
	북한산 현대홈시티 102-1106
대 표 전 화	02) 992 / 3253
전 송	02) 991 / 1285
홈 페 이 지	http://www.jncbms.co.kr
전 자 우 편	jncbook@hanmail.net

ⓒ 일본고전독회 2013 All rights reserved. Printed in KOREA

ISBN 978-89-5668-936-4   93830   정가 29,000원